长篇历史小说

杨洪胜

张天儒 著

百花文艺出版社
BAIHUA LITERATURE AND
ART PUBLISHING HOUSE

图书在版编目（ＣＩＰ）数据

杨洪胜 / 张天儒著. -- 天津：百花文艺出版社，
2011.9
ISBN 978-7-5306-6034-8

Ⅰ. ①杨… Ⅱ. ①张… Ⅲ. ①长篇小说－中国－当代
Ⅳ. ①I247.5

中国版本图书馆CIP数据核字(2011)第193764号

百花文艺出版社出版发行
地址:天津市和平区西康路35号
邮编:300051
e-mail:bhpubl@public.tpt.tj.cn
http://www.bhpubl.com.cn
发行部电话:(022)23332651　邮购部电话:(022)23332478
全国新华书店经销
天津午阳印刷有限公司印刷
✳
开本880×1230毫米　1/32　印张14.625　插页2　字数367千字
2011年9月第1版　　2011年9月第1次印刷
定价：29.00元

先 驱 颂

——谨以此歌代作前言

张天儒

是谁在黎明前先行？
是谁在黑暗中引领？
是谁在开辟着航程？
是谁在转动着乾坤？

是你——革命先驱！
你肩扛信念，矢志不移，
你手执旗帜，凛然高擎。
你用满腔热血冲刷腐朽，
你用巍峨身躯革故鼎新。

你是先导，指引着我们奋斗的路径。
你是灯塔，照耀着我们前进的征程。
你是灵魂，凝聚了我们革命的精神。
先驱蝼蚁，为的是信仰效命于人民！

目　录

2

引　子

民国元年(1912年),冬天的汉江,河沿结上了厚厚一层冰,只有河心露出了一道还算宽敞的水路,河水载着冰块,慢悠悠地,像条白绫子,打着弯儿向下游漂去。

河风阵阵,寒气刺骨。

一艘悬挂着十八星旗的炮艇领着两艘护卫舰,把挂满黑纱白幔的炮艇护在中间。四艘舰艇呈"∧"队形由武昌溯江而上,汽笛不时发出哀鸣声。

甲板上站着一位少妇,亭亭玉立,看上去20岁出头,身上一袭素洁的披风,被凛冽的北风吹扬起来,猎猎飘舞,宛若天使。

甲板的中央,安放着一大一小两口棺材。

少妇一点也没感到寒冷,美丽的眸子一直眺望着西南岸的群山峻岭。那些熟悉的山,还有山上叫得出名和叫不出名的树,都牵动着她的神经。渐渐地,悲酸的泪水不自觉地溢了出来。

慢慢地,她从颈项摘下一个淡黄色玉坠,挂在棺材的顶端:"杨大哥,我没照顾好你,这个玉坠你帮我还给大姐吧,她托付我的事我没办到,我只有再托付她在那边好好照顾你了。"

少妇的目光随着双手停留在棺材上,声音有些发颤:"你不要挂念我了!中国几千年封建帝制已经结束,……你的血没有白流,

1

我们刚出生不久的女儿金凤,幼小的生命也没有白白付出!"

受到冰块的碰击,船体发出叮当叮当的响声。少妇一怔,马上回过神来,对着棺材里的亡灵说:"杨大哥,你听,多像你跟爷爷打铁的声音!现在,清王朝已经灭亡,你跟爷爷在那边再也不用打制反清的兵器了。"

"叮当"声越来越大,她的耳边响起了辛亥革命之夜的隆隆炮声……

"汉茹,快进舱,外面多冷呀!"单汉文笔挺的军装外面罩着一身素服,从舱里走出来,边走边在手上哈着热气。

单汉茹慌乱地用手抹了把脸,尽量掩饰着内心的悲恸,她答应过单汉文,也答应过孙夫人宋庆龄,杨洪胜捐躯了,她要坚强地把杨家撑起来,杨家可是四代人为反清捐躯的满门忠烈。

"哦——哥,你快进去吧,我再站一会儿。"她支吾着,用手把单汉文往舱里推。

正推中,单汉茹只觉得头一晕,身子不由自主地瘫倒下去。

"汉茹……你怎么啦!"单汉文一时惊慌,冲着甲板的另一侧连声大叫:"金山——你娘晕倒了!金山……"

杨金山蹲在甲板上,怀里抱着一把大刀,只顾摆弄着,不理不睬。

单汉文急了,连忙把单汉茹抱回舱里。

兴许是在甲板上冻的,回到舱里,单汉茹感觉好了许多。

单汉文却对杨金山的行为感到吃惊和不解:"太不像话,简直是个不孝之子。"说着就要出去教训他,却被单汉茹制止。

"山儿是个孝顺的孩子,别难为他。"单汉茹喘着粗气,说话还显得有些吃力。

"他以前确实是个孝顺的孩子,我也很喜欢他。可自打益三就义以后,我觉得他就变了,变得我都不敢相信了。你看今天这事,你晕倒了,二家旁人也会来帮个手的,可他却好,我连叫几声他都跟没听见一样,你说这孩子哪儿有一点孝顺的样?不行,他这样做,你能原谅,我可不能原谅。"

"这不能怪他……"

"不能怪他!就因为你不是他亲妈,他就可以这样?我看这孩子就是你惯的。"单汉文抱怨着。

"不是这样的……"单汉茹心里一酸,双手捂脸,呜呜直哭。

单汉文一惊,忙蹲下身去,边安慰边责怪:"好了,好了。看你,我还没说他什么,你倒来劲了。"

"山儿的耳朵聋了……"

"啊……"单汉文惊讶地张着大嘴,半天没合上。

"一年多了,一直看不好,医生说耳膜被震破了。那晚,他在南湖炮队打了一夜的炮。"

"哦……"单汉文心里顿生愧疚:"金山是好样的,都怪我这一年多一直在外奔波,没有关心到你跟山儿,让你们受委屈了。"

正说话间,忽然传来"轰,轰,轰!"三声炮响。

舰队到达了谷城南河中码头。

码头上人山人海,白幡飘扬,祭坛上香烟弥漫。

单汉茹、杨金山、单汉文一行跟在 12 个士兵分别抬着的大小两口棺材后面,缓缓走下炮艇,码头上的人们,很敬重地依次跟在他们后面,默默地向余公祠走去。

两位士兵举着杨洪胜的巨幅遗像,走在最前面。

在码头上祭奠的一位官员倏地瞪大了眼睛,看着遗像上方那七个白色大字——首义先驱杨洪胜!碰了碰身边乡绅的胳膊,朝那白色大字努了努嘴:"看到没?"

乡绅不解。

官员啧啧称羡:"这可是当今国民党理事长孙中山的手书哇……"

"啊……是孙先生的亲笔题书?"乡绅十分惊讶:"益三可为我

们小小的谷城县长脸了！"

"益三受之无愧……辛亥武昌起义就是因为他们三人的牺牲提前暴动成功的,这可是要载入史册的呀！"

说话间,孙中山宋庆龄夫妇、黎元洪、黄兴、刘公、蒋翊武等革命党领导人的挽联,从他们眼前飘过。

二人惊叹不已！

之后,这位辛亥武昌首义三烈士之一的国民革命先驱,在社会各界公祭了五七三十五天之后,长眠于生他养他的南河之滨、军山之巅。

第一章 文昌门触景生隐情

一

清光绪庚子年(1900年)的冬日,武昌文昌门码头。大大小小的外国商船停靠在这里,河面上飘动着无数条万国彩旗。

码头上,来来往往的人川流不息。

一艘英国商船停靠在码头上,正在卸货。

寒风一阵紧似一阵地从江面上吹来。

一群衣衫褴褛的中国民工,扛着刚从商船上卸下来的沉重货箱,颤巍巍地向前一步步挪动。几个英国监工挥舞着棍棒,吆喝着驱赶这些民工,在岸上竖着的两块写有"军舰停靠处"和"禁止商船停靠"的牌子旁边肆无忌惮地来回穿梭着……

一艘军舰从襄河(汉江)破浪而至,到了码头,却无法靠岸。江面上被外国商船拥挤得只剩下一块狭小的通道,原来预留的军舰停靠位置已经被那艘卸货的英国商船占用。军舰只好在扬子江面上来回游动,寻找可停靠的地方。

"奶奶的,真是客大欺主!"站在甲板上的一位清军小头目恨恨地骂了一句。

"怎么回事呀?"随着低沉而浑厚的声音,一位身材魁梧,蓄着山羊胡子,着一身清军官服,戴着白手套,手执佩剑的将官,健步从舱里走了出来。

"回大人,我们的军用码头被英商船占用。"小头目垂首禀报。

将官巡视了一遍码头,看了看英国商船甲板上堆积如山的货箱,皱了皱眉头,随即不动声色地说了声:"你看着办吧!"

小头目心领神会,躬身回道:"小的明白。"

军舰加足马力朝军用码头开了过去。

"哗……"

军舰在狭小的江面上掀起了巨浪,停靠在英国商船旁边的另一艘瑞士商船在巨浪的推动下,急速向英国商船撞去。堆放在英国商船甲板上数十米高的货箱摇晃了几下,上面的好几箱货物被掀进了扬子江。

将官傲慢地缓缓走下军舰,蔑视了一眼正在岸上指手画脚吆喝民工打捞货箱的英国商人,在一队卫兵的簇拥下,朝码头走去。

忽然,一阵呵斥声传来——东亚病夫,敢躲在这儿偷懒!

将官停下脚步,寻声望去,只见两个英国监工,正举起手里的棍棒殴打病倒在地上的一位中国青年男子。那男子身材魁梧、豹头环眼,看上去性格异常倔强,虽招架不住,却也没有告饶,只是用仇视的眼神紧紧盯着殴打他的洋人。

走在将官身边的那位小头目愤愤然:"这些洋人,也太欺负人了。"

将官将这一切看在眼里,默不作声。见小头目狐疑地看着自己,这时才说了一句:"他们这是吃了哑巴亏,拿民工在我面前出气。走,我们不当这个观众。"

话音刚落,只见一个小伙子健步冲了过去。

洋人挥起的棒子正要再次落下,却顿住了,棒子从手里飞了出去,落在地上。

洋人愣住了。

小伙子不慌不忙地伸手去拉倒在地上的青年男子。突然"叭"的一声，另一洋监工的皮鞭却重重地落在小伙子的脖子上，顿时，他的颈部显现出一条长长的血印。

小伙子怒目圆睁，气急地飞起一脚，踢在那洋人执鞭的手腕上。

洋人一咧嘴，"哇哇"地大叫一声。周围的洋监工听到叫声，十几个人一齐围了过来，挥舞着棍棒向小伙子打来。

这几个洋人却不是小伙子的对手，三下两下就被他打得趴在地上，呻吟起来。

青年男子钦佩地看着小伙子，心存感激。抱拳，说了句："大哥，搭救之恩来日相报！"转身，步履蹒跚地离开了码头。

一直在那里观战的将官，发现小伙子虽然把洋人打得不能动弹，却头不破血不流，身上没留下任何被打的痕迹。于是抿着嘴笑道："好小子，真有心计！"他捋了一下山羊胡子，对小头目说："把他叫过来！"

小头目朝小伙子喊道："喂……过来！"

小伙子一听在叫自己，连忙走了过来，装着傻呆呆地站在将官面前，心想：人们都说，大清朝的官儿都跟洋人合穿一条裤子，这位军官肯定也不是什么好人，不是与洋人合穿一条裤子，也是与洋人同一鼻孔出气。"走狗……"他在心里骂道。

将官很温和地问他："叫什么名字？"

小伙子只顾想着心事，却没听见将官的问话。

见小伙子不答应，小头目厉声喝道："问你话呢，哑巴啦？督标中军副将张大人在问你话，你竟如此不敬！"

小伙子猛地一惊，脱口道："张大人？"可心里却在揣测：此人莫非就是早已听说过的张之洞的亲信张彪？

此人正是张彪。他刚从汉口巡视归来，准备回督署。

张彪，字虎臣，九年（1860年）十二月生于榆次县左付村。从小丧父,家境十分贫寒,以推车运煤挣钱糊口。母亲亡故后,于光绪六年(1880年)投补太原抚标兵额。后因武功超群,又应童子试。张彪生性率直、仗义行侠,在一次"路见不平,拔刀相助"中,无意间为到山西接任巡抚的张之洞解了围,因而深得张之洞赏识,将其留在身边。张见其身体健壮,人才出众,办事踏实可靠,甚是喜爱,提拔为随身侍卫,视为心腹,连连擢拔。光绪十五年(1889年),张之洞升任湖广总督,时值汉口水患成灾,张彪受委督修湖西大堤。其间,精心设计,严格施工监督,工程顺利完成,水患根除。当地称大堤为"张公堤"。随后,负责监修武泰、武丰两闸,工程同样科学坚固。光绪二十三年(1897年),张彪受清政府委派,赴日本考察军政、营阵以及枪炮诸事,军事才能大有增长。现在湖北创练鄂军,被清政府授予"壮勇巴图鲁"称号,同时受命负责管理将校学堂,精心为学员"改编制,易章服,选择器械"。不久前,刚刚升任湖广督标中军副将。

"小民杨洪胜叩见大人!"杨洪胜稍顿片刻,亮出了自己在家乡很少用的名字。在家乡,人们都叫他杨益三,知道他叫杨洪胜的人并不多。

"你是何方人,竟敢殴打洋人?"张彪铁着脸问。

"回大人,小民是襄阳府谷城县人,想到武昌从军报效朝廷。没想到刚刚漂泊到此,就遇见不平,一时性起,出手教训了洋人,愿听候大人发落……"杨洪胜毫不在乎地说。

张彪一听,十分高兴,对身边的小头目说:"张香帅多次面谕,多从安陆、荆门、襄阳、郧阳这些多为魁梧强劲之人的府地招募新兵,看他身魁力大,就把他招进巡防营吧!"

杨洪胜喜出望外,连忙说:"多谢大人恩典!"

张彪并没追究他"殴打洋人"的事,却饶有兴趣地问道:"看来你武功不差,可敢与我比试比试?"

"小民不敢!"

"为何不敢?"

"怕伤着大人。"杨洪胜说道。

"大胆,敢藐视大人?"小头目又大喝一声。

张彪朝小头目摆了摆手,转向杨洪胜:"你敢断定赢我?"

"不敢!"

"那为何口出狂言?"

"习武之人,无论对待何人,都是'交手前藐视,交手时重视,交手后珍视',所以,小的斗胆口出狂言并非藐视大人。"杨洪胜说得头头是道。

张彪一听,乐了:"言之有理! 我也是习武之人,常常藐视对手,但最终却是以武会友。"

张彪取下佩剑,交给小头目,对杨洪胜说:"来吧,可要玩儿真的,否则你会后悔的。"

"大人真的要比?"

"这还能有假? 我还让你先出招!"张彪已经摆出了比武的架势。

杨洪胜正要出招,突然,几个英国人拥了过来。

领头的英国船长对张彪拱了一下手,说:"张大人,这个暴民蓄意殴打我大英帝国商人,请你照《辛丑条约》第十款立即弹压惩办。"

张彪收起了架势,面部抽搐了一下,说:"船长大人,你来得好,我正要去找你呢。你看你的这些监工,如此蛮不讲理,把那些搬运工人打了也就算了,你看,还把我的士兵给打了。"

张彪说着,将杨洪胜的头扳了过来,颈部又粗又红的血印立刻呈现在众人面前。

船长不服气:"明明是他打了我的人,怎么是我的人打了他呢?"

"这样吧,船长大人。"张彪暗笑道:"你我说了都不算,我们到第三国的医院验伤,这样公平合理,是我的人打伤了你的人,我自然会照《辛丑条约》惩办。如果是你的人打伤了我的人,哼哼……"

"好……"船长气呼呼地,一扭身:"那你就等着瞧吧!"丢下一句话,走了。

看着船长的背影,张彪不知骂了一句什么,接着提高了嗓门说:"我是大清朝的军人,忠君保国是我的天职,岂能因为洋虏而自相残杀?"

按大清律,各总督除节制所管省区内提督、总兵外,又各有直属军队,名为"督标"。一般有中、左、右三营,各督标营均设有副将、参将、游击、都司、守备、千总、把总等官职。湖广总督署增设了一个巡防营。张彪任督标中营的副将,因受张之洞宠爱,巡防营也由他节制。

杨洪胜并不是一般的从军青年,他主动投军另有隐情,这一点,张彪不会想到,其他人就更不会想到。他本来是投奔新军来的,可阴差阳错误入了绿营,直到后来,他才意识到绿营和新军竟是如此天壤之别。

武昌文昌门码头的那个场面深深地刺激着杨洪胜。爷爷给他讲述的和他经历的那些事情又开始在他脑海里像潮汐般翻卷开来——

二

那是咸丰三年(1853年)三月的一天,天刚蒙蒙亮,谷城铁匠街的杨记铁匠铺就闹腾起来了。

"伙计们,掌柜交代了,今天要多支几台炉子。"一位年长的大师傅,吆喝着,进进出出地忙活。

"好咧——"十几个伙计应和着,如梭子织布般在铺子里来回穿行。

"唉,今天咋没见杨师傅? 平时可就是他最早。"一位胖伙计在门外小声嘟哝着。

"干你的活,别瞎操心。"另一个瘦伙计用肘子顶了胖伙计一下。

"嘿,我说,今天支那么多炉子干吗?"胖伙计又问。

"你说干吗? 这些规矩你还没弄懂,看你这猪脑子。"瘦伙计瞪了胖伙计一眼。

"是不是要打锚了?"胖小伙计来劲了。

"你去问杨师傅去,他是掌柜的,我怎么知道?"瘦伙计对胖伙计的没完没了有点不耐烦。

"那你说,这是真的了?"胖伙计喜滋滋地腆着肚子:"要打锚? 杨师傅一定到街上打酒去了,今天我又能放开肚皮喝酒喽!"

打锚,可不是一般铁匠铺都能干的活,哪怕是一条小船上的锚,也得几台炉子并起来打,不仅要用上等的好铁,而且还要有绝活。不管是冬天还是夏天,开打之前,每个伙计们都要喝上一两碗酒,放上一挂鞭,然后乘着酒劲,光着膀子,喊着号子,抢着大锤……那气势,能传到三十里外。整个铁匠街,也只有杨记铁匠铺能出这活儿。打锚期间,伙计们除了喝酒吃肉,还可以拿到比平时多一倍的工钱,大家都盼着打锚。

"胖子,你们俩在嘀咕什么? 杨掌柜在屋里叫你呢。"大师傅在里里外外张罗着。

整个杨记铁匠铺,就大师傅一人管杨师傅叫掌柜,因为他入道早,没给杨师傅当过徒弟,其他人都是杨师傅一手教出来的,大家叫他杨师傅,他也乐意,亲切。

"啊! 杨师傅没去打酒呀,看来今天是不打锚了。"胖子泄气了,刚刚挺起来的腰身,马上开始佝偻下去。

胖子来到屋里,见杨师傅正在摆弄那些铁锭,有点糊涂了,问了句:"师傅,今天到底是打锚还是不打锚呀?"

"什么意思呀,胖小子?"别看杨师傅平时对这些伙计们要求很严,那是要让他们掌握过硬的技术,可内心里总是对他们像对自己的孩子一样慈爱、亲近。

胖子用手挠着头,憨憨地说:"我看师傅摆弄这些上好的铁锭,像是打锚用的,可今天师傅既没打酒,也没割肉,我又觉得不像……"

"哈哈……都说我们胖小子憨,没想到还怪喜欢琢磨。你这傻小子,一点都不憨!"不知道为什么,杨师傅还特别喜欢胖子的这种"憨"劲。

"嘿嘿……"胖子也跟着傻乎乎地笑着。

"你知道我们今天要干啥活吗?"杨师傅故意问他。

"找不到。"胖子摇着头。"找不到"是当地话,即不知道。

"打抓钉!"

"啊,打抓钉?!打抓钉怎么会用这么好的铁,再说,打抓钉哪用得了这么多炉子?"胖子无法理解,两眼疑惑地看着杨师傅。

"没错,是打抓钉,可为什么要支这些炉子,你就不用管了。我想把打制一万个抓钉的活交给你来负责,只有两天时间,怎么样?有把握吗?"

"行!"胖子一拍胸脯,可马上又犹豫了:"不过……"

"不过什么,你还是担心自己不行?"杨师傅激将道。

"不是!"

"那是什么?"

"我是觉得……"

"你觉得什么?"

"人家都说,好铁不打抓钉,好儿不当清兵……"

"傻小子,只说对了一半。你没听说吗,大船破了精光精,小船破了五百钉。这船啊,靠的就是抓钉。抓钉就像人的筋,俗话说,打断骨头连着筋,骨头断了还可以接上,但筋断了,就没办法了。如果抓钉出了问题,这船也就散架了。干我们这行的,说小就小,说大也大,小到锅铲瓢盆,大到人命关天,所以,最重要的就是凭良心。"

"哦——"胖子终于明白了。

一支数人的清军队伍向铁匠街冲来……

铁匠街上,大都关门闭户,只有杨记铁匠铺大门敞开。门口,十几个伙计正围着十几台炉子生火化铁。

一个大汉提着半截大刀,在街上一边狂奔,一边找地方躲藏。

后面的清军追杀过来。

眼看着清军快要追上了,突然,人影一晃,消失在烟雾中。

三

杨记铁匠铺的后院里,门被轻轻地拴上了。

刚刚在街上狂逃的大汉,满脸汗水站在杨师傅的对面,一边喘着粗气,一边用眼睛警惕地环视着四周。

"不用紧张。"杨师傅没好气地说。

大汉见杨师傅表情冷漠,双手抱拳,说了声:"多谢大叔搭救,不打搅了,容我来日相报。"转身要走。

"站——住!"杨师傅喝住大汉,语气中带着一种威慑。接着,一字一顿地说:"你以为你还走得了吗?"

大汉一怔,马上平静下来,问:"怎么?"

"也不打听打听我这儿是什么地方,说走就走?"杨师傅生气地板着面孔。

大汉心里一惊,想:他想报官? 但脸上却不动声色地说:"那好,既然到了你这里,就任凭你处置吧。"一副大义凛然的样子。

杨师傅这才露出了一点笑容,说:"这还差不多。那我问你,你是干什么的,为什么会被清军追杀?"

"要报官就报官,还问这些有什么用?"大汉不耐烦地顶了一句。

杨师傅不愠不火地说:"我报官也得报个明白不是,你不给我说清楚,要我怎么报官?"

大汉突然觉得,眼前这个东家模样的人,倒不像是个恶人。仔细瞧瞧,那浓眉下蕴藏的却是一副慈祥和善良。

但他还是不能暴露自己的身份,就谎称自己是为报夺妻之仇,在家里砍伤了人,逃跑后被官兵追捕。

杨师傅哈哈大笑:"我说壮士,你只会杀人,却不会撒谎,你连谎话都编不圆呀!"

"杀人?你可别吓唬我,我怎么敢杀人呢?我只是想吓唬吓唬那小子,没想到他那么不禁砍。我敢保证没杀过人!"

大汉还在装聋卖傻,没想到杨师傅却一针见血:"你就别再演戏了!打架斗殴、民间纠纷应该是衙役追捕你,而追捕你的却是当兵的,你还是实说了吧!你连我都信不过,还怎么指望我保护你呀?"

话说到了这个份儿上,大汉只好如实相告:"不瞒您说,我今天是平生第一次说谎,这也是被逼的。其实我是襄阳范岗人,叫高二先,是郭将军领导的义军副统领,我们原本准备从水路到武汉参加太平军的,可是时间突然提前了,造船来不及,昨天临时改为走旱路,没想到路过钟祥时,我们两千人的队伍遭到清军的伏击,郭将军为掩护我们撤退被俘了,昨天傍晚清军要在襄阳城里杀害他。我们几个弟兄约好去救他,没想到又中了清军的圈套,郭将军被他们杀害了,我们几个人拼死突围,都被冲散了。我被清军一路追到了谷城……"

"你是郭大安的部下?"杨师傅既惊喜又意外。

"大叔也知道郭大安?"

"岂止知道,我还跟他打过不少交道。前天晚上,郭大安差人来要我给他赶制10艘船的抓钉,昨天我开始备料,今天早上才刚把料备齐。这不,外面支起来的十几台炉子就是给你们打抓钉的。没想到……唉——"

杨师傅边说边在屋里踱着方步。门外传来吵闹声和杂乱的脚步声,声音越来越近。

杨师傅稍一思索,迅即一把夺下高二先手里的半截大刀,扔到门旮旯,顺手将一筐灰碳扣在他的头上……

高二先被这突如其来的变故弄懵了,他忿忿地想从牙缝里挤出一句话:"你……"

还没等他把话挤出来,杨师傅大声嚷道:"你还敢顶嘴……"打开门,一把将他搡了出去,与刚要进来搜查的清军头目撞了个满怀。

杨师傅连忙向那头目赔不是:"对不起——军爷,我正教训我外甥呢?不知道您驾到,有失远迎,有失远迎!"

清军头目是个斜眼,一把拽住高二先,见他黑黢黢满脸灰,就斜着眼睛问杨师傅:"你为什么要把他弄成这样?"

杨师傅无可奈何地说:"军爷,您不知道呀!我这外甥好吃懒做,成天找我要钱,这不,昨天晚上就来了,缠了我一晚上,我也没办法,看在我苦命的姐姐份儿上,就一直忍着。可我实在忍不下去了,才对他无礼的。"

"他真是你的外甥……嗯——""斜眼"用右手食指在杨师傅眼前晃动了两下。

杨师傅心里一咯噔,却马上镇静下来,连连点头:"是,是……"

"他叫什么名字?"

"二狗,二狗……"

"大名?"

"潘二贤!"

"高二先!""斜眼"突然大叫一声。

高二先一激灵,差点露出马脚。杨师傅忙侧身挡住高二先,解释说:"军爷,您听错了,他叫潘二贤,不叫高二先。"

"他就是高二先,郭大安的干将!""斜眼"拧着高二先的衣领,对手下清兵说:"把他带走……"不由分说,清兵一拥而上,就要把高二先往门外推。

杨师傅死死抱住高二先不放,一边暗示他不要轻举妄动,一边大声嚷嚷道:"你们当兵的就这么不讲理! 还有没有王法?"

"王法? 告诉你,老子就是王法!""斜眼"说着一把推倒杨师傅。

铺子门口,胖子一直在外面观察动静。这时,他抄起铺子里的一把大刀,闯了进来。

"二狗,你这狗日的,净给我师傅找事,看我今天不剥了你。"胖子说着,抡起大刀向高二先扑去。

一看杨师傅倒在地上,胖子冲着外面喊:"伙计们,师傅被人打了,抄家伙……"

屋外十几个伙计手执锤子和刀一齐拥了进来。

"怎么,想造反?""斜眼"一看这阵势,胆怯心虚,底气明显不足。

"喂,喂……别伤和气,千万别伤了和气!"杨师傅急忙从地上爬起来,佯装劝解,然后给胖子使了个眼色,喊道:"胖子,还不快把二狗给我送回去,站在这儿惹军爷生气呀?"

"呃!"

胖子会意地拉着高二先就要走,"斜眼"突然说了声:"慢!"然后向里屋走去。

屋子里放的都是破铜烂铁,"斜眼"四处瞅了瞅,视线立刻停留在门旮旯里。他把半扇门一关,里面露出了半截大刀。

所有的人都大吃一惊。

"斜眼"拾起大刀,狡黠地从鼻孔里哼了一声,说:"这是什么呀?"

杨师傅索性迎上去,说:"军爷,您连这都不认识了?这是半截大刀哇!"

"斜眼"瞪了他一眼:"我知道是大刀!"他对着手里的大刀仔细端详着。

杨师傅心里一琢磨,赶紧讨好地说:"军爷,看得出,您很喜欢这大刀。不过……"

"斜眼"转过脸来,很想听听他"不过"后面的话音。

杨师傅却说:"嘿嘿,这是把报废的刀,您要是喜欢刀,就到我这边屋里瞧一瞧,这屋子里可都是些上等的好货。"说着,就要把清兵们往另一间屋里引。

"斜眼"装模作样地在屋里走了一圈,便直截了当地说:"不用了!不过……我这几个弟兄,为了追捕一个匪首,折腾了一宿,也够辛苦的了。匪首没追到,回去不好交差不说,弄不好还得落个通匪的罪名,你说,我怎么也得安慰一下弟兄们不是?"

大家都心知肚明,这明明就是敲诈,可为了息事宁人,杨师傅毫不犹豫地从屋里拿出仅有的几锭银子,往"斜眼"手里一塞,赔着笑脸说:"军爷辛苦了,这点小意思,权当请弟兄们喝了碗茶。"

"斜眼"拿着银子,很老到地放在嘴边,用牙这么轻轻一咬,满意地点了点头,然后招呼几个清兵,摇头晃脑地离开了杨记铁匠铺。

"啊呸……"杨师傅站在门口,狠狠地啐了一口。

太阳已经升到半竿子高了,街上,大小铺子都敞开着大门准备迎客。

　　这时，一胖一瘦两个人，胖的矮短，瘦的高大，胖的在前，瘦的在后，慌慌张张地由铁匠街向东，穿过三神殿，急匆匆地向城南方向奔去。他们边走边关注着左右，两双不安的眼睛还不时盯着身后。

　　这一胖一瘦便是从杨记铁匠铺里跑出来的胖子和高二先。

四

　　"大鹏——快把船划过来！快点……哥有急事要过河！"胖子扯起嗓子大声叫喊着，眼睛不停地左顾右盼。

　　"来啦——"听到胖子喊声，知道事情紧急，杨大鹏调转船头向中码头急驶而来。

　　不一会儿，船就到了岸边。杨大鹏连忙跳下船，问："胖哥，啥事呀，这么急？"

　　高二先洗好脸，出了芭茅丛，笑吟吟地向杨大鹏走来。

　　杨大鹏一愣，问胖子："这位客官是……"

　　胖子环顾了一下四周，急忙说："这位是高……哎呀，现在不是说话的时候，赶快撑船，到船上再说。"

　　高二先紧随胖子上了船，站在船舱里。

　　杨大鹏蹲在岸上，双手顶住船头，用力一推，船离岸向河心漂去。杨大鹏却没有上船。

　　高二先不知何故，疑惑地叫了一声："你……"

　　胖子却毫不在乎地说："别管他。"

　　"那怎么行？"高二先着急起来："他不上船，我们俩怎么过河？"

　　"没事……"胖子懒洋洋地，故意拖着长音。

　　眼看着船已经离岸一丈多远了，正在高二先急不可耐时，杨大鹏突然撑着船篙,纵身一跳,不偏不倚,双脚正好落在船头的中央。

受到巨大的冲力,船艄往上一翘。高二先毫无防备,一个趔趄,险些摔倒,被胖子一把扶住。

胖子对杨洪胜说:"我先给你介绍一下,这位先生叫高二先——高将军!是太平军的一个大头头,也是你爹——我师傅从清军手里救出来的。你爹说,要我告诉你,先把高将军安顿在你家里,等这几天风头过了再做定夺。你爹还说,一定要留住高将军,不管发生什么事,都要等到他晚上回来。你爹又说,邻居们要是问起来,就说高将军是你的表哥,是你姑姑的儿子。你爹……"

"好了,好了……别再你爹你爹的了,我都听烦了!"杨大鹏打断了胖子的话,转身对高二先说:"刚才胖子的话,您都听见了,我爹已经安排好了,您就随我回家,一切放心好了。"

高二先感激万分:"真是有其父必有其子呀,你们父子都是仁义之人,还有胖子,我高二先无以为报……"

"看您说哪儿去了,这也是我们家的规矩嘛!"杨大鹏得意地说。

胖子也连忙说:"真是的,看您说哪儿去了,我只是按师傅的意思跑跑腿。我是个粗人,人家都说我没脑子。"

"这话就不对了。"高二先用十分钦佩的语气说:"今天早上,你的表现太棒了,我真没想到你还会来那一手。"

"您别抬举我……"胖子被说得不好意思,他顿了顿,突然问高二先:"高将军,早上那几个清军里面有人认识你吗?"

高二先略一思索,肯定地说:"没有!"

"亏了,亏了!……"胖子莫名其妙地冒出一句。

高二先不解地问:"什么亏了?"

"早上,我师傅可能是怕清军中有人认出你来,才把那筐灰碳扣在你头上的,要是知道他们不认识你,我师傅说什么也舍不得那筐灰碳。还把你弄成个花屁股脸……"胖子撅着嘴巴。

高二先爽朗地大笑起来,杨大鹏也跟着嘿嘿直笑。

胖子在朋友面前总是口无遮拦,想到什么就说什么,直来直去。知道他的人都晓得他这个秉性,说他一张开嘴,就能从嗓子眼看到屁股眼——直肠子!

他们越说越投机,越说越热火。不知不觉,船就靠了岸。

岸上聚集了许多人,吵吵嚷嚷地,等着渡河。

南河南岸的戈家营子就住着一家姓杨的,但杨家的人缘比较好,杨铁匠是这里出了名的仁义之人,儿子杨大鹏在中码头摆渡,那也是个结交三教九流的活儿,妻子在家租种了鞑子沟满人福林的五亩茶园,跟邻居们相处得像一家人似的。

胖子领着高二先在戈家营子转了一圈,逢人便说:"这是我师傅的外甥,叫二狗,已经来了好几天了,这些天忙,也没跟大伙见面。今儿我带他出来走走,也算露个脸,往后还要靠大家多关照……"

其实,他这是按杨师傅交代的,要让全营子的人都知道,杨铁匠的外甥二狗好多天前就来了。

"好说,好说!"

"客气,客气!"

"那有啥话说?杨师傅的外甥来了,大家自然要照顾。没得说的……"

胖子一一给大伙拱手作揖。

等这一切事都做完了,胖子才把高二先带回杨家见"舅母"。

第二章　杨铁匠襄助太平军

一

夕阳已经西下,太阳的余晖渐渐被夜幕吞没。

襄阳城,城门紧闭。

地处汉江南岸的襄阳城,始建于汉代,三面环水,一面靠山,与北岸的樊城隔江相望。自东周开始,襄阳一直就是群雄角逐的重要战场,是闻名的军事重镇。城墙高约 10 米,厚 1.5 米,周长 7.4公里。城体坚固,城高池深,易守难攻,素有"铁打的襄阳"之称。唐宋年间改为砖城,增设垛堞,新建城楼。明洪武年间重筑,并在城的东北角新添一段城墙,取名新城。有六座城门,分别是:东门阳春、南门文昌、西门西城、小北门临汉、大北门拱宸、东长门震华。每座城门设有瓮城或子城,城四隅设有角台,沿线分设敌台和烽火台,城垣上设置垛堞四千多个。

环绕襄阳城的护城河,宽 180 余米,最宽处逾 250 米,堪称大清国第一城池。

城墙上,巡逻的清兵挑着灯笼,灯火忽明忽暗,如墓地的磷火一般。城垣上的哨兵,披坚执锐,生硬地站在哨位上,犹如陪葬的兵马俑。

城北"拱宸"门口挂着一只竹篮子,晃晃悠悠,昏暗的灯光映照出一颗血肉模糊的人头。

整个襄阳城暮气沉沉,却又如临大敌。

襄阳府衙内。大堂上端坐着驻防襄阳镇压郭大安起义的原湖北巡抚罗绕典。

罗绕典,清大福坪人。字兰阶,号苏溪。五十八年(1793 年)生。今年六十岁。少就读12年。道光八年(1828 年)顺天乡试中举人。次年成进士,授翰林院庶吉士,散馆授编修。居京数年,与军机大臣曹振镛、东阁大学士王鼎过往甚密。十四年,得荐外任。历任顺天乡试同考官、四川乡试正考官、山西平阳知府、陕西督粮道、署按察使、山西按察使等职。二十四年任贵州布政使,力陈黔省鼓铸制钱"五难",改革铅厂章程,清查库款,增加库储30 万两,购备荒粮5 万石,深为云贵总督林则徐所称赏。二十九年擢升湖北巡抚,拒收盐商贿赂银数万两,旋丁忧回籍。咸丰二年(1852年),太平军入湘,罗绕典服阕,奉旨主簿湖南军务。五月抵长沙,督工筑土城于南门,北起白沙街、南迄大椿桥,未及就绪,太平军骤至。与前任巡抚骆秉章、新任巡抚张亮基等,率兵勇数千登城据守。于城内修筑月城,开挖内壕。时提督鲍起豹建议以重金驱使兵勇焚烧城根外民舍,罗"惜屋太多",未予同意,但终于还是以焚毁民房以数千计的代价,解了长沙之围。他此次是奉旨以湖北巡抚的身份驻防襄阳,专门来镇压襄阳郭大安响应太平军起义的。

罗绕典昂然坐在府衙的大堂上,堂下几个人分坐在两边,恭恭敬敬地听他说话。

"这次没能全歼襄阳的长毛贼,是由于有人贪生怕死、作战不力所致……"

他声音不大,却很有震慑力。堂下的人面面相觑,都不敢吱声。所有的人都明白,这次剿匪存有私心,大家都是从外地调来的兵丁,何必替襄阳府送死呢?这一点,连罗绕典都心知肚明,只是

22

他没有找到更合适的机会挑明。他虽说凶狠狡诈,却从不捕风捉影,但既成事实的事,他会严惩不贷。

"陈秋璜……"

新野县防兵参将陈秋璜心里一惊,用眼睛瞟了一下罗绕典,只见罗阴沉着脸,正向他走来,慌忙答道:"小的在!"

"你这次功劳最大……"罗绕典露出了狡诈的神色。

"小的不敢,小的只是……"

"你敢!你不仅敢想,也敢做……你为了保存实力,临阵不前,给了长毛贼可乘之机,高二先才得于逃脱……这都是你的功劳……"罗绕典从嘴里吐出来的每一个字都像一把剑,直逼陈秋璜的死穴。

"我……"陈秋璜直打哆嗦。

罗绕典"哗"地抽出佩剑,猛地刺进陈秋璜的心窝。

"大人……"陈秋璜软绵绵地扑倒在罗绕典的脚下,血喷了他一脚。

倏地,坐在堂下两边的大小武官们,都好像这剑是刺在自己的屁股上,"腾"地一下,全站了起来。

他们暗暗揣测,罗绕典这是在借着整肃军纪排除异己。他手里有尚方宝剑,说要杀谁不是跟杀只小鸡一样容易?堂下的人,一个个都胆战心惊。

钟祥县乡勇首领伍天池从未见过这阵势,吓得要尿裤子。

罗绕典拔出佩剑,在陈秋璜的背上把血擦了擦,收回剑鞘,说了声:"拖出去!"转身看了看两旁,一个个都吓得面如土色。

"伍天池……"

钟祥县乡团首领伍天池一听叫自己名字,猛地一个寒噤,便觉得下身湿漉漉的,一股温泉般的水顺着裤腿往下流,地板上顿时湿了一片。他机械地为自己辩护道:"大人,小的可没……"

看到伍天池吓成这副样子,罗绕典哈哈一笑,说:"看来,英雄

23

也有丧胆的时候啊!"

英雄!?伍天池云遮雾罩地看着罗绕典。

"伍首领这次可立了大功啊!"

伍天池一听,浑身一凉。"扑通"一声跪在地上,连声叫道:
"大人饶命……大人饶小的一命吧……"头在地上磕得"邦邦"直
响。

"我什么时候说要杀你了?"罗绕典不解地问。

"小的明白,大人说小的立大功,就是要杀小的。"伍天池一把
鼻涕一把泪。

"你不明白!我不但不会杀你,而且还要给你记功。"罗绕典
上堂,双手往文案上一摊,说:"伍天池听命,你在伏击郭大安的战
役中,有勇有谋,亲手活捉了匪首郭大安,是朝廷的忠臣,本官将奏
准皇上,升任你为新野县防兵参将,补陈秋璜之缺。"

伍天池顿时愣住了,他不敢相信,自己不死已经万幸了,咋还
敢奢望得道升天?

钟祥知县李櫄忙提醒他:"伍参将,还不快点谢大人。"

伍天池如梦初醒,赶紧向前爬了几步,头向下重重地一磕,说
道:"多谢大人提携,我伍某忠心跟随罗大人,誓死剿灭长毛贼。"

一场赏罚分明的把戏演过之后,所有人余悸未散,个个都战战
兢兢地面对罗绕典站着,不敢落座。头压得很低,听着他发脾气。

"这次郭大安在襄阳起兵造反,连圣驾都惊动了……可你们
说说,这次伏击战,加上钟祥李櫄的绿营兵和乡勇,一共六千多人,
却围不住区区两千个长毛贼,还让几个匪首从你们眼皮底下溜
走——真是奇耻大辱!特别是那个高二先,他的统率能力不比你
们差,一旦让他逃脱,他定会卷土重来,到那时,麻烦可就大了……
高二先一天不除,圣上就一天不得安寝,你们也就没有一天好日子
过。作为臣子,如果不能替皇上分忧,那就是失职,失职就得步襄
阳知府周汝骧的后尘。今后,在战场上,如若有人再敢为了保存实

力而违抗军令,就跟陈秋璜一个下场。你们听明白了吗?"罗绕典板个脸训斥着。

"明白了,大人!"那几颗本来就压得很低的头,猛然间又朝下低了三分。

"你们都听好了,大小北门要重点把守,我要用郭大安的人头来钓漏网的大鱼。你们回去后,按我的计划行事,这次如果再有人出现差错,那就不是现在这样在我面前低头了,那将是……砍——头!"

"喳!"柏山、李橛、伍天池等人吓出了一身冷汗,连忙拂下双袖,跪安退下。

"报……"

正在这时,外面的兵丁进来禀报。

"什么事? 哈……"罗绕典有些倦意,忍不住打了个哈欠,站起来准备退堂。

"大人,追捕高二先的人回来了……"

"啊……快让他们进来! 你们三个先留步。"罗绕典来了精神,立马一屁股坐回红木椅子上。柏山、李橛和伍天池正要跨出门槛的脚,被招了回来。

"斜眼"刚跨进门槛,就扑通一声跪在地上,双手伏地,头磕在地板上,连声说:"小的该死,请大人恕罪! 高二先,他……"

罗绕典一听,瞪圆了一双布满血丝的眼睛,气急败坏地奔下堂去,一把揪住"斜眼"的衣领。此刻,他已经忘记了自己的身份,失态地大声咆哮着:"高二先在哪儿? 快说!"

"他……他掉进汉江淹死了!""斜眼"将头紧紧地伏在地面,等待着罗绕典对他的处罚。

"高二先死了?! ……"罗绕典松了口气,回坐到堂上,朝"斜眼"说了声:"起来吧!"

"小的该死,小的无能……大人下令活捉,我们却捉了个死

25

的,有违大人军令,死罪,死罪……""斜眼"伏在地上,全然没听见罗绕典让他起来,还是一个劲地抽自己嘴巴。

柏山踢了"斜眼"一脚:"大人要你起来回话!"

"啊……多谢大人!""斜眼"赶紧从地上爬了起来。

"我问你,高二先的尸首呢?"罗绕典追问道。

"斜眼"暗暗思忖:都说他罗总督狡诈、心细,幸亏我早已料到他会来这一手,可惜跟了自己多年的兄弟没了。他连忙说:"在外面院子里放着,请大人验尸!"

门外院子里,八个清兵列队站在尸体旁,看样子尸体确是从水里捞出来的,但尸体却面目全非。

"嗯!怎么成这番模样?"罗绕典狠狠地瞪了他一眼。

"斜眼"马上讨好地说:"您不知道呀,大人!这个高二先可真不是一般长毛贼,身手很是了得。我们快追到谷城渡口,在河中心才把他追上,十个兄弟把他团团围住了,可他硬是撕开了一条口子,把我们一个兄弟的头都砍掉了。我们本想活捉他的,可是又怕他跑掉,不得已才对他下手,我们把他的双眼都砍瞎了,他还想逃跑。结果瞎眼乱撞,掉到河里去了,嘿嘿……我们费了好大劲才把他从河里捞起来……只是苦了我那死去的兄弟,连尸体都没找到……呜呜……"

尸体无法辨认,罗绕典也只能听之任之了。他转身进屋,刚走了两步,忽然停下来,回过头看了看尸体,一甩袖子:"把头割下来,尸身扔到河里去,明天一早贴出安民告示。"

第二天一早,北门口又多了一只竹篮子,多了一颗人头……

二

时间又是一天。太阳还跟昨天一样,懒洋洋地离开了地平线,老牛拉车般慢腾腾地向上爬着。

初升的太阳斜照在谷城街依然陈旧的南门墙上,斑驳的树影遮掩着墙上的一张布告。

布告下聚集了一些人,吵吵嚷嚷。

一个衙役背对着城墙,瘦猴一样站在布告的左下方,手里拿着同样的一张布告,扯起嗓门大声地念着:

> 为筹措军饷镇压长毛贼,保国安民,皇上钦颁厘捐制度。凡工农商等各业大行铺户,从即日起实行值百抽一,抽捐名目如下:指捐、借捐、亩捐、房捐、铺捐、船捐、盐捐、米捐、饷捐、卡捐、炮船捐、堤工捐、板厘捐、活厘捐、草捐、落地捐……
>
> 谷城知县樊炳南
>
> 咸丰癸丑年七月十三日

"你说这皇帝佬整天在干什么,尽想歪点子,从我们老百姓身上刮油……"

"可不是吗,你说去年,咸丰皇帝不知是吃错了药还是发了高烧烧坏了脑筋,忽然想起要铸造大钱,叫什么咸丰重宝、咸丰元宝,当五十的钱比当百的钱体积还大,当百的比当千的还重……钱都不值钱了,你看现在的物价涨多快……"

"谁说不是! 近两年大米一天一个价,现在每石大米都涨到了三两多白银……这还不说,再看看这白银和铜钱的比价,康熙年间一两白银值铜钱一千文,道光年间就涨到了二千文,现在是月月飞涨,目前已经涨到了三千文……"

杨师傅带着胖子从铁匠街到财神庙去上香,刚好经过南门,听到人们议论纷纷,不屑地加快了脚步。

倏地,一个关于"白银与铜钱比价"的议论让他心里怦然一动,他立马站住,用不易被人觉察的复杂的眼神上下打量着刚才说话的人。突然微微一笑,拱手问道:"先生大号?"

那人也抱了一下拳,回道:"小民张维帮,外号张瞎子,县北张家集人。"

"噢……久仰,久仰!"杨师傅又施了一个礼,问道:"你刚才说白银和铜钱的比价,这对我们百姓生活有哪些影响?能不能说给大伙儿听听!"

"对呀,说来听听……"

人们七嘴八舌地附和道。

张维邦见这么多人聚了过来,索性把上衣一脱,赤裸着上身,往远离城门的地方走了几步。说道:"银钱比价的变动,受打击最重的是农民,农民卖粮收的是铜钱,而缴税却要用白银,大家仔细算算账,如果银价对铜价上涨五成,就等于农民的租税负担增加一半……"

"这次领教了,下次请先生到杨记铁匠铺喝茶。"杨师傅撂下这句话,拉起胖子走了。

六月的天,小孩的脸,说变就变。刚才还是艳阳高照,不一会儿就乌云滚滚,现在却下起了瓢泼大雨。才后半晌的时辰,天暗得却跟傍晚一般。

在谷城戈家营子,杨师傅坐在堂屋的椅子上,瞅着外面的暴雨,"吧嗒吧嗒"地抽着旱烟。

高二先从里屋出来,叫了声:"舅……"

杨师傅已经抽完烟,将烟锅在鞋底上磕了磕,然后把烟袋的细绳往烟杆上缠了缠,并没往腰里别,却拿在手上。

"看样子,我是拦不住你的……"杨师傅很认真地问道:"你以后到底有什么打算?"

"舅……"高二先直截了当地说:"我要回襄阳拉杆子,把昔日的弟兄们召集起来跟这个腐败的清政府斗。您大概也知道,鸦片战争以后,清政府和英国签订了卖国的《南京条约》,把香港割出去了,还赔人家大把大把的钱,就连广州、厦门、福州、宁波、上海这些口岸城市也进驻了英国人,他们在那里经商,还要瓜分我们的银子,我们从来没有听说过的一些小国家也排着队到中国来分我们的土地,我们中国的澳门就被一个叫葡萄牙的小国给霸占了,你说气人不气人?"

高二先说起话来,滔滔不绝。杨师傅从未听过这些事情,觉得很新鲜,问道:"你咋懂得这么多?"

杨师傅却不知道,高二先并不是一般人家的子弟,他是书香门第,父亲是个儒生,哥哥高炳南是咸丰元年的贡生,在北京教书,他自己也能文能武。

"我一直没跟您提起过,我哥哥在北京做事,他知道的比这还多。现在,太平军已经在南京建都,清政府就快完蛋了。"

"我倒不知道你说的这些国家大事,可我只晓得我们这个小小的县衙里,那些县太爷们整天只知道欺压百姓,对那些欺行霸市的地痞恶霸们却礼让三分,老百姓有冤没处申,有理没处说,你说这是啥世道嘛!"

杨师傅越说越气,接着,很认真地对高二先说:"我虽然是个打铁的粗人,但我也是个深明大义的人。俗话说,上梁不正下梁歪,下梁不正倒下来! 县衙就这样黑,这朝廷也好不了哪儿去。我早就看透了,当今朝廷,就是个坑害百姓的朝廷,可老百姓又有什么办法呢……你如果能做一番救国救民的大事,我们就有指望了,我不仅不拦你,还要支持你!"

他突然想起前两天在南门遇到的那个"张瞎子",对高二先说:"我前几天在南门遇到一个叫张维帮的人,外号'张瞎子',是谷城北边张家集人,我看这人跟你一样有思想,对朝廷极为不满,我曾约他到我铺子里喝过一次茶。如果你今后要做大事,可以跟他联络。"

他心里还是有些担忧,顿了顿,说:"我只是担心,你回到襄阳后,官府一旦知道你还活着,他们肯定不会放过你。"

"我藏身的地方多得很,您就别为我担心……"

"哐当"一声,杨大鹏披着蓑衣破门而入:"二哥,你若要走,就带我一块儿走吧!"他脱下蓑衣挂在门边,一把拽住高二先的手,摇晃着说:"这些天,你让我知道了很多东西,我也要跟你一起去造反嘛。"

高二先哈哈一笑,抚摸着他的头,爱怜地:"你还小,哥答应你,再过两年,等你长大点了,哥派人来接你。"

"当真?"

"当真!"

"不反悔?"

"不反悔!"

"拉钩!"

"拉钩。"

两个人的小拇指紧紧地勾在一起。这虽然是小孩们玩过家家的游戏,但在这一对年龄相差十多岁,亲如兄弟的青少年眼里,这一钩,却意味深长。

"二先,你跟我来!"杨师傅招呼高二先进了一间里屋。

这屋,高二先从来没进去过。

他随杨师傅来到里屋,杨师傅打着火镰点燃火纸,然后把桌子上的一盏桐油灯点着。

"大白天的,您这是……"高二先纳闷儿。

"端着!"杨师傅也不回答,把桐油灯递给高二先,自己卷起袖筒,用力去搬动放在墙角的一个大柜。

"我来吧……"高二先要去帮忙,被杨师傅用手势制止了。

高二先看着这个大柜,觉得很奇怪,关键是柜的位置放得很奇特。要搬动它,只能一个人使劲,再多的人都派不上用场,而且柜子非常沉重,没有一定功力的人是拿它没办法的。

高二先正琢磨着,杨师傅已经把柜子挪开了。

柜子靠墙那边,结满了蜘蛛网。显然,这柜子已经好久没动过了。

高二先把桐油灯移过去一照,原来,柜子下面藏着一个地洞。

杨师傅用笤帚把洞口的蜘蛛网扫了扫,等了几分钟,然后,两手撑着洞口,身子慢慢移进洞内。

"你把灯给我,你也下来吧!"杨师傅接过灯,下到地洞里。高二先紧跟在杨师傅后面。

地洞口小,到了里面忽然宽敞起来,面积大体上有三间房子那么大。随着灯光的照射,无数条反射的光线忽闪忽闪的,高二先很纳闷:这是什么东西? 金属光? 镜子光……

杨师傅没吱声,他也不便问,两人就一前一后闷闷地走着。

突然,一束耀眼的光反射过来,刺得高二先睁不开眼睛,他不由自主地叫了一声:"哎呀……"

杨师傅这才说话:"这就是我领你来,要让你见识的东西。"

高二先还没弄明白杨师傅的意思,只见四周的墙上挂满了各种刀剑等冷兵器,那些忽闪忽闪的反射光,原来就是由这些冷兵器发射出来的。

杨师傅指着这些兵器说:"这都是我近几年打制的,原来我们杨记铁匠铺是以打制刀剑出名的,我的爷爷就是打刀剑的好手,听我爷爷讲,他的爷爷刀剑打得更好。"

"实际上,以前,我们杨记铁匠铺是专门为朝廷打制兵器的。可后来,到了我这一代就出事了……"

"怎么啦?"高二先心里悬了起来。

"道光末年,各地出现了反清武装,清政府限制民间打制兵器,一经发现,要以通匪罪论处……当时,铺子里的兵器全被没收充做朝廷军用,大刀打不成了,我们杨家打刀剑的绝活也就无用武之地了。"

"那您铺子里怎么还有大刀呢？我那次躲进铁匠铺时，伙计们不是拿着大刀来救我的吗？"高二先疑惑地问道。

"那是再后来的事了……县衙当时把我的大刀没收以后，湖北的一位姓罗的巡抚到谷城，发现了我打制的大刀钢火好，很是喜欢。就找到我铺子里来了，准许我打刀剑，但只能给官府衙门打，现在，也只有我一家铁匠铺能打刀剑。他临走之前，又到我铺子里来了一趟，要我专门为他打制一把佩剑……他得到佩剑后如获至宝，后来回湖南老家丁忧时，什么东西都没带，就带了我给他打制的那把佩剑……可给官府打刀剑是只赔不赚的活儿，有时还一个铜子儿都不给……"

杨师傅自顾滔滔不绝地讲述着，高二先心里却猛一"咯噔"：罗巡抚！……佩剑？……他马上想起那天晚上，救郭大安时，他亲眼看到在襄阳府督战的湖北巡抚罗绕典，用一把很精致的佩剑割下了郭大安的头。

"罗巡抚……会不会就是罗绕典？"高二先思索着，杨师傅把一柄怪模怪样的大刀拿到他的面前，他还浑然不知。

寒光一闪！他吃了一惊，脱口叫道："宝刀！"眼睛直愣愣地看着杨师傅手里的宝刀。

杨师傅告诉高二先："这口宝刀虽然不好看，但既快钢火又好。快到什么程度呢？你看……"杨师傅说着，把宝刀往下巴上一放。

高二先一惊，还没明白过来，"呼哧"一声，杨师傅下巴上的胡须就刮去了一绺子。

高二先又吃了一惊。

杨师傅收回宝刀，说："它钢火好到什么程度呢？"他在四周寻了寻，发现地上一块铁板，指着铁板说："你看……"

话起刀落。

"咔嚓"一声，铁板削去了一角。

杨师傅把刀拿到高二先跟前："你仔细瞅瞅,刀口有伤痕没?"

高二先一看,暗暗称奇,刀口整齐如新。

"走,上去说话!"杨师傅带着他并没有返回洞口,却向另一端走去……

出了洞口,高二先才明白,他们已经绕到屋后的山上来了。这山,是老军山脚下的一个小山。

"舅,这地洞是您挖的?"高二先问。

"怎么,不相信我有这个能耐?"

"不是,我总觉得……就这些大刀……挖这么大的地洞……不划算!"

"你娃子不晓得,这洞啊……算了,还是要对你留点秘密。"

"哈哈……哈哈……"两个人敞怀大笑起来。

三

夜,圆月从东山凹里静悄悄地爬上了山顶,如水的月光,从窗外正好直泻在堂屋里一张小餐桌上,神柜上那盏跳动着火苗的桐油灯已显得暗淡。

四个人正围坐在餐桌上"消夜",杨师傅和高二先坐在餐桌的对面,大鹏跟他妈各坐一面。餐桌上放着四盘菜,杨师傅从柜里拿出一瓶"石花酒"对高二先说:"来,今天尝尝我们这儿的'石花酒'!"

杨师傅边往碗里倒酒,边说:"这石花酒可有名气了,它醉倒过霸王。"

"醉倒霸王?"高二先来了好奇心。

"当年楚霸王项羽追击刘邦经过石花街时,闻到了石花酒香,于是下令屯军石花街休整一天,让军士们饮酒解乏,自己则携了虞姬到酒坊作彻夜痛饮,并乘酒意即兴作歌……"杨师傅绘声绘色地讲述着。

"嗯……好酒,好酒哇!"高二先抿了一口酒,在嘴里品了品。

不一会儿,酒瓶已经露出了瓶底,但喝酒的两个人还没有丝毫的醉意。

杨师傅摇了摇见底的"石花酒",冲着高二先说:"怎么样,还够劲吧! 要不,舅甥俩再来上一瓶?"

高二先推辞说:"酒是好酒,但不能再喝,喝多了误事!"

"好,晚上还要赶路,我就不劝你了。等以后有空时,我们一醉方休!"

"好!"高二先显得很兴奋。

大鹏妈忙站起身,说了声:"我去给你们盛饭去。"转身去了厨房。

杨师傅对高二先说:"晚上,我让大鹏用船送你,这趟水路他比我们都熟。"

"不用麻烦大鹏兄弟了,这路,我早已打探过了,不会有事的。再说,他明天还要起早摆渡呢!"高二先仍然推辞着。

"没事……我能划一夜船不睡觉,第二天照样摆渡。我早就练出来了! 嘿嘿……"杨大鹏炫耀着。

"大鹏说的没错,他一点事儿都没有,你别替他担心。我让他送你,其实,还有一个更重要的原因……"杨师傅压低了声音,说:"我要把地洞里的兵器全部送给你……"

"送给我?"高二先又惊又喜。

"对! 这些年来,我一直在暗中私自打造兵器。不怕你笑话,那时,我想的是卖点私货,赚点钱。但现在,我不卖了! 我想让它们派上更大的用场,发挥更大的作用。如果它们还放在洞里的话,就只是一堆铁,还有那口宝刀……"

"宝刀?"高二先简直不敢相信。

"刀到用时方知锋! 宝刀只有杀敌才知道是宝刀,放在家里跟切西瓜刀有什么区别?送你宝刀也不是我一时的冲动,实际上,我一直都在为这口刀找下家,只是没找到合适的。要是之前找到了合适的下家,可就轮不到你啰……"

杨师傅的爽直和诚恳让高二先十分感动。

南河中码头,夜静更深。

微风拂过,皎洁的月光下,河水泛着银波。

岸边停泊了下午刚到岸的四艘大货船,一条摆渡的小船插在中间,显得微不足道。

码头对岸,是戈家营,河边就一个渡口,叫黄康渡口。渡口只停放了一条供起早渡河的小划子,因为早上第一班船要对开,所以,晚上两岸渡口就各停着一条划子。说是小划子,其实也不小,满打满算差不多 5 个吨位。停在黄康渡口的这条小划子,就是杨大鹏摆渡的船。

高二先把打好捆的刀剑搬到渡口,正寻思着如何伪装,杨大鹏从后面赶来了,他手里提着一兜东西,兜子下面还在滴水。

高二先问:"这是什么东西?"

杨大鹏手一扬:"老鳖和螃蟹。"说罢将兜子扔进船舱。

"你带这玩意儿干吗?"高二先弄不明白。

"到时候就知道了……"

杨大鹏跳上船,从腰里掏出一把匕首,在舱里靠船艄的内侧一拨,取出了第一块板子,接着,船艄内侧的几块板子被依次抽了下来,招呼高二先把几捆刀剑放了进去。刀剑放进去后,杨大鹏又把取下来的几块船板依次安上。

高二先仔细瞅了瞅,刚安上去的那几块船板严丝合缝,外人一点也看不出来,就是遇到搜查的,也怀疑不到那个地方去。

"真是绝妙的设计!"高二先啧啧地称赞道。

"这是我跟父亲在总结了这些年的教训后,才想出来的招儿。

这两年,水运生意不好做了,到处都是牙厘局设的卡子,还有一些统兵的私设厘卡,运一次货就要征收几次行厘。客商实在承受不了了,我们就想办法把客户一些物资,特别是一些禁运物资藏在船底,可官兵来搜查,首先查的就是船底,货常常被查抄。可我们发现,船头和船尾站人的地方却从来没检查过。这一下就启发了我们,所以,就想了这个办法。"

此时此刻,高二先不知如何感谢这一对父子。

划子摇晃着,悄无声息地沿着河岸摸索前进。

高二先坐在船尾,杨大鹏在船头撑船。

杨大鹏感觉哪儿不对劲,船撑起来有点别扭。他看了看船身,忙叫高二先坐到船头去。

高二先无所谓地挪动了一下位置。杨大鹏却说:"不行,不行,再往前来一点。"

他往前挪挪屁股。杨大鹏说:"不行,再往左去一下。"

他又往左挪动了一下。杨大鹏说还不行,他再往左挪了一下。

杨大鹏急了:"我要你往左移,你怎么老往右移呀?"

把高二先弄得不知所措,他也急了:"你要我往左,我就往左,你怎么还说我往右呢?"

"你这是左吗?"

"我这怎么不是左!"

"你这么大人了,怎么连左右都不分呀?"

"是我不分,还是你不分?"

两人你一句我一句地争开了。

高二先气得站了起来,转过身去要跟杨大鹏理论。一转身,他终于明白了,忍不住笑道:"你是按照你的方位在下命令,我是按照我的方位在执行命令,却不知,我们俩是背对背的,当然左和右就相反了。"

这一说,杨大鹏也恍然大悟,两个人哈哈大笑起来。

"看来,做什么事情都得要从对方的角度去考虑问题,不然,还真的会乱套!"高二先有所感悟。

两人统一了方位,高二先按杨大鹏的要求坐下后,杨大鹏这才舒了口气:"这下顺畅了,我说咋这么别扭呢!"

高二先问:"什么意思?"

杨大鹏说:"我撑船的时候,总觉得船头翘着……"

"那是自然,船尾放了那么重的东西,能不翘吗?"高二先帮他分析着原因。

"你想呀,假若我们遇到官兵检查,一看船头翘着,不就等于告诉他们船尾放有重物吗?"

"是啊,当初设计时怎么没考虑到这一层呢?"

"设计时考虑到了,是我们装船的时候没考虑到……船头也设计有同样大小的暗舱,我们应该分着装。"

"哦……"高二先后悔当时因为要赶路,走的太急,没有考虑周全,留下这么大的隐患。

此时,忽然有人叫了一声:"什么船?"

杨大鹏差点吓了一跳,他仔细一瞅,是一条船,喊话的人很魁梧,站在船头上。

"渔船!"杨大鹏提着船篙,回答道。

"这么晚了,还打什么鱼呀? 过来看看!"

小船靠了过去,高二先在注意岸上的动静,岸边就停着一艘船,这船也不大,跟他们这条划子差不多,可船上的人还不算少,看得清楚的,也有七八个人。他在心里盘算着,如果动粗,对付眼前这几个人倒不是难事,问题是,暗处埋伏的还有没有人。无论如何不能让这批兵器丢失,这可是他起事的全部家底。

他正思考着对策,只见杨大鹏蹲下身子,从船舱里提着那个兜子,在那人面前扬了扬:"捉鳖,你看,还有蟹呢!"

"这么晚了还捉鳖?"喊话的人不相信。

"大哥,您不知道吧,晚上在河里捉鳖逮蟹,那可是最好的时辰。"杨大鹏傻傻地笑了笑。

"过来看看!"

杨大鹏划着船靠了过去。

两个大汉上船一看,舱里什么也没有,显然有些失望,就冲着刚才说话那人喊道:"五哥,没有!"

那人自言自语地说:"不应该呀,这个时辰也该是到的时候了。"

那人不甘心,亲自到船上来看。这时,他发现了坐在船舱里的高二先,走近试探着问:"请问舵主,可是从谷城而来?"

听他这么一问,高二先更加警觉起来,眼睛紧盯着对方慢腾腾地说:"不是!"

"那再请问舵主,去过军山见过群羊吗?"

高二先一听,心里"咯噔"了一下,忙接着说:"没有,我想去祠堂见祖上……"

那人惊喜地一步上前,紧紧地抱住高二先:"二哥……"接着自我介绍说:"我叫孙必贵,是竹林街人,冯三典和范正昌两位哥哥已经在王家祠堂安排妥当,怕二哥在路上遇到麻烦,就派我带着几个兄弟前来接应。"

"哦,我听三典说过,你还是个武秀才……"

"就别提什么武秀才了,我给二哥介绍一下……"他拍了一下刚才上船检查,叫他五哥的那位大汉的肩膀说:"他叫张所宽,也是个武秀才!"

他又把另一位上船检查的汉子拉过来,说:"这位叫庞大兴,是庞家营的,曾经在河南省当过清军守备。"

"嘀,那可是个不小的官呀——正五品,比县太爷还大呢!"高二先笑着说。

"官当的再大,都是一个样子——欺压百姓。"庞大兴苦笑着。

接着,他一一介绍道:"王喜……喻家俭……"

高二先一一跟他们抱拳、施礼。

杨大鹏却被晾到了一边,他气鼓鼓地一屁股坐在船头上,一声不吭。

他们相互施礼完毕,孙必贵见杨大鹏坐在船头、面带愠色,就问:"这个孩子是谁?"

杨大鹏猛地站起来,拍拍屁股,气呼呼地说:"谁是孩子? 我可是船主!"

高二先忙满面堆笑地走过去,对大家说:"对了,我忘了给大家介绍一位重要人物……"

杨大鹏一听,神气十足地挺了挺胸脯。

高二先拍着杨大鹏的后背,说:"他叫杨大鹏,我们的水上运输兵,今后,兵器也要靠他从水上运输了……"

"是啊,不是说还有一批兵器的吗?"一提起兵器,孙必贵惊疑的目光投向了空荡荡的船舱。

高二先明白他的疑惑,就对杨大鹏说:"大鹏,起货……"

杨大鹏跳下舱,三下五去二就把暗舱打开了,从里面取出一捆捆货物。

大家急不可待地打开一捆,全是崭新的大刀和长剑。

"每人先选一种适合自己的兵器带在身上,其余的再包好,我们得马上走,此地不宜久待。"高二先说着,从舱里取出了那口宝刀。

月光下,宝刀放射出道道寒光。所有人都看呆了。

月将西沉。

高二先一行迅速向王家祠堂奔去,身影很快消失在夜幕里。

第三章　孙知县泪洒浩瀚亭

一

掌灯时分。

堂屋里点着桐油灯,灯草捻子露的很短,从门外吹进一丝微弱的风,火苗一跳一跳的,像要被吹熄。

胖子从外面进来,问:"师傅叫我,有什么事儿?"

坐在板凳上抽旱烟的杨师傅,从口袋里掏出一张"大清宝钞",说:"这是今天官府拿来的,你拿着,明天一早到襄阳城里买铁锭,用大鹏的船。记住,在市面上买好铁以后,再到单家铁行赊一点上好的铁回来。"

"这些钱全用完?"胖子一看,是一张十万文的大额钱钞,问道。

"这是官府打制兵器所用的买铁钱,那都是有数的,你以为是给我们的工钱?不全部用完,你拿什么交差?不仅要用完,而且能多买就多买,能多赊就多赊。你告诉单东家,我杨记铁匠铺不会赖他的账。"

胖子拿起钱票,揣进怀里,说:"师傅放心。单大东家跟咱们可是老交情了,这点面子他还不给?"

"面子他肯定要给,单东家是个机敏过人的人,你不妨把实情给他挑明,不然,我怕他不给我们真货。"

"师傅你就放心吧,我先回去准备了。"

"慢着!"杨师傅又从怀里掏出一张条子,递给胖子。

"你把这个带上,不然你怎么把铁运回来?"

这是一张谷城县衙开具的运铁的路条,上面有知县樊炳南的签字。胖子倒把这事给忘了,自从闹了太平军以后,官府就禁止民间铁匠铺打制刀、矛等兵器。杨记铁匠铺是经官府允许的只准给官府打制兵器的铺子,而且用铁量也严格控制。铁是禁运物资,如果没有官府开具的路条,铁是运不回来的。

"好的。"

"还有,你再带几两银票,万一路上遇到什么麻烦,也好有个打点。"

"唉。"

胖子回去了。

杨师傅又摁上一锅烟,坐在凳子上闷抽着。他在心里想,明天的事还有什么没考虑到的吗? 可别在路上出什么岔子。

雄鸡已经叫过了三遍,东边开始放亮。

杨大鹏解开了拴在树上的缆绳,胖子也把铁锚提进了船舱。胖子坐在船舷上,杨大鹏立在船头,用篙往岸上一点,船顺着河水向下游划去。

船行至回流湾,天已大亮。

"喂,到哪儿去,船上运的什么货……过来——"

胖子小声问杨大鹏:"他们要做啥子?"

杨大鹏心里明白,这里是谷城防兵设的牙厘局分卡,专门抽取厘捐的,对所有经过的船只都要"雁过拔毛"。他用眼神暗示胖子坐好,然后高声说:"下襄阳——空船——"

船继续向前划。

岸上人见船没有靠岸的意思，又扯起破锣嗓子喊道："空船也要检查，快点过来……"

杨大鹏只好把船划过去。

岸上，一面绣着红边的黄旗向河边伸出一丈多远，远远都能看见，旗子中间有三个黑色大字——牙厘局！

胖子一惊，问杨大鹏："这里怎么还有牙厘局的卡子？"

杨大鹏一边向岸边划着船一边跟他说："你最近没出门，两个月前这里就设了，下面还有呢。庙滩的蒋家套、茨河的下街、襄阳的泃阳港……卡子多着呢。"

"啊……"

胖子吃惊地看着杨大鹏。

杨大鹏的船靠了岸，岸上已有几条船停在那里等待验货抽厘。

一个客商从牙厘房里出来，手里拿着一张刚抽完厘捐的白条子，气鼓鼓地："这生意真没法做了，才走了百十里路，就抽了三次捐……"边说边把口袋里的几张大小不一的白条子掏了出来，和刚才那张放在一起，一卷，又装进口袋。

胖子下了船，脸上堆着笑，向岸上刚才喊话的厘局差役走去。

"到哪儿去？"

"到襄阳去，官爷。"

"运什么货？"

"铁！"

"铁？"差役乜斜着眼睛，眼角挂着轻蔑的笑意，瞅了瞅胖子："拿来！"

胖子看着差役向他伸出手，一愣："什么？"

他忽然想起昨晚师傅给他的路条，连忙从怀里掏出那张有些皱巴的条子，递了过去。

差役用手一挡,用眼神瞟了一眼旗子,向他暗示。

胖子明白了。可他还是说:"不是有规定吗? 我们这可是官差。"

差役眼睛一瞪:"官差? 看好了,老子这里可是军差——襄阳镇标中营!"

胖子这才发现,打着"牙厘局"旗号的却是一批清兵。这年头,统兵打仗的也学会了设厘卡抽课、盘剥百姓了,难怪他们敢这么明目张胆地在县衙管区内设卡抽厘。胖子想着,只好硬着头皮,将随身携带的银票抽出一张二两的,交给差役。

用二两银票换了张白条,他们才被放行走船。

樊城,广大铁庄。

胖子选好了所需的铁锭,到柜上付钱。

柜台上的账房先生一看胖子的银票,像躲避瘟神似的连连拒绝:"客官,你的银票我们不敢收。"

"怎么,怕啦?"

"不是。"

"白送我铁锭呀?"

"客官开玩笑。"

"那你是什么意思?"

"这……"账房先生指了指银票说:"不好用!"

"你说什么?"胖子眼睛瞪得老大。

"真的不好用。"

"你眼睛给我睁大喽! 这可是地地道道的户部官票,它不好用,什么票好用?"胖子的声音一下子提高了八度。

"你跟我喊破天都没用,我也没办法。"账房先生很为难地双手往柜台上一摊,做出一个无奈的姿势。

"什么事呀,吵这么大声儿,连樊城都能听见。"

一个身着长衫，头戴礼帽，体形魁梧，手里夹着一根洋烟，看上去二十多岁的青年男子从木楼上"咚—咚—咚—"很有品位地走了下来。

账房先生连忙迎了上去："东家——吵您了。"接着，给胖子说："这是我们刘东家。"

"嗯……"东家夹着洋烟的手在他面前摆了摆，没让他继续往下说。

胖子很礼貌地向刘东家鞠了一躬。

"我说小兄弟……"

刘东家很和气，看上去就像个生财的主儿。他慢条斯理地说："不是我们有意为难你，我们也不是店大欺客，现在的官票不值钱了，一两官票和一千文的大清宝钞，才值一二百文的制钱，现在外头好多省份都不用了。"

胖子一听，浑身不自在："这可怎么办呀！官票怎么还会贱成这样？"

"现在只有一个办法，不过这个办法不到万不得已不要用。"

听刘东家说有办法，胖子紧张的心情轻松了许多，两个人的距离开始拉近。

"什么办法？"

"现在有些外国商人收购官票。"

"外国商人！他们收购官票干什么用呀？"

"他们可不傻，他们用收购来的官票到海关去缴关税。不过……"刘东家到了嘴边上的话却又咽了回去。

"怎么？"胖子期待地看着他。

"他们收购的价格压得太低。"

"多少？"

"不到三成。"

"不是宰人吗！"

"从小的说是宰人，可他们再拿它去报关税又是宰国，这是害国害己的事情，所以我说不到万不得已不要用。"

"那不行，我再怎么着也不能让洋人坑我们中国人。"

"嗯。"刘东家赞许地点着头。

"可是……师傅让我出来购铁，铁购不回去，我怎么交代呀……唉，要都像单大东家那样就好了，买不成我赊点回去，也算没白跑一趟，现在可怎么办呢……"

胖子很沮丧。

东家一听，忙问："你刚才说谁？你说谁赊账卖给你铁？"

"咋啦？我又没骗你，就是单家铁行的单东家，不信你问去。"胖子嘟哝着，说完发现自己失言，后悔得直吐舌头。

"单东家赊给你们货！请问贵东家是谁？"东家马上客气起来。

胖子愣了一下，马上神气活现地说："我是谷城杨记铁匠铺的伙计，我师傅，也就是我们掌柜的是……"

"哈哈……杨大刀！"刘东家笑了。

胖子又是一愣。

"我说嘛！单东家赊货的客商肯定不是一般人。"

刘东家说着，把洋烟屁股就便往垃圾撮里一丢，搓了搓手说："这样吧，既然单东家敢给你们赊货，我也给你赊一次货。你拿的银票，我比官府规定的五成价提高一成，六成收购，所欠银两算我赊给你们的。"

胖子一听，高兴得不知如何是好。连连说："谢谢刘东家，我家师傅是个讲信用的人，绝不会赖您的账。"

"这我清楚，襄阳府的铁器行里谁不知道杨大刀的为人？"

胖子谢过刘东家，正要搬货出门，被刘东家叫住："回去告诉你家师傅，就说广大铁庄刘子敬改日登门求教刀法。"

胖子愣怔地看着刘子敬。

二

咸丰五年(1855年)二月二日。冬去春来,天气依然寒冷,大地一片肃杀。

已刻已过,刚到任没几天的谷城知县孙福海躺在床上却睡不着,他披衣下床,一个人走出了寝殿。

"大人,这么晚啊?"师爷正在夫子庙里欣赏碑文,见孙福海进来,忙问道。

"睡不着,出来走走。见你房有灯,就过来了。"孙福海应答着,却见正堂上立一石碑,走近一瞧,那碑文竟是宋代大文豪欧阳修所撰的《襄州谷城县夫子庙碑记》。

孙福海惊疑地问道:"欧阳修还到过谷城?"

"大人有所不知!宋仁宗宝元年,也就是1038年的3月,欧阳修被贬到乾德任县令,也就是现在的光化县,那一年,欧阳修刚刚31岁。他在任光化县令期间,与一江之隔的谷城县令狄栗甚好,二人常常在一起饮酒赋诗。他在任期间,为谷城写了两篇美文。一是为谷城的夫子庙,原来叫'文宣王庙'写了这篇《襄州谷城县夫子庙碑记》,二是为县令狄栗写了一篇墓志铭。"师爷解释说。

"哦——"孙福海沉吟片刻,不解地问师爷:"此县令何以如此受人敬慕,竟感动了欧阳修这位大宋文学革新的领袖,为其作墓志铭?"

师爷说:"狄栗在谷城任职其间,不仅为谷城兴办了第一所学宫——夫子庙,大兴学风而留名,还因其廉洁奉公而被人称颂。谷城人称他是三十年不遇的清官。欧阳修也对此称赞说'使民更一世始得一良吏,其何不慎择乎'。狄栗死后,百姓无不怀念。欧阳修便写下墓志铭,记录了狄栗在谷城任职期间建立的功业。以表达对他的敬仰和纪念。"

"可惜呀,时过境迁,这两件珍贵的东西现在却被一些人给荒废了。"孙福海再次感慨万端。他一甩袖子,对师爷说:"走,出去透透风……"

二人在城池内走着,不知不觉上了城墙。

城墙上,寒风呼啸。守城的兵丁都猫在墙角旮旯里避风,有几个像拉风箱似的打着鼾。

孙福海来到城墙上,一看,故意加快了脚步,鞋底擦着城墙砖发出"沙沙沙"的响声。兵丁们一个个仍旧猫在墙角避风,没一个理会。

他一时气急,大叫一声:"长毛贼来啦!"

兵丁们一下子全吓醒了。各执刀刃,仓皇就位。

"禀报大人,小的不知道大人到城墙来巡查,见没什么情况就抽空打了个盹儿。请大人责罚!"守兵正目跑过来躬身报告道。

"就你们这样,长毛贼真的来了,你们能堪一击吗?"孙福海做了个手势,让他退下,生气地扭头走了。

孙福海在城墙上走了几步,忽然停了下来:"听……"

师爷止步,静静一听,从南河对岸传来锣鼓伴随着清晰的歌声——

女声:什么圆圆两头钉,什么圆圆打中心?
男声:鼓儿圆圆两头钉,锣儿圆圆打中心。
女声:什么圆圆出白米,什么圆圆撒灰尘?
男声:碾子圆圆出白米,磨儿圆圆撒灰尘。
女声:什么穿青又穿白,什么穿着一身黑?
男声:喜鹊穿青又穿白,老鸦穿着一身黑。
女声:什么身穿十样锦,什么身穿麻布袋——哪里去,哪里来?

男声:啄米倌身穿十样锦,鸭子身穿麻布袋。风里去,雨里来!

    …………

孙福海站在城墙上,望着南河对岸,问师爷:"这在做何事,唱的什么歌?"

师爷向前挪了一步,说:"回大人,谷城地处武当东麓,受道教影响颇深。按当地的风俗,今天是二月二'土地会',他们唱的是'端公舞'的娱乐神歌——对花儿。"

"人言谷城民多秦音,其俗朴陋,这文风也同样清新朴素啊!"孙福海感慨万分。

忽然,一颗流星从空中划过。孙福海抬头望天,却见满天寒星,正闪烁着弱光。他若有所思:"谷城民风淳朴,可为什么屡屡出现匪患,剿而不灭,灭而再生!就像这天上的星星,白天看不见,晚上一大片?"

"回大人,谷城民风虽淳朴,但缺教化!古来多雅人,但少引导。如不加以引导和教化,恐怕……"师爷顿了顿,没有再说下去。

"说下去!"

"卑职不敢再说。"

"唉……现在除了天地,就你我二人,但说无妨。"

"大人要卑职说,卑职就直说,若有冒犯,大人可不要责罚卑职。"

"我既然要你说,哪有责罚的道理?"

"好……自咸丰二年到现在,仅三年的时间,谷城知县就换了樊炳南、伊勒哈图、黎椿三任……"

"嗯,朝廷换知县就跟换妃子一样快。"

"这是为什么? 就是因为匪患猖獗,而这几个大人在对待匪

48

患问题上却没有建树,一味清剿。殊不知,匪越剿越多,患越治越猖!清剿的办法只治标不治本。大人若不采取治本之策,匪患断不能剪除,这样,大人就免不了要蹈前几位大人的覆辙……"师爷用眼神扫了一眼孙福海,观察他的表情。

"嗯……"孙福海思虑片刻,点了点头,赞许地说:"你这话虽不中听,但却中用!想必你已经有治本之策喽?"

"卑职愚拙,我有两策不知中大人意否?还请大人示下。"

师爷将自己的想法向孙福海一说,孙福海大加赞赏:"……重教化,兴文风,此为一策。治安先治吏,此为二策。此二策,尤其'重教化,兴文风'一策,正合我意!我刚才看完欧阳修的夫子庙碑文,深受启发和触动,一直在思考这件事……这样吧,我想在城南建一座'浩瀚亭',让谷城的文人雅士们都汇聚在一起,讲礼义、论文雅、崇儒术!夫子觉得如何呀?"

"大人英明!"师爷突然感到心里一亮,精神亢奋起来。

谷城县署衙门内。

大堂正面墙上,悬挂着巨幅无字的"海水潮日图"匾额。

正面墙两边的柱子上是一幅刚贴上去墨迹未干的楹联:

> 得一官不荣,失一官不辱,勿说一官勿用,地方全靠一官。
> 吃百姓之饭,穿百姓之衣,莫道百姓可欺,自己也是百姓。

知县孙福海躬身站在大堂上,双手伏于案桌,还在继续书写。

师爷立于堂下之首,陆续从门外进屋的是教谕倪正春、训导徐绍修和各巡检司的巡检,大家不知道他在写什么,也没敢施礼,进门后都静静地看着他,直到他写完。

孙福海写毕,见议事的人都到齐了,将笔往笔筒里一丢:"本知县虽初来乍到,却也了解了诸多实情,考虑到今后还要靠我们共同治理本县,怕摸不透脾气,日后闹出一些不愉快。所以,今天就先让大家来摸一摸我的脾气……"声音不大,却掷地有声。孙福海说着,将刚写好的条幅往上一提。

大家瞪眼一瞧,只见上面写着四个遒劲雄健的大字——

　　勿蹈覆辙

全场的人都犯起了糊涂,官吏们你看着我,我看着你,搞不清新任知县葫芦里到底卖的是啥药。

正当属下们面面相觑时,孙福海对师爷说:"夫子,看看这几个字贴在哪儿合适?"

师爷心照不宣,说:"'海水潮日图'上无字,我看贴到那儿就合适。"

"嗯,好主意! 就这么办吧。"

一个衙役连忙端来凳子和糨糊,站在凳子上,将"勿蹈覆辙"贴在"海水潮日图"的正中间。

官吏们又是一阵茫然:只见过衙门的"海水潮日图"上写着"明镜高悬"、"视民如伤"、"天鉴在兹"……还从没见过写"勿蹈覆辙"的,这不是不吉利吗?

官吏们在堂下窃窃私语。

须臾,孙福海发话——

"尔等看到匾额上的楹联了吧,可知其义?"

官吏们齐声说:"大人高见,我等惭愧。"

孙福海瞥了一眼堂下的诸位官吏,说道:"楹联是本知县剽取他人的,此乃清康熙十九年一位叫高以永的知县自撰。一个地方治理的好坏,关键在于官吏,我等不要以为升官就长脸,丢官就丢脸。食朝廷俸禄,就要替朝廷当差。把朝廷交给的一方土地治理好了,比升官更体面。身为老百姓的父母官,我等要把自己也当作百姓，只要多为百姓着想，一切不该发生的事情都不会发生……

"尔等心里比我更清楚，谷城是匪患频发地区，几任知县都待不下去了被百姓硬生生撵走。到底为什么？是百姓桀骜，还是我等酷吏？满头秀发谁肯当秃子！政通人和谁肯当草寇？

"咸丰二年和去年，谷城两次发大水，房屋冲垮，田地被毁，百姓生活无着，而官吏们的税租却只增不减，百姓没了活路，他们能不反吗？

"以往，谷城剿匪汹涌澎湃，但，为何匪越剿越猖？看来，问题就出在这里。有道是，'国正天兴顺，官清民自安'！所以，本知县今天就写了这样几个字——勿蹈覆辙！就是要时刻警示本知县，也警告尔等——前事不忘，后事之师。"

堂下的人，又是一阵窃窃私语。

孙福海停了一下，接着说："当然，匪患仍是我等之大事，朝廷之大患。身为臣子，当尽心为皇上排忧。对待匪患问题，本知县要用表本双治之法。先治表，后治本！"

"嗯——"堂下的人点头称道。

"好。"孙福海扫视了一眼堂下的官吏，说："既然众口一词，赞同本知县的做法，那就请尔等听好——

"治表之法，宜坚壁清野。平原用土堡，山岭用石寨，因地取材。谷城山地多于平原，凭险设守，依势拒贼。每堡每寨推选正副首领各一，于高岗设瞭望台，且耕且守且战。贼如至，举炮为号：举炮一，耕者敛农具；举炮二，人畜归堡寨；举炮三，团勇据守隘口击贼。顷刻间，警备达百余里，贼至无可掠则去，贼去出奇兵抄其尾，打探其匪巢，而后官兵乡勇轮番扰之，使其不得安身。再辅于教化，未几，匪患必除。"

"此法甚好！"官吏们赞不绝口。

"至于治本之法……"孙福海又顿了顿，说："谷城地处楚地，西接武当，深受道教巫术的影响，形成了独特的道教文化，源远流长。自古就有'谷地多雅人'之说,文人墨客可是不能忽视的力量。我等治理谷城,不能以暴制暴,应以文治心。以暴制暴,易物极必反。以文治心,则能改变其心志,改变其心志,即改变其本质……本知县想在县城建一座'浩瀚亭',重视教化、大兴文风,尔等意下如何呀?"

众官吏齐声答道:"大人英明,下官遵从。"

"但是,建造'浩瀚亭'的费用不得摊派给百姓,可以找当地的豪绅们襄助,你们想想办法,我也出去化缘,年底以前把浩瀚亭建起来。"

"遵命!"

命是领了,话也说了,可教谕倪正春回到家里却在犯嘀咕:这新任县令今天唱的是哪一出啊?

"倪教谕……"

门外传来熟悉的叫声。

倪正春一扭头,石花巡检刘廷柱已经候在门口。

"刘巡检?快请进!"倪正春把刘廷柱迎进屋里。

"还在为今天堂上的事想不通?"

刘廷柱很善于察言观色,还没进门就发现倪正春闷闷不乐地在屋里低头踱步,就断定他心里一定揣着事,这事也一定与上午衙堂上的见面会有关。他本来是想探风的,这下心里就有底儿了。

"廷柱老弟,你真是我肚里的蛔虫啊,连我心里想什么都知道得一清二楚……"倪正春打着哈哈,向刘廷柱示座。

刘廷柱坐下后,漫不经心地说:"教谕别急,您虽说是孝感人,可在谷城也是老人儿了。俗话说,秧老根修!您在谷城这么多年,各处的巡检哪个不是您的一条根儿呀。别看孙大人在衙门那出戏演得好看,可真要实打实地做起来,我们还不是听您的一句话?"

"孙福海,有点与众不同,我看他身上有股子正气……"倪正春琢磨着。

"管他什么正气邪气呀,他说他的,我们做我们的。我们正愁着没有名目呢,这下可正是机会。只要您点下头,我们各巡检司就统一行动,到时候法不责众,他孙福海还能说什么?"刘廷柱见倪正春有些犹豫,就直截了当地把事情说白了。

"还是老规矩。我再加一条:不许把事情闹大,不要激起民愤。因为孙福海的脾气我们毕竟还不很了解。"

"您放心吧,我这就去跟他们几个合计去。"

这下,刘廷柱心里踏实了,临离开倪府时,还没忘从袖筒里抖出一锭大"元宝"银子,往桌上一放。

二人就这样心照不宣地各自点了一下头。

三

杨大鹏的船刚在中码头靠岸,码头上的几个差役就上了船。

见差役上船后不坐也不大呼小叫地嚷着开船,似乎很讲规矩地立于船头。这倒让杨大鹏感到奇怪:这些平时凶神恶煞的差役,怎么忽然之间变得文质彬彬起来?

"官爷,要渡河吗?"杨大鹏终于忍不住了,向领班差役问道。

"爷今儿不过河。"领班差役昂着头说。

杨大鹏一怔:莫非是来找事的? 但他还是装出一副笑脸,问:"几位爷……有事?"

"爷是来给你下告知的。"领班差役说着从袖筒里抽出一张告知书,拿在手里念道:"从即日起,对中码头渡口摆渡各船主,每月加征三千文泊位费,用于兴建利国利民的'浩瀚亭'……"

"什么?"杨大鹏惊叫了一声,连忙说好话:"官爷,请您行行好,我摆渡,只是方便当地百姓,渡河的百姓可是分文不收啊……这些,您都是知道的!"

"废话！凡停靠码头的一律要加收泊位费，这是上头的规定，难道你想犯上？至于你背下里是否收取了渡河百姓的过河费，我怎么知道？"领班差役毫不讲理。

"我们可以作证，我们一年四季坐大鹏的船，可从没给过他一文钱。"几个上船准备过河的村民纷纷为杨大鹏作证。

"你们给他作证，谁来给我作证？"领班差役不耐烦地说："你以为我愿意收这几个钱？这都是新任知县为了教化民众，兴建浩瀚亭，迫不得已才这么做的。再说了，这钱也是收取于民而惠于民呀！"

"这摆渡没法干了。"杨大鹏颓废地坐在船头，

领班差役看了杨大鹏一眼，说："不交泊位费也可以，那你就把船停在河心里算了，干吗要停在码头上？"

"这是什么话！难道你们当官的就不顾百姓的死活？"码头上的人越聚越多，人们愤然而起，纷纷指责着差役。

鞑子沟，文庄主庄园内，二三十个佃户在哀求文庄主。

"加收佃租，我也是不得已而为之……"文庄主装出无可奈何的样子："现在，知县大人要为百姓在城里建一座'浩瀚亭'，这建造的费用都摊在我们这些庄主的头上，我到哪儿弄钱？我的钱就是你们种的这些课地。所以，这增加的建造费分摊到你们头上，也是天经地义的。这事呀，就没得商量的余地，回去吧，多辛苦点，把地摆弄好，多收点就在里头了。跟我叫苦没用！"

"这日子咋还能活人啊！"佃户们哭丧着脸，怏怏地回去了。

咸丰六年（1856 年）夏，襄阳府各州县已经有几个月没下一滴雨了，天上的太阳却跟一个大火球，日复一日，无情地炙烤着地面。大地正冒着烈火！

谷城城东刚建造不久的浩瀚亭，在火一样的大地上，仿佛也在承受着火烤的滋味。

54

浩瀚亭雕梁画栋,飞檐绿瓦,三层结构,高二十余米,登楼可以俯瞰全城。

谷城知县孙福海站在"浩瀚亭"的顶层,登高远望,忧心忡忡。

"大人,据说这建造浩瀚亭的钱都是从百姓身上刮来的。"师爷在一旁说。

"我已追查过。他们这一招来得可比我想象的要阴损,可谓进退自如啊。夫子,看来谷城这地方还真是个非凡之地呀。"孙福海深有感触。

"大人的意思……"

"非凡之地必须要用非常之举。"孙福海望着远处龟裂的田地和空气中冒着火焰一样的蒸气,说:"大旱之年要防大乱,治吏迫在眉睫,不然必生变故。"

"大人远见卓识,卑职正在担心这件事呢。"

孙福海沉思了一会儿,忽然问:"灾情报告交上去了没?"

"已经交上去了,不过……"

"怎么啦?"

"听说知府给压下了。"

"为何?"

"据说整个襄阳府就我们谷城上报了灾情,请求皇上减免赋税。知府说,谷城跟其他州县头上顶的不是同一个天,怎么就谷城灾情严重……"师爷咧了咧嘴,没好再往下说。

"真是睁眼说瞎话! 这么重的灾情难道他知府就看不到?"

"不是看不到,是不愿看到。"

"你是说……"

"你想,现在这世道,人人都在哄着皇上高兴好往上爬,谁愿往自己的前程上铺荆棘?"

"害群之马! 这简直是误国呀,大清国早晚会毁在这些人手里。"孙福海痛心疾首。忽然间,一行泪水从眼眶里溢了出来。

第四章　红巾军大闹襄阳府

一

咸丰六年(1856年)八月二十八日,夜,已经很深了。

杨师傅坐在床沿上,一锅接着一锅地抽着他的旱烟。

老伴催他睡觉:"你今天中邪啦? 催了几遍都不睡,你在想啥子?"

"你先睡就是,我没瞌睡。"

他真的一点儿睡意都没有,从天黑起,心里就一直不安然。尽管他也知道,今晚的起事成还是不成,也得明天才能打听到,可他心里就是放心不下……还有大鹏,也不知道兵器送到没有,会不会路上出什么事,说好货一送到就回来,怎么到现在还不见他人影呢? 这孩子有个性、有胆待(方言:"胆待"即胆量),是不是留下来参加了红巾军……

他想着想着,竟迷迷糊糊睡着了。

等他醒来时,天已大亮。他吃过老伴给他弄的早饭后,心事重重地赶往铁匠铺。

整个谷城街,炸了窝。

"不得了啦,襄阳闹起来了……"

街上,人们三五成群地在一起互相传递着消息。

"我儿子的货船昨夜从汉口回来,行至襄阳时,竹条那边喊声震天,火把遍地……一打听,才知道那边有人拉起了杆子——造反啦!"一个老汉说得唾沫四溅。

"是谁带的头呀?会不会打到谷城来……"有人问老汉。

"找不到……不晓得……"那老汉却一问三不知了,只是一个劲儿地摇头。

杨师傅已经无心去听他们瞎嚷嚷了,疾步来到铺子里。

他要沉住气,稳住这个阵地。高二先不是带信来说吗,他这里是起义军最后的退路,但他不希望是退路,而是一个落脚点,今后,义军去去来来都在他这里落脚……

"爹……"

杨师傅正沉浸在紊乱的思索里,一个亲切而又期盼的声音振动着他的耳膜。

杨大鹏精神抖擞地站在他的面前。一看那模样,杨师傅心里的一块石头算落了地。

杨师傅不动声色,一副稳重、镇定、从容的神态,但他内心却急于想知道一些情况。便沉着地问道:"那边情况怎么样?"

"我回来正是要给您说这事!起义已经成功,二哥要我告诉你,等他们这几天攻下襄阳城后,即刻发兵来攻谷城,要我们提供谷城守军的防务图……"杨大鹏压低了声音说:"我这次也参加起义了,后来,二哥怕你着急,加上给了我新的任务,就派我连夜赶回来……我现在连早饭都还没吃呢!"

杨师傅心疼地拍了一下儿子的屁股,说:"回去吧!你妈还在家等着你呢。"

十一月十四日,凌晨。

张维帮从老河口攻打冷集,势如破竹。

谷城知县孙福海和参将刘元庆、都司闻定魁急调城内清兵救援，城内只留下了少数守军。

县城空虚。

张所宽带着几个人化装潜入城内，由杨师傅引着，直奔城防区的南门。他带着孙福海的手令骗开了南门，事先埋伏在县城周围的红巾军一齐涌入，守军措手不及，眨眼工夫就成了俘虏。

谷城县城，城门大开。

红巾军在进城。

高二先被人簇拥着，朝南门走去，他手里的那把怪模怪样的大刀，在阳光下，越发闪亮夺目。

城街两边，站满了百姓。他们沿街摆设香案迎接红巾军入城。

胖子喘着粗气，从铁匠街跑来，边跑边高声喊道："高二哥……高将军……"

杨师傅赶忙去拦他，却没拦住，便厉声喝道："胖子……你要干什么？"

胖子似乎没有听见，只身冲了过去，消失在红巾军队伍中。

"嗨……"杨师傅后悔不迭，一拳击在自己的掌心里。

上午，整个皇城死气沉沉，只有几个小太监在太和殿门前玩着钻裤裆。

北京颐和园，戏园子里，一台戏班子正在演着二簧戏。

咸丰帝奕詝看着戏，将一颗话梅含进嘴里，要身边一位宫女张着嘴在下面接着……懿妃在他身后喝彩。

"皇上……"奕詝正玩在兴头上，掌事太监将一份奏折举过头顶，呈到他面前："湖广总督官文急奏……"

"官文？朕要他在湖北督办军务，有何事要奏啊？"奕詝把正要吐到宫女嘴里的话梅拿出来，放入果盘里，很扫兴地让宫女们退下。

"是紧急军情，皇上！"太监向前跪进了两步。

"紧急军情?"懿妃忙从奕詝身后闪了出来。

"嗯……"奕詝最讨厌懿妃的就是她对政治太感兴趣,他曾告诫过她,女人一旦热衷于政治就会身败名裂,尤其是后宫。

"是,皇上……"懿妃也意识到了自己的失态,赶紧退后几步。

"呵……交给肃顺处理就是了!"奕詝打了个呵欠,有些困乏。

"肃大人说,襄阳府又闹起了红巾军,已经波及湖北、河南、陕西等省,这事还得皇上下旨。"太监按肃顺的意思一字不落地向奕詝禀报。

"荆州丢了没有?"

"没有!"

"上朝。"

"喳!"

肃顺精心谋划的一场镇压红巾军的铁桶计划,终于由皇上下旨实施了。

已经快到阳春三月了,夜里的风还是跟刀子一样刺骨。

杨师傅在屋后上完茅厕,浑身冷得直哆嗦,进了屋,关上门,刚脱衣睡下……

"咚咚咚……"一阵急促的敲门声。

"谁呀……"他问了一声,见没声音,正要穿衣下床,大鹏从另一间屋里说:"爹,你睡吧,我来开门。"

门"吱呀"打开了。杨大鹏吃了一惊:"二哥……快进来!"

听到叫声,杨师傅和老伴儿也从屋里出来了。

"这么晚了,就你一个人?"杨师傅感觉事情不妙,关切地问道。顺手拖了一把凳子:"来,来……坐下说。"

"现在情况非常危急,清政府调集了鄂、豫、陕三省的军队,还有曾国藩的湘军从四面八方像铁桶一样包围了我们。张瞎子(张维帮)在南漳叛变投敌,他现在已经是谷城守营官了,正四处搜捕我们,我们准备分散到均州大山里跟他们周旋。现在,我带了一百多人,正在外面听命……"高二先喘着粗气说。

"赶快让弟兄们进来,外面多冷啊!"杨师傅说着站起来就要去开门。

高二先忙拉住他说:"我们这些人都太累了,得先吃点东西,再找个隐蔽的地方休息一天,不然,没让清军打垮,我们自己就累垮了。"

"这有什么问题?!"杨师傅对杨大鹏说:"你开门让弟兄们先进屋歇息,再到胖子家去,要他妈多做点饭送过来。"

"好……"杨大鹏正要出去,杨师傅又交代说:"跟胖子妈说,多做点,能做多少就做多少,明天我跟她结账。"

交代完了,他转身看到老伴站在那儿没动,就朝她嚷道:"还用我给你交代吗?快去做去呀!弟兄们都还在外面饿着肚子呢……"

"不是……"

见老伴欲言又止,他把她拉到一边,悄声问:"咋啦?"

"咱家的米不够了。"

杨师傅深思了一下,说:"哎呀,都什么时候了,米不够,还有红薯萝卜吗?都一起用上,只要能填饱肚子,都行。"

过了一天。夜,漆黑漆黑的,茫茫苍穹像一口扣着的大黑锅,沉闷、压抑。

高二先带着一百多名红巾军兄弟,钻出地洞,乘着天黑向均州进发。

杨大鹏、胖子悄悄地从后面跟了上来……

约摸走了一里多路,高二先发现了跟在后面的杨大鹏和胖子,要撵他们回去。

杨大鹏狡辩着:"我们早就在给红巾军做事,已经是红巾军的兄弟了,为什么不让我们一起去?你这样厚此薄彼不怕凉了兄弟的心?"

胖子也跟着说:"就是!再说,从这儿到均州的路我最熟,正好当向导。"

"你们说得再好,我也不会让你们去,因为……"

"因为你没有从对方的角度考虑问题。"没等高二先把后一句话说出口,杨大鹏就以他从前说过的话来封他的口了。

"这是打仗,不是过家家,而且现在敌强我弱,我们现在是敌人追着我们打,你说你们两个不是去送死吗?"

"去了是死,在家里也是死,不如跟官兵拼一场,也死得轰轰烈烈。"

"你们在家怎么会死呢,别胡说了。"

"怎么不会?在迎接红巾军进谷城县城的时候,我去找你,张瞎子就见过我,他现在叛变了当了守营官,我回去了不正好送死吗?"胖子接过了话茬儿。

争执了半天,相持不下,无奈,高二先只好先来个缓兵之计,对他俩说:"这样好不好,等我们到山里站稳了脚,队伍发展起来了再请你们俩上山,我说话算数,决不食言。"

他对杨大鹏说:"你马上回去,告诉舅,半月之内给我准备些兵器,我派人来联系,联系暗号是:去过军山见过群羊吗?回答是:没有,我想去祠堂见祖上!记清楚了?到时候,你负责用船运送。这件事非同小可,务必完成任务。"

"是!"杨大鹏抓了抓头,没理由拒绝。

杨大鹏领命回去了,胖子跟红巾军一起走了,给红巾军当向导。

这些日子,时常有红巾军的消息传来,时好时坏。

杨师傅心神不定地坐在铺子的后院里,回想着大鹏被高二先打发回来的情况,越想越不对劲,越想越觉得蹊跷。既然要我打造兵器,为何不说明具体的件数呢? 这里面有文章,他向我要兵器是假,还我儿子才是真啊! 看来他们这次是凶多吉少……

情况正如他所料。不久就传来消息,说红巾军余部在武当山浴血奋战、誓死不降,结果全军覆没……也有人说,红巾军被逼上了金顶,到了绝境,张瞎子突发善心,亲自到山上劝降,红巾军走投无路,全部降了清军,高二先等几个首领押解到襄阳后被杀……

版本虽然各异,但有一个共同的结果,那就是举众十万,历时八个多月,转战二十八个州县的一场农民革命战争宣告结束了!

直到后来也没有胖子的下落,至于那口宝刀,更是下落不明。听说张维帮为了寻找宝刀,带着官兵在金顶附近搜寻了半个多月,一无所获。

宝刀成了一个无法解开的谜。

孙福海一个人在屋子里收拾着东西,那样子有些凄凉。

他已经离任。

师爷进来了:"大人,您真的就这么走了?"

"走哇。"

"就不想申辩?"

"现在哪儿还有说理的地方。"孙福海不无遗憾地说:"我本想治吏,却不想到头来却反过来被这帮酷吏们给治了,错呀!"

"这不是大人的错,要说错那也是大清国的错。"师爷斗胆地说了一句心里话。

第五章　戈家营拜师游贡爷

一

时间一晃就到了光绪六年(1880 年)。

自打有了孙子杨洪胜以后,人们开始叫大鹏的母亲为杨奶奶了。此时她坐在门前的稻场里,手里端着一只簸箕,簸箕里仅有两小碗掺杂谷头子的糙米。她低着头把谷头子一粒一粒地择出来,放在手心里搐,搐完了,用嘴吹一吹,把吹出来的米再放回簸箕里。

杨大鹏从外面回来,看见了母亲,忙悄悄绕道而行。没想到母亲却发现了他,把他叫住,数落道:"大鹏,你已经是三十多岁的人,儿子都有了,还一天到晚不落屋,白天你在摆渡,晚上也经常啥时候才回来……你看你,昨晚又一夜不归,你要妈咋说你才好呢……"

"妈,大鹏在外面干正事,您就别说他了,家里的事还不够我做呢,他待在家里也做不了啥事,您就让他到外面闯闯吧。"

正在门外晾衣服的大鹏媳妇忙给大鹏解围。

大鹏感激地朝媳妇点点头,进屋。

"闯要闯出个名堂来!以前他无论怎么跑我都不管他,那时他是一个人,现在他有媳妇了,还有儿子……我不能让他亏了你们娘儿俩。他要是啥地方做的对不起你,你跟我说,我来吵他。"她什么事总是护着儿媳妇。

"不会的,妈……你就放心吧!"杨大鹏从屋里出来,手里牵着刚过完5岁生日的儿子杨洪胜。

"奶奶,爹该吵!"小洪胜说着,猛地挣脱父亲的手,朝奶奶身边跑去。

"哎哟,你看我孙儿多懂事,就是比他爹强。"杨奶奶高兴地一把将他抱在怀里。

"你长大后,可千万别学你那个爹!"杨奶奶说着,一双饱含慈爱的眼睛瞪了杨大鹏一眼。

杨洪胜似懂非懂地点点头,天真地问奶奶:"那我要学谁呀?"

"要学……"奶奶想了想,说:"学高二先、学洪秀全……做天下英雄。"

"高二先是谁呀?"

"高二先是……"

杨奶奶给洪胜讲起了高二先的故事。

盛夏的中午,赤日炎炎。

黄康渡口,一群七八岁的孩子在河里玩打水仗。

岸上树荫下,几个同龄的小女孩儿在观战,不时拍着小手为双方加油、喝彩。

这群孩子中,杨洪胜的水性最好。

大点的孩子不服气。这次,几个人一齐围上去捉拿他,他那被太阳晒得黝黑的身体,在水里就像泥鳅一样光滑。等几个伙伴从四周围上来的时候,他一个猛子,从一个伙伴的腿下钻了出去,跳出了包围圈。

乘几个伙伴还在"包围圈"中寻找时,杨洪胜已经悄悄潜到一个穿花裤衩的伙伴背后。冷不丁把他裤衩拽了下来,举在手里叫道:"看啰,游二采穿他妈的花裤衩哟……"向岸边游去。

游二采气得不行,可又没办法,他不敢往岸边去追,只好向杨洪胜说好话,才讨回裤衩。

岸上的几个小女孩笑得鼻涕都流出来了。

"好,这次算你赢了。三打两胜,这是规矩!我们再比下一局,如果这一局你再赢了,我们大家今后都听你指挥,由你来当头儿。"伙伴中,年龄最大的自称是"头儿"的黄大奎做出了裁决。

"行!"

伙伴们异口同声地表示赞同。

"第二个项目是比抓贼,我们这些人中挑选一个水性最好的来跟杨益三(杨洪胜字益三,人们都习惯叫他杨益三)比,规则是,由杨益三来抓我们挑选的这个人,只要在我数一百下时间内,杨益三亲手抓住了这个人,就算赢,超过了一百下,杨益三就是抓住了,也算输。"黄大奎宣布完规则后,大家一致推选戈秀山与杨洪胜比。

两人在水里,一个像"水车子"(在水中游得很快的一种蛇),一个像"疯蹄子"(在水中游得很快的一种鱼),把河水搅得漩涡四起。

黄大奎站在岸边大声地数着:1、2、3……71、72……

突然,杨洪胜大叫了一声:"哎哟……"身体随之向水下沉去,上面泛着"咕嘟咕嘟"的水泡,过了一会儿,身体又浮了上来,四肢一动不动地仰面漂在水面上……

岸上有个女孩发疯似的大叫道:"益三哥……快救益三哥……"就要向河里扑去,另两个女孩一把将她拉住。她仍然不停地喊道:"哥,快点!快去救益三哥……"

戈秀山愣了一下,吓坏了,赶紧游过去救他。

刚到近前,杨洪胜突然一个"鲤鱼翻身",把戈秀山牢牢抓住,大声喊道:"我抓住贼了!"

他们都忘了,杨洪胜在水里有两个绝活,一个是能在水里换气,一猛子扎到水底下能游十几分钟不露头。另一个就是刚才表演的,能仰面躺在水面上一动不动地任水漂流。

一场虚惊后,岸上那个叫"益三哥"的女孩用手拍着心窝,长长地吁了一口气。

这个女孩叫戈秀梅,是戈秀山的堂妹。

戈秀山发现上当,大声嚷嚷着:"这不算数,杨益三耍赖。"

"这怎么叫耍赖呢?这叫智慧!我爷爷给我讲的。"杨洪胜争辩着。

"这不是你抓的我,是我主动到你身边去救你,才……"

"我问你,是不是我亲手抓住了你?"

戈秀山犹豫了一下,说:"是!可是……"

"别可是!"杨洪胜继续问:"是不是我在一百下时间以内抓住的你?"

戈秀山不服气地把脸一扭,说:"是又怎么样?你违反了规则!"

杨洪胜这才有板有眼地说:"规则规定:只要益三在数一百下时间内,亲手抓住了这个人,就算赢,超过了一百下,杨益三就是抓住了,也算输。你说我哪一点违反了规则?"他瞅了一眼黄大奎,接着说:"我爷爷给我说过,如果做事不用计谋,逞一时之能,那叫匹夫之勇,是不能成大事的,也当不了头儿。"

尽管杨洪胜对爷爷的一些话还是一知半解,但他却能在关键时候用上去,吓唬吓唬小伙伴,这也算得上是他的一种智慧。

杨洪胜的出奇制胜和那一番听上去很不像出自他口的话,却让伙伴们都折服了。

"杨益三赢了!"

"益三哥赢了……"

岸上，顿时响起了噼里啪啦的掌声和欢呼声。

二

小巷深处的一个院子里，大门紧闭，只有西厢房里还亮着灯。

厢房里坐着六七个人，个个显得很焦急。

"向善，杨大鹏咋这时候还没到呢，我们要不要等他？"任向善老婆程大莲捅了他一把。

"是不是有事给耽误了。"

"我们哥老会的弟兄们可都等急了。"

…………

"别急，大家沉住气，再等一会儿！"一直沉默不语的谷城哥老会首领任向善终于发话了。

"笃——笃——笃！笃！笃！"

门外响起了急促而有节奏的敲门声。

程大莲一听敲门声是"两长三短"，给大家递了个眼神："瞧，这不来了！"说着，迈着碎步向院门跑去。

"吱呀——"院门打开了。

程大莲悄声说："大鹏，快进来！"

杨大鹏闪身而入。

"快——快——"还没等程大莲把院门闩上，杨大鹏就上气不接下气地连连向厢房里的人喊道："快离开这里，清兵马上就要到了……"

厢房里的人出了屋子，有些乱了起来。

"大家不要慌，别一遇到事就乱套。"任向善提了提气，稳了稳神，问杨大鹏："大鹏，你说，是怎么回事？"

"任大哥，没有时间了，赶快走，我边走边说。"

"好，把大门闩好，我们从后门走。"

"大莲在前面引路，我断后。"任向善刚说完，院外就传来了杂乱的脚步声。紧接着，是砸门声。

"狗日的，来得倒真快！"任向善转身进屋，一口把灯吹灭。

等他抹身从西厢房出来准备从后门出去时，清兵已破门而入。

"完了！"他在心里叫了一声，眼睛偷偷地向后门瞥了一眼，没见到几个人的踪影，他的心稍稍平静下来。

"你就是任向善？"一个头目模样的人上下打量了任向善一番，问道。

"是，我就是任向善——向来行善，疾恶如仇！"任向善一副不在乎的样子。

"搜！"清兵头目厉声喝道。

"不用搜了，屋里就我一个人。如若不信，你们就挖地三尺去找吧！反正你们是官老爷，不在老百姓面前施点淫威，怎么叫官呢！"任向善乜着眼，讥讽地冲着清兵头目笑了笑。

"你老婆呢？"

"和孩子们一起回娘家去了。"

"回娘家？莫不是出去联络哥老会的人去了吧！"

"官老爷说是，不是也是。"

"你还敢狡辩，有人已经向我们告了密，说你在谷城组织哥老会，专门跟朝廷作对。"

"那就请拿出证据。"任向善耐着性子跟他们周旋着，他周旋的时间越长，几个弟兄们就越安全。

他索性慢腾腾地走进西厢房，重新把他吹灭的灯点着。然后，腿一跷，坐在屋子中央。

清兵头目气呼呼地跟他进了屋，站在他的对面，怒目而视。

"报——"

一个清兵来向头目报告："屋里发现后门……开着！"

任向善哈哈一笑："我家的后门从来不关。"

"你撒谎。"

"没必要跟你撒谎。我是怕家里进狼叼我的小猪仔,后门就这样开着。"

"哼哼……开门防狼?我看你是想开门迎狼!"清兵头目话里带着恶意。

"是啊,这不?怕啥来啥!"

清兵头目恼羞成怒。

"来人,把任向善带回县衙处置,房子给我封喽!"

第二天一早,杨洪胜就被父亲叫上,父子俩一同到南河摆渡去了。

船到了对岸的中码头,父亲悄声对杨洪胜说:"你进城去找爷爷,告诉他帮我打探一下城里边的消息。"

"打探啥消息?"杨洪胜不解地问。

"你就别问了,照我的话说,爷爷就会明白。你要注意,千万别让县衙门的人知道了。"

"好!"

杨洪胜到杨记铁匠铺找到了爷爷,他把父亲的话原原本本地跟他一说,杨爷不动声色地说了声:"别急,等会儿就有人来报消息!"

正说着,一个衙役在门外喊道:"杨铁匠在吗?"

杨爷在屋里给杨洪胜说:"你看,报消息的人来了。"转身向外迎接:"哟,严大人,快快请进!"

此人叫严镇,广西人,从光绪初年就在谷城任守备至今,对谷城的地理位置了如指掌,每次到各乡各镇去抓人或剿匪都少不了他。

见到来人,杨洪胜一惊:这不是县衙的人吗,爷爷怎么说是报消息的人呢?爹可交代过,千万别让县衙门的人知道这件事,爷爷

69

莫非不知道爹的用意？这下可坏了。

"大人，请喝茶。"严镇坐定后，杨爷忙给他沏了一杯茶，放到严镇面前。

严镇毫无兴趣地瞥了一眼茶碗，仍然斜靠在椅子上，并没有去端茶碗。

杨爷凑近说："严大人一向喜茶，今天怎么没有雅兴了，莫非是嫌我这汉家刘氏茶不地道？"

严镇一听，忙欠起身，说："不瞒你说，我虽喜茶，可对其他任何茶都不感兴趣，只对汉家刘氏茶情有独钟！"严镇用指头朝杨爷一杵："我就知道你这儿有好茶……"

"我岂能不知大人的喜好，能用别的茶来应付大人您吗？"杨爷笑着说。

"还是你杨大刀了解我。"严镇的眼睛已经眯成了一条缝。

"大人今天到小铺里来，不只是为了喝一碗汉家刘氏茶吧？"杨爷故意问。

"嗳……还真让你说对了。我这次来呀，给你下订单来了。"严镇呷了一口茶，然后慢腾腾地从袖筒里掏出一张货单。

"大人今天要订多少货呀？"杨爷不慌不忙地从严镇手里接过订单一看："这回咋要这么多？"

"现在形势吃紧……"

"形势吃紧！形势有啥吃紧的？"

"你不知道，现在哥老会闹得很凶的。"

"是吗？还没听说过。"

"我说杨大刀呀，你别只顾着忙生意呀！"

"我不忙生意还能做什么？"

"关心关心外面的形势！"

"我可没那工夫。铺子里这点芝麻大的屁事，就忙得我整天不得安身，哪有那份闲心。"

两人闲扯了一会儿,杨爷开始把话引入正题。

"哎,严大人。你有什么好事也该请我喝杯酒吧,我为你打造兵器,你立了功,我不跟你争功,争杯酒喝不过分吧?"杨爷跟他开着玩笑。

"不过分,今天我就请你喝酒,怎么样?"严镇来了兴致。

"这么说,严大人真的立功了?"

"不瞒你说,还真立了功。"

"是吗? 说来听听,让我也长长见识。"

"昨夜里,我们在盛家康把谷城哥老会的首领任向善抓了,今天已经开堂审理了……"

"他招了吗? 判的什么刑?"

"唉,我说杨大刀,刚才还说你不关心外面的形势,怎么突然对任向善这么感兴趣呀?"

"不是,大人立了功,跟着高兴呗。"

"噢,那我就让你多高兴高兴。他不招都不行,已经是铁打的事实了。为了防止夜长梦多,石廷銮石县令下令,已经就地'咔嚓'……哈哈"他用手做了一个抹脖子的动作,龇咧着一排黑黢黢的门牙,得意地阴笑着。

杨洪胜头皮一麻,吓得"啊"了一声。

"看把你这个小家伙吓的。我告诉你啊……"严镇把杨洪胜拉到身边,吓唬道:"只要跟朝廷作对,我们就杀无赦,只要犯上作乱,就要满门抄斩。"

杨洪胜厌恶地扫了一眼满脸杀气的严镇,慢慢从他身边朝外挪了挪身子。

"不闲扯了,抓紧时间把货给我弄齐备喽,到时我亲自来验……"严镇屁股一抬就往外走。

"大人慢走,改天我专门到府上去。"杨爷把严镇送出门口。

"爷爷,他好凶哟!"

等杨爷送严镇出门后,折转回来,杨洪胜说。

"哼,就仗着会点功夫,飞扬跋扈。"杨爷愤愤地说。

"爷爷,如果有了功夫就不怕他欺负了是吗?"杨洪胜眨巴着眼睛,看着杨爷。

"那还用说,我的功夫要是能胜过他,早把他给宰了,他手上沾了多少百姓的鲜血。"杨爷把刚给严镇沏的那杯茶端起来准备倒掉,端杯的手猛地移了回来,重重地往桌子上一放。"笃"的一声,茶水四溅。

三

这一天,戈秀梅把杨洪胜带到她家里玩。

戈秀梅爹妈死得早,她跟着姥爷长大,就住在戈家营子。秀梅的姥爷姓游,人称游贡爷,是个武秀才,正在院子里教几个后生练武。

练武的院子方方正正,有两亩地大,四周用木桩栅栏围着,只有北面靠南河方向留着一个大门,大门旁边有一棵大槐树,树上挂着练武用的各种兵器。

"姥爷……"秀梅领着杨洪胜从大门进来,很礼貌地叫了一声,继续往前走。

游贡爷见秀梅带杨洪胜回来了,高兴地答应了一声,又忙着教徒弟去了。

杨洪胜一边跟在秀梅后面往屋里走,一边看着他们练武,那颇有霸气的一招一式,让他看入了迷。不知不觉,双腿像被什么东西捆住了一样,站在那里一动不动。

"益三哥,益三哥……"

听到秀梅叫他,杨洪胜才缓过神来。

"干吗呢,傻站在那儿?"秀梅说着就要把他往屋里拉。

杨洪胜灵机一动,拽住秀梅说:"哎,秀梅!你说……我们请你姥爷教几手拳脚怎么样?"

秀梅吃惊地看着他,问:"你也想练武?"

"是!"

"要跟人打架?"

"不是!"

"噢……我知道了!你说过的,想当英雄……"

"嘿嘿……"杨洪胜挠着头,傻笑着。

"行,我跟你一起学!不过……"秀梅故意卖着关子。

"不过什么呀!"

"不过这事……"

"这事怎么啦?快说呀,急死人的!"

"这——事——得——先——让——我——姥——姥——同——意……"秀梅一字一顿地说。

"为什么?"杨洪胜不解。

"我姥爷只管教徒,不管收徒,收徒的事是我姥姥把关。"秀梅扮了个鬼脸。

"真的?"

"当然是真的了!这叫男主外,女主内。"

"那你去跟姥姥说去。"

"我们一起去呀,走哇!"见杨洪胜站着那儿没动,秀梅过去拉他。

"好,行!"

秀梅把杨洪胜诓进了屋里。

秀梅姥姥正给秀梅缝制一件花衬衣,刚收最后一针,用牙把线头一咬,打了个结。

秀梅拉着杨洪胜进来了。游姥姥跟洪胜打了招呼,把手里的针往衣服大襟上一别。

秀梅问姥姥:"做好了?"

"好了! 穿上试试,看合身吧。"游姥姥说着,把秀梅拉过来给她试衣服。

秀梅穿上新衣服,兴奋地在屋里转了一圈,问杨洪胜:"益三哥,怎么样?"

"要是人再瘦一点嘛……衣服就显大了。要是人再胖一点嘛……衣服又太小了! 你看这事弄的……"杨洪胜故意逗着她。

"你瞎说什么呀?"秀梅撅着嘴,佯装生气。

"怎么! 不合身呀?"游姥姥正在收拾针线,没听明白,忙转过身来问。

"姥姥,益三哥想欺负人!"秀梅突然在姥姥面前告起了状。

杨洪胜糊涂了,说了声:"这……"

"益三怎么想欺负我们秀梅了? 要再欺负人,我就让她姥爷用八卦掌把你搋扁,看你以后还敢欺负秀梅不!"游姥姥故意逗着。她十分喜爱杨洪胜,益三比秀梅只大一个时辰,两个孩子从小在一起玩耍,益三处处护着她,有时也故意逗她生气。两个孩子就这样在她的视线里一天天长大。

"他想跟姥爷学武功!"秀梅说。

"就为这,你说益三欺负你?"

"这还不够啊? 学武不是想欺负人想干什么?"秀梅一把挽住姥姥的胳膊,撒着娇说:"所以……姥姥,我想和益三哥一起跟姥爷学武功,到时候我就不受他欺负了。您给姥爷说一下嘛……"

杨洪胜霍然明白了。

游姥姥琢磨着,杨奶奶曾给她提起过这事,想让益三习武,一来防身,二来以后卖艺还可以挣口饭吃。这样一想,她就答应了。

门外,棍棒啪啪,刀戈乒乓。

游姥姥领着杨洪胜和秀梅来到练武场。游贡爷一见这三人进入武场,连忙制止着:"别再过来了,就站那儿看吧,小心误伤了你

74

们。"

谁知这三人并没止步,继续往前走。游贡爷急了,过来责备游姥姥:"你把俩孩子引到这地方来干吗?伤到他们咋办?"

游姥姥不慌不忙地说:"我给你招了两个兵,你验一验,看合不合格?"

"益三?哈哈……你这个傻小子,终于找上门来了!"游贡爷劈头盖脸地来了一句,所有人都懵了。

游贡爷接着给大家说:"杨爷早就给我说过,想让我教他孙子益三武功。我当时说,得他自个想学才行,别人想也没用。如果他真想学,自然会找上门来的。你们看,这不找上门来了!"

"哈哈"大伙儿都笑了起来。

杨洪胜也跟着"嘿嘿"地笑着。

"来,你跟我出两招,让我看看你是不是个料?"游贡爷说着,蹲起马步,出了两拳。

杨洪胜也学着游贡爷的样子,撅着屁股,使出了吃奶的力气,打了两拳,没想到用力过猛,一屁股跌在地上……

大伙又是一阵哈哈大笑。

杨洪胜从地上爬起来,不好意思地拍了拍屁股,紧张地看着游贡爷。

游贡爷捋了一把胡子,慢条斯理地说:"这傻小子,动作难看点,但悟性嘛……"

习武的几个后生,捂着嘴在悄悄地说个不停。

杨洪胜更加紧张了。

"比你们都好!"游贡爷用手指着那几个唧唧喳喳的后生,突然提高了嗓门,把后生们吓了一跳。

"我收下了!"

一听游贡爷说收下了杨洪胜,秀梅跑上去抱住游贡爷,连声说:"谢谢姥爷……"

游贡爷看到傻站在原地的杨洪胜，说秀梅："你谢我个啥？又不是收你为徒。"

"说好了我们俩一起收的，你收了益三哥就等于也收了我。"秀梅缠着游贡爷不放。

"好了，好了！一起收……"

杨洪胜赶紧双膝跪在游贡爷面前，说了声："师父在上，请受晚生一拜！"接着，"咚咚咚"在地上磕了三个响头。

游姥姥连忙把杨洪胜扶起来，心疼地："你这孩子，她姥爷跟你说着玩的，你当真还这么重谢他呀！快起来。"

"一日为师，终身为父！论辈数我还应该叫您师爷，徒孙跪拜师爷是应该的。"杨洪胜说。

"你看，杨家的人就是懂礼数，哪像你们……呃，叫师爷好，免得乱了辈分。"游贡爷说着，把他们两个人拉到一边，交代道："从今以后，你们俩就是我游家的武生了，一切要按游家的武训来做。"

两人频频点头。

"你爷爷有眼力，他把祖传宝刀传给你看来是对的……"游贡爷随口说道。

"宝刀？"杨洪胜莫名其妙，也不便问，就在心里想：家里的祖传宝刀？我怎么从来没听爷爷说过呢。

看到杨洪胜纳闷的样子，游贡爷故作生气地说："怎么，连我也保密呀！谁不知道你家有把祖传宝刀？当年几任县太爷想目睹那刀，你爷爷都没让看，难道你也学你爷爷……"

"不是的，师爷！我真的……"

"跟你开玩笑的，不说就不说……走，咱们到练功场去。"游贡爷说着，把杨洪胜拉到练功场。

一大早，杨洪胜扛着一根竹竿，屁颠屁颠地跟在父亲杨大鹏的身后,父子一同向渡口走去。

杨洪胜边走边琢磨着一件事,他紧走几步,赶上了父亲,问:"爹,我听秀梅的外公说,我们家有个祖传宝刀,我怎么没见过呀?"

"我也只见过几次,后来你爷爷把它送人了。"

"送人了?这人是谁呀?爷爷干吗要把我们家的宝刀送给别人?"

"送的不是别人!"

"那是谁呀?"

"一个亲戚。"

"那……这个亲戚一定是爷爷最喜欢的。他叫什么名字?等以后我遇到了,把它要回来。"

"你肯定是要不回来了。"

"为啥子?"

"他已经死了。"

"死了?那就更好要了,我直接找他的儿子要回来。"

"你怎么要?"

"我就说,你爹死前留下的宝刀是我爷爷送给你爹的,既然你爹死了,就应该还给我爷爷。"

"那你说,为什么他爹死了就应该还过来呢?"

"你不是常跟我说,送一不送二吗!已经送人的东西不能再送另外的人了,是吗?"

"是呀!"

"那……爷爷送给亲戚这把宝刀,亲戚死了,没有再送给他儿子的道理吧……既然不能再送给亲戚的儿子了,那亲戚的儿子就应该把宝刀还给爷爷才对呀,您说是吗?"

"嘿……你这傻小子,还真有你的歪理儿呀!"杨父喜爱地一巴掌打在杨洪胜的小屁股上。杨洪胜"哎哟"一声,朝前跑去。

渡口上,已经有人在那儿等着上船了。

乘客陆续上了船,各自都找到合适的位置在船帮上坐稳了,杨父解开拴在树上的缆绳,再把锚提到船头的站板上。杨洪胜调皮地撑起手里的竹竿,像撑竿跳一跃,跳上了船。

一个乘客跟杨父开着玩笑:"一看到这个动作,就知道是你的亲儿子,没有掺假。"

一个妇女插了一句:"啥种啥苗儿,啥葫芦啥瓢儿嘛!"

一船人都哈哈大笑起来。

杨父举起篙,使劲一撑,船身猛地向前一蹿……

"邦,邦……"坐在船上的人只顾笑,却没防备,挨得近的,头碰着头。同时发出一片"哎呀"声。

杨洪胜掩着嘴偷笑。

插话的妇女发现是杨父在捣鬼,就骂他:"大鹏,你真缺德呀!"

"是啊,你让我们嫂子跟公公碰头了,你真搞得出来呀,杨大鹏!"有人跟着调侃。

杨父却佯装不知,一边撑船,一边给杨洪胜下指令:"益三,听好了……脚站稳,身端正,一篙下去要用劲……握住竹竿莫松手,一把一把往前走!"

"记住了!"

杨洪胜觉得摆渡很有趣,跟这些乘客在一起,也很开心。

船到了中码头。船上的人下完后,又上来一些人。

一个小伙子搀扶着一个老太太要上船,杨父赶紧下船拽住缆绳,招呼着杨洪胜:"益三,用篙子抵住船尾,别让船晃动!"并嘱咐老太太:"您慢点,别着急,等您坐稳了,我再让别人上船。"

送完一天里最后一船客人,太阳已经快落山了。

杨父将船靠上岸,抛下锚,拴好缆绳,一拍杨洪胜的屁股:"怎么样,累不?"

杨洪胜笑笑说:"还好!"

杨父将两根篙往船舱里一丢,招呼杨洪胜:"走,回家!"

"哎,爹!我今天有个想法……"杨洪胜撑上去说。

"你小子,早晚都有想法。"杨父看到儿子那个机灵劲,喜不自胜,蹲下身去,习惯地拍拍他的屁股:"啥想法?说!"

"今天老太太坐我们的船,明天还可能是怀娃子的妇女坐我们的船,特别是有些小孩,调皮得很,就跟我一样……嘿嘿……"杨洪胜用眼睛看着父亲,突然不做声了。

杨父急了:"你说了半天,到底要跟我说什么?"

"我想,如果调皮的孩子不识水性的话,像现在这样坐在船帮上,一不留神,掉进河里可咋办?"

"你小子想得有道理噢!"杨父站了起来,仔细地寻思着杨洪胜的话,问道:"你准备怎样解决这些问题?"

"我们能不能把船稍稍改变一下?"

"怎么改变?"

"比如说,舱里固定几把凳子,作为专座,其他人坐在船帮上。这样,坐在船帮上的人还可以给坐在船舱里的老人、小孩包括病人挡风,这样不更好吗?"

"哎,这主意不错!可是……这只能针对载人来说呀,如果船上还要载一些货物,比如柴草,这些东西都是要放在船舱里的,那怎么办?"杨父有意给杨洪胜出难题。

"这我也想过,我们可以在船帮上固定两根木桩,把船舱分成大小不等的两部分,靠船头那一小部分舱内设专座,靠船尾那一大部分专门堆放货物。木桩还可以作为扶手,即使船遇到紧急情况颠簸,也不会跟早上那样,让人家头碰着头。"

"嗯!"杨父欣赏地点着头,说:"有句话叫……叫做……"杨父想了想,才想起来:"对,叫'孺子可教',你就是孺子可教!"

"爷爷说,肯动脑筋想问题的孩子今后才会有出息。爹,你说我以后有没有出息?"

"有,你以后肯定比爹有出息!"杨父鼓励着杨洪胜,拉着他的小手,一老一少兴高采烈地向戈家营子走去。

落日的余晖,映照在他们身上,橙红橙红的。

夜,静悄悄地,偶尔从远处传来几声狗吠。

清澈的月光,透过窗户纸,射进房屋里。屋里的床上睡着三个人,杨师傅老两口和孙子杨洪胜。

杨师傅在床上翻了个身,忽然发现老伴还坐在床上,欠着身子,奇怪地问:"你咋还不睡呢? 以前总是你催我睡觉,现在怎么你也不睡觉了?"

"睡不着!"老伴说。

"咋啦?"

"我也不知道咋的,这几天老是梦见胖子跟二先。"

"想啥呢,睡吧! 别把咱孙子给吵醒了。"

"哎,你说,咱是不是该给这两个娃子烧点纸了?"老伴还是沉浸在思绪里。

"说得也是,清明节快到了。"杨师傅索性披上衣服,坐了起来。

"可能是怕我们忘记了吧,夜里来提个醒。"

"咋会忘啊! 虽然过去这么多年了,一想起他们就像还在眼前。"

"我老感觉胖子没有死。"

"你咋感觉的?"

"你想,那次他们两个孩子一起投奔二先他们,二先设了个计把大鹏诓了回来。当时,张瞎子已经知道胖子跟二先是一伙的,即使把胖子诓回来,那也难免一死,所以,二先就把胖子留下跟他们一起走了,这目的还是为了保护胖子。二先是个重义的人,点子也多，关键时候，他肯定会想办法甚至舍命来保护胖子的。"

"理儿倒是这个理儿！可问题是已经过去这些年了，胖子连个音讯都没有。他要是活着，虽然他妈不在了，他也应该跟我们联系呀。"

"我也说不准，只是感觉。"

"好了，睡吧！别再想这事了，明天你到庙里给他们上炷香、烧点纸，祷告祷告。"

第六章　杨大鹏罹难大薤山

一

老军山东侧突兀起一座山峰,叫高顶山。高顶山的半山上有个高亭寺,寺庙不算大,平时香客也少,显得有点冷清。只有到了过年过节,才有人到庙里来上香膜拜。

清明时节是祭祀的日子,可当地人有个习俗,叫"前三后四",就是在清明节的前三天或后四天之内祭奠亡灵,传说,清明节是鬼节,这一天,鬼们都要出去开会,不在家,祭奠时的祭品或冥钱他们得不到,所以要错开鬼节做祭祀。

早上,吃过早饭后,杨洪胜就被奶奶叫上了。

奶奶手里提着一只竹篮,里面放着供品和一摞火纸,杨洪胜手里拿着一把香。祖孙俩沿着羊肠小道,去到高亭寺烧香。

"施主,请……您是今天本寺第一位香客,老衲有失远迎。失敬,失敬!"已经八十岁高龄的老和尚慧净,颤巍巍地在寺庙门口迎接。

"您这么大年纪了,还劳驾您,真过意不去!"奶奶客套了几句,在寺内瞄了瞄,问:"慧远师父呢,今天怎么没见到他?"

"哦,慧远师父一大早就到山下提水去了,马上就回来。施主

82

稍坐片刻,慧远师父一回来,我就给您烧水沏茶。"

"慧远师父下山提水? 他也七十多岁了吧!"奶奶很惊讶。

"施主说得是,慧远今年……已经七十有二了。"慧净掰着指头算了算。

"方丈师父呢? 他身子骨现在怎么样?"

"还卧床不起,老毛病,一时半会儿好不了。我这也刚侍候完他。"

"小伙计呢? 寺里不还有个伙计吗?"奶奶坐下来后,又问。

"小伙计回家办丧事去了,还来不来,说不准。"

正说着,慧远已经到门口了。

慧净高兴地指着门口:"水打回来了! 您稍坐一会儿……"说着,就到门口去迎接。

慧远提着桶,一瘸一拐地走了进来。

慧净一看,大惊失色:慧远手里的木桶里一滴水也没有,还弄了一身的泥土。连忙问:"你怎么弄成这样了?"

祖孙俩赶忙上前,把慧远师父扶到椅子上坐下来。

慧远坐定后,大喘着粗气,自责道:"老啦,不中用了……连一小桶水都拎不回来……"他用袖头擦了擦眼眶里的眼泪,十分惋惜地说:"我从石嘴子堰里已经把水拎到半山坡上来了,谁知道,腿上没力气,脚一滑,摔了一跤。唉……这吃水比吃油还艰难哟!"

杨洪胜一寻思,提起慧远身边的水桶,说:"我到山下提水去……"说着就向门外跑去。

山下的石嘴子,有一个泉眼。一股泉水从泉眼里冒出,清洌洌,冒着烟雾。

山上寺庙距石嘴子少说也有两里地。杨洪胜打了满满一桶水,拎起来就往山上爬。

一路泼泼洒洒,等爬到一半路程时,桶里的水也只剩下一半了,可他还感到越提越沉,索性就停下来歇口气。歇气的时候,他又开始动起了脑筋:这么陡的坡,这么远的路,这么大年纪的两个老人,每天吃水要费这么大劲,日子长了可不是办法……

杨洪胜拎着半桶水回到寺里,慧净和慧远两人感激的目光,一齐汇聚在他的身上。他们把水接下来,一个劲儿地感谢。弄得他很不好意思,连连说:"小事,小事……赶明儿的,我多带几个伙伴来,帮您提一满缸水。"杨洪胜抖了抖溅在身上的水珠。

奶奶赞赏地看了看满头大汗的孙子,又心疼又高兴地说:"好小子,累了吧!"

"嘿嘿……"杨洪胜只是傻笑。

"走,跟奶奶到庙里进香去!"

外面,陆续又来了几个香客。

奶奶把一炷香点燃,插在香炉上,双手合十,口中有词。杨洪胜站在奶奶的右边,学着奶奶的样子,也点上一炷香,插在香炉上,双手合十……

只听奶奶说:"二先,舅母来看你们了……你舅让我给你捎了瓶酒,是你一直都没喝够的石花酒,你在那边喝不到的……你能告诉我胖子吗,胖子到底是死了还是活着? 如果跟你在一起,你就让他也来拿点钱用吧,这孩子从小就死了爹,是个苦命人,在那边别再受苦了……如果他还活着,你晚上给我托个梦,不管他在哪儿,我们都要把他找回来……"

杨洪胜听不懂奶奶在说些什么,糊里糊涂地问:"奶奶,胖子是谁呀?"

"你应该叫他胖子伯伯,他比你爹大两岁,是你爷爷铁匠铺里的一个伙计,你爷爷很喜欢他……"

"那他到底是死了还是活着呀?"

"奶奶不晓得!"

"二先表叔知道吗?"

"只有你二先表叔才知道他是死是活。"

"二先表叔不是死了吗?"

"是啊,所以奶奶今天才到这儿来问他呀。"

杨洪胜习惯地挠着头,问:"奶奶,我们家的祖传宝刀,爷爷是不是送给胖子伯伯了?"

奶奶一惊,疑惑地看着杨洪胜,说:"你怎么想起问这事?"

"我爹说,爷爷把咱家的宝刀送人了,爹也没告诉我送给谁了,我想……这么好的东西,送的人一定是爷爷最喜欢的人。"杨洪胜眨巴着眼睛,望着奶奶说:"您刚才说,爷爷很喜欢胖子伯伯,所以,我猜……爷爷肯定把宝刀送给胖子伯伯了,对吗?"

"唉,现在宝刀究竟在谁手里,已经说不清了……"

雨过天晴。老军山上,初夏的青草更显得郁郁葱葱。

一场雨把地上的热气压下去很多。太阳偏西的时候,气候开始凉爽。

杨洪胜倒骑在牛背上,游二采骑着牛跟在杨洪胜的牛后头,两头牛在老军山脚下,一边啃着草一边向山上爬去。

"益三,我们每天轮流给高亭寺的慧净师父提水,如果有两个人贪玩,忘了提水,慧净师父们不就没水吃了?"

杨洪胜想了想说:"走,我们现在把牛赶到高顶山去,顺便看看三位长老。"

"哞……"

两个人骑着两头牛,向高顶山上爬去。

牛绕到了高亭寺东北角,前面已经没有路了,一块巨大的磐石挡在他们面前。

杨洪胜从牛背上跳下来,对游二采说:"把牛放这儿吃草,我们攀过去!"

游二采也从牛背上跳了下来,把缰绳往牛头上一盘,朝牛屁股上拍了一巴掌:"去吧!"然后拽着一根树藤子就往磐石上面爬。

游二采脚刚踩到石头上,"哧溜"一声从石头上滑了下来。

"慢点,你这样毛毛糙糙,下面要是悬崖,你非摔死不可。"杨洪胜埋怨他。

游二采揉揉摔疼的膝盖,不服地说:"你没上去不晓得! 石头上好滑嘛……"

"我就不信,又没下雨,石头上能有多滑?"杨洪胜不信。

"那好,你上去试试!"游二采激将杨洪胜。

"来,你把我捅上去看看。"杨洪胜说着就往上爬,游二采在下面捅。

杨洪胜上去脚还没站稳,"哎呀"一声,从上面重重地摔了下来。他连忙从地下往起爬,一阵钻心的疼痛,使他身子一歪,一屁股坐在地上,爬不起来了。

他龇咧着嘴对游二采说:"二采,你看看我的腿……咋站不起来了……"

游二采凑近看了看他两条腿:"怪好啊,又没破皮又没肿的……"他又朝下看:"我的妈呀,你的脚……"

"脚咋啦?"杨洪胜往脚上一瞅:天啦! 右脚肿得像个发面馍似的。

他打着赤脚,脚肿了当时没感觉。听游二采一说,他用眼一瞧,才感觉疼痛的地方是脚而不是腿。

杨洪胜坐在屋檐下的椅子上,奶奶在给他揉脚,旁边放着一盆热气腾腾的盐水,一条刚放进去的破干毛巾还在盐水里漂动。

"你这娃子,放牛也不是一天两天了,咋不小心……"奶奶把热毛巾往他脚上一敷,他猛地将脚抽回:"烫……"

奶奶把毛巾放在自己的手背上试了试,感到是有点烫,又将热毛巾放在手里吹了吹,重又给他敷上。

"在哪儿崴的?"奶奶问。

"高顶山!"

"你去那儿做啥? 又去掏斑鸠窝了是不是?"奶奶板起了脸。

"不是。"

"那你到高顶山还能做什么? 放牛也不会放到高顶山上去呀!"

"我跟二采到高亭寺……那天我们在高亭寺里,我不是说要给长老们提水的吗……"

杨洪胜把事情经过一五一十地说给奶奶听。

"咳咳……"

随着咳嗽声,爷爷从铁匠铺回来了。一看杨洪胜的模样,心里不高兴,他没理睬他,径直进了屋,随即从屋里甩出一句硬邦邦的话:"是打架了,还是爬树了……"

"不是,益三是做善事才摔成这样的。"奶奶在屋外大声替杨洪胜申辩。

"噢……这就对了……"声音和人一起出了屋子。

"怎么回事,说给爷爷听。"爷爷顿时转变了态度,说话的语调也显得和颜悦色。

听着杨洪胜的讲述,爷爷却皱起了眉头,思索了片刻,说:"你们这样做确实不是办法,能不能考虑在高亭寺的旁边挖一口井?"

杨洪胜一听,讥笑爷爷说:"爷爷,你怎么糊涂了? 高山顶上哪会有水呀!"

爷爷马上纠正道:"不对,古话说:山高水高! 你不是说那个磐石上长满了青苔吗? 你想想看,没水的地方能长出青苔吗?"

"是啊,那石头上还湿漉漉的呢!"

经爷爷一启发,杨洪胜高兴得"腾"地站起来要去抱爷爷。

"哎哟……"一阵疼痛,他又"咚"地坐回原处。

游家武场。

杨洪胜正用双刀与戈秀梅的单枪对打。

戈秀梅的枪尖如雨点般向杨洪胜刺来,点点都在穴位上。杨洪胜一味地防守,却没有还击的机会,气喘吁吁,刀法也开始乱套。

戈秀梅叫停。"你这哪是在对打,简直就是在乱砍!"戈秀梅打小跟姥爷学使枪,虽然她比他小一个时辰,但在行武中,她却算是他的师姐,说话的口气自然要冲一些。

杨洪胜重新活动活动手脚,接着开始。

杨洪胜屏气凝神,瞅准戈秀梅的一个空当,双刀连环出击……

"哎呀……"杨洪胜右脚一跛,一个趔趄,摔倒在地。

"怎么啦,益三哥?"戈秀梅收起了枪,赶紧蹲下身去。

杨洪胜双手抱着右脚揉了几下,站了起来,准备接着对打。

戈秀梅关切地问:"你能行吗?"

"没事,上次崴了还没好妥,就是有点碍事。"说着又摆出对打的架势。

傍黑,一轮圆月已经从东边徐徐升起。

杨洪胜刚吃毕饭,外面就传来了杂乱的脚步声,有人喊道:"益三哥。"

是秀梅带着几个伙伴来了,那是下午他和她约好的。

"来了……"他答应着,顺手从屋里抄起一把铁锹就往外跑。

"这孩子跟他爹一个德性,成天不落屋!"从他身后传出奶奶的嗔怪声。

"孩子大啦! 牲口大了也该放放缰绳了……"爷爷开导奶奶。

夜深人静,风清月朗。

远处,几个单薄的身影,在高亭寺旁边的一块巨石上方躬身挥

88

动着铁锹,铁锹与石子的碰击声在寂寥的夜空回荡。

高亭寺的朱漆大门"吱呀"一声,从里面走出一个老和尚,站在庙前瞄了瞄、听了听,一阵风吹来,只听到呼呼的松涛声。倏地,门"吱呀"一声合上了……庙宇又恢复了宁静。

"有水了,你们看。"一个少女用手攥着一把湿土,几个身影迅即凑到一起。月光下,从少女手指缝里沁出的水滴像白色的珍珠,晶莹剔透。

接着,是一阵欢笑声……

早上,一家人围在桌子上吃饭,杨洪胜却撅着嘴坐在那里,一动不动。

杨母把饭端到他面前,放在桌子上,他理都不理,独自生着闷气。

刚会说话的妹妹洪梅,不知轻重地把那碗苞谷稀粥端起来,送到他面前:"锅锅(哥哥),你气(吃)!"稀粥洒落在他的腿上。

杨洪胜呵斥了一声,杨洪梅吓得"哇哇"大哭起来。

"你这孩子怎么啦?好像谁借了你陈大麦还了你老鼠屎似的,一大早起来就耷拉个脸……朝你妹妹撒什么气?"母亲朝他嚷嚷道,把洪梅揽在怀里。

爷爷似乎看出了他的心思,问道:"昨晚的事情进展的不很顺利吧!"

一句话,正说在杨洪胜的心结上,他垂头丧气地说:"遇到了大石头,我们几个小娃子弄不动……"

"噢,我就知道你遇到难事了。为什么不事先跟大人打个招呼?"

杨洪胜低着头,说:"不想给家里大人们找事,可白天家里的工具都让大人们拿去干活了,我们只好晚上……"

"这样吧,你吃完饭把小伙伴们叫上,今天我陪你们上山!"

高亭寺后山的小坑里已经沁满了水。爷爷挥着十字镐,把坑里的石头一个个都刨了出来。

杨洪胜和几个小伙伴们用铁锹,把坑里的土翻在四周,垒起了一个高高的埂子。

傍午,从坑里到庙里的路修好了,坑里的水也清澈了。

当他们众人正准备"班师"时,庙里的三位长老气喘吁吁地向后山爬来。

他们见到一坑清泉从天而降,既惊讶,又感激。

三位长老双手合十,连声说:"阿弥陀佛,善哉善哉!"

慧净师父看着杨洪胜,说:"小施主行善,遵合天意,日后必能顺天意行天事。"

爷爷听了一怔,在心里细细地揣摩着慧净的话。

杨洪胜不知所云,他拉着慧净说:"师父,您最会起名儿,就给这水坑起个名儿吧!"

慧净左手掌立于胸前,右手捐着念珠,嘴里念着佛语,片刻,说道:"此泉如同天降,乃行善事合天意,就叫'天坑'吧!"

二

到了光绪九年(1883年),谷城除了哥老会以外,红枪会、红帮……一个个反清组织像雨后春笋,邻近的襄(阳)、光(化)、保(康)、南(漳)等县也相继闹了起来。

知县陈奎麟斜靠在太师椅上,右肘顶着扶手,拇指和中指按着两边的太阳穴,不停地揉着。他感到一股无形的力量向他压来,他的头开始膨大,涨疼涨疼的,思绪开始变得模糊……

夜幕下的紫禁城,昏暗、阴森、秋气肃杀,阳光下那种雄伟、堂皇、庄严、和谐、吉祥、恬静的皇宫气魄都荡然无存。

养心殿东暖阁，一口冒着青烟的油锅下面，火焰"噌噌"地向上蹿着，不停地舔舐着锅底。铁锅里的油越来越热。

宽敞的大厅内，慈禧太后在垂下的帘子后边正襟危坐，两旁立着好几个大小太监。大臣们分立在堂下两边，表情千奇百怪。

陈奎麟颤颤抖抖地进了门，跪在地上，双手将官帽从头上缓缓摘下，伏下身子，磕头——"小臣，陈奎麟恭请太后圣安！"

"陈奎麟！"慈禧太后阴森森地叫了一声。

"臣在！"陈奎麟心里怦怦直跳。

"你知罪吗？"声音尖厉。

"臣有罪！"陈奎麟瞄了一眼大油锅，浑身哆嗦着。

"身为朝廷正七品知县，在你的县上却匪事不断，连县城周围都闹起了哥老会，而且四处漫延，你打算漫延到何时为止呀！是不是要等到匪患祸及到京城……"

一群大臣都幸灾乐祸地哄堂大笑，那恣意妄为的神态，让陈奎麟不寒而栗。

"臣罪该万死！"陈奎麟忙把头贴在地上。

"把顶子给我摘喽！"

"喳！"一个太监从慈禧身边走下来，陈奎麟连忙双手将官帽举过头顶。太监把陈奎麟的官帽接过来，一把扯掉了顶上的花翎，托着官帽送到慈禧的案上。

"太后，我对朝廷忠心耿耿呀，太后！您是知道我的良苦用心的呀……"陈奎麟向前匍匐着。

"来人……"

"喳！"两个御林守卫兵执戟而入。

"把陈奎麟的心给我掏出来，放到锅里炸熟了，我要尝尝他的心到底是苦的还是酸的……哈哈哈哈"慈禧发出一阵狂笑，让人毛骨悚然。

守卫兵三把两把就将陈奎麟的衣服扒开了,刀光一闪……

"啊!"陈奎麟吓得大叫了一声。

"大人……您怎么啦?"衙役站在陈奎麟面前,惊疑地看着他。

陈奎麟定了定神,才发觉自己刚才做了个噩梦。他想从太师椅上站起来,但身体却软绵绵的,复坐下,蓦地发现按着太阳穴的右手汗渍渍的。

"大人,您这段时间太累了。要不,回去休息休息!"衙役说。

"唉,这都是哥老会给闹的……"陈奎麟扶着椅子正要往起站,忽然,一个衙役来报。

"大人,石花街巡检司来禀报,近日哥老会头目隐藏在蓬山议事,准备造反。"

"是艾联棠吗?"陈奎麟复又坐下来,他正想着要跟艾联棠商量一下剿匪的事,就连忙问道。

"艾巡检使正在石花街部署,他差人来的。"

"噢;来人何在?"

"在门外候着,大人!"

"叫他进来。"

"是,大人。"

从石花街前来禀报军情的巡吏,满头大汗地进了屋,见到陈奎麟后,忙伸起双臂,向下抖了抖袖口,单膝跪地:"大人,艾巡检使差小人来报……"汗流到了眼窝里,一阵刺痛,他不由自主地用袖头擦了擦眼睛。

"不慌,慢慢说。"陈奎麟说。

"谢大人!"

巡吏擦了一把汗说:"今天晚上,哥老会的几个头目在蓬山聚会,准备暴动。"

"哥老会要在蓬山暴动?"

"以薤山暴动为号,全县各地同时举事。"

"消息可靠?"

"消息万分可靠!是我们安插在哥老会的内线提供的。"

"暴动的具体时间?"

"八月十五!"

"中秋节?真会选日子!"

"石花巡检司的全部人马准备天黑前拉到薤山,隐蔽在密林中,晚上伺机抓捕。请大人示下!"

哥老会选在中秋节暴动,这可是个非常的日子,这一天正是新任湖广总督卞宝第来谷城巡查,如果这天暴动成功,他这个知县可就要被总督大人给油烹了。现在到中秋节还有一个礼拜时间,时间还来得及。陈奎麟想着,"腾"地站了起来:"严镇何在?"

"小的在!"严镇朝前跨了一步,单膝跪在陈奎麟面前。

"集合守备营,进山剿匪!"

"是。"

严镇拂袖正要退出。陈奎麟却制止道:"慢!"

"大人还有什么吩咐?"严镇等着陈奎麟的训示。

陈奎麟双手背着,右手捏着已经收起的折扇不停地敲击着后背,在大堂上来回地踱着方步。须臾,他回过手来,用折扇在右掌心里狠狠一击,咬着牙在心里说:"我要将他们一网打尽,唱一出好戏让新任总督大人欣赏……"

他转身对巡吏说:"你回去告诉艾联棠,要他立即停止行动。"

"停止行动?回大人,恐怕赶不及了,等我回去,艾巡检使只怕已经把队伍拉上去了。"巡吏面有难色。

"你马上赶回去,赶不及也得赶!"陈奎麟又对严镇说:"给他一匹马。"

衙门大堂内,所有的人都瞪着疑惑的眼睛看着陈奎麟。

在谷城县城通往石花街的路上，一匹杂毛马"嘚嘚"地向石花街奔去。骑在马上的人，擦了一把汗，看了看已经偏西的太阳，着急地赶紧策动了几下马缰。马的速度加快了。

杂毛马进了石花街巡检司的院子，马上的人来不及下马，跟一个当值的巡吏说了句什么，就掉转马头奔出院子。

杂毛马向南急奔，马蹄掀起的黄色尘土，扬起一米多高，风一吹，灰尘向路边散去。

出了石花街，杂毛马向东一拐，抄小路向薤山方向急驰……

薤山的密林里，月光从树梢上斜泻下来，落在半枯黄的草地上，淡黄淡黄的。秋风吹过，古杉的树叶在半空飘飘洒洒，打着转儿寻根而去。

六男一女七个人在女儿峰峰顶席地而坐。

女的身高约一米六五左右，身材匀称，面容姣好，圆圆的脸蛋，高挺的鼻梁，一双大眼睛里不时迸发出仇恨的光。她小声说："中秋节的晚上，以薤山举火为号。女儿峰是薤山的最高峰，就把女儿峰的峰顶作为观望台，选择三棵最高的树，每棵树上安排专人燃放一支火把，县城、石花街、盛家康、冷家集、庙滩、张家集同时暴动，攻打县城衙门和五个巡检司，火把燃是进攻的号令，火把灭，是撤退的号令……你们六个头领也要在本地最高处选择一个观望台，同样燃放火把传递号令……"

"沙……沙……沙……"

一阵轻微的脚步声，从堆积着树叶和枯草的林子里传来。

"有情况！"

不知谁说了一声，大家立刻静了下来，各自抽出刀剑，警惕地注视着脚步传来的方向。

"程首领，程首领……"一个男人轻微而急促的声音。

"谁？"刚才发号施令的女人问了一声。

"我！杨大鹏。"

这个被叫做程首领的女人叫程大莲,是在一年前被严镇在盛家康逮捕并杀害的谷城哥老会首领任向善的老婆。任死后,程大莲继续秘密发展哥老会组织,一年后,已经在县城、石花街、盛家康、冷家集、庙滩、张家集发展了六个分会,会众达一千多人。

"是大鹏啊,你怎么才来呀?"程大莲问。

"程首领,我觉得不大对劲……"杨大鹏站定了,喘了口气说。

"哪里不对劲?"

"今天傍晚前,我在铜山发现艾联棠带着巡检司的人向薤山方向移动……"

"来了多少人?"

"人不少,估计有四五十个,石花街巡检司的人几乎都出动了。"

"怪了,怎么到现在没动静呢……"程大莲寻思着。

"不知为什么,刚过铜山没走多远,他们又折回去了。"杨大鹏说。

"难道我们的暴动计划泄露了?"程大莲用眼神扫了一遍在场的兀个男人。

"不会吧,暴动计划除了我们几个人外,没有其他人知道。"一个头领说。

"我看不像,如果巡检司知道了我们的计划,今天他们就会上来抓我们,今天晚上可是他们难得的下手机会,可他们又偏偏折转回去了。这说明他们并不知道内情。"另一个头目说。

"会不会是巡检司因为别的事,路过铜山?"其中一个头目说。

"不管是什么情况,我觉得,今天巡检司在铜山的出现,我们不能不防,这可关系到一千多弟兄的身家性命呀。"程大莲顿了顿说:"最近几天,大家都不要到薤山来聚会了,先安排人在薤山附近观察动静,如果有异常情况,立即改变暴动计划。"

三

就在同一时间里，谷城县衙门内，几位很少在这种场合聚首一起的人聚在了一起。

陈奎麟寒暄着把客人一一安排落座。

陈奎麟坐在中间，他的左边坐着襄阳提督署提督傅振邦，右边是参将闻定魁，接下来是都司马有德、守备严镇和石花街巡检使艾联棠、张家集巡检使黄毓麟……

一干人坐定后，陈奎麟向左右两边的傅振邦和闻定魁抱抱拳说："今天有扰诸位的雅休，只因事情紧急，不得不请诸位前来，共商剿匪大计。"

"区区几个长毛贼，杀鸡岂能用得上宰牛刀？你们县衙也有不少兵丁，怎么就没一点作为呢？"参将闻定魁耸了耸肩，不屑地说。

"闻将军有所不知，这些人都是亡命之徒。据石花街巡检司的内线报告，哥老会现在已经发展了六个分会组织，有千余众，他们准备在中秋节晚上策划一起全面暴动……"

"奶奶的，鸡蛋还真敢往石头上碰！"闻定魁有点按捺不住了，左手将佩剑往胸前一横，说："老子现在就带兵剿了他，看他们中秋节能暴个屌动！"

傅振邦打了个手势，示意他坐下，听陈奎麟把话说完。

陈奎麟接着说："中秋节这天，新任湖广总督卞宝第卞大人来谷城巡察，如果我们提前动手，可能会打草惊蛇，弄不好中秋节这天残匪还会来袭扰，到那时，总督大人可就会怪罪我们治安不力了，我这个七品县官倒不怕丢脸，只是……"

"只是什么？有话就痛快点说，别他妈老寡妇当新娘，还装出羞羞答答的样儿。"

闻定魁一直不把谷城县衙的人放在眼里,这次陈奎麟请他星夜赶来议事,他本来就有点窝火,要不是提督大人相邀,他准备睡上一觉,天明再来。看他一个小小的县衙,能比皇上的事儿还大?他就是不信这个邪。在傅振邦的催促下,他还是如期赴会了,但憋在心里的气不发总是觉得难受,所以,他一开始说话就发冲。

陈奎麟也斜着眼睛,瞥了一眼闻定魁,说:"只是怕总督大人会怪罪到参将闻大人,您这个正三品的大员头上。"

"你说,总督大人会怪罪我?"闻定魁又耸了耸肩。

"这不是我说。作为统兵数千的参将,深受皇恩,屯兵之地却发生惊动一品大员的扰乱之事,您说,您怎么脱得了干系?"陈奎麟说着,又用眼瞟了一下闻定魁。

闻定魁自知说不过陈奎麟,怕他到时候真把剿匪不力之责推到自己头上,就按捺住火气,缓和着说:"这是你的衙门,维护屯兵之地的治安也是我们的责任。至于这匪嘛,如何个剿法,还得按你县太爷的主意行事。我闻某决无半点迟疑。"

"有闻大人这句话,本知县心里就踏实了。"

一个"欲擒故纵,一网打尽"全歼哥老会会众的计划,就这样形成了。

光绪九年(1883年)的中秋节,跟往常一样平静,在外人看来丝毫没有什么异样。

傍晚,杨洪胜在堂屋里扎着花灯,爷爷跟父亲在里屋的对话,不时传进他的耳朵——

爷爷:"大鹏,你干的是大事,爹跟你娘都支持你!"

父亲:"爹,您就等着好消息吧。"

爷爷:"不过,我心里还是有点不踏实,今天我在城里走了走,发现了一个情况,城墙上的岗哨忽然减少了。今天是中秋节,以往都会加派岗哨,可今天倒比平时还松了,总不是因为过中秋,衙门里就放松了警戒,哨兵也去过中秋节了吧!"

父亲:"这还不是好事吗,爹! 警戒放松了,不正好便于我们暴动吗?"

爷爷:"如果真是那样就好了,我感觉好像是故意这么做给什么人看的一样。"

父亲:"您说到这儿,倒让我想起来了,他们确实是在做给一个人看。"

爷爷:"谁?"

父亲:"新任湖广总督卞宝第。"

爷爷:"啥意思?"

父亲:"湖广总督今天到谷城巡察。"

爷爷:"噢……"

父亲:"他来得正好,晚上一起看看热闹!"

爷爷:"这……"

爷爷似乎还想嘱咐点什么,父亲已经拿着一条红色的火龙大步跨出了门外。杨洪胜知道父亲晚上要到街上玩龙灯,那是一条铁匠业专玩的红龙。

谷城的风俗,八月十五玩龙灯,从事的行业不同,龙的颜色也不同。铁匠业玩红龙,菜农玩青龙,豆制品业玩的是黄龙。白天玩龙灯,要给龙穿上衣子,称布龙,晚上玩龙灯,因为要燃放火花,不穿衣子,称火龙。

晚上玩火龙最好看,除了舞龙还要放柱花。柱花是用城墙砖制的,也叫"砖花",它是在砖的中心凿一上大下小的圆孔,从下面小孔穿一火药引子,往上面大的圆孔内装上火药,并掺入铁屑,装实后用泥巴封口。燃放时,烧红了的铁屑便呈现出五彩缤纷的火花,光彩夺目。

中秋夜,一轮圆月冉冉升到了半空。

98

屋里很静,只有偶尔从屋外传来舞龙灯燃放的鞭炮声和小孩们在河里放花灯的喝彩声。

杨母担心地问杨爷:"爹,大鹏今晚不会有什么事吧?"

"能有什么事?"

"他真要有个三长两短,我们可怎么办呀?爹!"

"别给我说这样不吉利的话!他们不会有事的,这么多人准备了这么多年,再说了,干这种事儿,就得把脑袋别在裤腰带上,成败都是英雄,将来都会流芳百世。"

"我是说……"

"别说了!扶你娘回屋歇着去,我到外面走走。"

"爹,你怎么站在外头呀!"杨大鹏拿着那条红龙回来了。

"怎么回事?"杨爷惊疑着看着儿子,问道:"暴动情况如何?"

"嗨,别提了!还真让您给说准了。"

"怎么!县衙那边有防备?"

"不光县衙,整个驻军都做好了准备,幸亏我们进城后,派出了几个人化装潜入县衙,才发现有埋伏。接着传来了石花和张家集两地驻军紧急调防的情报,这次暴动暂时取消。"

"对,干这种事就得多长几个心眼。我还担心你小子傻乎乎的,不长心眼儿呢,原来你还是个有心有肺的种呀!"杨爷狠狠擂了儿子一拳头,高兴地拉着他说:"走,进去给你娘跟你媳妇报平安去,她们可是为你捏着一把汗。"

埋伏了一夜的清军,天亮后全部撤回到驻地。

傅振邦的提督署就设在谷城县署东南十里的一处高坡上,署内大堂五楹,堂东是书房,堂西分别有燕厅、箭亭和幕厅,堂后为川堂和内宅。堂前是头门,门旁是执旗厅、前鼓乐厅和东西辕门。辕东是马王庙,庙内是马厩。各堂、厅、房门口都有兵丁守卫,防卫森严。

提督大堂军帐里，傅振邦双手撑在沙盘的边缘，凝视着沙盘上的蓝旗和黄旗，呈思考状。

随着一声"报——"，闻定魁怒气冲冲地闯了起来。

在提督大堂军帐里，闻定魁是唯一一个享受特殊待遇的人。这位郧阳府竹山县的"山野武夫"（他常常以此自嘲），可谓一员老将，论资格，比当朝任何一个提督都老，打起仗来毫不含糊，就是不注意一些生活和处事的小细节，一般人都跟他合不来。

这一点，傅振邦十分了解他，因此，特允许他只要不是正规场合（召开军事会议等场合除外），进帐可以不拘礼节。

闻定魁进帐后，双手取下头盔，托在左手上，骂道："老子出生入死大半辈子，玩耍敌人无数，没想到这次却被一个小小的县令给玩儿了。"

傅振邦走了过来，不解地问："此话怎讲？"

"昨天，从傍晚开始，我的人马就全部集中在县城、石花街、张家集和冷家集一带设伏，什么事情也没发生，白白忙活了一夜。"闻定魁心里窝着火。

"难道是哪个环节出了问题，被匪徒们察觉到了？"傅振邦分析道。

"不可能。我的队伍都是化装潜入的，不会透露半点风声。"闻定魁拍着胸脯说。

"那是什么地方出了问题呢？"傅振邦沉思着。

"我看这问题就出在陈奎麟身上，压根儿就没暴动这档子事，硬让他说得神乎其神。还说要欲擒故纵、一网打尽，结果怎么样？连个人毛都没抓住一根，还夸什么海口。这一开始就是个骗局，是他陈奎麟一手炮制的假暴动，想在总督面前做做样子，以博得一品大员的赏识。"闻定魁得理不让人地嚷嚷着。

"我倒觉得陈奎麟的判断没有错。你想想，他如果想做样子以博总督的赏识,他采取什么方法不行,干吗要用这种拙笨的办法? 你以为他陈奎麟会这么笨吗?"

"大人说他没错,那就是我闻定魁错了! 反正,以后凡是他谷城地方上的事我这个参将一概不掺和……"

闻定魁出了军帐,心里窝着的那团火止不住地直往上蹿。

中秋暴动泄密,哥老会的行动已经被官府察觉。

数天之后,哥老会六个组织的头领重聚薤山,商量对策。

杨大鹏挑着货郎担在薤山脚下的芭茅店叫卖。

"针头线脑的卖……"

"大闺女小媳妇的胭脂啰……"

"脆甜脆甜的拐枣子哟……"

杨大鹏把货郎鼓摇得"咚咚"直响。

一会儿,就围拢了一些人。

杨大鹏乘给那些小媳妇们挑选胭脂当口,低着头向远处的路上窃望了一眼。

"坏了……"他在心里惊叫了一声,随即收起货郎担,挑起来就走。

"喂,你这人……"

"我还没付你钱呢……"

"这人怎么啦? 神经病!"

从他身后传来人们对他不解的非议声,接着是清兵对路人的呵斥声。

杨大鹏不顾一切地抄近路向薤山顶爬去,货郎担里的货物撒落到地上,他全然不知。

他心里想,快快上山,赶紧把消息传给正在山顶密谋的头领们,让他们尽早离开。

他索性把货郎担往路边一扔,准备轻装爬山。

"站住！"

路边的树林里忽然钻出一伙人来，为首的小头目问："干什么的？"

杨大鹏赶紧把货郎担拾起来，重新挑在肩上，说："军爷，我是货郎。"

"货郎！干吗把货郎担扔掉？"

"不……军爷，小的胆小，您这一叫站住，我还以为是遇上打劫的土匪了，所以，就吓得……"

杨大鹏装出吓坏了的样子，浑身哆嗦着。

"带走！"

小头目命令道："凡上山的人，全都带上，不管是不是哥老会的人，一个也不能放过。"

"军爷，您不能这样呀！山上有几户人家已经约好的，今天给他们送点货上来，我们这做生意的，要讲信誉呀。您看这……"

"少废话，你还是先考虑考虑自己的命吧，到什么时候了，还讲信誉。"一兵丁一把抢过杨大鹏肩上的货郎担，往路边一扔，货物撒了一地。

杨大鹏被用绳索反剪起来，押着向山上走去……

第七章　牵红线老汉做月老

一

南门城墙下,手持刀戟、盾牌的守备营兵丁,在门前一字排开,对进出城门的人进行着严格盘查。

杨奶奶和大鹏媳妇从南门经过,她们是顺城街往火神庙染坊去染几尺粗布,想给益三做条裤子。

婆媳二人有说有笑,快到南门时,她们放慢了脚步。

"军爷,看来今天是有哪位大人要到谷城来呀,进城咋检查这么严?"

一位中年男子多了一句嘴,惹得兵丁有点不耐烦:"想知道呀,到那边看去吧,你!"一脚踹在那人屁股上,把他踹出几步远。

中年男子揉着屁股,一瘸一拐地向城墙上贴的布告走去。

婆媳二人也凑了过去,问那男人:"这上面写的是啥子呀?"

中年男子愤愤地说:"作孽呀……"

"布告上到底写的是啥子,先生!"大鹏媳妇着急地问。

"昨天,官府在薤山万人坑里活埋了哥老会的几个头目……"男子伤感地说。

"知道是哪几个吗?"婆媳俩几乎同时问道。

"姓名不详,但上面说,还有一个冒充货郎的奸细。你说,这是啥世道,连一个货郎都被他们说成是奸细,说活埋就活埋掉了,真是活冤枉啊……"中年男子只顾面对着布告发感慨。

"太惨了,真是惨无人道啊!"

中年男子不忍心再看下去,正要离开,忽听一声大叫:"娘……"

他倏地止住脚步,扭过脸。

大鹏媳妇惊慌失措地看着中年男子:"我娘!她……"

"你娘咋啦?"

"我娘,她死过去了!"

"啊?"

杨洪胜在东屋里,扑在奶奶已经僵硬的身体上,哭得死去活来。

杨爷正跟送杨奶奶回家的中年男子在西屋里说话。

"谢谢壮士!"杨爷抱着拳给中年男子施礼,然后问:"敢问壮士尊号?"

"大伯,客气了。晚辈姓单,名大宏,襄阳人。"中年男子答道。

杨爷一惊:"啊……原来是贤侄呀?"

男子也一愣,忙问:"尊辈是……"

"杨记铁匠铺的杨师傅,杨大刀!"杨爷说。

"哎呀呀,晚生久闻尊辈大名,早欲谋得一见,只因外边的事情繁杂,至今才得相见。"单大宏悲喜交集。

""唉!大伯,晚生有一事不明……"单大宏欲言又止。

"哦,你是想问,她怎么一听到布告上的事情就死过去了是吗?"

"是啊,这……"

"因为那个被活埋的货郎是我唯一的儿子,杨大鹏!"

"哦,难怪呀,大鹏兄弟死得太冤枉了,死了还被扣上一顶叛匪的帽子。"

"他们说的不全错,他确实是背叛了朝廷,但他不是匪,他是哥老会会员。"

"大鹏兄弟也是哥老会的人?"单大宏没有想到,无意中竟寻到了谷城哥老会的下落。

"是啊,怎么?"杨爷的脸顿时绷得老紧。

"大伯,我是襄阳哥老会的。"

"你也是哥老会的?"

"是的,自从上次谷城哥老会暴动未成之后,我们就在设法跟谷城哥老会联系,一直没联系上。我这次到谷城,就是专门来联系哥老会的。"

"好哇,我老夫也算一个,儿子死了老子顶上。"

"现在当务之急是要先料理伯母的后事。"单大宏突然问道:"官府的人,有没有认识大鹏兄弟的?"

"有哇!谷城县衙的人有好几个都认识。"杨爷说。

"那为什么布告上没提名呢?"单大宏觉得奇怪。

"……"杨爷想了想,没想明白,摇了摇头。

"那就只有一种可能。"

"怎么说?"

"抓捕他的人都不认识他,要不然,我们现在也就不会这么安然地坐在家里了。"

"对,是这么回事。我听说这次抓捕他们,为首的是石花巡检使艾联棠,可能县衙的人没有出动。"

"如果是这样,你们就安全了。"

"还得想办法给大鹏一个合理的死法,不然,一个大活人说不见就不见了,无声无息反会被人怀疑。"杨爷说。

"伯父想得周到,是得想个法子。"单大宏顿了顿说:"我看这样吧,我们要好好给伯母操办一下丧事,我权当是伯母娘家的人专程来吊孝的。至于大鹏兄弟,我们先放风说他到汉口催要货款去了,改天我回去召集几个人悄悄把他的尸体偷挖出来,然后换上衣服,从襄阳用船运回来,造成他在催款时被人谋财害命的假象,蒙混官府。"

"就按你说的办吧!"

杨家院子里,白幡飘飘。戈家营子的男女老少,一个不少地都来了。院子里挤满了吊孝的人。

> "咚咚哐,咚咚哐!"
> 锣鼓声起,单大宏带着几个火居先生向院子走来。
> 司仪高声喊道:"娘家人来吊了!"
> 话音刚落,一个火居先生唱起了《进门调》:

> 龙游千江水(咚咚哐),
> 虎落万群山(咚哐),
> 君子不得利(咚哐),
> 开口——叫人难(咚咚哐,咚哐)!

火居先生落座后,他们一边吹打,一边哀婉地唱道:

> 哎——
> 一步骼进孝家的门上,
> 启禀上下南来北往的客官细听端详,
> 细听我与你说比方:
> 有多少在阳间缺儿少女,
> 死到了阴间做一个孤人,

．．．．．．．．．．．

下辈子生下的是个男儿，

只等长大攻书文。

他们读的是《三字经》，

学的是《四书》和《五经》，

只等皇上开科选，

上京中下头一名。

是个女子就是千金小姐，

儿成双女成对一走一群。

这也是几句言语嘱托亡人，

三年一满超度你托一个人身。

　　这是单大宏作为杨奶奶娘家亲人，请来的火居道，专门为杨奶奶做"振济"法事。

　　单大宏特地选定"玩外坛"作为"振济"法事的主打节目。

　　"玩外坛"是谷城民间丧葬中最精彩、最排场的一种法事节目，是一种集唱、奏、念、舞、耍为一体的综合民间艺术。

　　表演时，火居先生分别扮演成高公师、都将、众仙师。高公师头戴僧帽，身披袈裟，手执朝笏、宝剑。众仙师身着各色仙衣、袈裟，分别持笙、管、笛、箫和鼓、镲、铙、铃等，在典雅的乐曲声中走着各种舞步。舞步较简单，有"八字步"、"丁字步"、"慢步"等，舞蹈队形有珍珠倒卷帘、剪子股、别格子、三道圈、四道回、双环抱。走慢圆场步用细吹曲牌，跑圆场时用打击乐，变化队形时由手持小鼓的仙师走在前面，众仙师跟随，高公师在后，这叫"文演道"。

　　"武演道"近似杂技表演，有昼夜之分：白天有玩铙钹、玩盘子碗、上刀山等。夜晚玩火绳、火棍、火蛋、火钗、过火焰山、钻金缸等。达到高潮时，艺人们将七十厘米的大铙在身体的四周及腿下旋转拍打，并不时地将一只大铙抛向三四米高空，其仍旋转，然后准确地落在手里的另一只铙上，发出一阵悦耳的击乐声。接着，锣鼓声、鞭炮声、喝彩声不绝于耳。

法事整整做了三天三夜。

几个老汉聚在一起，互发感叹。

"人呀，能活到这个份上……值！"

"杨奶奶吃了一辈子苦，死后能有这个场面，也是她积的德呀！"

"杨奶奶在世时是个多好的人，好人就是有好报，不然，娘家的那个刘老板能把丧事办得这么风光、排场吗？"

"这做人，就要跟杨奶奶那样对人善良、实心实意，死后才能跟她这样……上天堂！"

二

一株古老的白果树，叶子早已落掉，只剩下几根光秃秃的枝条，在风中摇晃，不时发出呼哨声。

泛黄的乌云从西北方向压来，苍穹一片浑黄，看似要下雪了。

老军山脚下的荒外，一前一后两座新坟。杨洪胜跪在两座坟前哭着。戈秀梅跪在他身边，无声地流着眼泪。

两个人哭了一会儿，杨洪胜抹了一把眼泪，止了哭声，抽泣着："奶奶……我知道你跟我爹是怎么死的，你们放心，等我长大了，一定替你们报仇……爹，你是好样的，我长大了也学你！"然后，重重地磕了三个响头。

戈秀梅忙站起来扯着他的衣袖，说："益三哥，我们回去吧！天都黑了，家里人都不知道我们到这儿来了，时间长了，爷爷跟你娘会着急的。"

杨洪胜呆呆地望着两座坟茔，依然跪在地上。

戈秀梅一把拽住他的胳膊，硬生生地把他拽了起来，生气地说:"你也是个男子汉了,就不能坚强些吗! 光悲痛有什么用? 要学你爹,做个顶天立地的英雄好汉……"说着,连背带拖地把他送回了家。

　　一大早,杨洪胜就扛着船篙下河了。

　　他是第一次单独驾船摆渡。

　　客人上船了,他先把老弱病残安顿好,然后开船。

　　客人下船了,他打扫船舱,清理垃圾。

　　…………

　　一切都做得老练、娴熟,像个老艄公。

　　盛夏,烈日当空,南河的水面上冒着热气。

　　杨洪胜打着赤膊撑着小船由中码头向对岸划去。人站在船上,就像被搁进了蒸笼,浑身湿漉漉的。

　　对岸黄康渡口的大柳树下,坐着很多人,一位身着长衫的人站在他们对面,手里拿着一把小纸扇。那些坐着的人正在聚精会神地听他说书。

　　说书人正说着,杨洪胜已经把船划了过来。

　　"益三……"

　　船离岸近了,说书人认出了他。杨洪胜眯着眼睛一瞧,叫了声:"单叔……"

　　原来,说书人不是别人,正是为杨奶奶操办丧事的单大宏。他正要进城去,在渡口等船时遇到大柳树下几个纳凉的村民,他就装说书人在此进行反清宣传。

　　正当午时,人们都待在家里,没有人渡河。船上只有杨洪胜和单大宏主客二人。

　　船在河上行,他们在船上聊。

　　"益三今年多大了?"单大宏问。

"九岁半了。"杨洪胜说。

"在读书吗?"单大宏又问。

"没。爹死后,我就替爹驾船了。家里也没钱,读不起。"杨洪胜耷拉着脑袋。

"……"单大宏没再往下问,他陷入了沉思。

杨洪胜的祖上可是谷城的一大富豪,谷城街上的铁匠街,一条街都是杨家的铺子,与刘、单两家并称襄阳三大富豪。从杨洪胜爷爷开始,因清政府昏庸腐败,杨爷就散尽家财资助太平天国、红巾军、哥老会、红枪会等反清组织,救助受灾百姓,现在仅留下一爿门面维持生计。就是这一个小小的铁匠铺,杨家每年还要无偿地为反清组织打制一些兵器……家境十分困窘。

杨爷正和单大宏"讨价还价"。

"大伯,就这一次,一次行不? 下次就按您说的办。"单大宏苦苦相求。

"不行! 一次也不行,你把我当什么人了?"杨爷不依不饶。

"那……"单大宏着急得直搓手。

"你别忘了,我们以前还有账没结呢。"杨爷说。

"以前的事还提它干吗!"单大宏说。

"怎么不提! 我可忘不了。"

"要不……我们按五折结算怎么样?"

"五折? 不行,不行!"

"您总得让我有个交代吧!"

"我一分钱也不收,你该怎么交代就去。"

"人都说杨大刀固执,您也真是太固执了。"单大宏没办法,只好摇摇头。

"固执? 人是有良心的,做事不也讲个仗义么。你说你从前只听到我的名字就一下子赊给我好几锭上好的铁,这么多年我一直走背运,到现在连账都还没跟你结,我已经失信了,你现在有事请我打制几把大刀,我还能拿你的银子? 这不是要陷我于不仁不义吗!"杨爷朝单大宏耸了耸肩。

"那点铁锭不也是您为高二先打制兵器用了吗? 也算我为反清出了点力,您要再提这事呀,我的脸就挂不住了。"单大宏用手往脸上一拨拉,笑着说。

"就是嘛,你我现在是一家人做共同的事,还能分出个彼此来? 这事就这么定了!"杨爷很爽快地说道。

"大伯,我刚才来的时候遇到益三了……"单大宏突然把话一转。

"这孩子怎么样,船撑的还不错吧?"杨爷一听单大宏提到益三,很想知道他对益三的印象。

"船撑的是不错,可我在想……"单大宏把话说了一半,又咽回去了。

"有话就直说吧,又不是外人。"杨爷预感到他对杨洪胜可能有些不好的印象,就给他消除顾虑,好让他把真话说出来。

"益三已经九岁半了,还是要让他读点书啊!"单大宏说道。

"噢……这孩子倒还有点聪明劲儿,我跟他爹常给他讲些道理,他用起来比我们都强,要是再有点文化,那可太好了。只是……"杨爷不好意思再往下说。

"我看这样,您让他去读点私塾,我来供他。我们好好培养一个后代,兴许以后能替我们干出一番大事来。"单大宏知道杨爷的心思。

"这怎么好呢? 不合适!"杨爷一口拒绝了。

"这有什么不好的? 您老刚才不是说了吗,你我现在是一家人做共同的事,还能分个彼此来?"单大宏用杨爷的话来堵他自己的嘴。

"你呀……"杨爷无话反驳。

"还是用您刚才的话说——这事就这么定了!"

老军山西侧有个紫姑岭,半山岭上有两间草房,草房里不时传出朗朗的读书声:

——人之初,性本善,性相近,习相远……

这就是当地唯一的一家私塾,教书先生是秀才潘世韵潘十郎。

潘十郎拿着书本,给弟子们讲解《三字经》:"自鸦片战争以后,各帝国主义国家相继侵略中国。强迫清朝政府签订了一个又一个不平等条约,中国的大门已经敞开了,以前的封建社会在帝国主义的殖民统治下,主权逐渐被沦丧,国人被奴役……"

"先生,啥叫殖民统治?"

"主权是什么呀,先生?"

…………

潘十郎话还没说完,弟子们就纷纷提出了自己不懂的问题,只有杨洪胜不言不语地趴在座位上,双手枕着下巴,沉思。

须臾,杨洪胜掩住先生为他抄录的书本,说:"我有个问题想请教先生,不知当说不当说。"

潘十郎心里暗暗欢喜:"益三,你虽晚入私塾,但勤勉好学,爱动脑子。我一向主张各抒己见,不妨说来!"杨洪胜平时最喜欢提问题,而且每一个问题都十分深刻而且矛头都是指向当今朝廷的。他很喜欢这个深沉而又睿智的少年。

"中法战争后,中国为什么'不败而败',法国却'不胜而胜'?"杨洪胜终于把在头脑里思索了良久,一直想不通的问题说了出来。

"这个问题……"

见潘十郎闪烁其词,杨洪胜失望地盯着他,问:"先生也不得其解?"

"益三,你的问题从来都是尖锐的。"潘十郎微笑着用左手食指对他指了指,说:"不过……提出这个问题的一定另有其人。"

杨洪胜在先生面前从来都是实话实说、毫不隐瞒,潘十郎这么一说,他立马回答说:"我听一个亲戚说的,当时不理解,所以问先生。"

"你这个亲戚可不是一般人啊!"潘十郎感慨地说:"他提出的这个问题十分尖锐,同时也让人义愤填膺——光绪十一年三月下旬,广西老将冯子材率领镇南关守军经过反复拼搏,击退了法国侵略军的猖狂进攻,取得了镇南关大捷。随后冯子材挥师南下,乘胜追击,一举收复了文渊、谅山等地。与此同时,西线滇军和黑旗军配合,大败法军,取得了临洮大捷,并收复了广威、老街等地。唉……就是在这种节节胜利的情况下,四月七日,清政府却发布了前线各军停战撤兵的命令。六月九日又与法国签订了和约。法国作为战争的失败者,却基本实现了发动这场侵略战争的主要目的。法国不仅夺取了整个越南,而且打开了中国西南的门户,还首次取得了在中国修筑铁路的特权……所以说,中国不败而败,法国是不胜而胜……现在,除了政府腐败无能,更可恨的是洋人对中国的侵略,他们在中国的土地上,为非作歹,无恶不作,他们根本不把我们中国人当人……"

"真是窝囊!"

"岂止是窝囊,简直是丢人到家了。"

…………

弟子们七嘴八舌地议论着。

这时,潘十郎提出了一个严肃而又实际的问题:"你们知道这一根本原因是什么吗?"

弟子们面面相觑。

潘十郎接着说:"导致这种结局的根本原因,就是清政府封建统治的腐朽和无能！"

"朝廷无能,百姓遭殃！"有人愤愤地说。

"《三字经》里说,夏桀暴虐无道,成汤起而伐之,建立了商朝。纣王荒淫无道,周文王施仁政,诸侯皆来归附,联合讨伐纣王,建立周朝。现在的朝廷这么无能,为何不推翻之?"杨洪胜慷慨激昂。

"对！舍得一身剐,敢把皇帝拉下马。"周大生、林甲别都随声附和着。

潘十郎担心反清情绪闹大,让官府知道了,这些无辜的少年会受到连累,就连忙制止道:"到此为止！打住……打住。改日,再聊……改日再聊。"

三

晚上,月光如水。

戈秀梅外公家,练功场。

杨洪胜刚习完三十六路刀法,丢下刀,将沙袋绑在腿上,去练轻功。

戈秀梅使完七十二路枪法,也丢下枪,悄悄地数了数杨洪胜腿上绑的沙袋个数,将剩下的沙袋全部绑在自己的腿上,毫不示弱地做着弹跳训练。

两个人在暗暗地比试着,谁也不甘示弱。

树影下,一个人不动声色地观察着他俩的一举一动,不时地捋着胡须,抿着嘴窃笑。

戈秀梅绑得沙袋太多,没弹跳几下,打了个趔趄,摔倒在地。

杨洪胜见状,赶紧过来拉她,关切地问道:"秀梅,摔疼了没?"

戈秀梅一甩胳膊,赌着气说:"去！谁要你管?"

"我给你说过,别绑那么多,你就是不听。"杨洪胜嗔怪着。

"我就是要绑,你管得着吗?"秀梅撒着气。

"看你……咋这么要强呢？你就是轻功比我差那么一点点，就让你急的，可你的枪法比我的刀法厉害呀，难道你要什么都比我强才行？"

"我就是要什么都比你强，让你不得小看我。"

"我啥时候小看过你啦？"

"你就是小看我，咋啦？还不敢承认！"秀梅撅着嘴，含情脉脉地看着洪胜。

"谁敢小看我家秀梅呀——"

戈秀梅寻声朝树影下望去，害羞地叫道："外公……你偷听！"

"咋啦？外公给你撑腰还不行吗？"游贡爷说着，朝两人走来。

杨洪胜很腼腆地叫了声：师爷——

"时间过得真快呀，一晃好几年就过去了，益三已经十六岁了吧！"

在杨记铁匠铺，游贡爷跟杨爷坐在后院里，边喝茶边拉着家常。

"去年就在吃十六岁的饭了，他是秋天生的嘛。"杨爷说。

"说得也是，现在已经是五月间了。我记得他跟我家外孙女秀梅是同年同月同日生的。"游贡爷端起茶杯，用杯盖将漂着的茶叶往一边拨了拨，又盖上杯盖，将茶杯放在桌子上，说：

"秀梅只小益三一个时辰！"杨爷也用杯盖将茶杯里的茶叶拨了拨，用眼神瞟了游贡爷一眼。

"是啊，看你记多清。哎呀……这对冤家，两人在一块儿习武吧，总是你的鼻子我的眼睛，你不服我我不服你。特别我那秀梅，人家益三对她多体贴，她就是想方设法气益三，我都替益三鸣不平。"

"来，喝茶喝茶！我这是今年的新茶。"

"哟……那我得尝尝！"游贡爷端起茶杯，抿了一口。

杨爷端起茶杯,说:"我说游贡爷,您也是识文断字的人,怎么突然就糊涂了呢?孩子们的事,就随他们去吧,我们都土埋颈脖的人了,管不了那么多!"杨爷敷衍着。

"对,对……不管,不管……"游贡爷把茶杯放回桌子上,起身,准备告辞。

杨爷赶紧说:"对了,我一直想问你。"

"啥事!"游贡爷又坐了下来。

"益三这孩子习武怎么样?有没有那个'心劲儿'(方言:'心劲儿'即天赋)?"

"益三这孩子太有'心劲儿'了,那跟秀梅两人简直就是一对'雌雄剑'……"游贡爷一高兴,就口无遮拦。

"'雌雄剑'?"

"哦,不!我这是打个比方。这俩孩子学起武功来可是把好手!"

"那我就放心了。"

"放心吧,你把益三交给我,我不会把他当外人的。"

夜,还未深。

杨爷在堂屋里抽着旱烟。

洪胜妈从厨屋里端来一盆热水,放在杨爷的面前:"爹,洗个脚,忙一天了,早点睡吧!"

杨爷并没有立即把脚放进盆里,扭过脸问:"益三最近没跟你说过什么?"

洪胜妈一惊:"没有呀,他怎么啦?"

"没什么,我只是问问。"

"爹,您是不是有什么事不好跟我说?"

"也没什么事……今天游贡爷到铺子里去了。"

"是为益三的事?"

"我正要问你呢。"

"问我？"

"你是他妈，他有什么事不会不给你说吧！"

"他是什么事都给我说，爹指的是啥事呀？"

"他跟秀梅的事！"

"秀梅？他跟秀梅啥事呀，爹！"

"不是我说你，别人都跟明镜似的，你这个当妈的还在犯糊涂。"

"您是说……益三跟秀梅有啥意思？"

"那还能有啥意思？今天游贡爷到铺子里，是想套我话儿呢。"

"您跟他怎么说的？"

"能怎么说？我们家穷，总不能见到好人家就跟屎壳螂遇牛粪一样，闻到味就追着不放吧。"

"爹……您咋这样说呢！我们家虽穷，可我们益三却也是方圆少有的俊小伙呢，谁见着不喜爱？"洪胜妈想了想，说："是不是秀梅或是她姥爷姥姥有这意思，益三这孩子没心没肺的，还不明白人家的意思，所以就没跟我说起过这事。"

杨爷脱下鞋子，把脚伸进盆里，边洗边说："等益三回来了，你问问他，我可不愿给他包办。"

正说着，杨洪胜回来了。

他推开门叫了声："爷爷！妈！我回来了。"

"回来就好，你妈找你有事！"杨爷把脚从盆里抬起来，悬在半空沥水。这是杨爷的老习惯，这样可以省下洗脚毛巾。

杨洪胜忙把杨爷的洗脚水端出去倒掉，回来后问母亲："妈找我有啥事？"

"你跟我进来！"

杨洪胜跟着母亲进了她跟洪梅住的里屋。

第八章　遇不平出手埋祸根

一

离戈家营子四里多地的格垒嘴。

一个四合大院，两扇朱色大门半掩着，门墩儿前面两只石狮温顺地守在门口，门楼上悬挂的两个灯笼赫然写着大大的"黄"字。

这是当地首富黄贡爷的戏园子。

偌大的院子里，二十多个家丁站成一个"∪"字形，静静地听着黄贡爷在上面的戏台子上发话。

"小子们，今儿个我特地请来了游贡爷和他的游家武生来切磋武艺，也是让你们开开眼界、长长见识，今后都要给我刻苦习武，增长本领……"接着，黄贡爷宣布："武艺切磋开始！"

只见戈秀梅束了束腰带，大喝一声，将身边一个二百多斤重的石磨缓缓地举起，放在胸前。接着一运气，将石磨举过头顶，在台子上走了三圈，然后平心静气地把石磨放回原处。

下面的家丁，一个个看得目瞪口呆，过了一会儿，突然缓过神来，接连响起劈劈啪啪的掌声。

接下来，轮到杨洪胜表演了。

他要来满满三桶水，用一根横钩，一端挂着水桶的提梁，另一端用牙齿紧紧咬住,两手各提着一桶水,然后一运气,三只水桶平行举起,也在台上走了三圈。

又是一阵喝彩声。

最后是杨洪胜跟戈秀梅双人刀枪对打。

杨洪胜的刀对戈秀梅的枪,两人先在台上打,突然纵身一跃,像鸟儿一样飞到台顶的横栏上,两人四脚像被胶粘住一样,稳稳地粘在横栏上,手持兵器对打,脚下步伐不乱……

两人打得难解难分。

突然,门外有人大叫:"老爷——黄老爷!"

"吱"的一声,半掩着的大门被推开了。

几个提刀持枪的家丁一齐拥了进来,神色慌张。

"慌什么!有什么大不了的事呀!"黄贡爷强作镇静地问闯进门来的家丁。

"抢……抢……"一个家丁蹲下身捂着肚子,上气不接下气。

"枪怎么啦?"黄贡爷问。

"不是……枪,是被人……抢,抢……啦。"家丁终于缓过一口气来,仍然大口大口地喘着粗气。

另一个家丁连忙接过话茬儿说:"老爷家里被人抢了。"

"啊……"

黄贡爷一句话没说完,身子一软,瘫倒在地上。

杨洪胜、戈秀梅二人向回流湾码头方向飞马追赶。

行至半道,只见前面二十多个强盗,骑着马,赶着牛羊和车辆,大摇大摆地向渡口方向走去。

杨洪胜给戈秀梅使了个眼色,自己策马从小山后绕到他们前面。

戈秀梅稍作停顿后,紧追过去,大喊一声:"贼人留步!"

几个强盗掉转马头一看,大惑不解:一个黄毛丫头,敢来截扛?

为首的是一个二十多岁的青年,骑着一匹枣红马走在队伍的最前面,听到叫声,回马驰来。

他跟戈秀梅一照面,愣住了……

只见戈秀梅一张鹅蛋脸,双眼皮,大眼睛,长长的睫毛一眨一眨的,皮肤黑里透红,苗条的身材凸显出女人的风姿……

他直愣愣地盯着戈秀梅,心想:这么俊的女人,真是勾人心魄呀! 要是能把她……

"喂,你是强盗头子?"

他正想入非非时,戈秀梅策马来到他面前,大声喝问。

"话不能说这么难听嘛,我哪里像强盗呀?"他的眼睛紧盯着她身上那两个突起的部位。

"抢别人家东西还不是强盗?"戈秀梅厉声说道。

"好,我就当回强盗,我不仅抢东西,还抢人!"他说着,两腿把马肚子一夹"驾!"向戈秀梅扑来。

"嗨!"戈秀梅大叫一声,挺枪向他迎了过去。

他往后一仰,她戳了个空。

几个土匪一齐围上来,把她围在中间,刀枪像雨点一样在她身边落了下来,却是刀刀落空,枪枪刺偏。

大战几个回合,戈秀梅毫发无损,那几个围上来的强盗却被她用枪把打得鼻青眼肿,一个个从马背上滚了下来。

那青年一看这阵势,喊道:"上! 捉住小娘儿们有重赏!"

几个人又围了上来。

戈秀梅越战越勇,毫无惧色。

那青年骑在马上,却发出一阵淫笑。

"秀梅……哥来了!"杨洪胜从前面冲了过来。

"益三哥……"戈秀梅挺枪向那青年刺去……

那青年连忙招架。

杨洪胜举着刀,刀在阳光下发出耀眼的白光,那青年见势不妙,扭头便躲,想从侧面偷偷溜走。

谁想,杨洪胜早已盯上了他,迎上来,刀光一闪,那青年慌忙掉转马头躲避,"咔嚓"一声,一样东西从马后面掉了一来。马蹄一踠,险些把那人摔下马来。那人狠狠地瞅了一眼杨洪胜,嘴里不知说了句什么,赶紧催马逃走了。

杨洪胜朝地上一瞄,一条马尾巴在地上横着。

见主人逃走,一群喽啰们争先恐后地赶紧逃命。

戈秀梅一把抓住一个矮瘦的喽啰,用枪逼着他:"说,你们是哪里的土匪?"

"我们不是土匪。"瘦喽啰浑身哆嗦着。

"不说实话我就把你舌头给割了。"戈秀梅一把将杨洪胜手里的刀拿过来,在他面前晃了晃。

"姑奶奶,饶……饶小的一命吧!"瘦喽啰在地上不住地向秀梅一边磕头一边作揖。

"我看你这样,也不像是个坏人,只是受了人指使才干出这等坏事来。兴许你还是个穷苦人出身……我说的对吗?"杨洪胜问他。

"大爷说的一点没错,我是被他们逼得没办法才干这事的……家里穷,父亲死的早,母亲改嫁,家里还有一个生病的爷爷,我是没办法呀!"

"你还在骗人!"戈秀梅上前揪住他的衣领:"再不说实话,我就给你放血!"

"哎哟,姑奶奶,我说的是实话呀。不信……不信……"瘦喽啰在地上打着转转,试图想从哪儿得到证明自己没有说谎的旁证。

这时,黄家几个家丁骑着骡子赶来了。

家丁一见抓到个抢劫的,恨不能把他碎尸万段,抓过来就打。

杨洪胜连忙制止:"冤有头,债有主! 他只是个喽啰,说不定也是个受害者。就饶了他吧! 况且,他正在为我们提供情况。"

没想到杨洪胜还能替自己说好话,瘦喽啰惊讶地看着杨洪胜,双膝"嘡"的一声跪下："大爷真是好人啦,我丁谦如有机会一定舍命相报!"

"起来吧!"杨洪胜将他扶起:"看你这长的,还真像个'丁签'(方言:即细小)。那你实话告诉我,你们是哪个绺子的,把名号报上来!"

"小的真不是土匪呀……"丁谦说。

"那你们是干什么的,黄贡爷是个文弱书生、心地善良,他何曾得罪过你们,你们非要抢他家的财物不可? 不说实话,我可就不管你了,把你交给他们处理!"杨洪胜用手朝刚才要揍他的那几个家丁指了指。

"别……别! 小的真没撒谎,小的是茨河下街码头胡金魁胡老爷家的家丁;黄贡爷跟人结了梁子,那人出钱请我家老爷帮他出口气……"

"刚才那男的是谁?"

"……"丁谦看了看杨洪胜又瞄了瞄戈秀梅,不知所云。

见丁谦没听明白,戈秀梅用枪往他胸前一抵,说:"就是那个强盗头子!"

"噢,您说我们少爷呀?"

"他是你家少爷?"杨洪胜补了一句。

"是的,他是我家少爷胡继朋!"

"出钱雇你们为他出气的人是谁?"

"小的不知道!"

"嗯!"一个家丁上去揪住他往地下狠狠一丢:"再不说实话,老子把你沉入汉江河里。"

"小的真不知道哇,小的只是跟他们一起跑跑腿,混混饭吃,这种大事咋轮得到小的打听呢?"丁谦说着,拼命地在地上磕头。

"算了,算了! 这事他兴许不知。放了他吧!"杨洪胜说:"你回去告诉你家老爷,就说我杨洪胜绝不允许他再到谷城来为非作

122

歹!"

"滚!"家丁用枪在他胸前一捣。

丁谦连忙爬起身来向杨洪胜行了个礼,转身就逃。

"回来!"杨洪胜突然叫住丁谦。

丁谦吓得赶紧折转回来:"杨爷……您还有什么要吩咐小的?"

"你就这样回去了,他们能放过你吗?"杨洪胜问道。

"谢谢杨爷的提醒,我差点儿就……嗨,看我这人……这样回去不被他们沉河,也会被打得半死的。怎么办呢,我……"丁谦面带难色。

"把他丢到河里去!"杨洪胜对几个家丁说。

戈秀梅一愣,疑惑地看着杨洪胜。

"哎……"几个家丁上去就拖丁谦。

丁谦不知就里,大声喊道:"杨爷,您不是说不杀小的吗?"

"把衣服打湿了再给我提上来!"杨洪胜命道。

不一会儿,几个家丁把浑身湿漉漉的丁谦架了过来。

杨洪胜一看丁谦像个落汤鸡似的,忍不住笑了起来。

"这样回去可以交代了吗?"杨洪胜问丁谦。

"这……"丁谦有些不解。

"我这是给你提供场景和道具,至于怎么编故事就看你了。"杨洪胜冲丁谦又笑了笑。

丁谦终于明白地点了点头:"杨爷的大恩大德,丁谦定当后报。"

杨洪胜看着丁谦离去的背影,心情忽然沉重起来。

二

茨河下街码头。

河面上停泊了一溜儿大大小小的船只。

码头上,两条驳船并排泊着,一条往上装货,一条往下卸货,人来人往,川流不息。

一位身宽体胖,穿着绛色缎衫、黑色缎裤,留着山羊胡子的中年男子,叼着烟卷向码头走来。

他的身后,跟着两个瘦削高大穿一身黑色绸子衫裤、腰里系着练功带的保镖。

一看就知道,这是位八面威风的人物。

"胡老爷,您来啦!"川陕会馆的李会长连忙向胖子作揖行礼。

这位胡老爷叫胡金魁,其曾祖父是青帮第十九代的"兴"字辈,在这汉江河上创立了"河神帮",一直为清廷的官府卖命。受官府的庇护,胡家在茨河这个河上要塞,除把持着东西航运外,还开设了赌场、妓院、烟馆、戏院、茶楼、饭馆、旅店,暗中给有钱人家充当打手和刺客。轮到他时,已经是青帮第二十二代的"通"字辈了,比其祖上更加"风光"。

"嗯。"胡金魁从鼻子里哼了一声,头也不回地继续往前走。

那些搬运工从他们身边匆匆而过,空着手的都在向他点头行礼。

胡金魁用手搭在额头上,朝河里仔细看着。

"老爷,您看! 这是少爷他们的船呀。"保镖指给他看。

"我的船我还认不得吗? 我是看不明白!"胡金魁感觉蹊跷。

"有啥不明白的,我咋没看出来呢?"

"你要是能看出来,你就是老爷了。"胡金魁白了说话的保镖一眼。

说话间,船靠了岸。

"爹——"

胡继朋垂头丧气地从船上下来,见到胡金魁,叫了一声,支支吾吾地扭头便走。

124

胡金魁看着儿子心神不定的样子,知道事情砸了,可根据他对自己儿子的了解,他并不是这种做派,今儿个的表情却让他这个当爹的也看不透了……

胡金魁正寻思着,那匹枣红马从他身边掠过,他的眼睛突然放大——枣红马的屁股光秃秃的,半截尾巴桩上缠着白布,白布上浸透了殷红的血迹。

"这是谁干的? 敢在老虎屁股上拔毛!"

胡金魁瞪着血红的眼睛,发出歇斯底里的吼叫。

夏日的清晨,晨雾缭绕,阳光射进竹林子里,形成道道光屏。竹叶上的露珠,闪着银光。

杨洪胜穿着一条短裤,打着赤膊,在竹林里练功。

母亲拿着一条毛巾走了过来:"益三,你今天去还是不去?"

"看妈说的,今天是先生的生日,哪有不去的! 我早就想去看先生了,只是平时顾不上。"杨洪胜接过母亲递过来的毛巾,擦了一把身上的汗。

"看你只顾着练功,还怕你把先生给忘了呢。"母亲故意说。

"咋能忘呢? 教我的先生是谁呀! 那是远近有名的潘十郎潘秀才……"杨洪胜自豪地对母亲说:"是吗? 妈!"

"别耍嘴了,去请先生来家吃饭,早去早回!"

"呃!"杨洪胜答应了一声,回屋了。

自打潘夫人被洋人杀害后,潘十郎就孤身一人搬到薤山脚下教书去了。那里是潘夫人遇害的地方,他要时刻记住这个仇恨,记住这笔债。

杨洪胜和戈秀梅两人登上了一艘过路的货船,他们的小船挂在货船后面,从黄康渡口出发,顺着南河向薤山逆水而驶。岸上的纤夫喊着号子,哼哧哼哧地缓缓而行。

大约走了半个时辰,河面上起了风。

船正好顺风。几张帆同时扯起,货船扬帆破浪、快速地行进着。

还没到晌午,货船就到了龙滩码头。

杨洪胜把小船从货船上解下来,他们刚把小船停靠在月亮缝渡口。"乓……"忽然从山坡上传来两声枪响。五六个洋毛子,正举着洋枪"哇啦哇啦"地追着一个年轻小伙子。

小伙子拼命地往前跑着,速度却越来越慢。

杨洪胜远远看见,小伙子好像受了伤,奔跑的时候,手一直捂着胸部。

"不好——"

杨洪胜话刚出口,戈秀梅就抄起两根竹篙,顺手抛给了杨洪胜一根:"快,快救人!"

两人迅速向山坡上跑去。

后面的洋人离小伙子越来越近,小伙子大喘着粗气,双手按着受伤的胸部,艰难地向前奔着。

一个洋人正举枪向小伙子射击……

"乓!"

杨洪胜猛地将竹篙戳向洋人举枪的胳膊,洋人"啊——"地疼得大叫一声,手枪落在地上。

戈秀梅乘机把小伙子拉进树丛里。

小伙子的胸部被洋枪击中,伤口处汩汩地往外冒着血泡。戈秀梅急忙把他的衣服撕开,用布条将伤口紧紧地扎住。血,暂时减缓了流速。

洋人被突如其来的袭击一时吓傻了,但马上就缓过神来,一齐向手执竹篙的杨洪胜猛扑过去。

杨洪胜并没有去迎击,而是将竹篙横在面前一动不动,怒目圆睁。洋人们犹豫了一下,一个大个子洋人用手里的洋枪指着杨洪胜,肆无忌惮地叫嚣说:"东亚人,你打伤了尊贵的法兰西帝国传教士,你将要付出最惨重的代价。"

杨洪胜冷笑道:"传教士! 你们这群嗜血如命、欺男霸女的魔鬼也配得上传教,你们传的是什么教?"

"你们的皇上对我们法兰西帝国传教士也要礼让三分,你竟敢蔑视?"大个子的手枪在杨洪胜面前晃悠着。

"皇上? 老子可不管他什么皇上。你今天在中国的土地上伤害了中国人,就必须要加倍付出代价,让你们永远记住,中国人是不容魔鬼欺凌的……"杨洪胜说着,轻轻用竹篙一拨,大个子只觉得手腕一麻,手里的枪就像变戏法似的飞了出去。

大个子傻眼了。

几个洋人见状,立退几步,同时向杨洪胜开枪。

杨洪胜撑起竹篙"腾"地一跃,飞起双脚,"嘭嘭嘭"一阵横扫,几个洋人踉跄着仰面倒在地上,一个个被踢得鼻歪嘴斜。

杨洪胜乜斜着眼,冷冷地说:"你们这些洋玩意儿只能吓唬吓唬那些清兵和官老爷,在我面前顶不上屁用!"

大个子乘杨洪胜说话的当口,冷不防一个饿狼扑食,直攻杨洪胜的下部。

"下三烂!"杨洪胜在心里叫了一声,等他刚扑过来,轻轻向上跳起。大个子不偏不倚,一头钻进了杨洪胜的裆里。杨洪胜两腿一并,大个子被卡得"嗷嗷"直叫,撅着屁股,两腿乱蹬。

"我只晓得你们是魔鬼,没想到还是流氓,地痞都不如,下三烂……"杨洪胜咬牙切齿地说着,用竹篙的尖头猛扎大个子的屁股:"我今天就用流氓的方式来对待你们这群流氓。"

"饶了我吧! 你饶我……"大个子在杨洪胜的裆里求道。

"饶你! 你们法国人仗打输了,还强迫中国开埠通商,在中国修筑铁路,侵略中国的大片土地,杀害过多少中国百姓,你们什么时候饶过中国人? 你不求饶,还能冒充一条汉子,你一求饶,充其量就是一条畜生……"杨洪胜愤愤地,稍一用力,"哎呀"一声,大个子疼得龇牙咧嘴。

杨洪胜一松腿,大个子的头从裆里抽了出来,跪在地上伏身磕拜。

"滚……"

杨洪胜厌恶地大喝一声,洋教士纷纷逃散。

杨洪胜来到树丛里,背起受伤的小伙子,戈秀梅拿着竹篙,三人一同向杨洪胜的老师潘十郎住处奔去。

一个矮个子洋人悄悄地跟在后面。

三

潘十郎的住处在蘘山到沈家垭子交界的山脚下,这里水陆交通都很便利。走水路,顺南河,过盛家康直入县城,走陆路,通过石花街也可直抵县城。

杨洪胜背着小伙子一路跑来,累得气喘吁吁,见到潘十郎,叫了声:"先生!"

潘十郎一看是杨洪胜,忙把他们让进屋里。

小伙子已经昏迷。他被放在床上,胸部还在流血。

杨洪胜着急地对潘十郎说:"先生,快救救他吧!"

潘十郎是行医世家,他虽然当了教书先生,但还是懂一些中医药知识,常常在山上采集一些药材,为周围的穷苦百姓治些小病。他一看小伙子的状况,忙从屋里拿出一些草药,放在石臼里舂碎。又拿了些草药,对杨洪胜说:"帮我把灶烧着。"然后把一把草药放在添了水的锅里。

过了几分钟,水烧开了,锅里的草药味顿时弥漫了整个屋子。

潘十郎撕开小伙子胸部缠着的布条,只见伤口外翻,不停地冒着血泡。他舀了一瓢锅里的药水,用棉球吸足药水,在伤口周围擦洗了一遍。很熟练地用一把锋利的剪刀,剪开伤口,再用夹子探入伤口内部。夹子在伤口里面寻找了一会儿,一声轻微的金属声从伤口里面传出。潘十郎小心翼翼地将夹子从伤口里面拿出来,把一粒花生米大小的金属弹丸丢在碗里。紧接着,用舂碎了的草药敷在伤口处,再将伤口用一条白粗布条重新包扎好。

"再过一个小时他就可以醒了。"潘十郎擦了擦脸上的汗说。

杨洪胜终于舒了口气。

果然,一个小时后,小伙子慢慢地睁开了眼睛。

看到站在床边的杨洪胜、戈秀梅和潘十郎,他十分感激地说了一声:"谢谢你们救了我……"想欠起身子,却又虚弱地倒了下去。

杨洪胜连忙说:"你好好养病吧,先别说话!"

小伙子微微地点了点头,听话地闭上了眼睛。

杨洪胜来到屋外,戈秀梅跟他说:"我们到先生这里来不会有人知道吧?"

"谁会知道呀?"杨洪胜反问道。

"我怕那些洋人不甘心,他们要是跟踪我们咋办?"戈秀梅担心地说。

"你发现什么了?"杨洪胜又问。

"没有。我只是担心!"戈秀梅说。

"别胡思乱想了……"杨洪胜安慰着戈秀梅。

正在这时,潘十郎从屋里出来了。

杨洪胜迎上去:"先生,本来家母差我来请先生到家里去为您做生,可谁知……"当地人管庆贺生日叫"做生"。

"别说了!你们今天救了条人命,比为我做生更高兴。"潘十郎满心欢喜地瞧着杨洪胜,问道:"你妈的身体近来可好?"

"多谢先生记挂,家母身体无恙。"杨洪胜回答说。

"回去告诉你妈和爷爷,谢谢你们全家对我的关心,这么些年来,你们每年都给我做生,我真是感激不尽。改天,我再登门去看你们。"潘十郎说着,眼里闪动着泪花。

"先生过于客气,要说感激,我们一家人都得感激您啊。特别是我,您不仅教我读书认字,还教我做人的道理、给我指明做人的方向。这一切,岂能用一两句感谢的话就能表达得了的呀……"杨洪胜的情绪也激动起来。

"天色不早了,你们先回去吧,我还得照顾这位受伤的小伙子。"潘十郎催促他们说。

"那就有劳先生了,学生给先生又找了麻烦。"杨洪胜施了个礼,然后叫上戈秀梅跟潘十郎一起进屋,与小伙子告别。

毕竟是个身强力壮的小伙子,就这么一点工夫,身体就明显地好了许多。

见杨洪胜进来,他眼里淌着泪水,说:"我叫海凤山,是石花新店人。大哥的恩德容小弟日后再报。"

"久仰,久仰!我叫杨益三,是县城南岸黄康戈家营人。"杨洪胜把戈秀梅拉到身边介绍说:"这是我师妹,叫戈秀梅,跟我住同一个营子。如不嫌弃,今后我们就是兄弟。"

海凤山眼里充满了兴奋:"久闻大哥威名,只是无缘相见,今日偶遇,也算天赐机缘。"

"只是……"杨洪胜顿了一下,说:"我不能在你身边照顾你,你就安心在我老师潘先生家住下疗伤吧。我们准备回去了,改天再来看你!"

"你们在我这儿吃了饭再走吧,已经半后半儿了。"潘十郎说。他说的"后半儿"就是下午。

"不了!家母还等着呢,越挨天越晚。"

杨洪胜拉着戈秀梅,双双离开了潘十郎的家。

从茨河下街码头,沿着青石条铺成的台阶拾级而上,拐过两道弯,是一座木质建筑的宗庙,狼牙交错的庙檐下,横挂着一副牌匾,上面写着三个大字:山神殿。

殿内有五个堂,分正堂、东堂、西堂、南堂、北堂。

东堂上方悬挂着"河神帮香堂"的匾额。

堂内四周供奉着达摩、慧能、陆祖、罗祖等混杂的僧道俗"十三祖"雕像。

上午巳时刚到,山神殿的"河神帮香堂"里,胡金魁端坐在堂正面的太师椅上。

"爹,您不知道,要是个顶个的打,那后生倒还不是儿的对手,但那女的煞是厉害。他们两个人合起来,儿就不是他们的对手了。他们两个那可是配合默契,如同琴瑟。女的故意虚晃一枪,吸引儿的注意力,那男的上来只见刀光一闪,要不是儿躲闪得快,恐怕掉在地上的就不是马尾巴了,而是儿的头呀! 真的很厉害。"胡继朋仍然心有余悸。

"他是不想杀你! 要想杀你,凭他们两个人的功夫,你就是有十个脑袋也不够砍。"胡金魁分析道。

"那女子,武功高强,人也长得俊,我第一眼见到她,就……"胡继朋说。

"就动了心,是不? 就知道你那点花花肠子。"胡金魁板着面孔。

"她真是个女中豪杰! 爹要是见到她也会……"

"放肆!"

胡继朋发现自己说错了话,连忙改口说:"爹要是见到她也会鼓励儿去娶她的。"

"嗯,当真有这么好?"胡金魁捋了一下山羊胡子。

"就是不知她是哪家的女子。"胡继朋沮丧地说。

"连人家姓甚名谁都不知道,你要爹向谁去提亲?"胡金魁生气地说。

"老爷,容小的多嘴!"一直跟在胡继朋身边的小头目,插着话。

"你有什么话? 说吧!"胡金魁瞅了瞅这个喽啰。

"谢老爷! 小的听见他们管那女的叫秀梅,管那男的叫益三。"小喽啰说。

"真是他们俩?"胡金魁深思着。

有人早在他面前提起过,说谷城黄康一个叫杨益三的后生,有一身好武功,他身边还有一个师妹,叫戈秀梅,武艺也很了得,不少人都栽在他们手里。只是不曾见过此二人,没想到,今天儿子也栽在他们手里。如果让她成了我胡家儿媳,今后我胡家不就更加无敌了吗?

想到这里,胡金魁得意地又捋了捋山羊胡子:"好小子,有眼力,为父给你做主了。"

"谢谢爹!"

胡继朋喜滋滋地跑出去了。

第九章　三志士古树结金兰

一

昏暗的灯光下。

游姥姥手里捧着一件旧衣,缝补着衣服上的破洞。

她停下手里的活,跟游贡爷说:"秀梅都十七岁了,我看她对益三很上心,你这个当姥爷的也该成全成全这两个孩子吧!"

"你这叫啥话!这事哪是我能说的,你不去说,让我这个外头老人家怎么开口?"游贡爷停了一下,说:"我不是没有此意,只是秀梅跟益三是师兄妹,按规矩,要成亲必须两人进行比武才能确定终身大事。可是,目前要益三的双刀破秀梅的单枪确实还有困难。"

"那你说咋办?"游姥姥看着游贡爷,让他拿主意。

"别无选择,听从天意吧!"游贡爷说。

杨母踮着脚在门口张望了一阵子,见没动静,又折转进屋。

她和女儿洪梅住的里屋,床上放着一个鼓鼓的包袱。她把包袱打开,将一套衣服和一双鞋子拿出来认真地看了一遍,又重新包好,把它放回原处。过了一会儿,又打开,又包好……她一直这样反反复复地折腾着,心里焦虑万分。

"益三妈!"杨爷回来了,一进门就急促地喊着。

"益三回来了没?"不等杨母答话,杨爷就迫不及待地问道。

"没呢! 我都在门口望了几遍了。"杨母从里屋出来说。

"这孩子,接个客人就接个忘记! 中午赶不回来,天都快黑了,还不见影子……"杨爷嘟哝了一句,然后对杨母说:"我出去接下他们。"

杨爷从屋里拿出一根竹篙出去了。

杨洪胜和戈秀梅从潘十郎家里出来,沿原路返回。

杨洪胜扛着两根竹篙在前面走,戈秀梅像只小鸟一样蹦蹦跳跳地跟在后面。她一边走,一边采着野花。

路边,几朵"月月红",鲜艳无比,格外夺目。

戈秀梅一见,喜不自胜,伸手去掐。

"哎哟……"

戈秀梅连忙把手缩了回来,可是来不及了,她的食指已经被刺破。

走在前面十几步远的杨洪胜听到叫声,折身回顾,戈秀梅蹲在地上。他走近一瞧,戈秀梅用左手紧紧地捏住右食指,殷红的血珠从食指尖沁了出来。

杨洪胜一把抓住她的右手,就往嘴里塞。

"你要干吗?"戈秀梅想挣脱,可她的手却被紧紧地捏着。

"我帮你吸一吸手指……"杨洪胜涨红了脸:"唾沫是消毒的。"

"真唾弄!"戈秀梅说的"唾弄"就是不讲卫生的意思。此时她娇嗔地白了杨洪胜一眼,手指却任由他吮吸着。

戈秀梅瞅着杨洪胜的腮帮一鼓一鼓地,手指头在他口中感觉一松一紧地,煞是舒服,她娇羞地闭上了眼睛。

"叭叽——"

一口红色的唾沫吐在地上,杨洪胜用手在戈秀梅手指尖的伤口处拂拭着:"还疼吗?"

"嗯——"戈秀梅撒娇地撅着嘴。

"一会儿就不疼了。"杨洪胜说着,就要把她拉起来。

戈秀梅却身子一歪,倒在杨洪胜怀里:"益三哥,我……"

"你怎么啦,秀梅?"杨洪胜忙扶住她。

"我站不起来了。"戈秀梅咧着嘴说:"脚蹲麻了!"

"靠在我身上,我给你按摩。"

戈秀梅乖巧地半坐在杨洪胜腿上,用胳膊紧紧箍住他的颈部,故意把手里的野花放在他的后脑勺。

"嗯……好香!"戈秀梅的头靠近杨洪胜的肩头嗅了嗅。

"浑身像抹了牛粪,还香呐!"杨洪胜自嘲着,手仍然不停地在戈秀梅的腿肚子上揉搓。

"那我就把这朵鲜花插在你这牛粪上。"说着就把一朵兰花往他衣领里面插。

"别闹了,好痒痒。"杨洪胜的头直往里缩,他把戈秀梅的脚往地上一丢,只顾着用双手去护后背,戈秀梅从他腿上滚了下来。

后背的上半部是杨洪胜的"痒穴",只要外人一触摸,就像触电似的又麻又痒。

戈秀梅毫不防备,脚磕在路边的石头上,生疼生疼地。手里的鲜花撒落在地上。

杨洪胜把她拉起来时,脚已经肿了。

"这下可好,聋子治成了哑巴! 腿麻还没治好,又把脚给治肿了。"杨洪胜往地下一蹲。

"你又要干吗?"戈秀梅看到杨洪胜滑稽的样子,哭笑不得。

"捡花呀! 你以为我要干啥?"杨洪胜一边用左手拾着她撒在地上的野花,一边往她身边凑。冷不防,用右手反着将她双腿往背上一揽……

"讨厌……"戈秀梅一下子扑倒在杨洪胜的背上。

"背背驮,换酒喝,酒冷了,我不喝,我还要我的烂篓箩……"杨洪胜背着戈秀梅,边走边唱着小时候奶奶背他时经常唱的儿歌。逗得戈秀梅在他背上发出"格格"的笑声。

太阳已经被峡谷的高山遮挡了,南河的水面顿时凉爽了许多。木船顺水而行,杨洪胜把竹篙收在舱里,船任水漂流。

他把黑色粗布上衣脱下来,将袖子系在后面的船舵上,衣服在水里漂着。

"你这是干吗呀?"戈秀梅不解地问。

"我这是利用水的冲力,把衣服上的血迹冲洗掉。"杨洪胜说。

"你真迂腐得可爱,哪有这样洗衣裳的?"

戈秀梅说着就要去拽衣服,可她刚往起一站,脚下一阵疼痛,双手连忙扶住船舷。

杨洪胜抱住她,说:"别动,小心掉进了河里。"

戈秀梅又白了他一眼,说:"你以为就你会水呀!"

"我这不是担心你嘛!看你这脚肿成这样了,还乱动。回去了我咋跟你姥姥交代?"杨洪胜俯下身子,心疼地把她那只肿脚抱在怀里。手在脚上轻揉。

"不用交代!我姥姥说了,她要把我交给你……"戈秀梅直筒筒地说道,脸上泛着红晕,静静地瞅着他,观察他的反应。

"你说啥子……"杨洪胜轻揉的手倏地停了下来,靠近她,惊疑地看着。

"咋啦,不乐意?"戈秀梅仍然红着脸。

"不,不……我是……没想到!"杨洪胜由于激动,说话有些打结,他顿了顿又说:"那么多大户人家向你提亲,我不敢高攀,可我又不甘心。我一直都在想,等我以后攒够了钱,你要还没嫁人,我

136

就备很多很多的彩礼去你家提亲……"

"傻哥哥！你明知道有人提亲，为啥还无动于衷？要是我真的被逼嫁人了，你不后悔吗?"戈秀梅双手在杨洪胜的脸上摩挲。

"后悔，非常后悔！但没办法呀。"杨洪胜无奈地说。

太阳慢慢向西山落去，河风带着凉意吹来。

戈秀梅打了个寒噤。

"益三哥，我有点冷!"戈秀梅紧紧地抱住杨洪胜裸露的上身。

杨洪胜双手搂住她的腰和腿，将她端了起来，放在自己的怀里，靠坐在舱内的船板上。

戈秀梅偎依在他的怀里，喃喃地说:"益三哥，我姥爷说了，我们俩要想成亲，就得公开比武，这是游家武训中的规矩。"

"怎么比?"杨洪胜问。

"因为我们是师兄妹，你必须得破我的单枪。"戈秀梅说。

"破你单枪？可我的双刀从来没破过你的单枪呀!"杨洪胜为难地说。

"你要娶我，就必须破我单枪!"戈秀梅坚定地说。

"我问你，你真的愿意嫁给我吗?"杨洪胜明知故问。

"还用说吗？臭傻瓜!"

"那还怕什么，到时候你让我一下不就成了?"

"说得轻巧！你以为那些习武的人都是傻子呀？再说了，如果那样的话，就是武德的问题，按规矩就要取消我俩的比武资格，你永远就别想娶我了。"戈秀梅在杨洪胜额头上狠狠捣了一下:"就你聪明!"

"要不……"杨洪胜想了想说:"你用单枪破我双刀！你已经破我好几回了，一定没问题。"

"你这啥意思?"戈秀梅糊涂了。

"你娶我呀!"杨洪胜正经八百地说。

"哈哈哈哈……你真是个天才！又不是招女婿，我怎么娶你呀?"戈秀梅笑得前俯后仰。

"招女婿又咋啦?你爹妈死得早,姥爷膝下就你一个后人,你把我招婿后,我们一起伺候姥爷姥姥,多好哇!"

"不行!只许我嫁你,不许你嫁我。如果你破不了我的单枪,我就到寺庙里削发为尼,永远不嫁。你要是心里有我,就去拜高师吧!"

杨洪胜激动地说:"你等着我,我要去拜高师,到时候一定破你的单枪,风风光光地把你娶进门。"

"益三哥,我相信你,别让我失望!"戈秀梅含情脉脉地看着他。

二

当,当……

清晨,钟楼上的金钟发出铿锵雄浑的响声,晨雾伴随着钟声在群山中缭绕。

一阵白雾飘过,参天的古树林中,露出几座千年古刹,雄伟而壮观。远远望去,迎面一座最高的古刹檐下,墨绿色匾额上闪现出四个金色大字——大承恩寺。

天顺元年(1457年),仁宗第五子襄宪王朱瞻墡上奏英宗皇帝朱祁镇选五朵山为寿茔。因"土木堡"之变,朱瞻墡曾两次上疏复迎英宗为皇帝。英宗复位后,感叹不已,特赐工部主事刘春在茔地修殿宇、亭阁、桥道,朱瞻墡为谢皇恩,又复请旨改五朵山为永安山,改原"广德宝严禅寺"为"承恩寺"。英宗皇帝遂赐题匾额"大承恩寺"!

承恩寺位于茨河街南部,五朵山北侧,清澈爽口的五眼泉水由西向东川流而过。依山傍水,风景秀丽。

杨洪胜经过一夜的跋涉,天亮时,来到承恩寺山门外。

"哐,哐!"

杨洪胜疲惫地拍击着山门上的铁环,铁环发出的声音在空寂的山野里回荡。

不一会儿,门"吱呀"一声,开了一个缝。一个小和尚从门缝里挤出来,向杨洪胜施了个礼:"阿弥陀佛! 施主从何而来?"

杨洪胜透过门缝往里面一瞧,一个胖师父正领着十几个年轻和尚赤手练拳击,行家一看便知,这是正宗的少林拳,从对打的套路看,教他们拳击的师傅定是少林高僧。

杨洪胜一阵窃喜。他以前只是听人说承恩寺有位武术界高僧,今日一见,果不其然。

"施主从何而来?"小和尚见他只顾往里窥视,又补了一句。

杨洪胜这才回过神来,连忙说:"我从谷城县城来,专程拜访贵寺的住持。"

他想,大凡寺里的高僧都是住持,因为住持是寺里的最高权威,这位高僧定是寺里的住持无疑。

"我家住持岫高方丈到少林寺参加禅武会去了,请施主改日再来吧。"小和尚说着就要关门。

杨洪胜一把将门扳住,连声说:"小师傅且慢,我老远来此,为的就是要拜访方丈,请问方丈何时能回?"

小和尚说:"少则半月,多则一月,施主一月后再来吧!"

杨洪胜快快地离开了承恩寺,正当午时,杨洪胜来到高家垭子。他从高家垭子东侧向渡口拾级而下。

渡口冷冷清清,只有一只小划子和一艘豪华小轮船停在那里,却不见艄公。他喊了几声,见没动静,只好顶着烈日心急火燎地沿着上岸去的石级走上来,到高家垭子找艄公。

天热日燥。杨洪胜挥汗如雨,正当口渴难忍时,突然间发现,西边一棵枝繁叶茂的古树旁边竟有一口井。他感到奇怪,刚才路过的时候怎么没见到有水井呢？而且水井的旁边还有两块青石支起的辘轳，是不是口渴时的幻觉？他上前仔细一看，并非幻觉，辘轳上的井绳半根落在井下。

杨洪胜并没留意，他下河的时候走的是东侧，上岸时走的是西侧，乘客上下码头分两条道。

他想，有个水桶就好了。但环顾四周却没有任何提水的家伙，正着急时，一个清脆的声音从古树后面传了出来：

——喂，桶在井下！

他惊奇地看了看那古树，却不见人。

他蹲在井沿上，用手遮住阳光，瞄了瞄井下，黑咕隆咚的，什么也看不见。

他发现自己被愚弄了，正想发作时，从树后又传来悦耳的声音："井绳提起来，便见水桶。"

杨洪胜试着去提井绳，果然井绳系着一只木桶。

可是木桶在井里怎么也打不起水来，无论他怎么摇晃井绳，木桶就是不吃水。

杨洪胜气得把井绳一甩，揶揄道："水没喝到，体内的水却快流光了！"

忽然，树后走出一个跟自己差不多大的小伙子，他倏地向旁边一闪："你是谁？"

三

小时候，大人们为了不让小孩中午到河里游泳，就告诉小孩，正中午是水鬼出来找替身的时候，中午在河边最容易碰到水鬼。这时候，谁会躲在这树后呢，看来一定是"水鬼"无疑！

杨洪胜浑身的汗毛都竖起来了。

"哈哈哈哈……你为何如此惧我？""水鬼"嘲笑着向他走来。

杨洪胜本能地一步步往后退着,他不怕人,与人打斗,纵然有十个八个小伙子,也不在话下,可他从没见过鬼,也没跟鬼较量过,对付眼前这个"水鬼",他却没有多少把握。

他正寻思着,"水鬼"已经来到近前,看来躲是躲不过去了。

"你是何方水鬼?"杨洪胜正色道。

"哈哈哈哈……""水鬼"又大笑起来,却不回话。

这下把杨洪胜惹急了,他乘"水鬼"仰天大笑之际,突然下蹲,一个"扫堂腿"横铲过去。"水鬼"似乎早有防备,纵身一跳,双脚稳稳地站在固定辘轳的两块青石碑上。

杨洪胜迅即来了个"飞鹤亮翅",飞身过去,想用五指锁住对方的咽喉。

结果,"水鬼"又破了他的招数,一个"鹞子翻身"闪到了他的身后。

"水鬼"突然在眼前消失,杨洪胜着实吓了一跳。心想,果真跟人们传说的那样悬乎,这鬼咋跟影子似的飘忽不定呢?

杨洪胜正思索着,那"水鬼"呼地一下从他背后翻剪过来,他一侧身,躲过一剪。

"好身手!"杨洪胜暗自赞叹道。

两人正打得难解难分。

忽听一声叫喊:"二表哥!"一个十二三岁的少年站在他们面前。

两人停止了打斗。

"大姨就怕你好斗,在外面惹事,让我来找你。原来你还真不止本(方言:即安分),一会儿工夫,就跟人打起来了。"那少年向他二表哥数落了一番,然后向杨洪胜一拱手,说:"失敬,失敬!我二表哥生性好斗,招惹了您,在下给您赔礼了!"说完,拉起二表哥就要走。"止本"是当地话,意为"安分",不止本就是不安分。

"慢……"杨洪胜说着,乘他二人说话,拉了"二表哥"一把,不

141

禁叫道:"你不是水鬼!"

"什么水鬼?"少年疑惑地看着眼前斗鸡似的两个人。

"他是误把我当成鬼了!其实,他是在打'鬼',而不是打我。"二表哥笑着说。

"哈哈哈哈……"少年笑得前俯后仰。

"嘿嘿嘿嘿……"杨洪胜也不好意思地跟着傻笑起来。

"嗨,我说这位哥哥,你是做什么的,这么好一身功夫?"少年很钦佩地问道。

"来,先喝水!"趁他们二人说话的工夫,二表哥已经从井下打起一桶水,提了过来说。

见到水,杨洪胜顿觉干渴难忍。

井台却没有舀水的瓢和碗,杨洪胜已经顾不了那些了,他撅着屁股,双手扶着桶帮,扎头就喝。

"慢点,这水太凉!"二表哥看到杨洪胜急切的样子,怕凉着他,提醒道。

"我二表哥就是这样一个人,他虽然生性好斗,可心地善良、待人真诚!"少年在一旁夸赞道。

"嗯……"杨洪胜应了一声,把桶提手往怀里一扳,用嘴接着溢出来的水,咕咚咕咚地喝了起来。

喝足了,他抹了一把嘴,说:"真凉快,谢谢二表哥!"

"且慢!你俩孰长孰幼,姓甚名谁,恐怕互不知晓吧。"少年说道。

"走,我们先到那大树的阴凉下说话。"二表哥一边领杨洪胜和少年往树阴下走,一边自我介绍说:"我是襄阳的刘湘,字仲文,光绪三年丁丑年生!他是我表弟,叫单汉文,今年12岁。"刘湘拍了一下单汉文的肩膀。然后问杨洪胜:"兄弟贵庚?"

"我是谷城街的杨益三,光绪元年乙亥年生,我今年已经十七了,可长你两岁哟!"杨洪胜乐呵呵地说。

"你是杨益三?"刘湘和少年同时惊叫道?

"是啊,咋啦?"杨洪胜莫名其妙。

"我常听三姨父提起你,就是一直没能相见。"刘湘说。

"三姨父! 你三姨父是谁呀?"杨洪胜问道。

"就是我父亲呀!"单汉文忙不迭地接过话茬儿说。

"噢……我知道了! 可我还是不明白……"杨洪胜眨了眨眼,他仍然稀里糊涂。

"你怎么一会儿知道,一会儿不明白,你到底是知道还是不知道呀?"单汉文看起来还是在耐着性子。

"……"杨洪胜摇了摇头。

"仲文,你知道了啥?"单汉文说。

"……"杨洪胜点了点头。

"仲文父亲是我大姨夫,也就是说……仲文的母亲在家排行老大,我母亲在家排行老三,仲文父亲跟我父亲是'挑担'……所以,仲文管我父亲叫三姨夫……这次你明白了吗?"

单汉文用手比划着翻来覆去地说,想尽量表述清楚,让杨洪胜明白,可越细细地表述,杨洪胜越不知道答案。他感到好笑,却笑不出来,还是摇了摇头,傻傻地看着单汉文。

"说去说来,你怎么还不明白呢?"单汉文急得直挠头。

站在单汉文对面的刘湘哈哈一笑:"汉文,不仅益三不明白,你都快把我给搞糊涂了。你就直说了呗,绕那么多弯弯干啥?"他侧过身对杨洪胜说:"我三姨夫就是单大宏。"

"单大宏! 单叔叔?"杨洪胜惊喜交集:"哎呀,真是大水冲了龙王庙,一家人不认一家人了!"

"是呀,看你们刚才打的那个劲儿,简直就跟仇人差不多了。"单汉文插话道。

"益三兄,你的武功倒是不错,不过……"刘湘顿了顿说:"还应该拜个高师指点指点。"

"不瞒仲文,我今天就是到承恩寺拜师求学的,去了后……唉!"杨洪胜叹了口气。

"怎么啦?益三兄遇到什么困难?"

"困难倒不怕,怕的是见不到人。"

"大师不见你?"

"不是不见,是没缘分!"

"噢?"

"大师出门了,要我一个月后再来。"

"也好,改天等师父回来了我去跟他说说,让他收了你。"

"师父!承恩寺的高僧是你师父?"杨洪胜惊讶地看着刘湘。

"咋啦,不像吗?"刘湘故作吃惊地问。

"名师出高徒!"杨洪胜在心里说:"难怪功夫这么好,看来这高僧的确名不虚传啊!"

"听三姨父说,兄父是因为反清而被清军杀害,兄祖父也是一个反清的志士。"说完,刘湘试探着问杨洪胜:"不知益三兄有何打算。"

"不仅我父亲被清军杀害,我二爷、三爷和两个姑奶奶都是被官府和清军杀害的,我们杨家跟大清朝势不两立。"见刘湘毫无隐藏地提出了这样的问题,杨洪胜也和盘托出了自己的家事。然后问:"仲文有何见教?"

"既然我们都不是外人,我就不兜圈子了!"刘湘直言不讳地说:"现在的朝廷昏庸无能,大片的河山都拱手让给了洋人,洋人在中国的土地上横行霸道、侵占掠夺,不仅把许多沿海城市开放给洋人做通商口岸,而且内地的口岸商道、铁路建设权都出卖给了洋人,清政府完全成了洋人的傀儡。这样的政府必推翻之!我有心反清,力图大业。益三兄以为如何?"

"我早有此心,今日得见仲文弟有如此胸怀,益三当视为知己。"杨洪胜说。

"我也有此心!"单汉文跟着说道。

"你?"杨洪胜怀疑地看着他。

"别看汉文年幼,雄心可不小。他三岁就被送到南漳水镜庄,在三国时水镜先生司马徽的后人那里读了五年私塾。他刚才说话绕去绕来是故意逗你的,看起来他说话语无伦次,可一旦谈论起天下大事来,可是头头是道。他经常跟三姨父在一起纵论天下!"刘湘给杨洪胜介绍道。

"三国时,刘关张桃园三结义,今日我们有龙眼看着,有古树罩着,何不来个刘杨单'古树结金兰'!二位仁兄,意下如何?"单汉文提议说。

"正合我意。"刘湘说。

"此意甚好!"杨洪胜也随声附和着。

于是,三人面前放着刘湘从井下打起的那桶水,跪拜于苍翠的冬青树下,齐声说道:"有龙眼井为凭,冬青树为证,我三人同饮一桶水,共存一条心,虽然异姓,既结为兄弟,绝无二心,则同心协力,誓死推翻清廷,上报国家,下安黎民。不求同年同月同日生,只愿同年同月同日死! 皇天后土,可鉴此心,背信弃义,世人共诛!"

宣誓完毕,遂拜益三为大哥,仲文为二哥,汉文为三弟。祭拜天地后,三人依次在桶里喝了水,饮水为盟。

第十章 好男儿洗雪内外辱

一

太阳高高升起,茶园沟天主教堂顶部的灰色十字架闪烁着暗光。

教堂门前,高大的银杏树上,几只老鸦在不住地啼叫……

银杏树旁边的堰塘里,青蛙在荷叶上仰着头"咕咕"地叫个不停。

教堂内的一间密室里,三面墙上都挂满了画着各种红花的白毛巾,看得出,房间的主人对红花特感兴趣。

四十八岁的矮个子法国传教士、茶园沟天主教堂主持教务的司铎刘方济格身着黑色教服,手捧一本《圣经》,正煞有介事地给人布道:

"天主是爱世人的,天主就是爱,我代表天主。我就是你的道路、真理、生命……除非经过我,谁也不能到我父天主那里去……凡在人前承认我的,我在天上的父前也必承认他,但谁若在人前否认我,我在我天上的父前也必否认他……"

初升的阳光从窗子里斜射进来,落在白色的床单上。

刘方济格的对面床上,坐着一位十三四岁的农家少女,少女穿一身洁白的入教服,面对着他,虔诚地听他布道。

刘方济格用眼神扫了一下少女,神秘地说:"我父天主已经传来了福音。"

少女一阵紧张,忙问:"我能成为天主的女儿吗?"

刘方济格摇了摇头说:"现在还不行,我的孩子!"

"要怎么做才能成为天主的女儿? 司铎大人,请您告诉我!"少女乞望着他说。

看到少女期待的目光,刘方济格心里暗暗得意,他一本正经地说:"要成为天主的女儿,必须跟天主合为一体……"他把《圣经》一合,用右手在面前画了个大大的"十"字,随口说道:"阿门!"

"怎样才能与天主合为一体? 司铎大人教我。"少女懵懵懂懂地问。

"请躺到床上来!"刘方济格装出很绅士地做了个手势。

少女身子蠕动了一下,立即停了下来,复坐起身,惊疑地看着他。

刘方济格向前跨了一步,双手搭在少女的肩上:"我的孩子!跟天主合为一体,今后就能上天堂,不然就会下地狱……"他使劲在少女的肩上捏了一把。

少女心里一颤,随即像着了魔,很顺从地躺在床上。

刘方济格取出花瓶里的一根柏树枝,装模作样地将树枝顺着少女的头掠过身体一直划到脚趾,然后将柏树枝重新放回花瓶里。

少女的胸脯急促地起伏着,微微凸起的乳峰不由自主地开始颤动。

刘方济格缓缓地脱下黑色教服,动作仍然保持着斯文雅致,不失绅士风度。

黑色教服被放在神坛上,刘方济格身上只剩下素薄的睡衣。

少女躺在惨白的床单上,像只牺牲的羔羊。

刘方济格十指撮成鹰爪状,肆无忌惮地伸向少女……"哗"的一声,少女的上衣被扯开,露出了粉色的兜肚。

这可是最后的屏障!少女很害怕,本能地用双手护住将要被刘方济格扯下的兜肚,浑身颤抖。

"别紧张,我的孩子!对天主一定要诚心诚意,不可怩怩怩怩。"刘方济格开导着,让她身体放松,自己的双手却在她身上肆意抚摸。

少女的大脑一片空白,两眼木然地看着天花板,只是感觉到自己的衣服在一件件被刘方济格扒光。

刘方济格终于原形毕露了,刚刚假装出来的斯文却一扫而光,他迫不及待地赤裸着圆滚的身子,粗鲁地压在少女瘦弱的身体上……

"啊……"

一阵钻心的疼痛过后,少女呻吟着,大脑似乎清醒了一半。

她呆滞地看着垫在身下的那方白毛巾,一摊殷红的血在蠕蠕而动……

刘方济格捧起白毛巾,仔细地欣赏着,那鲜红的血迹像刚刚绣上去的一朵盛开的玫瑰花。他连忙从神坛上取出一支彩笔,在"玫瑰"的下方对称地添上两片绿色的叶子,转过身去在墙上搜寻着……墙面上已经挂满了类似的"作品",他在一幅看上去不很体面的"麻秆花"旁边找了个空地,把最新的"红玫瑰"挤了上去。

教堂外,"呜呜"地刮起了大风。大地在震怒,群山在哀鸣!

潘十郎到山上采药,背着一篓草药从山上下来,边走边唱着山歌:

> 太阳当顶过,
> 做活的山上坐。
> 拜上掌柜的,

148

烙一个火烧馍。

…………

走到教堂门前，他想在银杏树下歇歇脚，就把篓子平放在地上。然后，一屁股坐在树下的石头上，取下头上的破草帽，拿在手里扇风。

正在这时，一个少女披头散发踉跄地从教堂出来，她一边走，一边傻笑。

潘十郎感到奇怪，又不是礼拜天，这女孩子这时候一个人到教堂里来干什么？而且还是这副模样！

他正寻思着，少女已经朝他走了过来。她旁若无人地自言自语道："嘿嘿……神捡选了我，我是天主的女儿……"

他突然发现，少女精神有些恍惚。

潘十郎想进教堂去看个究竟，可在洋人把持的教堂里，他是不能随便进去过问一些事情的，弄不好会闹出事来。虽然他对教堂里刚来不久的假传教士变着戏法祸害百姓的事早有耳闻，可这样冒冒失失地进去，必然会惹出不必要的麻烦。他想了想，就悄悄跟在少女后面……

毕竟做贼心虚，少女从密室出去后，刘方济格就尾随着出了密室。

他看到在银杏树下乘凉的潘十郎跟随在少女后面，心里一惊，连忙躲在教堂的大门后面。

刘方济格觉得潘十郎不像是周围的农民，这四周的农民他都熟。可眼前这个男人咋也这么眼熟呢？好像在哪儿见过。

他躲在门后面仔细地想了想，终于想起来了。

刘方济格咧着嘴，露出了一丝奸笑。

潘十郎提着采摘的药草进了屋。

海凤山身体虚弱地走到门口,想帮潘十郎拾掇药材。

"别动! 快到床上去,我跟你说个事。"潘十郎忙不迭地把海凤山扶到床上,接着从水缸里舀了一瓢水,"咕嘟咕嘟"地喝了个精光。然后,把嘴一抹,说:"听你说过,天主教堂里的司铎刘方济格跟你家结了仇,想必你对他们比较了解,我想查一查天主教堂!"

"怎么,今天发现了什么?"海凤山问。

"今天我在天主教堂门前遇到一桩怪事……"

潘十郎把他看到的和跟踪少女的事跟海凤山一说,海凤山从床沿上霍地站了起来,愤愤地说:"狗日的洋神教,等老子伤好了定要你们加倍赎罪!"

"不要动气! 我早已感觉到,这帮洋人根本不像是在传教,他们也许是打着传教士的名义,干着不可告人的勾当。现在得想个法子,把他们的内幕搞清楚。一定要揭穿这些洋人的真面目。"潘十郎的手攥成拳头,狠狠地往墙上一搌,在屋里踱着方步。

"需要我帮点什么忙吗? 先生!"海凤山真诚地问道。

"不用,你现在的伤势未愈,帮不了我的。"潘十郎仍然不停地在屋里踱着步。

"要查清教堂的底细,单凭你一个人是不够的。"海凤山说。

"你现在这个样子,有句话就行了,我心领了!"潘十郎没把海凤山的话当回事,只是敷衍着。

"先生此言差矣,我暂且不能同去,可我还有几个兄弟,他们可以帮你呀!"

"你兄弟?"潘十郎满脸狐疑地看着他,说:"你不是说,你是家里的独子,父亲因为痛恨洋人的胡作非为,被洋人陷害后,他们又要追杀你,你才逃出来的吗?"

"是的,我说的是结拜兄弟。"

"你的结拜兄弟?"潘十郎来了兴致。

"对!他们个个都有自己拿手的本领。擒拿格斗,翻墙越脊……他们都能做,加上先生有智有谋,我想,搞清楚天主教堂的内幕是不成问题的。"

潘十郎一听,喜出望外。他刚才还想到过自己的学生杨洪胜,他虽说武艺高强,但做这事不是单靠武功能做成的,干这事大部分是在晚上悄悄进行,再说,他离这里有点远,也不方便。他正为此而感到头疼时,海凤山给他开了一剂良方,使他转忧为喜。他迫不及待地问海凤山:"我怎么去找他们?"

"你找不行,必须我亲自出马!"

"那不行!你的伤还没痊愈,你连路都不能走,怎么去找他们?"

"自从那次我被洋人追杀后,他们现在对我生死不明,我若不能亲自出马,他们是不会相信任何人的。"

这下,潘十郎不吭声了。刚刚燃起的希望篝火,却突然被浇了一盆凉水,他的情绪黯然下来。但他还是不灰心地问了一句:"那就没有别的办法了?"

海凤山想了想,说:"还有一个办法。"

潘十郎又来了精神。

海凤山的手慢慢伸向腰部,将衣襟掀开,说:"这是唯一让弟兄们相信的贴身之物……"

潘十郎急切地看着海凤山起着皱纹的肚皮,却看不出这个"贴身之物"到底是什么东西。

海凤山难为情地解着裤带……

潘十郎心想,难道这件"贴身之物"在裤裆里?这个海凤山,自称是山野粗人,还真有点名副其实,就连与弟兄们联络的秘密信物也藏在粗俗的地方,真是跟常人不一样!

这时,海凤山已经把裤带解开了,他把裤带抽了出来,不好意

151

思地递到潘十郎手里:"我的弟兄们只要见到这条裤腰带,就如同见到我一样。"

潘十郎瞧了瞧手里的裤带,这裤带很普通,并没有特别的地方,所不同的就是比一般人系的裤带略粗一些。

见潘十郎并没在意这条裤带,海凤山挪了一下身子,说:"这条裤腰带,从表面上看跟普通裤腰带没什么区别,甚至还不如一般的裤腰带,但你仔细瞧瞧就能发现,它的材质不是用布条编的,也不是用麻线搓的。它是用山上一种稀有葛藤和竹签经过特殊加工后制作的,在三十度以上的温度下,它就柔软如棉,遇到三十度以下的低温,立马变得坚硬如钢。柔软时,可以做鞭子用,坚硬时,可以当长剑使。这是我爹从我爷爷那里得到的传家宝。所以,它既是我的裤带,也是我的兵器。"

"啊!"潘十郎惊讶地端详着手里的裤带,兴奋地说:"你这是怀揣宝剑,腰系钢鞭啊!原来小兄弟是个绿林英雄。恕我眼拙,失敬……失敬!"

潘十郎抱拳向海凤山施礼。

海凤山忙站起身,迎了上去:"使不得!先生大恩大德,凤山无以回报。"

两人互相客套了一番。潘十郎怕海凤山的裤带放在外面温度低了变硬,不方便携带,索性系在自己腰里,转身去生火煎药。

海凤山半躺在床上,对潘十郎说:"先生可先到芭茅店找一个外号叫"孙狗刨"的小篾匠,让他找四五个小兄弟一起到这儿来集中,然后见机行事!"

门外,一个人影一闪,消失了。

二

杨洪胜虽然遗憾没见到承恩寺的住持,却意外与刘湘和单汉文相识并结拜为兄弟,这也让他心里感到爽快。

正在打铁盆的游二采见到杨洪胜把他拉到一边问："咋样?"

"什么咋样?"杨洪胜明知故问。

"你拜师的事呀!"

"哦,你问这个呀?"杨洪胜卖着关子。

"是,是! 问的就是这个。"

"你到底问的是哪个呀?"杨洪胜突然把脸一拉,装出莫名其妙的样子。

"哎呀,你就赶快告诉我吧,快把人给急死了!"游二采心里沉不住气,不管什么事,非要知道个结果不可。

他越是急,杨洪胜越是故意吊他胃口:"不咋样! 我呢,还是在杨记铁匠铺里学打铁,继承祖业。洪梅也不小了,摆渡就交给她了……这可以了吗,还想知道点什么?"

"哎呀呀……你就别绕圈子了,我可不是为了满足自己的好奇心,我是担心你这事怎么给秀梅交代。"游二采很认真地说。

杨洪胜似乎并没考虑那么多,只是轻描淡写地说了句:"暂时不见她,过几天再说。"

"人家那么关心你,你就忍心不见?"

"我自有道理,你别管!"

"没心没肺的!"游二采转身小声嘟哝了一句,接着继续敲打那个铁盆。

"你说什么? 坏话要当面说,背着说烂舌头。"杨洪胜狠狠地瞪了游二采一眼。

"什么也没说,我说我自己。"游二采一边敲打手里的铁盆一边不服气地回敬道。

夏天真不是练功的季节,戈秀梅刚练完一套枪法,浑身就像从水里捞出来一般,连头发梢都是水淋淋的。

她提着枪,来到槐树下,把枪靠在树干上。汗水顺着眼眶流下来,眼睛像浇了盐水。她顺手用袖头把眼眶揾了揾,然后笔直地站在大树下,双手合十,眼睛微闭,在心里说:益三……哥,你现在怎么样,拜到高师了吗? 我向老天爷祈求,保佑你早日拜师学成回来。我等着你……

忽然,一阵嘚嘚的马蹄声传来,打断了戈秀梅的祈祷。她睁大眼睛一瞧:一胖一瘦两个人威风十足地骑着马正缓缓向大门口走来。戈秀梅仔细地打量着来人,却不认得。正纳闷时,前面胖子骑着的纯白毛马,马头已经进了大门……

戈秀梅这才缓过神来,蓦地操起长枪,在门前一横,威风凛凛地喝道:"请客官在门外下马,免得小女失礼!"

胖子一怔,接着问道:"敢问,姑娘就是戈秀梅吧!"

"你怎么知道我名字? 我可不认识你们……"戈秀梅最不喜欢那种骑着高头大马耀武扬威吓唬人的人,她很不买账地大声回道。

"哦,请通报一下,敝人是茨河街上的胡金魁,特地来拜访游贡爷。"胖子从马上下来,自报着家门。

"谁呀?"游贡爷在屋里听到外面的说话声,连忙出来。

"姥爷……"

戈秀梅刚开口,游贡爷一眼就看到了站在门外的胡金魁,一愣,心想:他怎么来啦! 莫不是为了上次其子抢劫黄贡爷挨打的事?

游贡爷跟胡金魁两人以前总是互相不服,胡金魁仗着有官府撑腰,在游贡爷面前趾高气扬,游贡爷仗着一身武艺对胡金魁也是嗤之以鼻,相互之间很少来往。但现在不管怎么说,来到家门都是客,人家既然主动上门了,面子总得要顾的。于是,游贡爷礼节性地迎了上去:"哎哟哟,原来是胡老爷大驾光临了,快请进!"

胡金魁也连忙迎了上去:"晚生冒昧打扰,失礼,失礼!"

两人抱拳施礼,互相寒暄。看得出,表面上二人亲亲热热,可在他们各自的内心深处却感到彼此生分。

胡金魁把马缰递给瘦个子随从,要他在外面候着。自己随着游贡爷往屋里走,戈秀梅跟在后面。

"哟,来客人了?"游姥姥从里屋端着针线笸箩刚出来,一见来了客人,不好意思地连忙要退回去。游姥爷却叫住她:"来客了,还不上茶?"

"我来吧!"戈秀梅说着跟在姥姥后面进了里屋。

胡金魁看着戈秀梅的背影,又问游贡爷:"这是游贡爷的外孙女秀梅吧?"

"正是!"游贡爷说:"秀梅从小就喜欢舞刀弄剑,性格野得像男孩子一样,但疾恶如仇……刚才她横枪拦马,没吓着你吧?"

"哪能呢……秀梅可真是英姿飒爽呀!"胡金魁像看稀奇一样,一直望着戈秀梅的背影消失在里屋。

"吭吭……"游贡爷脸一沉,吭了几声,心中不悦:"胡老爷屈尊到寒舍,不只是为了来看稀奇的吧!"

胡金魁发觉自己有点失态,马上转回脸,盯着游贡爷一本正经地说:"不瞒游贡爷说,我这次登门拜访是有件大事想跟前辈商量。"

"哦……胡老爷能有什么大事找我这个老朽商量的?莫非摸错了门不是!"游贡爷没好气地说。

"游贡爷,我俩以前的过节就不提了,我这次来是给犬子提亲来的,原本想请个媒人来提,可我一想,我跟前辈也有好多年没走动了,而且也想在一起化解化解我们以前的恩怨。所以……"

"你说什么?"还没等胡金魁说完,游贡爷不解地打断了他的话,问:"给谁提亲?向谁提亲?"

"前辈莫急嘛!"胡金魁却不慌不忙地说:"是这样的。犬子胡继鹏今年二十六岁,自打上次见到秀梅后就暗恋上了,现在茶不思饭不想,我就这么一个宝贝儿子,不能眼看着他这样下去。所以,我是来为犬子向秀梅姑娘提亲……"

"哗啦"一声,一只盛满水的茶壶和茶杯掉落在地上。

戈秀梅手里提着托盘,怔怔地站在里屋的门口。

游贡爷和胡金魁同时惊住了。

戈秀梅气不打一处来:"提亲可以,就怕我的枪不答应。"说完,向门外走去。

秀梅出去后,游贡爷对胡金魁说:"不巧呀胡老爷,我家秀梅刚刚许配人了。"

胡金魁不相信:"游贡爷不是在糊弄晚生吧!"

"婚姻大事,岂可儿戏! 我堂堂一个当朝武贡生,岂能胡言乱语?"游贡爷气愤地说。

"游贡爷息怒! 晚生不是那个意思。"胡金魁连忙解释说:"我是说,秀梅是个不同凡响的姑娘,婚姻大事也应该以一种非同凡响的方式来进行,由她选择天下英杰做佳婿,这样才配得上。要按传统的方式,由父母之命媒妁之言来定终身,岂不委屈了秀梅? 那样也辱没了游家的门风不是!"

游贡爷一听,想想也不失为一种办法。胡金魁在谷城县可算得上呼风唤雨,他要是起了歹心,就会不择手段。不如先顺着他的意思,然后再做打算。要是采取比武招亲的办法,既体现了自己的大度和公允,同时也可以借此广结天下英雄。于是,就对他说:"那好,就按你说的,一年后,我们来一次比武招亲如何?"

"规则由您来定!"胡金魁满意地点着头。

"到时候,谁也怪不着谁。"

"听天由命!"

二人各怀心思,话里有话。

三

杨记铁匠铺的屋后院子里,杨洪胜正在跟着爷爷学打刀。

156

"我们杨家有个打制宝刀的祖传秘籍,打出来的刀见光后,就像彩虹一样,五颜六色,所以取名'彩虹刀',打这种刀,首先要找到好几种颜色和质地不同的钢板,厚度不超过两毫米,在极高的温度下使这几种薄薄的钢片完全软化并粘到一起。在这个过程中,加热的温度和落锤的轻重都十分讲究,刀打成后,刀口刚柔相济,既能够吹毛断发,又能够剁铁不锈。"

"真有这样的宝刀?"杨洪胜眨巴着眼睛说。

"当然有! 可打这种刀的确不易,有人一辈子也打不成一把。不过,打这种刀的工艺等以后我再给你细说,这得慢慢体会和琢磨,不是师父一教就会的。"

"爷爷教我工艺,我就能打出'彩虹刀'来。"杨洪胜不知天高地厚地夸下海口。

"宝刀的事,以后再说,现在要紧的是我们要打质量上乘的普通大刀、菜刀和杀猪刀。我现在把关键的几个要领给你说一下,你可要记住。"

杨洪胜挠着头,认真地听杨爷给他说要领。

"打刀前,要根据打刀的品种来选择钢板,钢板选好后,把它裁切成刀坯。刀坯在放到炉子上煅烧前,要在刀坯上涂一层黏土,这样可以使刀受热均匀,不至于口锈。刀坯打好后,最关键一个环节是'淬火',这也是整个打刀过程中最重要的一道工序。"

"爷爷,为什么别人家打刀时就挑河里的水回来淬火,而我们家打刀时每次都是用院子里这口古井里的水淬火呢?"杨洪胜不解地问。

"这话问得好,说明你在动脑筋思考问题。这些年来,我带了这么多徒弟,却没一个徒弟向我问过这个问题。"杨爷既欣慰又悲哀地说。

"是一回事吗?"杨洪胜更加好奇了。

"怎么能是一回事呢? 这就是关键的问题,是我们杨大刀之所以远近闻名的根本所在。"

"那为什么不一样?"杨洪胜的兴趣越来越浓。

"因为古井里的水没有杂质,而且水温不会随着天气温度的变化而变化。你没发现我们这口井里的水是冬暖夏凉吗?冬天,井里热气腾腾,夏天,井里寒气逼人。我们这井里的温度一直保持着恒温,不管冬天还是夏天,都是一个温度。"

"使用两种不同的水淬火,对打制的刀有什么影响吗?"杨洪胜刨根问底。

杨爷很喜欢孙子这种对事情寻根求源的做法,不厌其烦地给他讲道:"当然有影响,只不过一般人没注意到这种影响而已。为什么要淬火呢?说白了,就是烧红的刀用凉水迅速降温,目的是改变钢铁内部所有物质的结合状态,从而使刀身变得既坚硬无比,又富有弹性。如果水温过高,就会使刀身刚性不足,刀口易卷。如果水温过低,刀身就会缺少弹性,刀口易锛……当然,在淬火的时候,仅靠水温这一个方面还是不够的。刀身的温度多高时开始淬火,需要淬多长时间……这些都是要靠平时积累经验。"

"我明白了!"

杨洪胜拿着一块刀坯开始学着打刀。

杨爷看着他打铁的样子,满意地点着头:"架势倒还不错!"然后,掩上门,出去了。

戈秀梅气呼呼地来到杨记铁匠铺。

游二采一见,连忙拦住了她,大声说:"秀梅,你到这里来干啥,家里出什么事了?"他要给正在屋内淬火的杨洪胜报信。

"出大事了,我要找爷爷。"戈秀梅说着,双脚已经跨进屋里。

"秀梅……"杨洪胜来不及躲避,就看见了戈秀梅。

"益三……哥?"戈秀梅深感意外,却情不自禁地扑了上去,紧紧抱住杨洪胜。须臾,惊疑地看着他:"你不是拜师去了吗,怎么……

原来,你在标(方言:'标'即骗)我……"她一把甩脱杨洪胜的手,抹了把泪水,向门外冲去。

杨洪胜一把拉住了她:"秀梅,你听我说。"

"我不要听!"戈秀梅任性地再次甩掉杨洪胜的手,但没再向门外冲,只是站在屋里,委屈地掉着眼泪。

杨洪胜爱怜地看着她,把擦汗的毛巾在水盆里搓了搓,递给她:"看把你热的,衣服全汗湿了。擦一下吧!"

戈秀梅娇嗔地瞪了他一眼,接过毛巾,在脸上胡乱地擦了几下。

杨洪胜挪了把凳子过来:"你先坐下歇会儿,听我慢慢给你说……"

"都火烧眉毛了,谁还有工夫在这儿听你慢慢嚼舌头!"戈秀梅嘴巴撅得老高。

"到底发生了啥事,看你火急火燎的样子。"

"能不急吗? 提亲的人都到家里了。"

"提亲关你啥事?"

"当然关我事了,是给我提亲……"

"啊……"

杨洪胜拽起戈秀梅就往外跑。

"大哥——益三大哥——"忽然有人在后面喊他。

杨洪胜和戈秀梅寻声望去,只见从铁匠街方向跑过来一个人,仔细一瞧,惊讶地叫了一声:"仲文……二弟!"

杨洪胜和刘湘紧紧地拥抱在一起,仿佛久别重逢一般,那亲热劲连戈秀梅都感到不好意思。她背过身,尴尬地用手揉捏着衣角。

"仲文,你今天咋到这儿来了?"两人亲热完了,杨洪胜问。

"我有急事找杨爷爷。"

"找我爷?"

"嗯!"

"走,我带你去!"杨洪胜拽着刘湘就走。

"哎,哎……"刘湘朝背对着他们的戈秀梅努了努嘴。

"哦,忘了介绍……"杨洪胜过去拉了一下戈秀梅,说:"来,秀梅,见见仲文二弟!"

戈秀梅不好意思地红着脸,说:"你好!"

刘湘一时不知所措,他不知如何称呼戈秀梅,只是尴尬地点着头,脸憋得通红。

杨洪胜一看二人的窘态,哈哈一笑,扯了一下刘湘的胳膊,说:"她叫戈秀梅,我的师妹,你就叫她秀梅吧。"

"秀梅……姐!"刘湘在"秀梅"后面重重地加了个"姐"字。

"哎——"秀梅脆脆地答应了一声。然后大方地拉起刘湘的手,三人一起来到"杨记铁匠铺"。

杨爷出门还没回来,他们三人就坐在铺子的后院里聊着。

杨洪胜从戈秀梅手里接过一杯水,递给刘湘后,问:"事急吗?"

刘湘瞥了一眼戈秀梅,没正面回答他,说道:"我昨天到承恩寺去了一趟……"

"师父回来了吗?"杨洪胜急切地问。

"师父他根本就没出门。"

"师父没出门……和尚也兴标人呀!"杨洪胜生气地说。

戈秀梅在一旁听得莫名其妙。

刘湘惊奇地问道:"和尚怎么标你了?"

"那小和尚跟我说,师父到少林寺开什么会去了,半个月怕回不来,要我一个月后再来。这不是标人嘛,真是!"

"你给小和尚说的是找师父还是找住持?"

"师父就是住持,住持就是师父,这有啥区别?"

"哈哈,你呀,你……"刘湘笑着用手指戳了戳杨洪胜:"这事就是你的不对了。"

"他们标了人，还是我的不对?"杨洪胜不解地瞪大了眼睛。

"师父不是住持，他是现任承恩寺副寺的净空和尚！你说你要找住持，人家当然说不在家了。"刘湘解释说。

"原来是这样!"杨洪胜又不好意思地挠了挠头。

戈秀梅给杨洪胜端来了一杯水，内疚地说:"益三哥，对不起!我错怪你了。"

"明天就跟我一块去拜见师父吧，他听了我对你的介绍，很想见你。"

"真的?"杨洪胜高兴地抓住刘湘的手。

正说着，杨爷回来了:"什么真的假的，看把你高兴的!"

杨爷见到刘湘，说了句:"哦，来客人了?"

杨洪胜连忙向杨爷介绍说:"爷爷，他是刘湘，我结拜的兄弟。"接着向刘湘介绍说:"这是我爷爷。"

"久仰爷爷的威名，我早听家父说过，只可惜今日才得以相见。"刘湘垂首向杨爷抱拳施礼。

"尊父是谁呀?"杨爷在屋里的方桌边上坐下后，问道。

"樊城刘子敬。"

"广大铁庄的刘子敬，刘东家?"杨爷惊讶地看着刘湘。

"正是!"

"哎呀，多年没走动了，公子都长这么大了。"杨爷爱怜地端详着刘湘。

"是啊，家父经常跟我唠叨，称赞您打制的刀是天下无双的。"刘湘用敬佩的目光看着杨爷。

"尊父是行伍出身，对刀枪颇是喜好，他曾到我这儿来跟我专门谈论刀枪的问题，很有见地。"杨爷接着问刘湘:"尊父身体可好?"

"家父身体尚好。我这次来，带来了另一个尊辈对您的问候。"刘湘说着,从怀里掏出一封信,递给杨爷。

"噢!"杨爷接过信,展开一看,那熟悉的刚劲如铁骨般的字马上映入了眼帘:

尊辈杨叔台鉴:

小侄大宏不才,却也深谙民族之大义。如今朝纲紊乱、国事颓废、列强当道,我泱泱中华已为洋人刀俎之鱼肉。为救民众于水火,吾已暗结哥老会众弟兄举事反清,替天行道。尊辈乃深明大义、德高艺精之人,特将打制兵器之大事相托! 姨侄刘湘仲文携书前去拜望,一切事宜均由他代劳。万望成全此事!

侄单大宏顿首

光绪壬辰年六月十三日

杨爷看完信,心事重重地将信摊在方桌上。

杨洪胜、刘湘、戈秀梅三人的心都悬着,心里没有底。刘湘知道信的内容,却不知道杨爷的态度。杨洪胜和戈秀梅完全被蒙在鼓里,不知发生了什么事,也不敢问。

屋子里顿时安静下来。

片刻之后,杨爷对屋子里的人说:"现在就我们四个人,洪胜和秀梅你们把这封信看一下,然后我要问话。"

杨洪胜、戈秀梅依次将信拿到手中,看了一遍。

看毕,杨爷说:"你们都是我的至亲,就是我的亲骨肉。此事要冒杀头的危险,非同小可! 我不强迫任何人。我今天不强迫做别人不愿做的事,你们每人都发表自己的主见,各自给自己拿个主意,这事该怎么办?"

"爷爷,您说吧,我们听您的!"戈秀梅说。

"咣当"一声，杨洪胜一拳擂在桌子上，愤愤地说："如此昏庸的朝廷，早就该反！我跟定单叔和仲文替天行道……"

　　"我跟定益三哥……"

　　"好！既然你们都有了态度，我就好做主了。"杨爷站起身，说："洪胜从今天起就在这间小屋子里打刀淬火，秀梅有空就过来帮忙，这个屋子不许任何人进来。"

　　"我……"杨洪胜欲言又止。

　　"怎么?"见杨洪胜吞吞吐吐的样子，杨爷不悦："刚开始就想讨价还价！"

　　"不是的。"

　　"那是什么?"

　　"是因为……"戈秀梅想替杨洪胜把话说明，可一张口又不知道该先说哪档子事。

　　"你们今天怎么啦，一个个吞吞吐吐的！"

　　见杨爷发了脾气，刘湘不得不站出来说道："爷爷，我已经帮益三到承恩寺净空和尚那儿说好了，我想带他明天就去。这段时间您就先让他到承恩寺去拜高师吧，这对他的武艺会有很大长进的。"

　　杨爷深思着，不置可否。

　　戈秀梅急了，在屋里直跺脚："还有呢，爷爷，您得赶紧跟益三哥到我们家里去一趟，要不就要坏事了……"

　　戈秀梅这一说，提醒了杨洪胜："是啊，我都给忘了。秀梅专门过来找您的，被这事儿一打岔就……"

　　"什么事，秀梅?"刘湘内疚地说："怪我把你的事给耽误了。"

　　"你姥爷叫你来找我的?"杨爷问。

　　"不……"戈秀梅摇着头，忽然又点着头："嗯，是……"

　　见戈秀梅一会儿"是"一会儿"不是"，说话语无伦次的样子，杨爷知道她有难言之处，马上说了声："走！"四人出了铁匠铺直奔游贡爷家。

四

游贡爷正在屋里大发雷霆："什么玩意儿……看他那副人模狗样的德行,狗仗人势! 想骑到我头上厮屎? 没门儿! 呸……"他狠狠地朝地上猛吐了一口唾沫。

"谁让游贡爷生这么大气呀?"

游贡爷抬头一看,愣住了。

杨爷一行已经到了门口,当中还有一个不认识的后生。

"你们这是……"游贡爷感到突兀。

"怎么? 不来吧,差人请,请来了,又不待见,这是哪门子道理呀!"杨爷故意调侃着游贡爷。

"哪里,哪里! 说稀客还来不及哪,咋能说不待见?"游贡爷一边让座,一边叫戈秀梅:"快叫你姥姥烧开水,沏茶。"

"哎……"秀梅应着声,进里屋去了。

"这位小哥是……"游贡爷给刘湘挪凳子时,随口问道。

"哦,我叫刘湘……"

还没等刘湘说完,杨洪胜就把话抢了过来:"他是我结拜兄弟,都是自家人。"

四人坐定后,杨爷问:"家里出了什么大事了?"

"秀梅这孩子也是的,什么大不了的事呀,就把你们给惊动了!"游贡爷见有外人,不好明说。

"当外人了不是? 我今天来,是要跟你商量一件大事的。你这样待我……"杨爷站起身,说:"算了,算了! 这事肯定是商量不成了,我们走吧……瞎跑一趟。"

游贡爷连忙拦住杨爷:"着什么急呀,茶还没上呢。"

"我可不是来讨你茶喝的……"杨爷气鼓鼓地说。

游姥姥从里屋端茶出来，见杨爷的脸色不对，忙打着圆场："看你们俩，见不得又离不得，见了面就较劲……一对'老儿小'！"她把茶盘上的茶杯放在桌子上，瞪了游贡爷一眼。

"什么大事？你说，我听你的不就是了。"游贡爷把人给惹气了，又开始哄着。

"听我的？"杨爷白了游贡爷一眼，说："那好，你先把家里发生的事给我说说。"

"哎呀，这事我已经处理好了。"

"处理好了就不能给我说了吗？"

"好，我给你说！"游贡爷眨了眨眼："本来这事就没打算瞒你，我这不是正要找你商量的嘛！事情是这样的……"

游贡爷只好将胡金魁亲自上门提亲的事一五一十向大家和盘托出。

"欺人太甚！这只官府的鹰犬，看我迟早会收拾他。"杨洪胜咬牙切齿地说。

杨爷平静地摆了摆手，示意他不要冲动。然后说："我看这事不那么简单！胡金魁好多年没跟你来往了，突然冒出来说要提亲，你不觉得这事有点蹊跷吗？"

经杨爷一提醒，游贡爷也觉得事情突然，必有内情。于是，说："既然我跟他约定一年后比武定亲，那我们就按计划准备。他胆敢勾结官府在我面前耍什么花招，我就跟他公开翻脸。"他转身问杨洪胜："益三，拜高师的事进行得怎么样了？"

杨洪胜忙接住话茬儿，回答说："明天就跟仲文一块到承恩寺去！"

"你好好去学半年，武功会大有长进，你回来后不仅要战胜秀梅，而且还必须打败胡继鹏。我倒要看看，他胡大老爷那颗劣种能长出个什么歪瓜来。"

"姥爷，益三哥走了，我就替他帮爷爷打铁吧！"戈秀梅跟随姥姥端茶进来，就一直站在杨洪胜背后，她心里憋着劲，向姥爷央求道。

"有这样一件事。"没等游贡爷发话，杨爷先开了口："仲文带着单东家的信来找我，他们准备发动哥老会起事，征求我意见，我已答应了，原想让益三跟我一起打造兵器的，发生了今天这事，我看，益三就去承恩寺拜师去吧。这样，我这儿就缺少得力的人手，这事又不能让旁人掺和，秀梅这孩子有灵气，心眼儿活，又不是外人，你就让她去给我帮帮忙吧！"

"这还有啥话说？她不去帮，谁去帮？"游贡爷接着又补了一句："我还要去帮你哪！"

"有句话就行了，你那点花花肠子，我还不了解你呀！你就直说让我帮你不就得了，还羞羞答答的……"杨爷说着，哈哈大笑起来。

一屋子的人都跟着笑了起来。

第十一章　拜高师二上承恩寺

一

太阳已经偏西,一队人马气势汹汹地从石花街出发,向蕹山脚下扑来。

一个矮个子洋人在前面引路,刘方济格骑着一匹白马走在前面,石花巡检使艾联棠骑马随后,马后跟着二十多个石花巡检司的巡吏,队伍里还夹杂着几个手持洋枪自称是"传教士"的法国洋人。

刘方济格一边走,一边在前面比比画画,嘴里不停地用生硬的中国话在艾联棠面前说:"大人高见! 幸亏当初没有打草惊蛇,要不然怎么能引蛇出洞?"

"哈哈……"艾联棠在马背上得意地笑着,脸上露出了狡黠的神情。

海凤山半躺在潘十郎家床上,欠起身对站在面前的孙狗刨说:"狗刨,有件事,哥想交给你来办,不知你愿不愿意,也不知道你敢不敢做!"

"孙狗刨"带着四个兄弟站在海凤山床前,说:"大哥,有什么事你就交代,我狗刨虽然没有妈,却也是妈养的,是你海大哥救了命的。就是下地狱,我狗刨要是吱吱声、眨眨眼,那就不是人!"他转过身面对着四个兄弟,说:"你们说是不是?"

"狗刨哥说的对,就是上刀山下火海,我们哥儿几个要活就活在一起,要死就死在一块儿。"

"别净说些不吉利的,我们一定要好好活着,要死,也得让那些洋鬼子替我们去死。"潘十郎握着笔,正在桌子上写一张处方,然后插上一句。

"潘先生说的对,我们不能老想着死呀死的⋯⋯"海凤山正说着,忽然,"扑通"一声,像有人从墙上跳下来,屋里人一惊。

一只猫叫了一声,从门门口走了过去。

这一惊,倒让海凤山警觉了。他对孙狗刨旁边的高个子说:"一杆枪,你眼睛尖、鼻子灵、腿脚快,你出去望望风。现在,洋人跟官府的鼻子比狗还灵,别让他们嗅到了味儿。"

"好!""一杆枪"应了一声,出去了。

屋里,海凤山继续说道:"洋人在中国土地上欺辱我们的同胞,杀害我们的亲人,奸淫我们的姐妹,无恶不作。现在,潘先生发现,茶园沟教堂里的传教士利用传教干着伤天害理的事。你们几个抽空子混进教堂,一定要找到证据,明白吗?"

这时,潘十郎的处方写好了,对孙狗刨说:"你们到教堂后,如果遇到教堂人阻拦,就拿出这个来,就装是到教堂医院抓药的。"

"不好了⋯⋯"孙狗刨还没来得及去接处方,"一杆枪"就气喘吁吁地闯了进来。

"怎么啦,一杆枪?"孙狗刨一惊,问。

"洋人⋯⋯领着石花⋯⋯巡检司的人来了。""一杆枪"上气不接下气地说。

"别紧张⋯⋯"潘十郎顺手将处方放在桌子上,对孙狗刨说:"快,你们赶紧背凤山从后山的小道一直往南走,不多远就是帽儿山,帽儿山往东就是温坪,到了温坪就到了南河流域……"他边说边去开后门。

"你……"海凤山疑惑地看着潘十郎。

"别管我,这里的地方我都熟,很容易脱身,放心吧!"

"你不能留下,我们一块走!"孙狗刨背起海凤山对潘十郎说。

"你们先走,我把屋里收拾一下,马上就来……马上就来啊!"潘十郎急急忙忙把他们推出门外。

"唉……要命啊! 这时候了还要收拾屋子。"孙狗刨背着海凤山,一边走一边摇头。

真想不通这些读书之人。人家说,秀才遇到兵,有理说不清! 可潘先生倒好,我们这些没文化的人却跟他一个满腹经纶的人说不清道理了。你说这是啥事吧,敌人都到眼皮底下了,他不逃命,却要去整理屋子,以为来的是相亲的大姑娘? 脑子是不是有毛病!

孙狗刨不解地问海凤山:"大哥,你说这潘先生是不是读书读迂腐了,人命关天,还不明白谁重谁轻? 当然是逃命为重呀! 你看他……简直迂得不沾边。"

"走吧! 潘先生一定有他的道理,你可能不会理解。"海凤山趴在他的背上,声音有些微弱。

潘十郎看着海凤山几个人上了山,然后来到屋里,在屋里来回瞟了一眼,想找点什么,可什么也没找到。蓦地,他发现桌子上的那张处方,一把抓过来,不假思索地提笔在处方下边又加了一行字。写毕,重新放回桌子上,又在地上捡起一块木片,压在上面。

外面的马蹄声越来越近了。

做完这一切,潘十郎迅速看了一遍屋子,觉得没留下什么破绽,这才从后门离开。

潘十郎刚刚离开,洋人就领着石花巡检司的人来了。

"搜!"艾联棠将手一挥,几个巡吏一窝蜂地拥进屋里。

"报——"须臾,进屋搜查的巡史从屋里出来,手里拿着一张

169

纸说:"屋里没人,只有一张处方。"

巡吏将纸条双手递给艾联棠。

"一张处方?"艾联棠接过处方一看,只见处方下面写了一行字:

回来后先按处方煎药,我天黑前即回!

艾联棠庆幸没有打草惊蛇,他连忙命令:"全体隐蔽,等候抓人!"

潘十郎并没走远,他一直躲在附近的树林里观察动静。他要想法拖住巡检司的人,好让孙狗刨他们带着受伤的海凤山有足够的时间脱离危险。

突然,艾联棠从草丛中钻了出来,叫了声:"不好,我们上当了!"

巡吏们呼啦啦从草丛里钻了出来。

艾联棠寻思了一下,指着后山:"追……"

潘十郎心里一惊:坏了!

"绝不能让他们去追赶海凤山。"潘十郎没容多想,坦然地从树林里走了出来。

刘方济格一眼就认出了潘十郎,他指着潘十郎对艾联棠说:"艾大人,就是这个刁民……"

潘十郎斜视了一眼刘方济格,不屑地说:"从哪儿蹿出来一只野狗,张口就咬人。"

"你……"刘方济格把牙齿咬得格格直响,正要发作。艾联棠用手把刘方济格拦住了,自己走近潘十郎,用眼睛盯了盯,说:"据可靠消息,你这里藏着我们的要犯……"

"野狗是出来咬人的,家狗是在家护院的。野狗咬人一跑了之,家狗咬人可要祸及主人! 这哪有野狗咬了人却要推家狗出来顶罪的? 莫非家狗的脑袋进了水不成?"潘十郎头也不抬地答道。

"你敢骂我?"艾联棠气急败坏地叫道:"来人!"

一个喽啰从他身后跑了出来,躬身应道:"大人,有何吩咐?"

"把他的舌头给我割了!"艾联棠恶狠狠地说。

"这……"喽啰迟疑了一下。

"怎么! 你还等着我来割你的舌头吗?"艾联棠狠狠地瞪了喽啰一眼。

喽啰吓得连声说:"是,是……"

孙狗刨和众兄弟们抬着海凤山,从荆棘丛生的山间小道往蓙山的东北方向转移。

走了一会儿,孙狗刨放心不下潘十郎,就对海凤山说:"大哥,你们先走,我回去接一下潘先生。我怕他一个人走岔了道,找不到我们。"

海凤山略一思索,说:"这样也好,你先到周围观察一下动静,千万不可意气用事。接到潘先生后,就赶紧追我们。如果没接到,你也不可鲁莽,要赶紧回来,我们一起走。记住:留得青山在,不怕没柴烧!"

孙狗刨点了点头,然后拉住"一杆枪"的手说:"你们抬着海大哥转移,我接到潘先生后,就转过来找你们。不管遇到什么情况,一定要保证大哥的安全!"

孙狗刨松开手,就往潘十郎住的茅屋奔去。

孙狗刨的身后,传来海凤山反反复复的叮嘱:"不可鲁莽,遇事冷静……"

喽啰招呼几个人把潘十郎按倒在地,喽啰们捏住他的腮帮子,把舌头硬生生地拽出来,接着"哧溜"一声……

躲在山坡草丛里的孙狗刨,眼睁睁地看着潘十郎的舌头被巡吏们割了下来。他心一横,准备冲下去跟这帮清妖们拼个你死我活,忽然想起临走时海凤山一再叮嘱的话:不可鲁莽,遇事冷静!是啊,他这样单枪匹马地跟清妖拼命,不仅救不出先生,自己也会白白送死。况且,他们这样做,目的就是要逼我们自己走出来,唉,差点上了他们的当!

孙狗刨想着,忽然,一个喽啰提着血淋淋的舌头来向艾联棠邀功:"大人……舌头……"

话没说完,脸上却重重地挨了艾联棠一巴掌:"不会说话的东西,叫你不长记性!"

"是,大人!小的记住了——贱民的舌头,哪比得上大人您的舌头?"

"嗯!"艾联棠瞪了他一眼。

"小的不会说话,该死!"

"大人,屋里什么也没有。"巡吏搜完屋子,出来报告说。

"你把那个受了伤的要犯和他的同伙都藏到哪儿了?你说出来,我饶你不死!"艾联棠凶神恶煞地说。

潘十郎估摸着,海凤山他们已经走远了。于是,他张着满嘴流血的口,只是"啊啊"地叫着。

艾联棠对那喽啰说:"去!到屋里给他拿支笔和纸来。"

"是,大人!"

喽啰转身进屋去了。

片刻,喽啰从屋里端来一张破旧的小方桌,放在潘十郎的面前,然后将毛笔和几张皱巴巴的草纸,往桌子上一放。

艾联棠走过来,对潘十郎说:"嘴不能说,就用笔写。你的嘴因为骂人,割去了舌头。如果你写不出要犯的藏身之地,你的手就要……"他做了一个砍手的动作,然后喝道:"写!"

孙狗刨紧张地看着潘十郎握笔的手缓缓落下……

艾联棠坐在潘十郎的对面,跷着二郎腿,得意地侧过脸去,嘴里哼着跑了调的黄色情歌。

潘十郎提笔疾书,如龙飞凤舞,几行隽永行楷跃然纸上。

写毕,潘十郎投笔于地,双手捧纸,在门前的空地上翩翩起舞,不时从喉咙里发出"呼呼"的狂笑。

艾联棠大惊,连忙唤喽啰们将他手中草纸夺了下来。

展开草纸一看,只见上面仿照岳飞的《满江红》写了一首词:

怒发冲冠,欲呐喊、声声滴血。
抬望眼,仰天长啸,壮怀激烈。
二十功名尘与土,反清斩妖心如铁。
莫等闲、白了少年头,空悲切。
中法耻,犹未雪;民众恨,何时灭?
驾长车、踏破薤山山脉。
壮志饥餐洋人肉,笑谈渴饮鞑子血。
待从头、改变旧山河,朝天阙。

艾联棠恼羞成怒,喝令一群喽啰们:"把他的双手给我剁了!"

喽啰们一拥而上,将潘十郎前胸伏地,双臂展开,胳膊按在地上。

"咔嚓"两下,潘十郎的双手被齐腕砍掉。

孙狗刨一惊,差点叫出声来。但他努力地克制住自己,咬着牙,恨不得把这群禽兽一口吞下。

失去了舌头和双手的潘十郎,躺在地上,眼睛里放射出仇恨的光芒。

艾联棠轻蔑地看了潘十郎一眼。四目相对,他那饱含仇恨的目光,竟使艾联棠浑身哆嗦了一下。

艾联棠害怕这道光芒,他不想也不敢再去碰到这吓人的目光,于是,他下令:"把这双可怕的眼睛给我剜掉! 我不愿意再见到这双恐怖的眼神。"

潘十郎忍受着巨大的疼痛和折磨,他的肢体和器官就这样一点点被肢解、被剜割……

忽然,狂风大作,雷电交加,大雨倾盆。

一道闪电划过,随着一声炸响。

站在大树下躲雨的那个割掉潘十郎舌头的喽啰被烧得浑身黢黑。

有人大叫:"不好……天老爷动怒了,我们都要遭报应啦!"

"呼啦"一声,巡吏和法国传教士们狼狈不堪地向山下逃散……

二

傍晚。

雨过天晴,西山被晚霞染成了橘红色。原本清粼粼的南河粉水,陡然间山水一色,变得猩红一片。

戈秀梅在里屋替杨洪胜收拾着行李。夕阳透过窗子,把人的整个脸映得绯红。

床上,摊着一个包袱,几件衣服整整齐齐地放在摊开的包袱上。戈秀梅从脖子上取下一块明镜般的淡黄色玉坠,放在手心里看了看,又把它紧紧地捂在胸前。须臾,松开手将玉坠轻轻地放在衣服上……

这是姥姥的姥姥一代代传给长女,最后由秀梅的母亲传给秀梅的传家宝。它可以镇妖辟邪、逢凶化吉。戈秀梅复将玉坠拿起来,掂在手里拂拭着,她的思绪被带到那个美好传说的时代……

西汉初年,萧何小儿子萧延被派往谷城任筑阳侯(当时谷城叫"筑阳"),那时的谷城彭水河(当时的粉水河叫彭水河)河水混沌,官衙不清,萧夫人对小儿子封为谷城侯着实担心,怕儿子真的像当地人说的那样"水浑官不清"。于是,夫人来到谷城打探儿子做官的情况。

在浑不见底的彭水河畔,恰遇一少女,少女望着河水发呆。

萧夫人上前问道:"姑娘为何望水发呆?"

少女叹道:"这彭河的水呀,何时才能澄清?"

"姑娘何出此言?"夫人不解地问。

"彭河的浑水蒙蔽了多少人的眼睛,卷走了多少个冤魂啊!河水不清,冤情何以洗清,冤魂何以安宁?"少女悲叹着。

萧夫人一怔:我儿真的是个昏官?于是,在彭河堤下,替儿子面河思过,不禁长吁短叹。

忽然,一位鹤发童颜的老道飘然而至,问道:"夫人为何长吁短叹?"

萧夫人答道:"孽子为官不清,故而心中不悦。"

老道笑着说:"夫人不必担忧,贫道送你八个字,便可解除心中烦恼。"

萧夫人一听,喜出望外,向老道施礼道:"老妇恭闻其详!"

只听老道瓮声瓮气地说了句"粉落彭河,水清官清!"

粉落彭河,水清官清——

萧夫人仔细地揣摩着这八个字的意思,却不得其解。当她转身讨教道人时,老道已不知去向。她快步走上河堤去寻,仍不见老道的踪迹。

几个贴身丫环闻声赶来,却见夫人满头是汗,一个个忙不迭地掏出手绢给夫人擦汗。

"看你笨手笨脚的,把夫人脸上的粉脂都擦掉了!"一个丫环数落着刚才给夫人擦汗的另一个丫环。

萧夫人一听,心里一亮!疾步下到河堤,就着混沌的彭河水洗去脸上的粉脂。

丫环们一看,急了:"夫人,使不得……这么浑的水,会把夫人的脸洗脏的。"

萧夫人笑着说:"只有浑人,没有浑水,只要人不浑,就不怕水浑。也许,我这一脸粉脂洗下去,这彭水河也会变清哟……"

正说着,忽然,混沌的彭河水渐渐清澈,映出夫人和丫环们漂亮的面容和衣衫。

丫环们惊讶地脱口叫道:"粉水澄清了! 粉水澄清了……"

萧夫人又是一怔:"你们刚才叫什么——粉水澄清?"她随即说道:"说得好,这就叫'粉水澄清'! 粉落彭水谓之'粉水',水清官清谓之'澄清'。"

筑阳侯萧延正在府内清点各地送上来的厚礼,他心里清楚,这些都是当地财绅们搜刮来的民脂民膏。

他得意扬扬地对手下说:"照单收了吧!"

"且慢!"

忽然,一个妙龄少女从门外闯了进来。

"是你——王司徒家的千金——王胜男?"萧延惊疑地看着她。

"侯爷好记性。"王胜男微微一笑。

"我怎么会忘呢! 那次,你大闹我府。要不是我开明大度,早治你的罪了。"萧延说道。

"那好,既然侯爷开明,那我今天想讨教个问题。"王胜男说。

"很好!"萧延不知她葫芦里卖的啥药,但既然表明自己开明大度,就不能舍这个面子。于是,摆出十分开明的样子,说:"我就喜欢跟人探讨问题。说吧,什么问题?"

"您身为一方诸侯,我想请教,什么叫'国正天兴顺,官清民自安'?"王胜男看着萧延。

"这个……"萧延一时语塞,但仍装腔作势地说:"这算什么问题呀？世人都知道这个道理，这也太小瞧我了……"

"可是，这个世人都懂的道理，侯爷，您未必真懂。"王胜男认真地说。

"你竟敢说我不懂？"萧延面部马上阴沉下来。

"侯爷，您如果真懂，就要实实在在地做个清官，重教化，纯民风。这样，下面的官吏就勤勉而少贪，百姓就安居而乐业。如果官不清，则民不安，民不安，则国不稳。侯爷，您身为相国之后，一定要三思啊！"王胜男早已把生死置之度外，她决心已定，哪怕自己粉身碎骨，只要萧延有所触动而改其前非，她也是值得的。抱着必死的信念，王胜男无所畏惧，直抒胸臆。

"大胆狂徒，胆敢蔑视本侯！"萧延再也装不下去了，他一反方才的斯文和大度，厉声道："来人！"

"怎么，是要嘉奖这位姑娘吗？"一个温和而又庄严的声音从门口传入。

人们向门口一望，惊住了。

"妈！"萧延连忙奔到门口，将萧夫人搀扶进来。

王胜男早慕萧夫人的贤德，没想到却在这种场合相见。她低着头，连忙躬身向后退去。

萧夫人坐在正堂上。向王胜男招招手："来，抬头让我看看。"

王胜男双手朝胸前一拢，低头给夫人行着礼："民女不敢！"

"此非庙堂，也非公务，不必拘礼。"萧夫人温和地说。

王胜男缓缓地抬起头来。

两人同时大惊！萧夫人惊喜地："你就是望水发呆的那位姑娘？"

"您就是彭河洗脸的那位夫人？"王胜男一欢喜，竟忘了分寸，她孩子似的扑在萧夫人怀里。

萧延和家奴们惊疑地看着她们，一个个都被弄糊涂了。

"妈，你们见过面？"萧延忙问。

"见过，我们在彭河边上见的面。"萧夫人把彭河岸上发生的事给萧延述说了一遍。然后，爱怜地拢着王胜男的长发问道："叫什么名字？"

"王胜男。"

"王胜男？你是王司徒的小女儿王胜男！"萧夫人仔细地端详着王胜男。

"小女正是。"

"哎哟，都说王司徒有个小女叫王胜男，知书达理、能言善辩、敢于犯颜，今日一见，果不其然。"

王胜男不好意思地低着头，从萧夫人的怀里站起来，立在萧夫人身边。

"你刚才的话我虽然没有听全，但也听到个大概，你说得很对！官不清，则民不安，民不安，则国不稳。国若不稳，我们这些臣公也将不复存在。"萧夫人转向萧延说："儿呀，你如果连这点道理都不懂的话，那你就不配做筑阳之侯。如果你懂但做不到，那你就不配做萧何之子。如果你做得到却不去做，那你就不配做汉室之臣。胜男姑娘敢于犯颜直谏，忠诚可嘉呀……"

"妈，儿知错！"萧延跪在萧夫人面前低头认错。

"好啦，知错就改也不失为明侯，你若改了，妈也就放心了，我回去也好给你父亲交代了。"

萧夫人站起身，亲昵地抚摸着王胜男的头："胜男啊，我们俩可是不约而同地在为筑阳的百姓做同一件善事呀！我，粉落彭河，让粉水澄清。你，犯颜直谏，使筑阳官清！正应了老道人的那八个字——粉落彭河，水清官清！"

萧夫人从脖子上取下一块明镜般的淡黄色玉坠，说："这块玉坠，坠子是面镜子，可以照出人的过失。墨子说'君子不镜于水而镜于人。镜于水，见面之容；镜于人，则知吉与凶。'我把它送给你，你就是筑阳侯的镜子，要经常提醒他，发现他的过失，及时纠正。请不要辜负我和萧相国的期望！"

萧延为了感恩母亲"粉落彭河"让彭水澄清，遂将彭河更名为粉河，彭水自然也就叫做"粉水"了。

王胜男果然没有辜负萧夫人的期望，她时时地提醒萧延。

萧延知错就改，后来，他体察民情，减赋免税，为筑阳的百姓做了不少好事。成为一代明侯。

"唉，如果当今官府能像筑阳侯那样知错就改，那该有多好哇！"戈秀梅还沉浸在对美好传说的回味中。

"秀梅，傻坐在这里想什么呢？"

杨洪胜的叫声，把戈秀梅的思绪彻底拉回到现实。她连忙把手里的玉坠放到衣服上面，慌乱地系着包袱。

"衣服上放的什么？"杨洪胜一眼就瞅见了还没来得及包住的玉坠，便问。

戈秀梅怕他不接受，原本是想悄悄放进包袱，让他带走的。既然发现了，就索性把玉坠从还没系住的包袱里面拿出来，对他说："这是我母亲留下的传家宝，你现在要出门了，我把它送给你，它能镇妖辟邪、逢凶化吉，还有……"

"还有什么？"见戈秀梅把到了嘴边的话又咽了回去，杨洪胜就追问道。

"还有……你想我的时候，见到它就如同见到我。"戈秀梅的脸"刷"地一下，变得通红。坐在床上，低头不语。

杨洪胜一把拉住戈秀梅的手说："秀梅，谢谢你！"

"谢啥，这也是为了我！"她站起身，含情脉脉地看着杨洪胜说："益三……哥，你这一走就是几个月，一定要照顾好自己。"

"知道啦！你这话已经说了不下十遍了。"

"嫌多啊？"

"不多，不多，只要是你说的，一百遍也不多。"

"你又在耍嘴皮子!"

杨洪胜依恋地拉住戈秀梅的手说:"秀梅,等我拜师回来后,我们就比武成亲,你一定得嫁给我,可不许反悔哟!"

"知道啦! 你这话已经说了不下二十遍了。"戈秀梅也学着杨洪胜的腔调,反击了一句。

杨洪胜一冲动,将戈秀梅揽了过来,戈秀梅小鸟依人般偎依在他的怀里。两个人就这样温存着,两颗心紧紧地贴在一起。

三

太阳高高升起,地表的热气开始向空中散发,气温越来越高。

半晌午时,杨洪胜和刘湘兄弟二人来到后庄。

刘湘用袖头擦了一把脸上的汗,叫住走在前面的杨洪胜说:"大哥,要不要歇一会儿,找口水喝,这天气也够我们哥儿俩受的了。"

杨洪胜回过头,朝他看了看,往地上一蹲。

刘湘奇怪地瞅了一眼,调侃他:"搞啥子? 你要撒尿呀! 又不是女孩儿家,站着撒就是了,为何多此一举。"

"大热天,哪有尿啊? 我是要背你……"

"搞你的去吧!"刘湘一掌把杨洪胜推了个仰八叉。

杨洪胜爬起来就撵:"土匪哟,给我逮到!"

刘湘在前面边跑边应道:"在哪儿?"

两人打打闹闹地向承恩寺方向跑去。

拐过一道弯,忽然,几个手持钉耙、铁锨、木棒的村民拦住了刘湘。一个瘦高个子举着钉耙质问刘湘:"看你还往哪儿跑! 你害得我们好多人家破人亡,今天终于逮着你了……"说着,钉耙、铁锨、木棒……一齐向他劈来。

刘湘赶紧招架。他怕伤着村民,只躲避不出手,还一个劲地说："我不是土匪，你们搞错了。"

打红了眼的村民根本不听，越打越猛。一个矮个村民打累了，停下来喘了口气。另一个村民举着木棒猛扑过来，刘湘一闪。那村民来不及收手，直撅撅地将木棒向矮个村民头上打去。刘湘一见："不好！"随即跃起，去推身处危境的矮个村民……

"邦"的一声，木棒重重地落到刘湘的头上。他只觉得眼冒金星，头晕目眩，昏倒在地。

村民们一拥而上，把他五花大绑起来。

杨洪胜撵了一会儿，见撵不上刘湘，就索性停了下来。忽然，他听到前面有械斗声，赶紧跑过去。

见杨洪胜上气不接下气地跑来了，举木棒的村民得意地向他报告说："逮住（尿）了，这家伙还真有点硬功夫！"

杨洪胜见刘湘一动不动地躺在地上，忙奔过去，叫了声："二弟！仲文……"

举木棒的村民一惊："你们是一伙的？也是土匪！"

杨洪胜双目一瞪，咬牙切齿："你们才是土匪呢！光天化日之下，明火执仗地打劫，我二弟如果有个三长两短，轻饶不了你们。"

村民们傻了眼，几个机灵点的想趁机悄悄溜走。

"站住！谁敢再移动一步，我就打断他的腿。"杨洪胜喝住了想要溜走的村民。

刘湘微微地睁开了眼睛。

"他醒了！"一直在刘湘身边蹲着的矮个村民高兴地叫了一声。

杨洪胜把刘湘扶坐起来，对那个举木棒的村民说："去，找个凉床来，你们把他抬上！人被打成这样了，还能走路吗？顺便再弄点水来，这么大热天，你们不渴，我二弟受了伤，他还要喝呢。"

"别难为他们了……"刘湘硬撑着要站起来自己走。可刚往起一站，两腿一软，又坐下了。

"我说不行吧,别逞能了。"杨洪胜责怪道。

不一会儿,去找凉床的村民扛着一块门板来了:"没找到凉床,我把自家的门板下了。"

"门板也行。"杨洪胜说着,招呼村民把门板接下来,往地上一搁,把刘湘抱起来放在门板上,将村民们分成两个人一班换着抬。

"这位爷,要去哪儿?""瘦高个"抬起门板问。

"还能上哪儿? 承恩寺!"杨洪胜没好气地说道。

"去承恩寺?"

"怎么,怕啦?"

"不是,爷! 您到承恩寺找谁呀?"

"我要找谁用得着给你说吗? 你怎么话这么多!"

"他以前在承恩寺当过和尚,因为跟外面一女子有奸情,犯了戒,被逐出寺门了。"另一位抬刘湘的村民讥笑他说。

"去你的,你知道个屁……"见人已经揭了自己的短,就索性敞开了说:"其实,并不是因为我跟女人私通,而是我偷了师父的那把刀,被发现了,住持不容我在寺里再待了,就把我撵出了寺门。师父保都没保下来……""瘦高个"伤心地说。

"你偷了师父的刀,师父还保你? 要是我,把你撵出门还要从后面在屁股上踹一脚,巴不得你滚快点。"杨洪胜故意逗"瘦高个"。

"你不知道,我师父可好了……不过,他那把刀也好。那把刀他一直藏在自己的禅房里,从来不示人。""瘦高个"神秘地说。

"不示人,你怎么看到的?"

"那一天晚上,我出来撒尿,见师父房里的灯还亮着,就过去想跟他说说话,可我刚到门口,一道寒光射来……那家伙,当时把我眼睛刺得哟,什么也看不见了。过了好大一会儿,我睁开眼睛一瞧——乖乖……""瘦高个"故意卖着关子。

"发现什么啦?"几个村民也来了兴致,不约而同地问他。

"师父手里正拿着一把刀,刀口已经挨到了颈脖子……"

"师父要自杀?"村民们吃惊地问道。

"当初我一看师父要自杀,就不顾一切地把门撞开了……唉……""瘦高个"摇着头,叹了口气。

"你去晚了? 真笨! 你咋不快点呢。"村民们紧张起来。

"师父在用大刀刮胡子!""瘦高个"说完,哈哈一笑。

大家都跟着松了口气。

"用大刀刮胡子?"杨洪胜在心里反复琢磨着,不知不觉出了声。

"瘦高个"听杨洪胜说话的口气是不相信自己的话,就把门板交给另一位村民抬上,自己凑到杨洪胜身边说:"你可不能不信!"

"凭什么要我相信?"杨洪胜瞥了他一眼。

"我跟你说噢,那晚上,师父就跟我说,他那刀是把宝刀,吹毛断发,削铁如泥。他还说,佛祖释迦牟尼给他托了个梦,说宝刀的主人有一天会现身……""瘦高个"说得神乎其神。

杨洪胜听他这么一说,觉得玄乎,就不屑地说:"吹吧! 你看看村子里还有几头牛,还够不够你吹死?"

"我没吹……不信你去问我师父! 他还说,任何事都得讲机缘,如果有这个缘,宝刀的主人自然会找上门来的。他说,这些年他都一直在等着这个人的出现。""瘦高个"紧跟了几步,见没人跟他搭讪,就像撒了气的皮球,怏怏地说:"其实,我也不知道师父说的话是真是假。"

"宝刀! 莫非真是机缘巧合?"杨洪胜在心里想。

"你师父是谁?"刘湘躺在门板上听了半天,这才开始发话了。

见有人答理他了,"瘦高个"又来了劲,忙说:"净空师父,有名的净空和尚就是我师父!"

"如果这些话真是净空师父说的,那一定是真的,他从来不说谎。"刘湘肯定地说。

"是啊,是啊! 这位爷说的是,我师父从来不说谎。""瘦高个"忽然一愣:"这位爷认识我师父?"

"净空是我师父!"

"啊……您也是净空师父的徒弟呀?"

"应该倒过来说,你也是净空师父的徒弟?"杨洪胜接过话茬儿说。

"是,是……不过,净空师父早就原谅我了。这不,就是他让我带些人专门在村子周围防匪,免得土匪来抢劫。谁知,今天却逮错了……"

正说着,他们已经来到承恩寺山门外。

"瘦高个"叫人把门板放下来,扶着刘湘走了几步,看没事了,就对杨洪胜说:"你们自己进去吧,我们回去了。"

"不进去坐会儿?"杨洪胜故意问。

"不了,不了!"

"不去拜见师父?"杨洪胜激他。

"惭愧,嘿嘿……惭愧!""瘦高个"说着,离开了山门。

第十二章　遭暗算师徒起疑心

一

天快黑了。黄康码头上，最后一拨从县城回黄康的客人都陆续下船了，杨洪梅抛锚收篙，正要回家。忽然，从远处的树下走来一个年轻小伙子。

杨洪梅连忙起锚提篙，准备送这位客人过河。

这人一定是外地人，因为本地人都知道，最后一班船回来了就不摆渡了，除非有急事。可看样子，这人好像不怎么着急，走路的时候还左顾右盼。不管怎么说，摆渡有摆渡的规矩，只要还有一个人没回来，哪怕是下雪扫凌，哪怕是等一夜也要等到这个人回来。既然人家来到渡口，就没有不摆渡的道理。

杨洪梅站在船上，等着这位客人上船。

客人来到船前，却没有上船的意思。杨洪梅不解地问："客官是要过河吗？"

小伙子没有正面回答，只是神秘地说道："我向船家打听个人，可否认识？"

"这方圆二十里内，天上飞的，地上行的，水中游的，你问什么我都认识，何况是人？"杨洪梅毫不在乎地说。

"我只是寻思,姐姐在渡口摆渡一定认识很多人,可没想到姐姐还是个万事通。我这下可算问对人了。"小伙子挺会说话,说得杨洪梅心里美滋滋的。

既然小伙子不过河,杨洪梅跳下船,又把锚丢到岸上,收起了船篙。走到小伙子面前,问:"说了半天,你向我打听谁呀?"

"杨益三。"

"谁?"

"姐姐刚才还在夸口,怎么连杨益三都不认识呢?"小伙子有点失望。

"谁说我不认识? 他是我哥!"杨洪梅脱口而出。

"原来你是他妹妹呀,真是找人不如遇人。"小伙子十分高兴。

杨洪梅说罢又有点后悔:这人是什么来头? 找我哥有什么事? 如果是我哥麻烦的怎么办? 前段时间就有两个陌生人来打听我哥和秀梅的事,后来才知道,他们是茨河街胡老爷胡金魁派来的探子。眼下这人到底是干什么的呢?

想到这里,杨洪梅灵机一动,说:"他不在这里住,早搬走了。你找他有什么事吗?"

小伙子虽然有点失望,但还是问道:"请问知道潘十郎潘先生吗?"

这下,杨洪梅有所警觉了,她好像不经意地随口说道:"听说过!"

小伙子见杨洪梅态度生硬,想了想,直接说:"是这样的,我一个朋友被杨益三和一个叫戈秀梅的姑娘救了命,然后他们二人把我朋友送到潘十郎家里养伤,现在有件急事,潘先生要我来找杨益三……"

杨洪梅一听,知道眼前这个小伙子不是坏人,但要真正弄清楚这事情,得让戈秀梅来核实。于是,就连忙对他说:"好,好! 你现在跟我一起去找那个叫戈秀梅的姑娘。"

杨洪梅领着小伙子来到游贡爷家。

见到戈秀梅，小伙子自报家门："我叫孙狗刨，是石花芭茅店的篾匠，我是代我朋友海凤山来找你的……"接着，孙狗刨声泪俱下地讲述了他们逃离蕴山的经过，最后说："潘先生怕是遇害了！"

游贡爷深思了一会儿，对孙狗刨说："现在赶紧把海凤山接到家里来，他的伤耽误不得。"然后对游姥姥说："你把我们家里祖传治疗刀枪伤的药拿出来，准备一下，把他们几个孩子安顿下来，先在家里住下。"

孙狗刨"扑通"一声跪在游贡爷面前，磕着头："爷爷的大恩大德，我们兄弟一辈子也忘不了！"

游贡爷连忙把他扶起："别见外，你们是益三和秀梅的朋友，就是我游家的贵客。"然后，转身叫着秀梅："你跟狗刨一起，用洪梅的船把凤山他们接回来。"

"嗳！"

戈秀梅、杨洪梅、孙狗刨三人应声出去了。

刘湘躺在室内的凉床上，头部的伤口还没痊愈，刘母正在为他敷药。

"你这孩子，这么大了，还毛毛糙糙的，这要是再偏一点，磕到鬓角咋得了？"刘母边敷药边嗔怪道。

"没事，就是磕了一下嘛！"刘湘装出没事的样子。

"你都十五六岁了，也不知道长进，你要再这样下去怎么得了？赶明日我到襄阳府找知府给你买个官做，省得你一天到晚地到处乱跑。"从堂屋里传来父亲刘子敬的牢骚声。

"爹，您可千万别……"刘湘一骨碌从凉床上爬起来，冲着堂屋说："这官我可做不了，您就是花钱给我买了，说不准没做几天就会憋出病来，到时候我一病不起，您看哪儿值哪儿不值！"

"唉！"

堂屋传来刘子敬的叹气声。

刘母从室内出来,冲着刘子敬说:"叹什么气呀,他不愿当官就算了,你以为都像你呀!净朝官场上凑。"

"你以为经商不与官府联手,这世道能做成生意吗?真是,妇人见识!"

刘母没理他,出去了。

接着,堂屋的刘子敬叹了口气,自言自语地说:"虽说我刘家位居襄阳刘、单、杨三大户之首,可几个儿子却没一个让我满意。大儿伯松虽然乐意经商,却少了点胆略和霸气;三儿夭折;四儿季平是个书呆子,成不了大器;五儿身体不好,整天病恹恹的;小儿敦仲年幼,还看不出来,但从小他就胆小怕事,惹是生非,将来必不堪大用。唯有老二仲文还算合我心意,既有胆略,又有智慧,而且武功出众,总算秉承了我刘家武举的风范。可就是上不了套,对不上路,一天到晚不知道在忙些什么乱七八糟的事,简直乱弹琴……"

"爹,谁在弹琴呀?"四岁的老六敦仲刘耀璋从门口经过,听父亲在说"乱弹琴",他以为父亲在说谁琴弹得不好,可家里没一个人弹琴呀!就进门问父亲。

"说你二哥。"刘子敬不经意地说了一句,心烦意乱地向门外走去。

刘耀璋站在堂屋里喊道:"二哥——你在哪儿弹琴?"

"在这儿。"刘湘在室内答道。

刘耀璋"咚咚"地跑进内室,一看:"难怪爹说你在乱弹琴,你怎么能睡在床上弹琴呢?来,我教你!"

"到外面玩去,二哥不爱见!"刘湘不耐烦地说。他说的"不爱见"就是生病或不舒服的意思。

"你病了?"

"不是。"

"你不舒服?"刘耀璋学着大人的样子,伸手去摸刘湘的额头。

188

一摸,大叫道:"二哥,你的头……"吓得哇哇直哭。

刘湘将他抱在怀里,哄着:"没事,别怕,二哥这是不小心磕破了点皮,不碍事的。"

在家里,刘湘最喜欢六弟刘耀璋,虽然他胆小怕事,有时会无意中好心办坏事,但他却天真,活泼,无忧无虑。

刘湘把刘耀璋哄走了,自己一个人躺在凉床上,想着心事。

二

沙,沙沙,沙……

天刚破晓,寺院内就传出异样的声音。仔细一听,声音刚毅而有力,频率错落而有律,既像是人在练功,又像是风在掠地……再听下去,却什么都不像。

"到底是什么声音?"

净空大师从禅床上坐起,透过窗子一瞧:朦胧中,只见一个人影正手持一物忽闪忽闪地,不知干什么?

这是到承恩寺的第一个早晨,杨洪胜起了个大早,把寺内的天王殿、大雄宝殿、和尚殿和钟鼓楼都打扫得干干净净。

"阿弥陀佛。"

杨洪胜收住扫帚,转身一看,净空师父正手持念珠,站在他面前。

"大师,惊扰您了,弟子罪过!"杨洪胜双手合十,施着佛礼。

"阿弥陀佛! 从你刚才的动作看,武功很扎实。"净空说。

"弟子不才,还望师父多多赐教。"

净空大师点点头,他用慈爱的目光看着杨洪胜,问:"你读过书吗?"

"回师父,弟子读过四年私塾。"

"这就对了！你昨天一来，我就看你不同凡响，跟我这些弟子们完全不一样。"

"师父过奖了！我还需要跟师兄们好好学习呢。"

"不，你不能跟他们学！"

"为什么？弟子不明白。"

"你要保持自己的特立独行！我从起初仲文的介绍，你来后对你的观察、试探，觉得你有很高的悟性，是我武术传人的最佳人选。"净空师父说。

"试探?"杨洪胜又惊又喜，但心中不免紧张起来。

"你不用紧张，之所以你不知道我在观察和试探你，说明你已经形成了习惯，不是有意而为之，这就是我要传武于你的原因。"

"谢谢师父，弟子一定谨遵教诲，好好习武，弘扬我中华武术精神。"

"好，师父领进门，修行靠个人，这就要看你的造化了。"净空师父说完，径直回禅房去了。

胡金魁坐在六姨太的寝房里，从桌子上的一个很精致的金属烟盒里抽出一支雪茄烟，在手里磕打了两下，刚放到嘴边。

"金魁……人家说了半天，你倒是给个话儿呀?"见胡金魁不吭声，六姨太哆声哆气地说着，从凉床上下来，身上只穿着件睡衣，扭动着水蛇一样的腰身，走到胡金魁的身边，用染了红指甲油的细手指挑了一下他的山羊胡子，将浑圆的臀部踏踏实实地坐在他的大腿上，双臂紧紧地箍住他的颈项，手里的白丝巾散发出女人浓浓的香味，挑逗地看着他"嗯……"了一声。

胡金魁明白她的意思，可他一丁点儿兴致也没有。这是惯例，只要她有事求着他，她就会采取这种方式让他上床。俗话说，拿了人的手短，吃了人的嘴软。这一上了人家的床还不得浑身发软，任凭她摆布? 这一点，她比谁都揣摩的透彻。

"妖精!"胡金魁在心里骂了一句。

这要在平时,胡金魁会猴急马跳地把她抱到床上去,用同样挑逗的动作让她欲罢不能。可今天,他不想跟她做那事,但还是哄着她说:"我的心肝宝贝儿,大白天的,人来人往,躲在屋里干这种事,好意思吗?何况,这么热的天,坐在屋里不动就热得跟外面的狗一样伸着舌头直喘气……不行!"他说着,将没点燃火的雪茄往桌子上一放,就要起身离开。

"哎哟……"六姨太用丝巾轻抚着胡金魁毛茸茸的前胸,仍然坐在他腿上,不让他起身。在他怀里喋喋不休地说:"我娘家的侄女呀,那可是盛家康的姑娘,长得水灵灵的。那脸蛋哟,白干白净的,又好看,又讨人喜欢。那身段……"六姨太从胡金魁怀里站了起来,双手把衣服往下捊了捊,在屋里走了几步,瞅着自己的身段,说:"比我还周正,要人材有人材,要长相有长相,人家可也是大家闺秀、金枝玉叶……我们家少爷继鹏要是见到了,保准欢喜。你就做个主吧,他们俩要是结了婚,那可是亲上加亲……"人材是当地的方言。六姨太说的人材是指身材。

胡继鹏是胡金魁跟大太太生的儿子,六姨太面前无子。六姨太为了掌控胡家,就想了这个"亲上加亲"的拙办法,明眼人一看便知,胡金魁心里当然更加明白。可儿子继鹏偏偏看上的是戈秀梅,其他姑娘再好,也只能做小,六姨太的侄女是想来当家的,她愿意当小吗?再说,就是那姑娘愿意,六姨太也不会同意的,这样她的如意算盘不就拨拉不开了?所以,这事很让他头疼。六姨太今天唧唧喳喳地说了半天,他只字未吐。最后,逼得他没有办法,只是说:"等我去问问他!"说着,就往出走。

"金魁,你可得好好跟继鹏说啊……"

"知道了。"胡金魁应了一声,头也不回地走了出去。

"老爷,少爷到处找您哪。"

胡金魁刚出六姨太的寝房,阎管家就急匆匆地找来了。

胡金魁一怔："哦,啥事呀?"

"找不到!"阎管家急走一步上前,悄声说:"看样子,有急事。"

"他人现在哪儿?"胡金魁止步,扭头问道。

"少爷没找到您,现在已经在香堂等您哪。"

"走,回香堂!"胡金魁胸一挺,径直朝香堂方向走去。

六姨太站在门口,看着两人离去的背影,心里一阵高兴,将手里的白丝巾往下一掸,屁股一扭一扭地进屋去了。

在山神殿河神帮香堂内,胡继鹏急得坐也不是,站也不是,正在屋里焦躁不安地来回踱步。

胡金魁从外面回来了,身后跟着阎管家。

"爹……"胡继鹏急忙向门口迎了过去。

"什么事啊,这么急着找我?"胡金魁寒着脸问了一句,然后一屁股坐在太师椅上。

阎管家躬身走到桌子边,倒了一杯水,递给他:"老爷,喝口凉茶水,消消暑。"

胡继鹏也连忙从墙上取下鹅毛扇,立在胡金魁旁边给他打着扇子:"到黄康打探底细的人回来了。"

"哦……"胡金魁喝了一口茶,把杯子放回茶盘里,坐在太师椅上闭目养神。

"回来的人说,这几天杨益三突然失踪了,不知去向,他们打听了几天都没打听到下落。"胡继鹏停下了手里的扇子。

胡金魁突然睁开眼睛,瞪着一双鲫鱼眼,眼珠子在眼眶里不停地转了几圈,咧了咧嘴:"多加派几个人手,白天黑夜地给我盯着游家和杨家,我就不信,杨洪胜能钻到地缝里去?"

"是!"胡继鹏应答着,把扇子递给阎管家,转身准备出去。

"慢。"胡金魁叫住了他,想了想,说:"你亲自到承恩寺走一趟!"

"我们还理会承恩寺做啥子？那个副寺净空和尚素来跟我们不和，我们去他那里，不是自讨没趣吗！我们有官府撑腰，还怕他承恩寺里几个穷和尚？"胡继鹏有点纳闷。

"这你就不懂了，我要你去承恩寺，不是因为我们怕几个和尚，去巴结他们，而是……"胡金魁顿了顿，说："我在想，杨洪胜的失踪肯定跟比武招亲有关，那他这个时候为什么会突然失踪呢？唯一的解释就是，拜高师学艺去了。"

"嗯……"胡继鹏这才恍然大悟。

"你想想看，他一个穷家小户的孩子，能到哪儿去？襄阳府周边最有名气的武术高师就属承恩寺的净空了。你当初不也是想跟他习武的吗！"

"可不知为什么，他却谢绝收孩儿为徒。"

"但据我所知，他并不是不收徒。"

"他后来还收了几个徒弟哪。"

"这就让我有点不明白。"胡金魁站起身，在大堂里走了几步，自言自语地说："听说，他后来收了襄阳刘子敬的二公子为徒，襄阳刘家可是三大富豪之首呀！如果说他图财，我当初也是重金许诺的，他却不为所动，可为什么他却偏偏收了刘子敬的公子，这人捉摸不透哇……"

"明白爹的意思，孩儿照爹的吩咐去做就是了！"胡继鹏给胡金魁行了个礼："爹，我这就去了！"转身向门外走去。

"等等！"

"爹还有事？"胡继鹏折转身。

"爹想问你个事。"

"什么事？您就说吧！"

"你六姨给我说了好几回了，我一直没跟你讲……"胡金魁皱了皱眉头。

"六姨！她给您说什么了？"胡继鹏一直就讨厌这个姨妈，只是碍于胡金魁的面子,表面对她尊敬有加。其实,他对她的贪欲早有觉察。

"她想把娘家的侄女说给你……"

"不要,不要……"胡继鹏一听,一口回绝。

"我知道你不会同意,但我为什么要给你说,这也算在提醒你。日后,她如果问起你,你就知道该怎么答复她了。"

"好!"胡继鹏转过身,出了大门。

古木森森,池水粼粼,承恩寺的卧牛池边野草鲜绿肥嫩。

净空大师和胡继鹏一边走一边寒暄着,他们来到池边的一块石碑前,只见上面刻着一首诗:

> 公主姓名香,
>
> 牛池岁月长;
>
> 倾心归净土,
>
> 不复问隋炀。

胡继鹏故作风雅地赞叹道:"好诗,好诗啊! 没想到贵寺里还有这等文人墨客。"

"阿弥陀佛! 施主过奖了。此诗非本寺僧人所做,而是前朝诗人熊飞所题。"净空说道。

胡继鹏被自己的孤陋寡闻弄了个大红脸,不好意思地"哦"了一声。

净空又说道:"只因施主少来敝寺,所以不知,实属正常。"

"听说这卧牛池还有一个传说,大师不妨道来听听?"胡继鹏岔开了尴尬的话题。

"这池,为什么叫卧牛池呢?"净空左手捻着念珠,对胡继鹏说:

隋炀公主青春年少时,非常漂亮,可不知怎么回事,头上突然长满了癞疮,久治不愈。公主怎么受得了这种打击,整天羞居宫闱不出。有一年的农历八月十五,公主骤生短见,翻栏跳楼。忽然,一头黄色神牛腾空而起,载着公主飞走了。最后,神牛飞到承恩寺,在这一池清水边停了下来。公主见这里林木蔽日,环境清幽,就长居于此,公主整天对着池水发呆。忽一日,一群长满癞疮的老鼠窜至水中,公主百无聊赖地看着这群小动物在水中嬉戏,它们似乎根本不在乎自己满身的癞疮。公主深受启发:为何要这么在乎自己头上的癞疮呢,既然长了,又久治不愈,整天忧郁也无济于事,倒不如开开心心地活着!老鼠尚能如此,难道一堂堂公主,还不如鼠辈?想到此,公主便每天心情舒畅地来到池边看老鼠在水里嬉戏。几天之后,公主惊奇地发现,老鼠身上的癞疮不见了,浑身长出了灰灰的茸毛……公主喜不自胜,连忙仿效老鼠,每天用池水洗头。数天之后,癞疮痊愈,秃发复生。公主大喜过望,遂禀告父皇。隋炀帝大悦,下旨在此建寺院,以谢神恩。

"真是一个美丽的传说!"胡继鹏忽然来了精神,说:"这么好的去处,晚生在此小住几日如何?"

"施主如不嫌弃,但住无妨。"净空右手立于胸前,行着佛礼说。

杨洪胜从山上挑着一担柴,路经卧牛池,觉得跟师父说话的那个人好生面熟。他没有贸然上前,就将柴靠在一棵大树上,坐在树下窥视……他心里陡然一惊:"他来干什么?"

三

天渐渐亮了。

杨洪胜依旧第一个起来,独自到寺内各殿去扫地。

"小师傅真是勤快呀!"杨洪胜刚扫到西客堂,忽听一个声音传来,他抬头一看,胡继鹏已经站在他的面前。

他怒目而视。

胡继鹏瞥了一眼周围,忽然发现一个人,在一个不显眼的地方看着他们。他故意在杨洪胜面前表现得很亲热,拉家常似的跟他闲聊着:"这里可真是风水宝地呀,净空大师呢,跟我是至交!说了好多次请我到寺里来住几天,我一直没空。这不,刚有了闲暇,就把我请到寺里来,还特地留我在此住几天。"

起初,出于礼节,杨洪胜还停下手里的活,跟他寒暄了几句。胡继鹏竟啰啰嗦嗦地说了半天。杨洪胜不耐烦了,不管他说什么,总是不理不睬,只顾挥舞着扫帚打扫地上的残枝败叶。

胡继鹏走近杨洪胜,十分阴险地跟他说:"其实,我早就知道你到这儿来了,我是专门来告诉净空大师的,你曾跟我交过恶……"说着,拖着很响的笑声,走了。

杨洪胜咬牙切齿地在背后瞪了他一眼。

在净空的禅房里,胡继鹏向净空辞行。

"施主昨晚休息得可安好?"净空礼节性地问道。

"承恩寺真是个清净养神的好去处,名不虚传啊!今天一大早,遇见贵寺里一个弟子,一见他的气色和神情,就知道这里是个风水宝地,养心又养神。哦,对了,那个还没来得及剃度的弟子是刚来的吧,他叫什么名字?"胡继鹏故意装出不认识杨洪胜。

"施主是问慧新呀!是刚入寺的,正择吉日剃度呢?"净空随便给杨洪胜取了个法名,糊弄胡继鹏。

"噢……他还不是大师的削发弟子。"胡继鹏说完,偷瞥了一眼净空。

净空脸色倏忽一变,心想:"他打听这些干吗?莫非他此行的目的是为益三来的,可他为什么又要隐瞒与益三认识的事实呢?早上可是亲眼见到他俩见面的呀,那神情可不像是路人……"

"好了,谢谢大师的留宿,改日回报!"说完,胡继鹏起身告辞。

净空随口说道:"施主走好,恕不远送!"并未起身相送,依然坐在禅床上翻读着那本厚厚的经书。

胡金魁斜靠在太师椅上,抽着雪茄,目不转睛地盯着墙两侧供奉的"十三祖"雕像。渐渐地,雕像都复活了,在他眼前晃动,一个个轮番到他面前怒目而斥——

"你身为青帮的后人,青帮的帮规你都忘了吗?"

"'仁、义、礼、智、信',你做得怎么样?"

"犯了十戒,要开香堂'三刀六眼'的,自行裁决吧!"

…………

胡金魁一激灵,忙起身,立于祖像前,一一拱手作揖,说道:"各位老爷子,通冠也是无奈呀,您睁开眼看看这世道吧,如果规规矩矩地做事,我河神帮何日能独霸一方? 您还是睁只眼闭只眼吧!"因胡金魁是青帮"通"字辈,"通冠"是其帮名。

雕像又回复到原样了。

胡金魁擦了擦额头上的汗,重又坐在太师椅上。

"爹……"

胡继鹏在门外叫了一声,兴高采烈地进了屋。

胡金魁一惊:"这么快就回来啦? 事情办得怎么样?"

"没说的,爹! 真不出您所料,杨洪胜真的去了承恩寺。"胡继鹏从墙上取下扇子,一边扇风一边说。

"我就猜想他一定是去了承恩寺。"胡金魁问道:"见到他人了?"

"两个人都见到了。我要让他们互相猜忌,互不信任。您说,这样他还拜得了师吗?"

胡继鹏把他如何寻找机会,让杨洪胜和净空互相怀疑,又无法短时间消除隔阂的经过说了一遍,得意地说:"等他们师徒二人慢慢醒悟时,我比武招亲的日子就到了,他不是白忙活一场?"

"我们必须做到万无一失！仅仅靠这个雕虫小技还不行,我们必须要做好另外一手打算,出奇制胜,让他们做梦也想不到我们会来这么一手。"胡继鹏狡黠地奸笑着。

"爹的意思是……"

"到时候你自然会明白！"

"爹一向万事通达！"

"爹本来就是'通'字辈嘛,这一通就会百通。"

两人对视了一下,禁不住一阵狂笑。

四

一店内侍从端着菜,推开了二楼最里边的一间雅间。

雅间里,明烛高照。围方桌坐着谷城知县瞿元灿、守备严镇、胡金魁、胡继鹏、阎管家……他们一边推杯换盏,一边谈笑风生。

"张之洞还真给面子！"

酒过三巡,瞿元灿捋了一把美髯,说:"我亲自到张府跑了一趟,这事就给办下来了。"

瞿元灿说着,从袖口里掏出一张纸,摊在桌子上,显耀着:"你们看,这就是我跑了一趟武昌,张大人亲自批的官文。"

一桌人都伸长脖子去看。

只见上面写道:

> 近年陕甘匪患不断,防务粮草供应不济。汉水是两广与川甘陕之间兵运和漕运的主要通道,着谷城青帮会组建船队,负责转运粮草军需。不得有误！
>
> 湖广总督张之洞
>
> 光绪二十八年七月十三日

"大人真是神通啊!"胡金魁佩服得五体投地。

"弄到这个官文可不容易!"

众人连连点头:"那是,那是……"

瞿元灿用牙签剔着牙缝,打了个酒嗝,兴致勃勃地说:"这张官文,有好多人惦着呢,原准备将这一差事交给浙东青帮潘门承办,可张大人考虑到潘门的青帮距汉水太远,多有不便,正在犹豫。这不?经我一说,张大人当场就同意了,于是,就下了这道官文。如果再迟几天,这差事可就轮不到胡帮主喽。"

"有劳瞿大人费心了,胡某对诸位大人一并厚报……"胡金魁满脸堆着笑。

说到这里,严镇发话了:"我等岂敢无功受禄?此事纯属瞿大人一人功劳。"

"此话就见怪了,胡某还有事劳烦大人呢。"

"好说,好说! 胡帮主有什么事情直说便是,我当竭力去办。"严镇说着场面上的话。

"目前有件很重要的事情,还得请守备大人和瞿大人定夺。"

"啥事?"严镇和瞿元灿同时问道。

"经我帮查实,黄家康戈家营子的杨益三有谋反举动……"胡金魁表现出很认真的样子说。

"你是说……杨记铁匠铺杨大刀的孙子杨益三?"瞿元灿惊讶地问。

"正是! 不过……这事,我想这么处理,请二位大人赐教。"

胡金魁说出了他蓄谋了几天的一条连环毒计。

"这事好办。"瞿元灿说。

"依了胡帮主的就是。"严镇也随口说道。

自胡继鹏离开承恩寺后,净空师父对杨洪胜异常冷淡,他已经好几天没打杨洪胜的照面了。杨洪胜也不去理会净空,两人就这样各怀心事,僵持着。

杨洪胜琢磨着:难道真如胡继鹏说的那样,师父跟他是至交?如果真是这样,净空肯定不是好人,这次进寺拜师也就前功尽弃。可仲文怎么说师父讲仁慈、重礼义呢?莫非……

他倏地想起,那天早晨胡继鹏跟他说话时的情景。

"那天,他是不是故意做给人看的?师父莫不是目睹到我跟胡继鹏对话的场景了……不行,不能这样糊里糊涂地被人给耍了!可不了解师父的底细,怎么把这事澄清?弄不好越澄越不清,到头来还真会上胡继鹏的套。"

杨洪胜想到这里,决定下山一趟,找到刘湘再做商议。

就在杨洪胜百思不得其解时,净空也在禅房里纳闷:杨洪胜怎么会跟胡继鹏这样的人搅在一起?观其面相,他可是个本分人,况且,弟子仲文也极力推介,说他有血性、明事理……可那天早上明明看见他与胡继鹏在说话,是巧遇?可那样子却像是两人约好的,而且说话的样子也是两人心照不宣恐人发现似的,而且明明是相识,却要跟我装出不认识,这又是为何?自从那次拒绝收胡继鹏为徒之后,胡家就视自己为眼中钉,从不来往,这次为何这么巧,杨洪胜前脚刚到寺里不久,胡继鹏后脚就跟来了,还在寺里住了一宿,这些都有些反常啊……总之,世事无常,不管怎么说,在没弄清楚之前,得防着点。

净空大脑里像一团乱麻,怎也理不出个头绪来。他索性走出禅房,到外面树林里去呼吸些新鲜空气,也许能帮助自己清醒下头脑。

净空刚出禅门,杨洪胜正朝禅房走来。

"师父……您要出去?"杨洪胜的表情有点怪怪地。

"你……"净空闪烁其词,抹身向龙池泉走去。

杨洪胜紧跟几步:"师父,我想下山!"

净空猛然回过头,表情忽然变得陌生,生硬地说:"你愿意走就走吧,随你去。"

杨洪胜已经明显感觉到了,师父是不想再留他做徒弟,他的心一阵紧缩。但还是静了静气,说:"我是……"

他刚一开口,净空就抢白道:"不用说了,你走吧!"

杨洪胜心事重重地走了。

第十三章　示信物凤山探消息

一

杨记铁匠铺里,戈秀梅丢下锤子,纠正着孙狗刨执刀坯的姿势。

"左手执坯,右手抢锤,你怎么跟人反着劲干呢?"戈秀梅一边教他,一边数落着。

孙狗刨红着脸说:"秀梅姐,我真的不会……"

"你咋就这么笨呢,教都教不上路!"戈秀梅恨铁不成钢地埋怨道。

"你就别……别再为难我了。"孙狗刨的脸涨得更红了。

"咋啦! 我纠正你错误就为难你了?"戈秀梅故作生气地说:"别忘了,从今往后,你可是杨记铁匠铺的伙计了!"

"我不是那意思。"

"那你啥意思?"

"我是个左撇子!"

"啊……你咋不早说?"

"你……你不让我说呀。"孙狗刨哭丧着脸。

"我啥时候没让你说了?"戈秀梅直问道。

202

"你一直吼,我哪有申辩的机会呀。"孙狗刨撅着嘴。

"好了,好了……都是姐的不是,行了吧!"戈秀梅哄着他。

"这么凶,以后找不到婆子。"孙狗刨趁戈秀梅转身拾锤时,悄悄地咒了她一句,捂着嘴偷偷地笑。"婆子"当地话就是婆家。

"你说什么呀! 你敢咒我? 看我不撕烂你的臭嘴。"戈秀梅提着铁锤过来了。

孙狗刨赶紧躲,戈秀梅在后面撵。一个在前面"咯咯"地笑着跑,一个在后面气呼呼地追。

跑累了,两人都停下来。孙狗刨用袖头挥着汗,喘着气,逗她:"姐找不到婆子了……"

戈秀梅大喘着粗气,在他对面接着喊道:"狗刨……狗嘴……狗嘴吐不出象牙……"

两人正嬉闹着,忽然,外面传来嚷嚷声。接着,"哐"的一声,大门被撞开,几个衙役冲了进来。

戈秀梅一惊,随即喝问道:"你们想干什么?"

"搜!"一个小头目模样的人不顾戈秀梅的阻拦,大喝一声。

几个衙役分头冲到几个屋里翻箱倒柜地寻找着。

孙狗刨攥紧拳头,怒视着眼前这些衙役。

游二采和几个伙计从外面进来了,护着戈秀梅。

戈秀梅质问小头目:"你们凭什么搜查本铺? 杨记铁匠铺可是专为县衙和守备军打制兵器的,你们如此放肆,看我不去告你们。"

"嘿嘿! 你是从哪儿冒出来的,敢对我如此说话? 这是上头的旨意,有什么话留着让杨大刀到县衙里去说吧!"头目模样的人神气十足。

"你……"戈秀梅气得要冲上去,被游二采等几个人拉住了。

"秀梅,算了,等爷爷回来再说。"游二采使劲捏了一下她的胳膊,示意她不要冲动。

"等爷爷回来了,自然会找你们理论的。"戈秀梅缓和了一下心中的怒气,说。

"报……"搜查的衙役把铺里的刀矛等兵器都搬了过来,放在地上。

头目一看:"就这些?"

"是,屋里旮旯旯缝都搜净了!"报告的衙役答道。

"好,带回县衙……你!"头目指着身边站着的一个文书模样的人,说:"把县衙的告示念给他们听听。"

"是!"文书模样的人躬身应道,从袖筒里抽出一张纸念着:

> 近日,各地哥老会、红帮会活动猖獗,为保地方平安,对私藏的兵器一律收缴,集中封存,以免落入匪寇之手,扰乱社会治安。对各处的铁匠业要严加搜查,凡有私藏不交的,一律按通匪论处。
>
> 谷城知县瞿元灿
> 光绪二十八年七月二十四日

"听明白了吗?"头目厉声补了一句:"有担待,就要杨大刀去县衙里说去吧!"说完,扬长而去。

二

神柜上,桐油灯的火苗发出"噼噼啪啪"的响声。

游姥姥望了一眼灯碗里的桐油,摇着头叹道:"现在啥东西都掺假,这官家卖出来的桐油也都掺上水了,以后的日子还能消停吗?"

游贡爷坐在正堂的椅子上,一个人喝着闷茶。他提起桌上的茶壶在茶杯里续了水,端起茶杯呷了一口,含在嘴里细细地品了一会儿,咽下:"说得也是,这桐油是本地的特产,说什么桐油是易燃品,怕匪寇们用来制造事端,由官府统一收购,统一供应。什么事,只要官府一插手,还能有个好? 看来,现在也只有这井里的水没有假啰!"

游贡爷连呷了几口茶,再续,壶里已经倒不出水了。他揭开壶盖瞅了瞅,递给游姥姥:"再来一壶! 就这茶水喝着带劲。"

"你是在上茶馆呀? 一个劲儿地喝,这壶喝完了,要是再喝,你自己倒去!"游姥姥瞪了他一眼,接过壶向厨房走去。

游贡爷看着她的背影,笑着说:"我才不去茶馆哪! 谁能保证那茶馆没被官府买通,那开水不是用地沟里的水烧的?"

"这样的生意还能做吗?"门外传来杨爷的声音。

"吱呀"一声,门开了。杨爷和戈秀梅、孙狗刨从门外走了进来。

"哟! 咋这么晚行呀?"游贡爷忙起身迎接。

"铺子刚关门,就跟秀梅他们一起过来了。"杨爷往方桌旁边的椅子上一坐,心事重重地说。

见戈秀梅在找水壶、沏茶,游贡爷努努嘴:"你姥姥正在厨房兑水!"

"游爷还这么有雅兴,一个人待在家里品茶?"杨爷喘着气说。

"杨爷今天是有事呀?"游贡爷看出了杨爷的不快,问道。

"肯定有事哟,不然,这么晚我能来打搅你吗?"杨爷面无表情地说。

游姥姥从屋里将茶水壶端上来,见杨爷来了,道了声"稀客!"就退回厨房做饭去了。

"姥爷,今天县衙把铁匠铺打制的大刀和长矛都搜走了。"戈秀梅抢先说道。

"怎么回事?"游贡爷吃了一惊,忙问道。

杨爷把今天官府查抄铁匠铺的事说了。

游贡爷听完,担心地说:"仲文托付打兵器的事怎么办?"

"我正为此事着急呢,这不就到你这儿来了吗,咱人多智慧多,大家在一起想想办法吧!"杨爷说:"我还在寻思一个问题。"

"什么问题?"游贡爷问。

"官府突然查抄,会不会是出了什么事?"杨爷分析说。

"他们今天说,各地的哥老会、红帮会活动猖獗,为保地方平安,才对私藏的兵器进行收缴、封存的。"孙狗刨接过话说。

"这也给我们提供了个信儿,我在想,仲文那边是不是出了什么问题,以往也闹过红巾军,可也没像今天这样查抄铁匠铺呀,况且,前两年王耀亭在谷城和南漳发展哥老会,已经被官府在武安堰杀害了。今天这事,是不是冲着我们来的?"

"你说的这种可能也不能排除。"游贡爷对立于一旁的孙狗刨说:"去,把凤山叫过来!"

"凤山的身体恢复得怎么样了?"杨爷问。

"这孩子跟铁打的一样,一般人都熬不过去,可他硬是没事。这不,跟我习武呢! 是块好料……"

游贡爷正说着,海凤山进来了。他向游贡爷和杨爷一一拱手作揖道:"师父、杨爷,二位尊辈找我?"

"找你来合计个事!"游贡爷指着旁边的一把凳子:"坐下说。"

海凤山听完杨爷对今天官府行为的分析,说:"到襄阳刘府打探情况的事就交给我吧,即使被人发现了,也不会把我往刘湘与杨爷这条线上牵扯,这是最保险的一着棋……"

"嗯……"游贡爷很满意地点着头。

杨爷还是有点不放心:"你跟刘湘互不相识,即使到了刘府,刘湘未必肯见你。再说,万一刘湘出了事,他一定不在刘府,刘府的人凭什么会相信你而告诉你刘湘的真实情况呢?"

"这……"海凤山一时没了主意。

"这样吧!"杨爷说:"我给你一样东西,你拿着它先去找刘湘姨父单府的单大宏,只要有我这个东西,即使单东家不在,他家人一看就知道你是我铺子的人,即使他们不认识你,也会帮助你的。"

杨爷从衣兜里掏出一张纸片,往方桌上一放。

游贡爷拿起来一看,却是一张进货单,他碰了碰杨爷的胳膊,把纸递给他,悄声说:"杨爷,你拿错了东西!"

"是吗? 我看看!"杨爷接过去瞅了瞅:"没错呀,就是它。"

"这不是你的进货单吗?"游贡爷疑惑地说。

"是它!"杨爷再次肯定地说。

"这是单东家给爷爷开的进货单……"海凤山拿过去一看,想了想说:"我知道怎么做了,这种办法安全!"

杨爷笑着说:"还是凤山精于此道。这并不是一张真正的进货单,而是我跟单东家的一个联络信物。如果我这儿出了事情,就差人拿着这张'进货单'去府上找他。如果他那儿出了事情,就差人拿着我给他开的赊账借据到铺子来找我。这样,即使两边出了问题,差去对方联络的人也不会有任何危险。我们相互遵守一个约定,除我们俩之外,只认信物不认人! 所以,凤山拿着这张'进货单'就等于是我去了,他们会全力帮你的。"

"爷爷,您真了不起!"戈秀梅亲昵地蹲在杨爷的身边。

"你们看,我家秀梅都偏心眼儿了!"游贡爷故作嫉妒地说。

"饭好了,吃饭吧!"游姥姥从厨房里出来,叫着他们。

"好,开饭!"游贡爷站起身,戈秀梅和孙狗刨就开始挪桌子。

三

襄阳刘府,高大的门楼矗立在襄阳城的最繁华地段,从不关上的朱漆大门很大气地开着。

太阳已经西沉。西厢房里,一束阳光从窗帘的缝隙里射进来,照在对面说话的杨洪胜和刘湘中间,看上去像是隔了一层屏障。

只听杨洪胜声嘶力竭地说:"误会!什么误会?他那样子,分明就是跟胡继鹏这样的恶棍穿着一条裤子……"

"话不能说得那么难听,师父要是跟胡继鹏是一伙儿的,他还能放你下山吗?早把你控制起来了。"

刘湘还在跟他辩论。管家进来了:"二少爷,单老爷来了!"

正说着,单大宏已经进来了。

"姨父……"

"单叔——"

二人忙迎了上去。

单大宏见到杨洪胜,一惊:"益三怎么也来了?"

杨洪胜不解地问:"单叔,我家有人来啦?"

"是啊,现在我家呢。"单大宏说。

"出什么事了?"刘湘紧张地问。

"你们就别问了,走,跟我家里去说!"

三人急急忙忙向外走去。

在单家,单大宏、杨洪胜、刘湘依次并排坐在客厅里的椅子上,仔细地听着海凤山讲述谷城县衙查抄铁匠铺的情况。

"这是谷城县衙单方面的行动。照他们的说法,是上面的旨意,而我们襄阳城这么多铁匠铺,也没有一家被查抄呀!"单大宏认真地分析着。

"姨父说的对,看来谷城县衙是冲着杨家铁匠铺来的。可这到底是为了什么呢?"刘湘不得其解。

"我看这事是茨河街的胡金魁在捣鬼!"一直处于深思状,一言未发的杨洪胜突然发话。

"益三判断的对!刚才在我家里,我俩正在说这事呢。"刘湘接着说。

"怎么回事？"单大宏不知底细，问道。

"益三在净空师父那里拜师习武，前几天，胡金魁的公子胡继鹏突然闯进了承恩寺，发现了益三，就在益三和净空师父之间制造误会。他是想阻止净空师父教益三习武。"刘湘对单大宏说。

"为什么？"

"几个月前，胡继鹏带着他手下的青帮弟子，在格垒嘴抢劫，被益三和秀梅在半路上拦下了。这胡继鹏一眼就看上了秀梅，胡金魁仗着官府撑腰，就找游贡爷提亲。游贡爷无奈之下，想出了'比武招亲'的办法。您知道，益三跟秀梅那是从小青梅竹马长大的。秀梅就让益三出门拜师习武，想比武时打败胡继鹏。"

"哦……"单大宏提醒他们两个说："这以后做事要格外小心，切不可让胡金魁这个地头蛇寻到任何蛛丝马迹，更不能让他们有机可乘。"

"那我回去怎么跟爷爷说？"海凤山问。

"看来，打制兵器的事得暂且停下来，然后再想办法。杨记铁匠铺已经被官府盯上了，不能再打兵器，要打也得另找地方。现在的问题是要找个秘密的地方，而且这地方还方便兵器和原材料的运送。到哪儿去找这样的地方呢？"单大宏很焦虑。

"到其他地方不能打兵器，必须在我们铁匠铺里。"杨洪胜断然拒绝了单大宏的想法。

"为什么？"单大宏再次提出了疑问。

"因为我们家铺子里有一口古井，一年四季的水温都不会变，冬暖夏凉。用这口古井里的水淬火，刀的钢口才好，刀刃不卷也不锈。这就是我们杨家大刀的绝活。如果转到别处打制兵器，就失去了杨家大刀的意义，跟在外面随便找家铁匠铺打把刀没什么区别。"杨洪胜滔滔不绝地说着。

"这倒也是，我们要的就是杨大刀的钢口。在拼杀中，刀的好坏可以决定一个人的生死。我们一定要打制最好的刀，让敌人多丧命,兄弟们少流血。"单大宏感慨道。

忽然,刘湘说了声:"有了!"

"有什么了?"大家把目光齐刷刷地投过去,盯着他。

刘湘兴奋地说:"有地方了。"

"在哪儿?"大家都迫切地问道。

"益三,你还记得我们第一次见面吗?"

杨洪胜不解地挠了挠头,忽然,眼前一亮,叫道:"对呀,我怎么就没想到那儿呢?"他高兴得快要跳起来。

"就你们俩在哪儿瞎高兴,到底在哪儿呀,说出来也让我们高兴高兴。"单大宏不高兴地说。

"姥……爷……家——高家垭子!"刘湘一字一顿地说。

"嗯……那儿有码头,水运方便,而且还有两口古井呢。不过……"单大宏一拍腿,接着又担心地说:"这可是胡金魁的地盘,一旦走露出一点风声,那事可就闹大了,连回旋的余地都没有了。这事得好好考虑,我得先跟你姥爷商量个万全之策再说。"

"这样更好。"刘湘转身对杨洪胜说:"明天一早,我跟你一块去承恩寺,当面戳穿胡继鹏的阴谋。"

"不用了,你还有好多事情要做,我只是想来找你弄清师父跟胡家有没有关联,既然没有,就好办了。"杨洪胜心情愉快了许多,突然想起来,问道:"汉文可好?"

"他呀,现正在南漳发展哥老会呢。"单大宏说。

"他总是个闲不住的人。"杨洪胜望着刘湘说:"下次见到他,代我问声好!"

"好……希望你能尽快消除师父对你的误会……我们走吧!"

刘湘正要起身跟杨洪胜离开,一个三四岁的小女孩从外面跑了进来,拽住刘湘的裤腿,奶声奶气地说:"二哥,不走! 妈妈叫我跟你说,在我们家吃饭。"

刘湘没有妹妹,对这个表妹就像亲妹妹一样看待,他每次来,总要带她出去玩。所以,这个表妹对他也要比亲哥哥单汉文还要亲近。

刘湘一把将她抱在怀里:"好哇,既然小妹留二哥吃饭,二哥可就不客气了。"接着向杨洪胜介绍说:"她是汉文的妹妹——汉茹!"

"快叫益三大哥,他可是二哥最要好的大哥。"刘湘把单汉茹放到地上,指着杨洪胜说。

"益三大哥——"单汉茹毫不怕生地跑到杨洪胜身边叫了一声。

"哎——"杨洪胜蹲下身把她抱了起来,说:"汉茹妹妹真乖!今年几岁了?"

"三岁!"单汉茹眼睛紧盯着杨洪胜:"晚上到我家吃饭好吗?"

"好哇。"杨洪胜很快就喜欢上了这个小妹妹。

"这是什么?"单汉茹忽然扯住杨洪胜脖子上的那块淡黄色玉坠,好奇地问道。

"这个……"杨洪胜不好说出口,支吾着。

"好漂亮!"单汉茹摸着玉坠,爱不释手的样子。

"是吗?"杨洪胜颇觉尴尬,脸颊绯红。

"她呀,就是个见面熟。"单大宏嗔怪了一句,替杨洪胜解了围。

杨洪胜接着夸道:"汉茹妹妹长大后一定很了不起!"

"她呀,长大了给我省点心就算阿弥陀佛了。"单大宏笑了笑。

大家都跟着笑了起来。

"对了,刚才只顾忙于谈论县衙的事了,忘了问你……"杨洪胜将身子侧向海凤山,问道:"你伤都好妥了?"

海凤山心里一阵痛楚,只是点了点头,没回答。

"我老师潘先生可还好?"杨洪胜没注意到海凤山表情的变化,仍然问他。

"潘先生，他……"海凤山已经泣不成声了。

"先生他怎么了？"杨洪胜心里一惊。

海凤山眼含泪水，讲述着那天的经历，最后说："我们从后山出来，到了帽儿山，就在那里等先生，一直到天黑也不见先生，我们只好连夜赶到了温坪，在那里我们又等了好长时间，仍然没等到。后来听说，先生家的房子都被他们烧了。"

"啊！"几个人听得大惊失色。

"真是惨无人道！"刘湘的脸气得红一块紫一块。

"这些人哪有人道可言？"单大宏坐不住了，背着手在屋里走来走去，以排遣心中的愤恨。

"不为先生报仇，我誓不为人！"杨洪胜的脸憋得通红，他一拳击在旁边的桌子上。

"善有善报，恶有恶报！不是不报，时候未到，时候一到，一定要报……"单大宏面壁站着，两腿颤抖，声音从牙缝里挤了出来。

"吃饭吧，饭都端上了。"单夫人从屋里出来，一看几个人的表情，怔住了。

第十四章 明真相宝刀归原主

一

晨雾缭绕,猿啼鸟鸣,泉水叮咚。空气中不时散发出淡淡的幽香。

净空在龙池泉打着太极拳。他身边放着一把大刀,刀身在朝阳下宛若一道彩虹,迸射出七彩光芒。

不远处,杨洪胜手执扫把,清扫着寺庙外的道路和场地,如风扫残云,"沙沙"作响。那节奏,恰似太极拳旋律中跳动的音符。

"沙沙"声竟搅动了净空打太极拳时忘我的心境,收势时,莞尔摇头。

他拾起地上的大刀,放在包袱上包好,抱在胸前,向禅房走去。

在天王殿转弯处,杨洪胜与回禅房的净空撞了个满怀。杨洪胜赶忙行礼:"师父早!"

净空盯着他手里的扫把,再看看他额头上渗出的汗珠,说道:"阿弥陀佛! 其有曾行恶事,后自改悔,诸恶莫做,众善奉行,久久必获吉庆,所谓转祸为福也。"

杨洪胜一愣:师父是在说我以前做过恶事,现在早起扫地是在忏悔改过,要我以后坚持不再做坏事,……看来师父真把我当成胡继鹏的人了,才如此待我的。

这样一想,杨洪胜却感到莫大的安慰。他不置可否地向净空点了点头。

承恩寺的夜,万籁俱寂。只有偶尔从和尚殿里传出错落无序的鼾声。

杨洪胜躺在禅床上,却睡不着。他想着离开单府时,单大宏跟他交代的话:"听说净空大师有一把宝刀,你要尽快跟他消除误会,取得他的信任。如果能把宝刀弄到手,那就太好了。我们举事需要这样的兵器,你回到寺里后想想办法吧!"

怎样才能得到那把宝刀呢? 杨洪胜苦思冥想着。

"益三! 益三……"

忽然,殿外有人轻轻地叫他。

他一骨碌坐起来,轻声问道:"谁?"

"师父叫你过去一趟。"声音压得更低。

"噢……"

怕惊动了熟睡的师兄们,杨洪胜悄悄地下了床,轻手轻脚地走出殿门。

禅房里的蜡烛摇曳着,忽闪忽闪的,净空大师正伏案用放大镜看着经书。

杨洪胜在门外轻声叫了声:"师父。"

净空在房内说:"进来!"

杨洪胜推门进屋,却陌生地看着师父。

对于他如此异样的目光,净空并没感觉奇怪,只是说了声:"坐吧!"

杨洪胜看了看屋里,并没有凳子可坐,就问道:"师父找我有事?"他心里总是感觉有点别扭,说话也不如以前随和了。

净空并没有计较,也没再说什么,似乎是在抓紧时间把手头上的经书看完。杨洪胜很尴尬地站在那里,顺便扫了一眼房内的陈设。无意中看到墙上一个不很显眼的地方挂着一把刀,刀柄露在外面。

杨洪胜脱口说道:"师父这把刀一定是把宝刀吧!"

净空蓦然抬头,见他痴痴地眼盯宝刀,惊疑地看着他,一语双关地:"你也对我这刀感兴趣?"

"是的!"杨洪胜只好硬着头皮说:"自古英雄两件宝——好马和快刀。我虽然算不上英雄,但却有英雄情结。师父见笑了!"

本来,净空是想跟杨洪胜谈论另外一件事情的,没想到一开始,话题竟扯到刀上来了。

净空合上经书,吃惊地打量着眼前这个少年:"英雄情结?"他在心里反复揣摩着这句话。突然温和地问道:"祖上是做什么的?"

"打铁的!"

"打刀吗?"

"打——切菜刀、杀猪刀……当铁匠的,遇到什么活就做什么活。"杨洪胜有意不提"大刀"二字。

"祖上在什么地方?"这么长时间,净空一直没问过杨洪胜家里情况,他只听刘湘说益三是他刚结交的一个朋友,天资聪慧,待人耿直,武功天赋较好……其他一概未提,他也没有多问。

"世代居于军山之下……"

"军山!?"

"正是!"

"那你可知道一个人?"

"谁?"

"杨记铁匠铺的杨大刀。"

"师父认识杨大刀?"杨洪胜一下子兴奋起来。

"……不……"净空突然沉下脸,努力掩饰着刚刚流露出的情绪。

杨洪胜已经明白净空是在有意回避着什么,就直截了当地说:

"杨大刀可是个了不起的人,他打得一手好刀,远近都有名气。"

听杨洪胜这么一说,净空不由自主地脱口说道:"杨大刀的确是打刀的一把好手!"

杨洪胜一听,有意引话说:"听说,他家里也有一把祖传的宝刀。"

"是吗?"净空心里猛一"咯噔"。

杨洪胜继续说:"可从来没人见过。有人传言说杨大刀把那把宝刀送人了。至于送给了谁,没人知道。"

"真的?"净空大吃一惊。

"如果师父信得过弟子,弟子愿意帮师父打听。杨大刀的孙子跟我是兄弟。"杨洪胜还是不敢直接说出自己的身。

"杨大刀还活着吗?"净空突然问。

"活着!"

"阿弥陀佛!善哉,善哉……"净空右掌立于胸前,向佛祷告着。

二

在茨河高家垭子,单大宏正从古井里提起一桶水,放在井台上。杨爷用手在桶里试了一下水温,点了点头:"不错,现在的水温正合适。"

单大宏脸上紧绷的神经松了下来,露出了一丝久违的开心的微笑。

单大宏把水挑到临时搭起的秘密打铁棚里,杨爷将水倒进淬火槽,把烧红的一块刀坯迅速而有分寸地放进淬火槽。

随着"哧"的一声,一阵白烟散去。杨爷把刀坯拿过来一瞧,惊讶地叫道:"怎么会这样?"

单大宏接过来一看,刀坯已经变成了浅绿色。

杨爷赶忙用小锤锤打刀坯,刀坯却发出刚脆的声音。

单大宏连忙问:"怎么样,影响刀质吗?"

"唉……不仅仅是影响刀质的问题,我担心这刀打出来根本就没法用。听这声音,打出来的刀口过脆易镞。"杨爷叹了口气说。

"这是什么原因呢?"单大宏刚刚舒展开的眉宇又皱起了几道弯。

"一时还弄不清楚,不过……"杨爷看了看刀坯,说:"肯定与这里的水质有关!"

"您说……井水里含有一种物质?"单大宏惊疑地看着杨爷。

"应该是这样,否则不会是这种情况。"杨爷肯定地说。

"我去问一下丈人爷,他是高家垭子的'古董',他应该知道。"单大宏说着就走出了棚子。

"等一下!"杨爷叫住了他:"我跟你一块去。"

二人在高家祠堂,祭拜完高家的列祖列宗后,折身来到高太爷堂上,跪拜行礼。

"看你这样子,一定是有事要求老朽!"高太爷白发苍髯,年纪虽大,可风趣犹存,时常爱跟这些晚辈开玩笑。

"孙女婿特来看您老人家来了,几天不见,想您……"单大宏故意提高着嗓门说。

"你个狗杂种还能想得起看我? 无非,是要我帮你做事……那就起来说吧! 啥事?"高太爷笑着说。

在几个孙女婿中,高太爷最喜欢的就是单大宏,他常夸单大宏知孝明理,其实,更重要的是单大宏会逗老太爷开心。

"您这一提醒,还真让我想起来一件事。那您可真要帮我哟!"单大宏站起来说:"这是我的师叔,杨大刀。"

杨爷再次躬身作揖:"晚生有礼!"

高太爷起身,轻轻一笑:"杨大刀……这名字如雷贯耳呀!"

"不敢,不敢!惹老太爷见笑……我和大宏有一事讨教。"杨爷躬身说道:"我们用贵府古井里的水淬火,怎么淬出来的刀坯都变成了浅绿色,这是何故呀?"

"这个……"高太爷捋了一下虬须,顿了顿说:"在我小的时候,我们这里来了几个铁匠,一看这古井里的水好,就在这里支炉打刀。结果,跟你们说的一样,用古井里的水淬出来的刀坯变绿。他们说这井里的水石膏含量太大,还说什么水里含酸味,打不成刀。于是,他们就走了,后来就再也没人到这里打铁了……简直胡说八道,我们高家十几代人都吃这井里的水,渡口上南来北往的人,打这儿过,喝了井里的水,都说甜。就他们格外,说井水酸。我看哪,他们是吃不了葡萄说葡萄酸。"

"老太爷,人家是说井里的水显酸性,并不是说水是酸的!"单大宏朝高太爷咧咧嘴。

"对呀!茨河的豆腐天下闻名,就是因为茨河盛产石膏。产石膏的地方,水里也一定含有大量的石膏。原来是石膏在作怪呀……"杨爷顿悟。

"咋样,有办法消除没?"单大宏用期待的眼神看着杨爷。

杨爷遗憾地摇着头:"我目前还没有这个能耐。"

"照你说,这事儿没指望了?"

杨爷扯了一下单大宏的衣角,轻声说:"我们走吧!"

单大宏马上明白了他的意思,对高太爷说:"爷,看来你也不懂,我还是找别人去吧!"

"狗杂种,讨教了还不承情,滚蛋吧!"高太爷仍然是乐呵呵的。

"打扰老太爷了!"杨爷拱手施礼,退了出来。

"唉……"单大宏出门后,叹了口气,仍然怀着一线希望说:"如果益三能在承恩寺借到宝刀就好了。"

"宝刀!什么宝刀?"杨爷问。

218

"我听仲文说,承恩寺的净空师父有一把传世宝刀,益三现在正拜他习武,我想让益三把宝刀借来仿制一些。"单大宏说。

"刀是打制出来的,而不是仿制出来的。仿制的是外形,而刀靠的是钢口,钢口是仿制不来的。"杨爷纠正道。

"是啊,看我这人,真是急不择路了,竟想出这等不着边的事情来。"单大宏自嘲道。

"打好刀并不是难事,现在难的是要有个支炉的安全之地。"杨爷说。

"是啊,如果没有合适的地方,打制兵器的事情就要停下来,举事就会被迫延期。唉!"单大宏着急地说。

"你也别太着急,办法总是人想出来的,活人哪有被尿憋死的?"杨爷看单大宏着急的样子,就拿话宽慰他。

"说得不错。此处不打铁,自有打铁处。说不定新的希望正等着我们呢!"单大宏情绪高昂起来。

三

随着一阵朦胧的烟雾渐渐远去,杨洪胜跌跌撞撞地来到一座石塔下。"这是什么地方,好像在哪儿见过,可我怎么会在这里……"杨洪胜努力地回忆着,却想不起来。

"有人吗?"杨洪胜大叫了几声,却不见有人回应,他有点儿害怕,战战兢兢地绕着石塔继续往前走。刚走了几步,忽然,石塔訇然裂开,石塔后面出现了一个披头散发的老太太,颤巍巍地向他走来。

老太太叫他:"孙儿,你师父就是胖子伯伯,你怎么能误解他呢? 去吧,叫你师父到这儿来……"接着,一阵风吹来,老太太随着烟雾飘然而去。

"奶奶,奶奶……"杨洪胜声嘶力竭地叫着。

"益三……醒醒!"

睡在旁边的师兄推了杨洪胜一把,他一惊,醒了。他惊恐地坐了起来,大喘着粗气,浑身像掉进了水里,汗水淋淋地往下淌着。

"做噩梦了?"师兄问。

"呵,是!"杨洪胜朦胧地回答道。

"被子别捂紧了。虽说承恩寺凉快,但毕竟是夏天,被子捂紧了会做噩梦的。"师兄关照了一番,向窗外看了看说:"睡吧,才后半夜的时辰。"

"呃!"

杨洪胜躺下后,一直在琢磨着刚才的梦境。

这究竟是奶奶在给我托梦,还是我最近想得太多,日有所思夜有所梦?

"咕咕——咕"迷迷糊糊中,外面树林中传来斑鸠的叫声。杨洪胜睁眼一看,窗外已经透出了亮光。他披衣下床,蹑手蹑脚地出了大殿。

来到和尚石塔,杨洪胜忽然发现,周围的环境竟与梦中一模一样!

此时晨雾弥漫,石塔也依旧矗立,只是眼前并未出现梦中的情景。

他怅然地望着塔顶上飘浮的晨雾,面对石塔说:

"奶奶,我记得您跟我说过,如果向逝去亲人的方向磕三个响头,亲人就会来到身边听你诉说。您现在能听见我说的话吗?如果能听见,您就再给我托个梦告诉我现在该怎么办!"说罢,他跪在石塔下,向着北方深深地磕了三个头。磕过三个头,他接着说:"我现在别无他求,只想早点提高武艺,等比武招亲时,把秀梅娶回去。可现在,师父对我心存误会,他的真功恐怕一时不会教我,如果我的武功不能提高,娶不了秀梅,她就会削发为尼。您知道,秀梅是个好女子,可也是个烈女子,她说出的话,绝不会轻易更改……"

这时有一人正向和尚石塔走来,见杨洪胜在塔前跪拜,愣怔了一下。怕惊动了祷告人,他就不动声色地慢慢向塔前靠近。其实,杨洪胜刚才那番话他已听了个大概。

"奶奶,这些日子,我在跟师父的接触中,产生了一种感觉,好像他跟我们杨家有着瓜葛。他珍藏的那把宝刀是不是我们杨家的那把宝刀,我现在还不清楚,可有一点我知道,师父一定认识爷爷……昨晚我做了个梦,梦见您说我师父就是胖子伯伯。您以前给我说,胖子伯伯不会死,一定还活着,这么多年,我一直都在找他,却没有他的任何消息。您若在天有灵,就圆了这个梦吧……我多么希望胖子伯伯就是师父啊……"

"益三——"净空在他身后,因激动身体颤抖着,连声音都有些发颤。

杨洪胜蓦然回头,一惊:"师父……您……"

"你是杨大鹏的儿子?"净空既激动,又伤感。

"师父认识我爹?"杨洪胜更加惊讶了。

"是的,我跟你爹是要好的兄弟!"净空的眼眶里早已噙满了泪水,用袖口擦了擦眼泪,将他扶起。

"您就是……胖伯伯!"杨洪胜惊疑地望着净空,双手不住地拽住他的胳膊摇晃着:"您真的是胖伯伯?"

净空无语,木然地任由杨洪胜摇晃着。

"这么些年您咋不回家呀……我爷爷和奶奶一直都记挂着您。奶奶临死之前还跟我说——你胖伯伯不会死,一定还活着,二先表叔不会让他死的!没想到您真的还活着。"杨洪胜头埋在净空的怀里,嘤嘤抽泣。

净空像被定住了一样,眼睛无神地看着前方:"过去的事,已经是过眼云烟。"

"这些年,家里头发生了那么多事,惊天动地,您能安下这份心?"杨洪胜抬起头,眼泪汪汪地说。

"事情已经过去三十多年了,我已脱离凡尘,操修正果。红尘之事,早已不过问了!"净空无动于衷。

杨洪胜心里又是一惊:"听我奶奶说,您参加二先表叔的红巾军以后,官府要灭您九族,可您家里只有一个母亲,他们硬把老人家活活埋掉了,这事您能不过问吗? 这些年,朝廷腐败,民不聊生,多少被逼造反的人惨遭杀戮,难道您也充耳不闻吗? 跟您最要好的、亲如兄弟的我爹和那些哥老会首领们被官兵活埋在万人坑……"

"别说了……"净空像被无数只山蜂猛蜇着,心里一阵阵痉挛,脸上浮现出痛苦的表情。

"我想您、找您、盼您,等到的却是一个消磨了意志、丧失责任感的胖伯伯……不,我胖伯伯已经跟二先表叔他们为天下百姓捐躯了!"

痛苦、失望、怨艾……杨洪胜情绪复杂地从净空怀里挣脱出来,疯狂地在山野中奔跑。

净空在后面喊:"益三,你听我说……"向杨洪胜追去。

在净空禅房里,杨洪胜坐在凳子上,埋着头,怨气未消。

净空立在禅床边;双手掐着念珠,表情很伤感。

"我不是你胖伯伯!"净空幽幽地说。

杨洪胜猛地抬起头,不解地看着他。

"你说的是,你胖伯伯确实为天下百姓捐躯了……"几颗晶莹的泪珠从净空眼眶里滚落下来。

"那是三十多年前。准确地说,是三十六年前的阳春……"

净空的大脑中,倏地闪现出那个春天悲壮而惨烈的情景——

四

咸丰七年(1857 年)阳春的夜晚,寒气刺骨。

高二先诓走了杨大鹏后，由胖子做向导，率领一百多名北路红巾军弟兄，由谷城戈家营子出发，沿着山间小道向均州开拔。

四月七日，红巾军抵达均州南乡官山河的蒿口，与彭商贤的乡团遭遇。

狭路相逢勇者胜！高二先当机立断，一声令下，红巾军队伍一齐杀出，还没等乡团回过神来，首领彭商贤已经人头落地。乡勇们顿时群龙无首，纷纷溃逃。

蒿口与房县交界，这下却惊动了房县官府。

次日，房县知县金玉堂领千余兵勇在龙坪堵击。

经过两天两夜的激战，金玉堂被红巾军打败。高二先率众由房北进入竹山县北乡的倒流水。二十四日，进入竹山西乡的女娲山、朝天寨一带。二十六日，抵至鄵店。一路边战边走，从竹山宝丰西北又折转回房县大木厂，继而北上安阳滩渡河入郧县，进铁锁沟，走陈家湾、鲍峡店，与余隆廷所率黄龙滩乡团在鲍峡店的大山上昼夜激战……

高二先身先士卒，一马当先。胖子也紧跟其后。

忽然，一个清兵正举刀向胖子砍去，胖子却浑然不知。高二先见状，叫了一声："胖子，快闪开！"已经来不及了。眼见着明晃晃的刀就要劈向胖子，高二先猛扑过去，推倒胖子，自己却被刀砍中。

胖子一看二哥负伤，连忙爬起来，要把他背离战场。

高二先见自己已经不行了，凭借最后的一点力气，将那把宝刀递给胖子："这把宝刀，你要设法交给它的主人……就说，我高二先辜负了宝刀主人的期望……来生再完成夙愿……"

"宝刀主人是谁？你要我把宝刀交给谁……你倒是说呀！"胖子急得大叫起来，可高二先的眼睛一瞪，再也不动了。

高二先终因伤势严重，怀着遗憾离别了人间。

眼看着高二先在自己身边牺牲，胖子发疯似的大喝一声，手执宝刀，横劈竖砍，直杀得毛孔冒火，眼眶喷血。

庞大成见胖子杀红了眼，怕他出现不测，连忙跑过去，两人背对背地跟乡勇拼杀。

战斗既激烈又残酷，形势万分危急！

张维帮率领的南路红巾军在武安堰投降后，张更名为张兴帮，摇身一变当上了谷城守营官。其余人员被遣散回籍，途经谷城庙滩时，在黄大成、赵自才、江绍田的带领下，重举义旗，西上均州与高二先率领的北路红巾军汇合。

就在北路红巾军被乡团围困在鲍峡店的山上时，黄大成的南路军赶到了。两军前后夹击，击溃了乡团。两军合二为一，由黄大成统一指挥，退驻均州孙家湾。

清军急调保康、房县的守军合力围剿。

襄阳守军从老河口经谷城，由降者张兴帮带路，从石花街、保康、房县向孙家湾逼进。

陕军的龙泽厚部从西面包抄，均州、郧县各地的乡团也倾巢出动。

红巾军将被四面包围。

无奈之下，五月八日，黄大成决定突围上武当山。

经过近半个月的拉锯战，龙泽厚的队伍抵达了太子坡。这时，湘军唐训方被授以襄阳知府衔率所统的"训字营"官兵和鄂军、川军、天津军马队、黑吉马队的数万人马也到了豆腐沟。武当山已经完全被清军包围。

五月二十四日，凌晨。

树上结着一层薄薄的冰，一阵寒风吹过，树枝发出"咯吱咯吱"的响声。守卫岩仰攀、二卡、三卡……这些军事要地的红巾军战士，身卧冰地，目不转睛地死盯着山下，窥视着清军的动向。

突然，太子坡和豆腐沟方向传来"咚咚咚"的击鼓声。紧接着，清军从四面像潮水般向武当山涌来。

岩仰攀是武当山的第一道防线，由庞大兴负责守卫。庞大兴不仅刀术好,箭术也有百步穿杨的本领,早年在河南当清军守备时就以"神射"著称。岩仰攀山高坡陡,竹林茂密,庞大兴命令红巾军战士堆集石块,削竹做箭。

清军冲上来了,为首的是均州团首明邦儒,他曾和庞大兴在同一个守备营共过事,因其在外仗势欺人,被庞大兴罚以廷杖二十,从此二人交恶。不久,明邦儒回均州当了团首,庞大兴也看不惯清军内部的腐败,愤然辞官回家,从此二人再无来往。

庞大兴一眼就认出了明邦儒,仇人相见,分外眼红。他从箭筒里抽出一支竹箭,张弓搭箭,喊了一声:"明邦儒!"

明邦儒一怔:"谁在呼我姓名?"

"庞大兴在此!"就在明邦儒愣住的一刹那,庞大兴一箭射出,竹箭穿透其喉,气绝身亡。均州乡团拖着明邦儒的尸体败下阵去。

一旁的胖子看到这个情景,高兴地对庞大兴说:"好样的,我要永远跟着你干!"

清军轮番进攻,岩仰攀失守。接着,二卡、三卡也相继失守。

红巾军退守紫金城(金顶),死守吊钟台、燕子峰两个据点。乘夜从中观突围,却遭到清军的伏击,伤亡惨重,复退守紫金城。

胖子也在这次突围中受了伤。

二十六日,唐训芳派张兴帮上山劝降。万般无奈之下,黄大成信了张兴帮的话,定于第二天天亮之后下山投降。

夜晚,紫金城静得瘆人。

庞大兴把胖子揽在怀里,用湿毛巾敷着他发烫的额头,他的伤口开始感染。

胖子已经感到呼吸困难了,他大口大口地喘着气,问庞大兴:"黄大成决定了?"

"决定了!"庞大兴忧伤地说。

"不是吉兆啊!"胖子喘了口气说。

"没办法,兴许这样可以给兄弟们留条活路。"

"我看不见得，或许是条绝路。"

"只有听天由命了。"

"我是不能活着下山了，横直都是个死……"

"别这么悲观，胖哥，我不会丢下你不管，就是背我也要把你背下山去，一直背回家。"

"多谢了……你要真想帮我，就帮我把这个东西带出去……"胖子很吃力地用手去摸大刀。

庞大兴连忙把刀拿过来，递到胖子手里。

胖子摸着大刀，对庞大兴说："你答应我，一定要把这刀带出去，千万不能落在清军手里。这是高二哥临死之前托付给我的，我没能完成，我再把它托付给你。希望你能完成我和二哥两个人的共同心愿，找到刀的主人……"

"不……这事还是由你来完成，这是二哥托付你的事，你怎么能不守信用呢？"庞大兴想了想说："我把你藏起来，等我们下山投降后，清兵撤了，我再想办法来接你出来。"

胖子惨然一笑："恐怕熬不到那时候了……你必须听哥哥这一次。哥哥这辈子没求过人，就算哥哥求你这一次……你无论如何不要下山，也不要管我，想办法带着这把刀逃出去，千万千万不能让它丢失，更不能落入清军之手。若能想办法找到刀的主人更好，万一找不到，也要人在刀在，明白吗？"

"刀的主人是谁？我怎么才能找到？"庞大兴问。

"不知道。"胖子摇了摇头："二哥还没来得及告诉我刀的主人，就断了气。"

"我现在就带你和刀一起走！"庞大兴蹲下身来，要把他抱起来。

胖子摇了摇手："绝对不行。二哥这把宝刀，红巾军中无人不知，张瞎子（张兴帮）早已对这把刀垂涎三尺。现在，山上的红巾军兄弟们都知道二哥的这把刀在我手上，一旦下山投降，难免有人供出我来。如果张瞎子找不到我，他是不会善罢甘休的。所以，我不能跟你一起走。"

"这样，张瞎子会杀了你的。"

"你放心，他杀不了我，我自有办法！……你快走吧，再晚了，天一亮你就走不了了。"胖子急切地催着他。

庞大兴含着眼泪，依依不舍地提刀转身出了紫金城。

他刚从紫金城的后山往下滑，只听"訇"的一声，一个重物从紫金城墙外跌下悬崖。紧接着，有人呼天唤地地喊叫着："胖子——胖哥——"

庞大兴的心猛一紧缩，痛苦地闭上眼睛，不忍再往下看。

正如胖子预料的那样。第二天一早，张兴帮就带着清军在紫金城下受降。他第一件事就是打听高二先宝刀的下落，在他的威逼下，有人供出胖子带着宝刀跳下了悬崖。清军出尔反尔，当即将二百多名投降义军全部斩首。随后，张兴帮带人在紫金城下搜寻了半个多月，只找到了胖子摔碎的尸体，其他一无所获。

"后来，我带着宝刀藏在半山腰的一个山洞里，直到清兵全部撤走之后，我才下山。"净空缓了口气，继续说："我不敢走大路，也不敢进村落，只能沿着大山向襄阳的方向漫无目的地走着，不知该到哪里去，只好走到哪儿是哪儿。一路又冷又饿，当我走到五朵山时，晕倒在山上，幸亏承恩寺的岫高住持救了我。后来，我就在承恩寺削发为僧，法号为净空，意思是以前的事忘却干净，七情六欲四大皆空……这把宝刀就一直没离开过我。我广交习武之人，试图能找到宝刀的主人，却终未如愿，后来我想，是缘总会相见，于是就开始等，等着有一天，宝刀的主人能出现在我的面前……"

悲痛的泪水从杨洪胜的眼眶里溢了出来，他抹了一把眼泪，动情地说："原来，您是庞大兴伯伯?"杨洪胜这才亮明真实身份："我就是杨记铁匠铺杨大刀的孙子，叫杨洪胜，益三是我的字，杨大鹏是我父亲。我听爷爷说起过您！我只听爹说,我家宝刀送给一个亲戚了,至于是谁我一直不知道,爷爷从不告诉我。我原以为宝刀是送给胖子伯伯了,可没想到,这把刀还有这么多曲折的经历。"

"是的,我跟你父亲和爷爷都很熟,可一直不知道这刀就是你爷爷送的。真是老天开眼,总算帮我找到宝刀的主人了,不然,我还真不知道圆寂后怎么去跟他们俩交代。"净空悲喜交集。

"难道师父就没请一个信得过的人帮忙打听打听?"杨洪胜问。

"有是有的,可找的人有的是骗子,有的本身就是冲着这宝刀而来……像茨河街上的胡金魁,就是一个十足的无赖……"说到这里,净空把话一转:"对了,我就想不通,你怎么跟胡继朋有那么深的交情呢?"

"这事,我正想问您!"杨洪胜把他是如何认识胡继朋以及到承恩寺习武的原因,还有胡继朋到寺里来如何跟他说的话和盘向净空托出。

净空恍然大悟,带着一丝歉意说:"我错怪了贤侄呀,请你不要记恨我！这是我这些年来逐渐形成的做人原则。胡继朋原想拜我为师,被我一口拒绝,为此,他们一直痛恨我,防着我。对于茨河胡家的人,我是不结交,不得罪,凡与胡家有瓜葛的人,我也是敬而远之,绝不深交。所以,那次胡继朋到寺里来,当我听他说你们的交情以后,我从心里就对你开始排斥……"

"我明白——师父不是排斥我,而是排斥胡家。跟我一样！"杨洪胜说着,破涕为笑。

净空也转悲为喜。

第十五章　穿白衣茶女遭劫难

一

光绪十九年(1893年)，谷城两年一届的"汉家刘氏茶节"就要到了，这一届茶节准备在老军山的鞑子沟举行。

汉家刘氏茶坊第三十七代传人刘运兴是谷城刘家小河人，清太学生，高祖七十四世孙。二十九岁随父创业，在汉口、襄阳开设茶坊五十余家，设茶马互市三个，成绩卓越。率先和同宗刘运兴在蒲圻洋楼峒开设机械制茶加工厂，并得到晋商大力支持，产品远销俄国等东西欧国家，诰授奉政大夫。汉家刘氏茶坊第三十七代传人刘运兴为了纪念这位中国近代茶企的杰出人物，受到湖广总督张之洞"劝农桑"的启示，在刘运兴的家乡谷城举办了两年一届的"汉家刘氏茶节"。

鞑子沟是清乾隆年间一位正蓝旗文姓王爷的封地，这位文王爷喜爱喝茶，就在这鞑子沟里建了个茶庄，专门为汉家刘氏茶坊生产茶叶。

今年的茶节与以往大不一样，早在去年，知县瞿元灿就把汉家刘氏茶的"种、采、焙、炙"植茶经验总结呈报给了湖广总督张之洞。张之洞一听，正与他"劝农桑"推行"湖北新政"的思想相吻

229

合,他一高兴,就要亲自到谷城参加今年的"汉家刘氏茶节"擂台赛。

清明节前夕,各家茶庄都逼着茶农们起早贪黑地采茶、焙茶、炙茶,准备将自己最好的茶送到茶节上展示。

雨过天晴。喝足了雨水的茶树像刚刚睡醒一般,一个个争先恐后地向外"噼噼啪啪"的抽着芽头。

天刚亮,太阳还懒洋洋地躲在地平线下。一群十来岁的小姑娘,就被文庄主的家丁们赶着,到鞑子沟山上的茶地里去采茶。一个身着白色粗布衬衫的姑娘,手提茶篓,木然地走在穿着花花绿绿的人群中。她的穿着与山上的绿色形成强烈反差,分外夺目。

白衣少女把茶篓挂在胸前,双手合起,呈祈祷状。在心里说:奶奶,今天是您十周年的忌日,十年前的今天,我妈正拾掇这个茶篓准备去采茶,您却要她跟您一起去上街……我妈知道您喜欢喝鞑子沟的青茶,可家里穷没钱买,只好给庄主打工挣一包茶叶,让您也喝口新茶。没想到您这一去却遭到了不测,您就这样走了,连一口青茶都没喝上……我今天要多采点茶,多挣点茶叶回去,让您好好尝尝今年的新茶……

她祈祷完毕,用右手的拇指和食指将一棵淡绿色"一叶一芯"的茶芽轻轻地往上一使劲,茶芽就脆生生地断为两截。再把手里的茶芽断面含进嘴里,然后放进茶篓。

这是鞑子沟文庄主想出的怪招儿——采摘"处女茶"。清明前的第一道芽茶,全部由十岁左右的少女采摘。采摘的方式也很有讲究,不能用指甲掐,而是用两个手指捏着,让茶芽弯曲自断(用指甲掐断的茶芽,断面处会留下黑色的疤痕,茶叶泡在水里不雅观),少女将采下的茶芽迅速放在嘴里用舌尖舔一下断面,止住断面上的浆液,以防外流,减少茶质的破坏。这样的茶焙炙出来后醇然可口,清香四溢。

这种茶是专门给皇上特制的贡品。今年的"清明茶节",因为有湖广总督张之洞亲临观摩,文庄主特意使出这一绝技,想在总督大人面前露上一手。

鞑子沟庄园里,张灯结彩,平时唱戏的戏台子已经改成了茶节比赛的擂台。

几个家丁在忙着给台子扎彩。

文庄主信步来到台子前,左看看,右瞄瞄。

"老爷,您看横额上的几个字贴得还周正不?"管家哈着腰向文庄主走来。

文庄主看着台子横额上的几个字——

光绪十九年汉家刘氏茶第十三届茶节擂台赛

他皱了一下眉头。

管家赶忙躬身问道:"老爷看哪里不合适吗?"

文庄主又皱了下眉头,说:"横额重新换几个字。"

"这字可是知县大人定的,要不要给知县瞿大人说一声?"

"这还需要给他说吗?既然在我这儿比赛,我就得做一次主。就按我说的办!"文庄主不容争辩地喝令道。

"……老爷说该怎么换?"

文庄主稍稍思索了一下,说:"把'鞑子沟'弄上去。"

"老爷说咋弄?"

"就写这几个字……汉家刘氏茶第十三届清明茶节——鞑子沟擂台赛"文庄主特意加重了"鞑子沟"三个字的语气。

"老爷高见!我这就去吩咐下人,按老爷的意思办。"

管家说完,向文庄主又躬了一下身,退着走了。

文庄主得意扬扬地从戏园子里出来,身后跟着两个家丁,向茶山上爬去。他要去看他的茶园,那些丫头们不知道茶采得怎么样,他得去看看。

一上到鞑子沟半山坡，文庄主举目一望，差点儿没背过气去。

他用手杖指着不远处那个白衣少女，气不打一处来，对身边的两个家丁说："茶园开采，头茶是要到茶节上比赛的，今天特意找了些清一色的丫头片子，不光是为了采摘'处女茶'，我图的还是个吉利……你们看那个丫头穿的……像个戴孝的似的。"

家丁顺着他指的方向一看，只见亭亭玉立的少女身上，一袭素衣随风摇摆着。

"老爷，您说怎么处置？"一家丁问。

"按老规矩……这种行为就是在诅咒我！"文庄主恨恨地说。

"是，老爷。小的明白！"

监工们眼睛贼溜溜地盯着姑娘们的一举一动，姑娘们的采茶动作稍有不当，就要遭受呵斥甚至毒打。

白衣少女在严厉的监视下聚精会神地采着茶，茶篓里的芽茶看着往上涨，她心里想：等采完一天收工后，我就可以到茶坊里申领一份茶叶了，晚上给奶奶送到阴间去，让她老人家也尝尝鲜……

"死丫头，傻愣着干吗？磨洋工……"

随着监工的一声呵斥，白衣少女心里一紧张，刚回过神，身上就挨了一皮鞭。

"慢着——"

一个沉闷的声音传来，监工再次扬起的皮鞭快快地放了下来。白衣少女扭身一看，是文庄主！少女心中的恐惧消失了一半。文庄主总是面带笑容，给人一种和善的感觉。看到他，少女好像看到了救星。她嗫嚅着："文老爷……我……"

文庄主手一扬，瓮声瓮气地说："把茶篓拿下来，让她休息去！"说完，背着手往山上走去。监工跟在他后面。

跟随他一起上山的两个家丁会意地朝他点了下头，拽住白衣少女的胳膊就往下拖。

白衣少女一边挣扎一边叫喊着:"放开我……我要采茶……你们让我挣够一包茶叶再……"

"你想挣茶叶?好……我叫你挣!"一个家丁举起手里的木棒就朝她身上打。

山上采茶的几个姑娘一看白衣少女被家丁殴打,连忙喊道:"洪梅……杨洪梅——"放下茶篓就要朝山下跑。

文庄主朝监工使了个眼色,监工把几个姑娘拦住了。姑娘们折转来向文庄主求情:"老爷,求您放了洪梅吧,她可是诚心诚意来采茶的。"

文庄主瞟了山下白衣姑娘一眼:"哼,不懂规矩的东西!"

"文老爷,杨洪梅没坏您的规矩呀……"姑娘中,一个高个子愤愤不平地说。

"没坏规矩!她今天穿着孝服来给我采茶,还没坏规矩?她是存心咒我。"

"是啊,是啊!我怎么没想到呢?她这也太损人了……"监工忙讨好地跟着嚷道。

"不是啊,文老爷。今天是洪梅奶奶去世十周年,她今天采茶也是想挣一包茶叶回去,好孝敬她奶奶,她奶奶就想喝鞑子沟的青茶,临死都没喝上的。您就发发善心,成全她吧!"高个子姑娘央求道。

"你看,这不是我说的嘛。你们就说今天是祭她奶奶,她穿一件白衬衣到我茶庄里来戴孝,这不是咒我是什么?"

见文庄主毫不讲理,大个子姑娘气得哭了起来。

"好了,好了!快去采茶吧,明天就是'清明茶节',你们采的茶叶还要在总督面前露脸呢,好好采吧。杨洪梅……我只是小小地教训她一下,让她以后记住就行了,不会将她怎么样的。你们就放心采茶吧。"

文庄主一边假惺惺地安慰着,一边悄悄嘱咐监工严加管教,白己却装出个大善人,笑眯眯地向姑娘们点着头,双手朝后一背,哼着小调走了。

二

杨洪梅趴在床上,脊背上是一道道血口子,两只胳膊耷拉在床帮上,伤口还在向外渗血。

杨母端来了一盆盐水,用毛巾蘸着盐水,轻轻地给她擦拭着伤口。

毛巾刚刚接触到伤处,杨洪梅脊背上的肌肉猛一收缩。杨母倏地将手缩了回来:"这是什么世道?简直不把我们老百姓当人。"杨母悲愤地看着女儿身上的道道伤痕。

杨洪梅强忍着疼痛,咬着牙,硬是一声没吭,眼睛里却装满了泪水。

杨母擦着,心疼地看着女儿:"忍不住你就叫出声吧!叫出来疼的好受点。"

杨洪梅仍然咬着牙,噙满泪水的眼睛定格在一个固定的地方。

杨母擦拭完毕,将一盆染红了的血水端出去倒掉。

刚出门,戈秀梅和游贡爷匆匆赶来。

"杨妈,这是……"戈秀梅见杨母端着一盆血水,心里一惊。

"洪梅被……"杨母说不下去了,话被哽塞在嗓子眼儿里。

"洪梅怎么啦?"游贡爷也是一惊。

"她今天早上采茶,被文庄主的家丁给打了……"

"啊!"

戈秀梅和游贡爷赶紧向屋里奔去。

在杨洪梅的床前,看到她伤成这样,游贡爷义愤填膺:"这世道,真是无法无天!"

"一帮畜生,我非跟他们算账不可。"戈秀梅愤詈道。

234

游贡爷蹲下身去,仔细地察看了一遍杨洪梅的伤情。扭头对戈秀梅说:"秀梅,你回去把家里那瓶祖传跌打红花油拿来。夏天容易感染,洪梅这伤,若不用此药,恐怕会感染。"

"好。"戈秀梅扭头出了房门,却与刚进屋的杨洪胜撞了个满怀。

"益三……哥,你……回来啦?"戈秀梅一激动,话却变得结巴起来。

"秀梅……你……好吗?"杨洪胜没想到在家里会突然遇到戈秀梅,不知是激动还是紧张,不知说什么好。

"嗯……还好。"她转身向房里喊了一声:"杨妈,益三哥回来了!"

杨母出房门一看,杨洪胜兴致勃勃地站在堂屋里,手里提着一个用布包着的大刀。

杨母一怔,叫了声:"益三——"

听到叫声,游贡爷也从房里出来。

杨洪胜一看这情景,不知发生了什么事,问:"你们这是……"

"哥……"

接着从房里传出杨洪梅嘤嘤的抽泣声。

杨洪胜提着刀一步跨进杨洪梅房里,大惊:"小妹……"他转过身问杨母:"小妹怎么成这样了?"

杨母用衣襟捂着鼻子,低声啜泣,说不出话来。

戈秀梅气愤地说:"小妹今天到鞑子沟采茶,被文家的家丁给打的。"

"什么?"杨洪胜目瞪着戈秀梅,像是在质问她:"他们凭什么打人? 小妹到底做错了什么?"

"今儿是奶奶十周年,小妹采茶时穿了件白衬衣,就为这,他们说小妹是在诅咒他们……"

没等戈秀梅说完,杨洪胜将手里的宝刀使劲往地上一丢:"狗

235

日的,老子今天就去杀了他。"

游贡爷赶忙制止道:"千万别冲动。你爷爷马上就回来了,等他回来了我们大家商量个办法。我们不能再让这些人任意欺压老百姓了,但必须想个万全之策。"

"姥爷说的对,我们对付这些人也不能来硬的,既要报仇,还要保护好自己。"戈秀梅也附和着。

"嗯!"杨洪胜点了点头,牙齿咬得咯咯响。

傍晚,杨爷蹲在堂屋的板凳上,手里握着旱烟袋,不停地抽着。游贡爷坐在他旁边的凳子上,目光冷峻地看着他。

杨洪胜从杨洪梅屋里出来,把宝刀往桌子上一放:"我今晚就摸进文家庄园去,把那个文家老贼的血给放了……"说着,"哗"的一声把宝刀上的布掀开了。

杨爷眼睛突然一亮,"腾"地从凳子上跳下来,一把抓起宝刀,拿在手里左看右瞧。惊喜地问:"你这刀从哪儿来的?"

杨洪胜把他在承恩寺遇见宝刀的事,一五一十地讲给杨爷和游贡爷听。

游贡爷听后,说:"这是天意,这把宝刀就是'斩妖宝刀',上天将这把宝刀归还了你们杨家,就注定杨家今后要担负起'斩妖'大任。我看不能犹豫了,该怎么做,你杨家就挑个头吧!"

"这事得好好合计合计。"杨爷忽然冷静下来。

"单东家那边不是要举事吗?"游贡爷说。

"我正为这事犯愁呢!现在我杨记铁匠铺被禁止打刀矛了,其他地方又没有适合淬火的水,你说这兵器还怎么打?"杨爷把宝刀放回桌子上,为难地说。

"爷爷……"杨洪胜眨巴着眼睛,说:"我到过茨河高家垭子,那里有两口古井,那里的水可是淬火的好水呀。我们把铁匠铺藏到那里去打兵器不是很好吗?"

"你说的这地方,单东家带我去过,那古井里的水不能用。"

"怎么不能用?"

"那里的水石膏含量大,淬火后,刀口缺乏柔性,好锛口。"

杨洪胜挠着头,也想不出办法了。

戈秀梅给杨洪梅敷完药,从屋里出来,气冲冲地说:"打兵器的事再慢慢想办法,现在当紧的是要解决洪梅被打的事……这事,不能就这么完了!"

"这事是不能完……"杨爷瞟了一眼游贡爷:"明天,县衙要在鞑子沟举办'清明茶节',我看能不能在茶节上做做文章。"

"噢,对了! 文庄主还请我带人去帮他维持治安。说湖广总督张之洞要亲临现场观摩。他的人手不够,怕出现意外。"游贡爷说。

"张之洞?"杨爷且惊且喜。

"好,到时候我把这个狗屁总督刺杀了,他文庄主就脱不了干系,上面一定会拿他是问。"杨洪胜说。

"还有我,我跟益三哥一起去,还怕杀不了他一个总督? 就是光绪老儿来了也照样是一枪一个眼儿……"戈秀梅也跟着嚷了起来。

"不妥!"杨爷严肃地说。

"怎么不妥呀,爷爷? 你是担心我们的武功不行? 就凭我跟益三哥两个人的功夫合起来,那可是万夫不当呀。更何况……"戈秀梅顿了顿,指着桌子上的宝刀说:"还有益三哥的这把'斩妖宝刀'。"

"不是你们武功不行。你们想过没有,无论刺杀成功与否,那后面的事情怎么收场?"杨爷烦躁地踱着步,说:"明天抬着洪梅去喊冤!"

喊冤?!

几个人都吃惊地你看看我,我看看你。

须臾,游贡爷担心地说:"现在,天下乌鸦一般黑! 即使是湖广总督也破不了'官官相护'的官场规矩,弄不好,老冤未申,又添新冤。"

杨爷略加思索了片刻,然后说:"我听说,这个张之洞,张大人与其他的官僚不一样。曾听人讲过这样一件事。张之洞对学生宠爱异常,凡是学生与官吏发生争执或纠纷,张之洞往往偏袒学生一方。他衙门里一个挑水的老头,儿子从日本留学回来时,他还亲自设宴接风。通过这些事看来,哪怕他是沽名钓誉,那他在场面上起码还应该做做样子主持个公道吧。即使不是这样,明天在那么多老百姓面前,他就是装也要装出个爱民如子的样子来。所以,我想还是应该有些把握的。"

"那也不见得,看是什么人,遇的是什么事。我们要告的可是大清的开国元勋之后,他张之洞敢得罪这样的人吗?"游贡爷心里还是有些不踏实。

"这步棋,险是险了点,可我想过,只有这步棋才是活棋。我们就权且死马当作活马医吧!"杨爷心里已经拿稳了这步棋。

"那好吧,不过……"游贡爷话到了嘴边,又咽了回去。

杨爷见他欲言又止,知道他心里还有疑虑,就问道:"游贡爷还有什么不放心的吗?"

"哦,我是在想……我们明天喊冤的时机选在什么时候比较合适。是在半路上拦轿喊冤好呢,还是在比赛时喊冤好。不过,各有利弊。"游贡爷说。

"对,这也是个关键问题。我差点给忘了。"杨爷思索了片刻,说:"就定在大赛刚刚结束、张之洞讲话之前吧! 这时候,人们关注的大赛结果已见分晓,好多人积攒了两年的心血不会因我们喊冤而付之东流,给人留下缺憾。再加上,张之洞正要通过讲话在百姓面前展现他的官德和品行,这时候喊冤就把他置于风头浪尖,他不公正处理也不行了。"杨爷分析道。

"但愿能如此。"游贡爷仍心有余悸。

为了尽量消除游贡爷的一些顾虑，杨爷看了看杨洪胜和戈秀梅，说："明天去的时候你俩要做好充分准备，我们不能带兵器，但也不能坐以待毙、束手就擒。你们要见机行事，但不到万不得已，千万不能出招，你们看我的暗号行事。我明天身上带一块白布，我只要把白布拿出来一抖动，你们就行动。没见我抖动白布，无论发生什么情况，都不要轻举妄动……可听明白了？"

"听明白了！"杨洪胜和戈秀梅同时回答道。

"这样行！"游贡爷终于消除了心中的顾虑，然后说："我回去也给弟子们交代，明天我们同时行动，助你们一臂之力。真到了那个份儿上，我就豁出去了，我和我的弟子们负责护卫洪梅转移，益三和秀梅负责抵挡官兵。这样到时候就不会乱阵脚。"游贡爷做了战斗部署。

"如果真要是这样的话，还得想办法把这把宝刀带进去。"杨爷有点不放心。

"那就把宝刀放在洪梅的身子下面。"戈秀梅提议说。

"不妥。"杨爷又提出了反对意见："你想想看，我们去是喊冤的，到了那里后，那里人多杂乱，难免有人起哄或者推推搡搡，如果事情还没到那一步，却被人无意中暴露了宝刀，岂不是提前露了马脚？再说，如果进去的人要进行检查怎么办？"

"那可怎么办呀？"戈秀梅悄声嘀咕着，似乎感到绝望。

三

杨爷又皱了一下眉头，问游贡爷："游贡爷，文庄主明天请你去帮忙维护治安，他说了让你自带兵器了没？"

"他特别交代，不让我们带兵器，他说，他兵器库里有的是兵器，一旦有事，便可随时取用。"游贡爷也有些为难。

"这个文老爷也深谙兵法呀！看来,我们是无机可乘了?"杨爷自言自语地一边说,一边在屋里来回地踱步。

屋子里,鸦雀无声。

只有杨爷光着脚板在地上来回走动,发出轻微的"咚咚"声。

不一会儿,游贡爷倏地站了起来:"有个办法,我想试一试。"

"什么办法?"

杨爷停止了踱步,杨洪胜停止了挠头,戈秀梅也停止了深思,目光齐刷刷地汇集到游贡爷的脸上,期待着从他的脸上找到大家希望找到的答案。

游贡爷坚定地说:"我带宝刀进去。"

"你怎么带进去?"大家不约而同地发出了质疑。

"我硬带进去。"

"他们硬不让带咋办?"杨爷问道。

"那我还有个办法。"

"说来听听?"杨爷朝他点点头。

"那我就把大刀交给一个弟子,让他在门外候着,一有情况我就让他趁乱冲进来,我到门口接应。这比到文庄主的兵器库里取兵器更快捷。"

"你知道赛台在什么地方,离门口多远?"杨爷不放心地问。

"赛台就是戏园子里的戏台子,离大门口不远,比兵器库还近。"

"好,就这么办!"

杨爷刚说完,杨洪胜就准备进杨洪梅的屋里。游贡爷叫住了他:"益三,等等!"

杨洪胜忙抽回刚要迈出去的脚,站回原处,眼睛盯着游贡爷。

"我和秀梅来之前并不知道洪梅被打的事。"游贡爷说。

"哦,这么说,游贡爷到我们这儿来另有其事?"杨爷已经明白游贡爷还有要紧的事,只是因为洪梅的事情发生,没机会说出来就直截了当地对他说："那就说吧，纵然天大的事，我们杨游两家也能应付。"

"这几天我觉得不对劲，我突然发现胡金魁派了不少人在监视我家，不知道他们到底要干什么。我担心你这儿和益三的安全，所以，就跟秀梅一起过来看看，也顺便提醒你们一下，以后不管做什么事都要留点神。刚好，益三也回来了，这事你们可别掉以轻心……"游贡爷担心地瞄瞄杨爷，又瞅瞅杨洪胜。

"我看他们绝没安什么好心。我在承恩寺拜师的时候，他们就采取卑劣的手段在我跟师父之间造成误会，我差点就被师父撵回来了。"杨洪胜一想起这事就恨恨地说："我没事，现在不光是他胡大少爷，就是他的家丁一起来，也不在我话下。至于家里，我会时刻注意的。"

杨爷重新点上一锅烟，狠狠"吧唧"了一口。站起身，把桌子上的宝刀拿起来，像待儿子一样地抚拭了一遍，然后郑重地托在手上，向前跨了两步，来到杨洪胜面前：

"益三，这把祖传宝刀我一直没跟你提起过，就连你父亲我也很少跟他说，那是因为杨家是三代单传，我不希望你们卷入残酷的斗争旋涡，所以，到我这一代为止，我不打算再传下去了。既然宝刀失而复得，说明天意难违，上天注定要我杨家把它一代一代传下去。以前，这把宝刀是无名之宝，今天，我正式给它取名为'斩妖刀'，让它专门斩杀清妖。现在，我改变了主意。我要把这把'斩妖刀'传给你，你要好好让它发挥作用，替天行道，斩尽清妖！"

杨洪胜"咚"的一声，双膝跪在地上，双手从杨爷手里接过"斩妖刀"。

"来，向列祖列宗发誓。"杨爷拉起杨洪胜走近神台。

杨洪胜从神台上拿起一支香，点燃，插在香炉上。

香烟缭绕，神台肃穆。

戈秀梅和游贡爷在杨洪胜身后，肃然站立。

杨母悄声来到堂屋,立于儿子身后,也垂首站立。

面对列祖列宗的牌位,杨洪胜依次跪拜了各位祖宗,然后振振有词地说:"杨家后人杨洪胜杨益三叩拜列祖列宗,祖宗传下的宝刀——'斩妖刀'现已传至我代,益三绝无有辱祖上之功德、有毁祖上之名节!传我杨家之宝刀,守我杨家之节操,扬我杨家之威名,如祖宗之所愿,代代相传……"

跪拜完毕,杨洪胜将宝刀抱于胸前,面对四人,直抒胸臆:

"各位尊辈、秀梅:我杨益三宝刀在身,就肩负着为奶奶、父亲报仇雪恨,为天下苍生洗屈申冤的大任。自古忠孝两难全,如若有一天,我像二先表叔和胖子伯伯那样只能尽忠而无法尽孝,就请各位尊辈万万不要责怪益三的选择,只能等我来生再行报答……"

说完,双手按地,磕头礼拜。

戈秀梅早已眼泪汪汪,她疾步上前,扶起杨洪胜:"益三哥……不要说了……你做剩下的,我来替你完成。"

杨洪胜紧紧地把戈秀梅揽在怀里。

第十六章 鞑子沟义结张之洞

一

上午,辰时将过,谷城县衙里突然响了几下锣声。一队人马拥着两顶官轿从县衙里出来,穿过南门,向城南的鞑子沟方向开去。

走在前面的是顶八抬大轿,开道衙役举着的旗子上赫然写着一个大大的"张"字,明眼人一看便知,这是湖广总督张之洞张大人的官轿。紧随其后的是四抬中轿,这是汉家刘氏茶坊掌门人刘运兴的商轿。最后,是一顶两抬小轿,与前面的官轿和商轿比起来,未免相形见绌,衙役也没前面的威风。

坐在后面小轿里的知县瞿元灿身体向侧面倾了倾,掀开了轿帘。

马路上,人们行色匆匆。毫无异常。

道路两旁,是一片开阔地。一览无余。

从前面不时传来开道衙役的开道声。

一切都还算正常。

瞿元灿放下轿帘,坐回原处。长长地吁了口气,自顾闭目凝思。

軶子沟今天热闹非凡,各寨各庄的主仆家丁都云集于此。

文庄主着一身绿色的丝绸衫服,就连礼帽也是绿色的。在台下恭迎前来参赛的各庄庄主。

"恭贺文庄主!"

"嘿嘿……同贺,同贺!"文庄主皮笑肉不笑地应酬着。

"文庄主今天可是大喜呀!"

"嘿嘿……同喜,同喜!"

"您这是焕发了青春,我们谁能跟您比呀?"一位瘦高个子向文庄主拱手说。

"是呀,您连帽子都焕发青春了……还绿色儿的呢!"另一位庄主揶揄道。

"嘿嘿……见笑,见笑! 青茶上市,理当绿色……理当绿色!"文庄主像只笑面虎,阴笑的眼神里却藏着几分奸诈。

"老爷,戏班子来后怎么安置?"管家向文庄主禀报。

"先安排到西厢房里喝茶。"

"好!"管家转身离去。

文庄园,大门口。

一群老百姓被家丁堵在门外,不让进去。

这是怎么回事? 历届清明茶节只是严禁携带兵器,可从未把老百姓拒之门外的呀,今天是怎么啦? 是文庄主擅自做主,还是官府有所交代? 昨天怎么就没想到这一层呢? 不行,我得去想想办法。

杨爷寻思着。他让杨母留下照看杨洪梅,带着杨洪胜和戈秀梅朝文家庄园大门口走去……

"喂,干什么的! 没见这么多人都在门外站着吗?"

杨爷瞅了瞅守门的家丁,一个都没见过。他侧了一下身子,半对着家丁,半对着门外站着的老百姓,说:"这是你家老爷的主意

244

呀,还是县衙官府的旨意? 大家都知道今天是总督张之洞大人要来参加茶节,你却把我们这些人堵在门外,是何居心?"

站在门外的老百姓一听杨爷这样说,也都开始嚷嚷起来。

杨爷一看,抓住契机,继续说:"我们这些人都是专门来一睹张大人尊容的! 大家说是不是?"

"是啊,是啊!"

"这辈子能见到张大人,那可是烧了高香了。"

…………

尽管群人吵嚷着要进去,可守门家丁就是不让进。

杨洪胜正在着急,游贡爷提着那把宝刀带着弟子们来了,一看杨爷和杨洪胜、戈秀梅都被堵在门外,先是一怔,接着像没事似的径直往庄园里走去。

杨洪胜一眼就看到游贡爷身后的海凤山,海凤山也发现了他,两人四目相对,同时愣了一下。海凤山刚想说什么,杨洪胜连忙给他递了个眼色,然后装着不认识似的把头扭到一边去了。

"游贡爷,对不起! 我家老爷说了,您呀,人可以进去,但家伙不能带入。"守门的领头家丁一看游贡爷手提大刀,连忙拦住他说。

"废话,难道你家老爷不知道吗?"游贡爷板着脸斥责道。

领头家丁一听游贡爷这句摸不着头脑的话,先是一愣,接着便哼哼哈哈地说:"看您说的……我家老爷还……还不知道您吗?"

"知道! 知道还拦着我干吗?"游贡爷怀抱大刀,怒目而视。

"您就是吼破天,我今天也不能放您进去,您非要进去的话,就用你的刀把我杀了吧! 我要是放您进去我就活不成了。反正,横直都是个死……"领头家丁一副死猪不怕开水烫的样子。

"你敢激我!"游贡爷恶狠狠地瞪了领头的家丁一眼。心想:看来,硬闯是不行了。他偷偷瞥了杨爷一眼。

杨爷连忙过来接话儿:"我说老哥哥,您这么大岁数了何必跟这帮孩子动气呢？他们不让进也是奉了主子之命,您就别难为他们了。我看这样吧,您就留一个兄弟在外面,看护您的刀……"

游贡爷还在犹豫。杨爷使劲捣了他一下,给他使了个眼色:"算了吧,得饶人处且饶人!"

"好吧……"游贡爷显得十分勉强。

游贡爷转身叫着一个徒弟:"狗刨……"

孙狗刨见守门家丁不让游贡爷带刀进门,一双"贼眼"就在高大的院墙上搜寻,查找可以钻进去的通道。他忽地发现,稍远的地方有一只猫正从里面钻出来,他猛然一喜,心里有了数。正当他美滋滋地暗自高兴时,突然听到师父叫他,他一回神,忙跑过去应道:"在……请师父吩咐!"

游贡爷阴着脸说:"你留在外面,把我的刀保管好。"然后给他使了个眼色。

孙狗刨心领神会:"请师父放心,保证人在刀在!"

游贡爷脸一沉:"人不在,刀也得在。"

"是,人不在,刀也在!"

海凤山愤愤不平地说:"我师父可从来都是刀不离人,人不离刀的,今天怎么就……嗨!"

游贡爷领着他的弟子进去了。

哐,哐,哐!

忽然,不远处响着一阵锣声。

杨洪胜寻声望去,只见通往县城的道路上尘土飞扬,一顶大轿依稀可见。他悄声对杨爷说:"爷爷,张之洞的轿子快到了。"

杨爷低声吩咐道:"你去叫你妈跟洪梅过来,这里我来对付。"

杨洪胜抽身走了。

杨爷大声对百姓们说:"大家听着,张大人的轿子就要到了,庄园不让进,我们就在门外见一眼张大人算了,也不枉大老远来了一趟。"

听杨爷这么一说,老百姓们唧唧喳喳地围在门口等着张之洞的大轿。

家丁们一看,怕出现意外,赶紧上来阻止。

聚集的人却越来越多,人们根本不买家丁的账,有人跟家丁发生了冲突,局面已经无法控制。

领头家丁扯着嗓子喊道:"你们都听好了,谁敢再围在门口,就当作匪首抓起来……"

大家都被镇住了。

杨爷一看情况不好,也喊了起来:"大家不要怕,我们是本分的老百姓,张大人是不会为难我们的。"

他一喊,在人群里引起一阵骚动。

这时,杨洪胜已经带杨母和杨洪梅来到门口,他站在戈秀梅身边,悄声说:"爷爷这招可够厉害的。"戈秀梅点点头:"那当然,爷爷是谁呀!"

他们悄声说话的当口,领头家丁见事态已经无法控制,就命人把杨爷绑了起来。

见杨爷被绑,戈秀梅怒不可遏,就要冲上去与家丁拼命,杨洪胜一把将她拉住,低声说:"沉住气,不要乱来,爷爷说过,不到万不得已,不能出招,况且,爷爷还没给我们发信号呢。"

戈秀梅急切但却小声说:"爷爷都被绑了,还不是万不得已?再说,爷爷双手被绑,他怎么给我们发信号?"

"别急!"杨洪胜说着,就大步向领头家丁走去。

杨爷连忙给他递眼色,要他别轻举妄动。

杨洪胜朝他轻轻地点了点头,以示明白。

来到领头家丁面前,杨洪胜却不愠不火地质问道:"老人犯了朝廷哪条法,你竟当众把他绑了起来?"

"他犯的是本庄法!怎么,你也是他同党?"领头家丁朝其他家丁喊了一声:"来呀,把他也一同绑了!"

杨洪胜一把捏住领头家丁的手腕,说:"无需他人动手,来,你亲自绑好了。"稍一用力,领头家丁立刻疼得大叫起来。

领头家丁还没叫完,张之洞的大轿已经到了大门口。

张之洞见这么多老百姓围在门口,就落轿下来。脸色由阴转晴,和颜悦色地对老百姓说:"你们是来看我的吧!"

老百姓一哄而上,嚷嚷道:"我们来看大人,却不让我们进去,还绑了我们一个老爷子,张大人,您给评评理……"

老百姓原本是想见一眼张之洞就满足了,可没想到家丁竟把人给绑了,一时气愤,就闹着要张之洞评理。

张之洞问明情况后,颇受感动:谷城的老百姓冒着炎热站在门口等这么长时间,为的就是想一睹自己的尊容,而且还遭捆绑。

他立即走到被绑着的杨爷面前,躬下身去看着他。

一家丁见状,灵机一动,赶紧过来给杨爷松绑,却被张之洞制止。

张之洞倏地从腰间抽出一柄佩剑……

"啊……"

在场所有的人都倒吸了一口凉气。

杨爷坦然地闭上了眼睛……

杨母大惊失色,捂住嘴巴,差点叫出声来。

戈秀梅已经悄悄向张之洞靠拢,准备先发制人。

杨洪胜攥紧了双拳,正要冲上去与张之洞拼个你死我活。但他们都蓦地愣住了!

只见张之洞剑起绳落,然后扶起杨爷说:"你是为了迎接本督而遭捆绑的,本督得亲自给你松绑。"

杨爷的眼睛慢慢睁开,目光落在即将收入剑鞘的佩剑上,立马一惊,脱口道:"大人的剑……"

"嗯?"张之洞有些不解地看着他,又疑惑地看了看自己的佩剑："我的剑怎么啦!"

杨爷这才感到自己刚才太唐突了,甚至有点冒失,于是说道:"……小民眼拙,想必大人的佩剑一定是柄宝剑。"

"哦……"张之洞微微一笑:"看不出,你还识得宝剑。"

"恕小民失礼,刚才看到大人的宝剑,使小民忽然想起一个人来。"杨爷也笑了笑说。

"谁?"

"罗绕典,罗大人!"

"罗大人……你认识?"这下却让张之洞吃了一惊。

"小民给罗大人打过一柄佩剑,是用祖传之法打制的宝剑。"杨爷用极其平静的口气说。

张之洞目视着寒光闪闪的宝剑,说:"这柄佩剑正是罗大人的心爱之物……"他猛地抬眼看着杨爷,惊喜地:"你就是罗大人常提起的'杨大刀'?"

"小民正是!"杨爷答道。

"你是难得的人才呀! 好,改天我专门去拜访。"张之洞说。

"岂敢劳烦大人,理当小民去拜见大人。只是现在恳请大人允许这些百姓一同去观看比赛吧!"杨爷央求道。

"理应如此。大家随我一同去好了。"张之洞弃轿步行。

走在张之洞后面的汉家刘氏茶坊掌门人刘运兴折身拉住杨爷的手说:"我也早听人说过谷城有个'杨大刀',百闻不如一见啊。我虽然是个商人,可我却喜欢舞刀弄枪,我交你这个朋友怎么样?"

杨爷一听,愕然。

张之洞回转身,见杨爷一副惊愕的样子,介绍道:"这位是天下第一茶坊汉家刘氏茶坊的刘掌柜刘运兴,别看他今年已经七十二岁,可他身子骨看上去却只有二十七岁,从不服老呢。"接着,开了一句玩笑:"你以后给他打一把七百二十斤重的大刀,看他服不服!"

杨爷欣然应道:"好,这刀我打了! 也算是我交你这个茶王朋友的见面礼。"

"杨师傅果真要难为我这个老朽? 那就说定了,你若有事可以差人直接到汉口刘氏茶坊来找我。"刘运兴真诚地说。

杨爷也同样真诚地回答道:"一定拜访!"

二

文庄主与各庄寨的庄主寨主们打过招呼,正从戏台子上走下来。管家慌慌张张地跑来禀报:"老爷,总督张大人和刘掌柜到了!"

"到哪儿了?"文庄主连忙问。

"已经进大门了,正向这边走来。"管家长吁了一口气说。

"啊……门上怎么没进来禀报? 这锣声也没听见呀!"文庄主不知所措。

"出了点岔子。"

"什么岔子?"

"您就别问了,快点出去迎接吧!"

"快……叫各庄各寨的庄主寨主们快来列队迎接。"文庄主慌忙整了整自己的衣冠,双手提起长衫的下摆,快步向门口跑去。各庄主寨主们个个神色慌张,一路小跑地跟在他后面。

"张大人到……"

开道的衙役在前面高喊了一声。

各庄庄主、寨主们齐刷刷地跟着文庄主跪在道路两旁。

跪在前面的文庄主拜道:"谷城鞑子沟庄主文章率本地众庄主寨主叩见大人!"

"免礼。"

"谢大人!"众人齐声喝道。

众人一抬头,吃惊不小:一个打铁的铁匠竟跟在总督大人后面。尤其是文章,心里就像揣着一个一触即燃的火药瓶,忐忑不安。

"文庄主,还不快请大人就座?"瞿元灿见文章像木头人一动不动地傻站着,催促道。

"哦,是,是……"文章如梦方醒,连声说道:"请大人台上就座,请……"眼睛却不停地偷看着杨爷。

游贡爷带着海凤山正在四处观察地形,园子里到处都是家丁,就连赛台上也站着好几个家丁。他把自己的弟子逐个安排在有利的位置上,他和海凤山两人就重点守卫赛台,因为这是个擒贼擒王的最佳位置。安排完毕,一群人从大门口往赛台走来,最前面的那位大人一定就是总督大人无疑。可又让他感到奇怪的是,总督大人没坐轿,也没骑马,这不可能呀?正寻思着,他又看见杨爷竟跟在张之洞的身后。他不敢相信地揉了揉眼睛,仔细看了看,杨洪胜、戈秀梅也在后面的队伍里,还有杨母、杨洪梅。没错,确实是杨爷!这下,他放心了。不过,他还是感到蹊跷。

游贡爷悄声对海凤山说:"你去问问益三,是否按原计划行动。"

"好。"海凤山答应着,朝杨洪胜走去。

鞑子沟庄园的戏园子里,人山人海。

茶艺比赛一直持续到午时才结束。

担任这次比赛司仪官的文章正要宣布请张之洞训话时,站在台下的杨爷给身边的杨洪梅使了个眼色。

杨洪梅跟跄上前几步,跪拜在擂台下面,高声喊道:"大人……民女有冤,望大人为民女做主!"

文章一看是杨洪梅,心中一悸,马上呵斥道:"大胆暴民,竟敢

251

骚扰滋事、蔑视总督大人,给我拿下……"

台下一阵骚动。

"慢!"张之洞身子向前倾了倾,眼睛盯着台下跪着的杨洪梅:"有何冤屈,从实说来,本督定为你做主。"

"这……"文章想极力制止,却又找不出合适的理由。

张之洞狠狠瞪了他一眼。文章顿时不敢做声了。

在台上担任守卫的游贡爷眼睛紧盯着文章,随时准备着。

台下的杨洪胜、戈秀梅也在观察台上的动静。

杨爷站在人群里,看似泰然无事。

杨洪梅说了声:"谢大人! 民女不是什么暴民,也从不敢骚扰滋事,只是昨天……"然后把昨天在文庄园采茶被打之事一一做了详述。

"简直目无王法……"

"仗着开国元勋的后裔,为所欲为,欺压百姓……"

"喂,听说当今皇上对他们文家都特别开恩,你说一个湖广总督还敢把他怎么样?"

"这话你可别说早了,人家张之洞大人可是朝中有名的公正不阿之臣,哪会为这等小人而玷污一生的名节?"

…………

台下百姓的纷纷议论,张之洞全听见了。他不动声色地问文章:"此暴民的话,你可听见了?"

"小的听见了!"文章一听张之洞也称杨洪梅为"暴民",他的胆子开始壮了起来,接着在张之洞面前道:"她这是妖言惑众,在诬陷小的,大人千万不要信这妖女之言。也请大人为小的做主!"

只听张之洞用十分温和的口气问杨洪梅:"你叫什么名字?"

"回大人,民女叫杨洪梅,是城南黄康戈家营子人。"杨洪梅虽然嘴上回答得利索,可心里却直打鼓。她不知道眼前这个总督大人是不是如传说的那样秉公办事、爱民如子。

"你说此事,可有证人?"张之洞问。

"证人?"杨洪梅一怔,不知所云。

游贡爷心里也猛一咯噔:找证人!对呀,洪梅曾说过,有几个姑娘当时还为她求过情。那个高个子姑娘家也在附近,而且跟秀梅很熟。他悄悄退下去,跟戈秀梅耳语了几句。

戈秀梅点了点头,迅速离开了戏园子。

游贡爷又回到他守卫的位置上。

张之洞给她解释说:"证人,就是亲眼见到你被打的人或是直接参与打你的人……现在在场的,有吗?"

"有!"杨洪梅不假思索,脱口而出。

"谁?"

"他。"杨洪梅用手指着文章说。

"大胆! 敢如此戏弄总督大人。"瞿元灿一拍桌子,忽地站了起来。

杨洪梅吓了一跳,带着哭腔说:"我……我没戏弄大人,我说的……说的都是实情呀!"

"算了,算了……她是个孩子,还不懂这些。"张之洞制止了瞿元灿的冲动,尔后笑着对杨洪梅说:"他是你的被告,怎么能当证人呢? 这样……你有没有家人在场? 让他们出来回话。"

"有!"杨爷突然跨前一步,跪下。

"欸,杨大刀!"张之洞疑惑地看着杨爷,突然,一拍太师椅扶手:"大胆! 你竟敢欺骗本督。"

"回禀大人,小民知罪! 只是'欺骗'二字实不敢当,小民原本就是来替孙女拦轿喊冤的,只是刚才还未得禀知总督大人……请大人明鉴!"

此刻,游贡爷心里暗暗吃惊:坏了,事情怎么会成这样呢? 看来,一场恶战在所难免。

文章此刻却幸灾乐祸,他便借题发挥:"我说嘛,这当爷爷的就是个老骗子,孙女还能有个好?大人,我看,这案子……"他见张之洞不感兴趣,话到此就没敢再往下说。

张之洞毫无好感地瞥了他一眼:"说下去。"

"它就是秃子头上的虱子——明摆着的!"

"摆着什么?"张之洞盯着文章问。

"她这是诬告啊!"文章叫屈地说。

听了文章的话,台下传来老百姓的一片愤怒声,大家群情激奋,声音越来越大。

"肃静……肃静!不要打扰总督大人问话。"瞿元灿努力地维持着秩序。

老百姓激动的情绪稍稍平息下来。

张之洞向台下的老百姓挥了挥手说:"大家不要激动,本督一定会秉公而断,绝不徇情枉法……"

台下响起了热烈的掌声。

张之洞接着说:"只是没有人证,这叫本督如何裁决呀?即是治人之罪就要治得心服口服。本督办案一向是重证据而轻口供,屈打成招的口供跟诬告有什么区别呢?"

"总督大人开明!"

"大人说得极是,不愧是当朝名臣……"

老百姓正唧唧喳喳地议论着。文章看到没有证人,心里正暗自得意。忽然,有人大喊了一声:"证人在此!"

人们立马停止了议论,不约而同地朝着喊声望去,只见戈秀梅领着一个姑娘飞奔而至。

场上顿时静了下来。

戈秀梅把证人带到台下,证人双膝跪地。戈秀梅却站在台下抱拳施礼道:"启禀总督大人,民女把证人给您找来了。"

"你是何人,见了总督大人为何不跪?"瞿元灿不认识戈秀梅,也不知她的来历,便命她跪下回话。

254

"大胆暴民,你在哪里找了个假证人来欺骗总督大人。胆敢胡说八道,本庄主绝不轻饶!"文章看到台下跪着的高个子姑娘,心里全然明白了,为了堵住证人的口,便以淫威相要挟。

"文老爷,别紧张。真的说不假,假的说不真,你怕啥呀?"戈秀梅咄咄逼人,一副大义凛然的样子。

台下的人都为戈秀梅捏了一把冷汗,如此顶撞县太爷,口出狂言,不是存心蔑视总督大人吗,总督大人若是发怒,岂不要治她的罪?

张之洞见戈秀梅英姿飒爽,大有巾帼不让须眉的气概,煞是欢喜。便站了起来,走到台前,说:"免跪了,站着回话吧。叫什么名字?"

"谢大人。民女戈秀梅刚才冒犯了大人,望大人恕罪。"戈秀梅见张之洞并无怒色,觉得自己确实有些失礼,于是,回话的语气顿时缓和下来。

"到这儿来干什么?"张之洞又问。

"民女奉命来保护大人安全!"戈秀梅答道。

"嘀,口气还不小哇!你一个小女子竟来保护我这个大男子,这说出去可让本督无地自容呀。"张之洞大笑道:"你是奉了谁的命来保护本督的?"

"鞑子沟庄主文老爷。"戈秀梅瞥了一眼台上的文章说。

"胡说八道!"文章咆哮了一声,上前一步对张之洞说:"大人,您千万不要听这暴民胡言乱语,她是来闹事的。"

"不要张口一个'暴民',闭口一个'暴民'好不好?百姓是衣食父母,没有百姓,你这庄子能有这么景气吗?再说,百姓都成了暴民,你我现在还能安稳地坐在这里吗?"张之洞训斥地说。

"是,小的谨记大人教诲。"文章讨了个没趣,向后退了几步。

"啪啪……"台下再次响起一阵掌声。

"回大人,是小民让她来保护大人的。"游贡爷看准时机,向前跨出几步,躬身对张之洞说。

"好了,谢谢你们对本督的保护。"张之洞回身坐在太师椅上。问证人:"你认识旁边的这个小女子吗?"

高个子姑娘看了一眼杨洪梅,说:"回大人的话,小女认识,她就是昨天跟我们一起采茶的杨洪梅。"

"那你把昨天看到的事情说一遍,要从实说来,不许有半点虚假!"张之洞厉声说道。

"小女不敢撒谎,保证句句都是实话。"高个子姑娘如实地将家丁如何暴打杨洪梅的事一一说了出来。末了,又补了一句:"小女愿意指认暴打杨洪梅的家丁。"

张之洞侧身问文章:"文庄主,你还有什么话要说?"

文章见事已至此,无法掩饰,就"嗵"的一声跪在张之洞面前:"大人,小的真的不知呀,这全是手下们干的。小的管教不严,罪该万死。请大人责罚!"

张之洞站起身,提高嗓门说:"文章身为开国元勋之后,深受皇恩,却不能为朝廷分忧,对手下管教不严,以致伤及无辜,有失察之责。罚银20两,作为对伤者的医治和赔偿。对于行凶打人的家丁,暂且收监,待县衙审处。"

"谢总督大人!"杨爷跪拜谢恩。

"总督大人英明……"老百姓一片赞扬声。

张之洞接着说:"今天本督到谷城参加了茶节,看到了谷城在发展农业上做得很好,你们总结的'种、采、焙、炙'这一植茶经验,本督将向各州县推广。本督一贯主张,要治理好一个地方,首先要办好这样几件事:一是兴实业;二是办教育;三是扶农桑;四是应商战。只有推行'新政'才能富国强民。昨天,瞿大人陪同本督专门视察了谷城的高等小学校和浩瀚亭,看到了谷城教育的兴起、感受到谷城文化有一种很好的氛围。这些应该发扬……以前,曾有人向本督上奏,说谷城是穷山恶水出刁民,本督不以为然。通过今天审理的这起案子,更证实了本督的看法。一个地方民风的好坏,百姓的刁良,不取决于那个地方的水土和百姓本身,而取决于地方政治是否清明、官吏是否清正、豪绅是否清白。谷城县衙的大堂上挂着一幅'海水潮日图',上面有咸丰年间的一位知县提上去的四个大字——勿蹈覆辙!就是告诫自己要吸取历史教训,不要走以往错误的老路。现在,我也要警告我们的府衙和县衙,不要重蹈过去的覆辙,要重人才、重教化、重民意,解决好民生问题,这样,百姓才能安居乐业,地方才能稳定祥和……"

张之洞的鸿篇演说,在"噼里啪啦"的掌声中结束。

杨爷领着杨洪梅正要离场,却被瞿元灿叫住。

"总督大人在谷城的日程还有两天,你准备一下,大人随时可能到你铺子里去视察。"瞿元灿对杨爷说。

"多谢瞿大人的提醒,老朽这就回去准备,迎候总督大人视察。"杨爷心里打着算盘,脸上却丝毫没有表露。

"好!"

瞿元灿望着杨爷离开的背影,眼珠滴溜溜地转动了两下,从鼻孔里轻视地"哼"了一声……

三

清晨,太阳刚刚升起,通条铁匠街上行人稀少。从南河水面上泛起的晨雾弥漫在街道上,铺在路面上滑滑的圆圆的湿湿的五颜六色的鹅卵石折射出道道耀眼的光芒。

杨爷从街上匆匆走过,清新、凉爽的空气使他昨晚因没睡好觉而显得昏涨的头脑顿时清醒了许多。

他来到杨记铁匠铺子门前,掏出钥匙,打开了铺门。

屋里显然是好久没人光顾了。

几台铁炉子横七竖八地堆放着,铁匠锤也搁得没规没矩,风箱

257

还连在炉子上。

杨爷推门走进里屋一看,那只从来都没空过的装着焦炭的箩筐已经空了。他沮丧地将空箩筐一脚踢开:"唉——"

这个曾经红红火火的屋子忽然让他感到陌生。他将凳子上的灰尘掸了掸,颓然地坐下来:"昔日红火的铺子,几乎在一夜之间竟变得如此冷清和苍凉。"

他想着,微微地闭上眼睛,在心里开始盘算着:听张之洞的口气,他跟罗绕典一定有很深的关系,不然,那柄宝剑不会落到他手里,得好好把握他来铺子视察的机会,争取通过他的力量解除对杨记铁匠铺的打刀禁令。若能做到这一点,所有的事情全都解决了。

"爷爷……"

有人突然从外面闯了进来。

杨爷睁开眼睛一看:"哦,是秀梅呀!你怎么来啦?"

"姥爷要我过来看看,问问今天这边有没有事情要做。"戈秀梅看到屋里乱七八糟的样子,心里一阵难过。

"你姥爷怎么知道我这边今天会有事情?"杨爷不经意地问道。

"昨天回去后,我把在大门上发生的事情给姥爷说了,姥爷想了一夜,早上一大早他起来就跟我说,要我过来,说不定您正在铺子里等着我呢。没想到还真让姥爷给说准了。"戈秀梅心情开始爽朗起来。

"你姥爷他真这么说?"杨爷追问了一句。

"我觉得……张之洞倒还像个好官,如果能攀上他,那以后谁还敢跟杨记铁匠铺过不去? 不过呢……现在当官的呀,个个都是说的是一套,做的是另一套……靠不住!"戈秀梅只顾按自己的思维自言自语地说,却没听见杨爷的问话。

"如果我们努力一下,把事情做到位,让张之洞根据我们的需要主动为我们说话怎么样呢?"

"那当然好啰!"戈秀梅心花怒放,却马上又灰心丧气:"可怎么做到位呀?再说,我们就是做到位了,谁来替我们禀报张之洞呢?"

"两天之内,张之洞要到铺子里来视察……"

"真的?"戈秀梅高兴地说:"那我叫伙计们赶快来收拾收拾,好迎接张之洞这位总督大人。"

"不。这时候不能让伙计们来。"

"为什么?"戈秀梅不解地说:"伙计们都来了,热热闹闹地开张营业,兴许张之洞一高兴,爷爷再提出要求,他不就为我们说话了吗?"

"事情没你想象的那么简单。"杨爷环视了一遍凌乱的屋子,说:"这张不能开。"

"为什么?"戈秀梅大惑不解:"不开张,张之洞来视察会不高兴的。"

"他不高兴怎么啦?我就是要他不高兴!"杨爷气愤地说。

"为什么?"戈秀梅百思不得其解:"他一不高兴,还能为我们说话吗?"

"不仅伙计们不能来,张不能开,而且这两天你也不要来了,老老实实在家里给我待着。"

"为什么?"戈秀梅更是不解。

"哪儿有那么多'为什么'!照我说的去做。本来官府就把我们欺压得抬不起头来,还要我给他们脸上贴金?没那么好的事,到时候我非出他瞿元灿的洋相不可,就拼着我这铁匠铺不开了,我也要把这娄子给他捅出去。我不管他总督是真为百姓办事还是真欺压百姓,我这次都要豁出去。人活的就是一口气!如果任凭官府这样捉弄,像泥人一样,想怎么捏就怎么捏,那活得也太憋气了。我一人做事一人当,你们要是都来了,会跟我一起受到牵连。该回避的还是要回避一下。我老了,已经无所谓了。"杨爷忧伤却又十分坚定。

张之洞坐在简陋的凳子上，眼睛来回地在屋子里看着四周。眉头紧锁。

瞿元灿躬身站在张之洞旁边，心里直打鼓。他悄悄地低声埋怨杨爷："你不是答应让大人视察满意吗，怎么搞成这样？"

"我也没办法。"杨爷也压低了声音，显得十分无奈。

瞿元灿偷偷瞪了杨爷一眼，没吱声，心里却说：老东西，跟我玩心眼！

张之洞站起身，在屋里走了几步，叫了声："杨大刀……"

"小民在！"杨爷躬身垂首道。

"这里是打铁的地方吗？"

"回大人，打铁一般在外面。"

"这里是做什么用的？"

"回大人，这里是打刀剑淬火的地方。"

张之洞从腰间抽出宝剑，放在手上端详着。片刻，问道："你送给罗绕典大人的这柄宝剑就是在这里淬的火？"

"是的，大人。就是用那口古井里的水淬的火。"杨爷指着古井对张之洞说。

"没想到，罗大人珍藏了一生的宝剑竟出在这样一个不显眼的地方。难怪罗前辈称这柄宝剑叫'沙里金'！"

张之洞祖籍直隶南皮，1837 年 9 月 12 日出生于贵州兴义府（当时其父张瑛任兴义知府），字孝达，号香涛、香岩，又号壹公、无竞居士。少时在贵州兴义府署长大。今年五十六岁。其人博闻强识，文才出众，年方十一，即为贵州全省学童之冠，作《半山亭记》，名噪一时。十二岁在贵阳出版第一本诗文集。咸丰二年（1852年），回直隶南皮应顺天乡试，名列榜首。咸丰三年（1853 年）四月，太平军攻占江宁，朝廷宣布畿辅戒严。八月，十六岁的张之洞

260

出都抵贵州兴义府。

　　他与罗绕典相识就是在他抵贵州兴义府后。因剿灭襄阳郭大安起义有功，刚升任云贵总督不久的罗绕典，在兴义知府张瑛府上见到少年才俊张之洞之后，甚喜，遂与之彻夜长谈，结为忘年之交。从此以后，张之洞就在兴义城与父兄一起参加抵御农民起义军的战斗。战争的洗礼，让张之洞很快成长为一名军事将才。

　　咸丰四年（1854 年）闰七月，贵州斋教首领杨龙喜攻占桐梓、仁怀等县，围攻遵义城，势力遍及黔西安南、普南等县。罗绕典督令贵州巡抚、提督集兵 2 万前往镇压，特将张之洞带在身边，亲率所练精锐兵勇 1500 人驰赴遵义，攻陷凤凰山、螺丝山、红花冈等山寨。在雷台山追击时，罗绕典跌落山涧，中风。卒前，将贴身佩剑赠予张之洞，并留下遗言："此宝剑谓'沙里金'，系鄂人杨大刀所铸，老夫一生从未离开此物，今大限已到，此物终将离身，遂赠孝达，以托之志。"

　　罗绕典死后，张之洞侍父于贵州军中。咸丰五年（1855 年）秋，父张瑛令其北上入京……

　　"你这个'杨大刀'还蛮有名气的，也算是鄂地一个难得的人才呀！"张之洞说道。

　　"小民不才，有辱大人夸奖！"杨爷没想到张之洞竟如此欣赏自己，突然心生一计，喟然长叹了一声，说："祖上将铺子传至小民这一代已渐颓废，有辱祖上名声。近日，一和尚路经此铺，指点迷津说：此铺将转运！小民不信。和尚又说：近日将有一贵人光顾，若能求得贵人取一铺号，此铺将名扬后世……"

　　张之洞将信将疑："真有此事？"

　　"真有此事！小民怎敢诓骗大人？"杨爷不好意思地说："也许是小民欲兴祖业心切吧……"

　　"本督一向不信那些神话妖言……"张之洞顿了一下："不过，行商者都爱图个吉言，既然你有求本督，本督就应了你。"

"谢大人恩典!"杨爷躬身向张之洞行了大礼。

张之洞在屋子里走了一圈,说:"铺子的字号就叫'杨大刀铁匠铺'吧,把你杨大刀的名气打出去。"

"多谢大人赐号!"杨爷再次向张之洞躬身行礼。

"号我是给你取了,但口说无凭,立字为据,改天我再题写个匾额让人给你送过来。当然,能不能如那位神人所说此铺从此转运,那就要看你的造化了。"张之洞爽朗地笑着。突然说道:"你把铺子里最近打制的刀剑拿出来,好让本督见识见识。"

瞿元灿一听,连忙给杨爷使眼色。

杨爷装着不知,并没理会瞿元灿的暗示,却说:"回大人,本铺已经好久没打制刀剑了。"

话一出口,瞿元灿赶紧又给他递眼色,制止他这么说。杨爷似乎明白了他的意思,连连点头。

"为什么?"张之洞感到不解:"打制刀剑可是你'杨大刀铁匠铺'的祖传绝技,任何铺子都无法企及,怎么能轻易放弃呢?那'杨大刀铁匠铺'的字号不是白给你取了吗?"

"回大人,知县瞿大人也是为地方安宁着想,才……"

还没等他把话说完,张之洞已经明白了,接过话说:"怎么,是瞿大人不让你打制刀剑?"

"是这样……"瞿元灿担心再让杨爷说下去会把他的老底都给揭了出来,连忙抢先说:"近期,谷城这地方不太安定,哥老会有闹事的迹象,为了消除祸患,我们暂时禁止了打制刀剑。"

"乱弹琴!"张之洞不高兴地:"你这样做,只能是饮鸩止渴!"

"是,大人英明,小的马上纠正。"瞿元灿躬身垂首道。

"我跟你达成一个协议,从今以后,你就专门给我打制一些上好的刀剑,铁由我来供应,工钱也由我出,瞿大人做我的监制,你看如何?"张之洞看着杨爷,等着他回话。

"谢大人抬爱!小民遵行。"

262

杨爷怎么也没想到,困惑了他好久好久的难题,竟然在无意中瞬间得到了解决。他心里有一种说不出的高兴,可表面上却异常平静。

第二天上午,杨爷正跟伙计们在铺子里忙着生火,准备开张。

"总督大人赐匾喽……赐杨大刀铁匠铺锦匾一面……"

忽然,铁匠街的西头响起了鸣锣声,隐约传来衙役们的吆喝声。

伙计们拥到街心里看时,瞿元灿的轿子已经拐进了铁匠街。伙计们不由自主地躬立铺门两旁恭候。

轿子缓缓行至门外落下。瞿元灿钻出轿子,向前来迎接的杨爷拱了拱手,却缄口不语,径直向铺门口走去。

两个衙役抬着一方用红色锦缎掩盖着的匾额,立在瞿元灿的面前。

瞿元灿机械地喊道:"授匾……"

杨爷双膝跪地,接匾。

瞿元灿又喊道:"升匾……"表情仍然很机械。

游二采抡起铁锤,在门额上钉了一个大钉。

杨爷将匾额缓缓举过头顶,不歪不斜,正正当当地挂在大钉上。接着,右手划出一个漂亮的弧线,锦缎随着弧线飘落下来……

只见匾额上,张之洞用"米体"书写的六个笔力遒劲,俊迈豪放,跌宕有致的大字——

　　　杨大刀铁匠铺

下面是落款——

　　　南皮张之洞

"杨师傅,你看好喽,这可是张大人的手书,你今后得指望它兴隆生意、广进财源啊!"瞿元灿不怀好意地挖苦着杨爷。

杨爷不答,叫了声:"来人哪! 拿酒来。放鞭庆贺!"

道贺的人都散了,屋里只剩下了杨爷和游贡爷两个人。

"真是俗话说得好:大鬼好见,小鬼难缠! 你说总督张大人多开明,一句话,把压在你心里好久的石头给搬开了。哪像我们这里的府衙和县衙,你有事找到他们不行贿不办事,行了贿还办不成事,你说这……"

"如果当官的都像张之洞这样,清朝还算有救,就不会有这么多人起来反朝廷了。可惜呀……"杨爷叹了口气,说。

"现在,清廷已经是病入膏肓,一两个张之洞恐怕是无济于事了。我看哪,全国的反清情绪越来越高,你看现在,几乎遍地都是反清组织。益三领导的谷城江湖会,现在虽然没有公开,但是闹得可欢了,我的几个弟子都被他吸引去了……"游贡爷兴奋地说。

"嘘……我这儿可不是你的武场,隔墙有耳!"杨爷打断了他的话。

"这下好啰,单东家的活儿有着落了!"杨爷舒了口气。

第十七章　举义旗计收尚彦臣

一

天刚擦黑。透过微弱的天光，军山像一条墨绿色的巨龙，横亘于南河南岸，龙头吞吐汉水，龙尾翘驻薤山，绵延数十里。南河岸边，缭绕的炊烟，给这条巨龙平添了腾云驾雾的冲天动感。

龙头衔汉水之处叫格垒嘴，这里靠山临水，是水旱两路交通要冲，历来是兵家屯兵之地。汉末刘表镇襄阳时，其将李氏驻扎数百人守其要道。

最近有一帮自称是江湖中人，在格垒嘴一带活动。

杨洪胜决定去趟一趟这道浑水，探探深浅。

杨洪胜在谷城成立江湖会已经快半年了，与各地的哥老会保持着密切的联系。他有个愿望，想把谷城的各种反清帮会组织在一起，形成合力，大家协力反清、报仇雪恨。

他知道，哥老会，包括红帮、青帮（部分没变质的）、白莲教、红枪会、大刀会、小刀会、天地会等秘密组织，都是从洪门衍变而来的。

洪门始建于清初。在清兵入关、明朝覆灭之后，一些明朝遗老和不甘心受清朝统治压迫的民族志士，结成秘密团体，从事反清复明活动。他们基于对明太祖朱元璋洪武年代的怀念,故以"洪门"命名。洪门是反抗清朝统治的组织,为了躲避清朝官兵的剿捕,早期多以高山老林为根据地,活跃于江河流域。

对于在格垒嘴活动的这支帮派,杨洪胜已经留意一段时间了,这些人尽管浑身匪气,但他们专与官府和劣绅作对,还没发现他们对老百姓有劣迹,而且人员众多,是一支可依靠的力量,如果有可能进行收编,将是一支强大的反清力量。

天将黑,杨洪胜叫上海凤山,两人空着手乘夜赶往格垒嘴。

他们正疾步赶路。忽然,在离格垒嘴渡口还有一里多路的拐角处,蹿出一彪人马。

为首的一个大个子喊了一声:"'排琴'(青帮黑话:兄弟),干什么的?"

杨洪胜一听黑话,知道他们是青帮的人。但青帮有好有坏,眼下这支青帮跟茨河下街的河神帮是不是一伙的? 杨洪胜心里没底。对于青帮的来历,他也略知一二。

青帮来源于红帮。相传有洪门中人翁某,钱某、潘某被清王朝收买叛变,把洪门反清复明之宗旨,改为安清保清,另立门户,成立安清帮。安清帮投靠清王朝以后,清廷责成安清帮沿江河流域护运军粮,所以,这些变质的青帮依仗官府撑腰,在当地欺压百姓,无恶不作。洪门视青帮为叛徒,洪门有一谚语:"由青转洪,披红挂绿;由洪转青,抽筋剥皮。"

不入虎穴焉得虎子。要想弄清这支青帮的庐山真面目,必须亲自见到他们的大当家。

于是,杨洪胜同样用青帮黑话回答说:"'老海'(青帮黑话:江湖人)走江湖,'碰盘'(青帮黑话:见面)是朋友,要是'鼓了盘儿'(青帮黑话:即翻脸),嘿嘿……"

大个子一听,再看看二人的装束,知道不是一般的人,顿时傻了眼,他连忙上前,拱手道:"天色已晚,大哥要到哪里去,兄弟我送你一程。"

杨洪胜昂首道："今天哪儿都不去,专程拜访大当家。你们大当家是谁?"

大个子大拇指一竖,说："我们大当家的就是大名鼎鼎的尚彦臣!"

"哦,知道!"杨洪胜手一挥:"前面引路吧!"

山寨是由古战场的遗址修建的,地势险要,易守难攻。

山寨周围除吊着几盏桐油灯外,还加点了几十支火把,把整个山寨照得通明。

杨洪胜用眼睛粗略地扫了一下山寨的地形,山下只有一条路可以通往山寨,只要在必经路口设下一个卡子,就会"一夫当关,万夫莫开"。

山寨的寨门开了,一个精瘦干练,看上去不到三十岁,身强力壮的汉子坐在太师椅上,身边立着两个手执长刀的武士。看样子,坐在太师椅上的汉子定是尚彦臣无疑。

杨洪胜和海凤山往尚彦臣面前一站,抱拳施礼,却没说话。

尚彦臣一看,对大个子呵斥道："来大个子,山寨的规矩你都忘啦?"

来大个子连忙说："大哥息怒,他二人是我们青帮的人。所以……没给他们蒙眼。"

"照你说,我们的底细你都给他们露了?"尚彦臣怒目而视。

"来人,把他们三个给我绑了。"尚彦臣怒气冲天。

几个人上来就将三人摁在地上。

海凤山正要反抗,杨洪胜却递了个眼色,暗示他别轻举妄动。三个人束手就擒。

"他们踏了我的山门,破了我的风水,冲撞了山神,坏了我的运气……将他们绑在树上点天灯,祭拜山神!"尚彦臣一脸凶相。

二

杨洪胜心里清楚,这绳子是绑不住他和海凤山的,关键是来大个子。他们二人若是挣断了绳索,来大个子旁边的两个人会不会对他下手? 这个不敢肯定,万一下手,就是他们二人惹的祸,日后就无法在江湖上立身,更不要说降服尚彦臣手下这些人了。不行,无论如何得先解救来大个子。

杨洪胜正要开口,忽然,来大个子大声叫道:"大哥,人是我带上来的,与他二人无关,要点天灯就点我吧,求你放了他们二位,不要让他们做了冤死鬼。"

杨洪胜一愣,连忙说:"不……大当家的,踏了你的山门是我二人,破了你的风水也是我二人,冲撞了山神、坏了你的运气还是我二人! 作为当家的一定要赏罚分明,这样才能服众。你若不顾情义地将自己心腹大将点了天灯,这要是传出去不好听不说,其他兄弟们也会寒心,日后,谁还愿意提着脑袋跟着你这个当家的玩命呢? 你把来兄弟给放了,我二人随你处置,这样总算可以吧!"

说完,山寨上几个兄弟连忙跪下替来大个子求情:"大哥,他说的对,祸是他们二人惹的,怎么能杀了自家兄弟呢?"

"好吧,看在你们都为他求情的份儿上,就饶了他这一次,放了他……"

来大个子是个重情重义之人,见杨洪胜临死也要为自己求情,他被松绑以后,跪在尚彦臣面前不起,为杨洪胜求情:"大哥,求你放了他们吧,都是江湖中人,这样做不仗义啊! 如果大哥不放他们,大个子愿意替他们去死,也好在江湖上留个好名声。"

"你这个'念攒子'(青帮黑话:傻子)!"尚彦臣从太师椅上走下来,一甩手,来到杨洪胜二人面前,问杨洪胜:"你是'膺爪'(青帮黑话:即侦探)还是'靠扇的'(青帮黑话:即乞丐)?"

杨洪胜知道他是在侮辱自己，便不动声色地回答道："我原以为大当家的是个'是份腿儿'（青帮黑话：即受尊重的人），没想到却是个'空子'（青帮黑话：即不懂江湖规矩的人）!"

尚彦臣一听杨洪胜的青帮黑话说的很地道，凑近问："你真是青帮的人?"

"'吃搁念的'（青帮黑话：即江湖人）!"杨洪胜没正面回答。

"万儿（青帮黑话：即贵姓）?"尚彦臣又问。

"眯眯万（青帮黑话：即姓杨）!"杨洪胜答道。

"我最近听道上的人说，谷城有个江湖会，当家的也是'眯眯万'，你可认得?"尚彦臣说。

"说出来大当家的会'攒稀'（青帮黑话：即害怕），不能说。"杨洪胜故意激他。

"看来你不是个'正点'（青帮黑话：即安分之人）。"尚彦臣用手逗了一下杨洪胜的下巴，说。

"是不是正点，一看便知!"杨洪胜说着，大喝一声。一运气，绑在身上的绳子顷刻间断为数截。海凤山也随即挣断了绳索。两人松了松手腕，像两座铁塔般站在众人面前。

尚彦臣一看，傻了。

杨洪胜向前跨出一步，走到尚彦臣面前，对他说："咋样?我说你会'攒稀'吧!现在告诉你，我就是谷城江湖会的大当家杨洪胜——杨益三。"

"啊……"

刚才杨洪胜二人运气断绳之举就让那些喽啰们惊呆了，听到杨洪胜自报家门，一个个目瞪口呆。只有来大个子惊喜交集。

尚彦臣毕竟是首领，还算稳住了阵脚。他不惊不慌地说："看样子，你是存心到我山头来找茬儿的!"

"'上排琴'（青帮黑话：即哥哥）不要误会，'小排琴'（青帮黑话：即小弟）绝无此意。"杨洪胜拱手谊。

"那你来干什么?"

"拜访大当家!"

"有何指教?"

"指教不敢,想法倒有一些。"

"说吧!"

"不知大当家的对今后有何打算……"杨洪胜朝前走了几步,尚彦臣跟在后面:"来人……"

"小的在!"一个喽啰躬身立在尚彦臣面前。

"赐座!"

"是。"两个喽啰搬来两把椅子放在尚彦臣的左右。

"谢大当家的。"杨洪胜和海凤山谢过之后,坐了下来。

"你刚才问我对今后有什么打算,我还真想听听你有什么打算。"尚彦臣问杨洪胜。

"我的打算很简单,就是我们大家拧在一起干,人多势众,能成气候……"

还没等杨洪胜把话说完,尚彦臣就迫不及待地说:"那你就加入我们青帮吧!"

杨洪胜正色道:"谁加入谁倒不重要,重要的是看谁能服众,谁是'大将'(青帮黑话:即有能力的人)!"

"那好,我们现在就比试比试? 当着众位兄弟的面,你若输了,你的江湖会就加入我的青帮,你做我的二掌柜。"尚彦臣避讳,只字不提自己输。

"那要是我赢了呢?"杨洪胜逼他。

"我心甘情愿加入江湖会,一切听你安排。"尚彦臣很干脆地说。

"那好。"

"比什么?"尚彦臣问。

"客随主便!"杨洪胜毫不含糊。

270

"还是老规矩,三打两胜。比刀、拳、射……怎么样?"尚彦臣斜眼看着杨洪胜。

"还是那句老话——客随主便!"

"好。拿箭来……"

一喽啰将一把大弓拿来了,双手呈给了尚彦臣。

三

尚彦臣犹豫了一下,将弓让给杨洪胜。杨洪胜用手一挡:"大当家的先来!"

"好,那我就不客气了。"说着,搭箭拉弓,那张大弓被拉得快要弯折了。

杨洪胜暗暗佩服:这尚彦臣还真不是等闲之辈,看他拉这么一张大弓心不喘、气不吁,一定是个好射手。尽管在承恩寺,师父曾教过他射箭,但跟尚彦臣比起来,还存在着差距。

只听"嗖"的一声,一盏桐油灯落到地上,摔碎了。

"神射……神射……"场内发出一阵喝彩声。

尚彦臣神气活现地将弓递到杨洪胜手里。杨洪胜掂了掂,搭弓……倏地,握弓的手又放了下来。

尚彦臣一见,得意地说:"怎么样,不行吧? 不行就别硬撑,认个输就行了,我这人也不是个得理不让人的人……"

海凤山为杨洪胜捏了一把汗,他没见他射过箭。

来大个子也着急地看着杨洪胜。

杨洪胜提了提气,重新拉弓搭箭……

只听"当"的一声,被射的桐油灯摇晃了几下,却没掉下来。

来大个子傻眼了。从内心说,来大个子真希望杨洪胜能赢了尚彦臣,凭杨洪胜的气质和那种仗义,来大个子很佩服他。

杨洪胜收弓,显得很无奈地说:"大当家可真是神射,兄弟我自叹不如。"

"好，爽快！咱可说好了，我这一局要是再赢了你，你可要服服帖帖地给我当二掌柜。"尚彦臣兴高采烈地说。

"那怎么行呢！"杨洪胜说。

"怎么，你想反悔?"尚彦臣瞪大眼睛看着杨洪胜。

"如果我输了，岂敢当二掌柜，只配做大当家的喽啰了。"杨洪胜轻松地笑着说。

"哎，话不能这么说，你毕竟是江湖会的当家呀。"尚彦臣十分认真地说。

说话间，两把大刀已经拿来了，摆在两人面前。

尚彦臣指着刀，颇显风度地对杨洪胜说："请！"

两人同时操刀，一跃而起。

只觉得呼呼声响，刀光闪闪，如二龙戏水，似双虎争雄。两个回合过后，彼此不分胜负。

第三个回合，杨洪胜故意卖出一个破绽。尚彦臣一喜，暗自思忖：你还是嫩了点儿，才斗上三个回合就露出了破绽，还想跟我争？

尚彦臣正全神贯注地去攻杨洪胜的破绽时，杨洪胜纵身一跳。尚彦臣猝不及防，刀已经从背后架到了脖子上。

此时，尚彦臣才发现自己失算了。

紧接着，二人空手对打。

杨洪胜凭借着灵活的身体，把尚彦臣弄得晕头转向，只两个回合，杨洪胜就把尚彦臣打趴在地。

场地上发出一阵狂呼。

尚彦臣从地上爬起来，心悦诚服地说："我服输……"然后，招呼众兄弟："兄弟们，快来跪拜杨大当家的……"

众人一齐跪下，说道："愿为杨大当家的效犬马之劳！"

"兄弟们快快请起！"杨洪胜一把扶起尚彦臣："今后，你我就是生死兄弟。"

杨洪胜站在众人面前,慷慨激昂地说:"弟兄们,从今往后,你们就是我杨洪胜的兄弟,我也绝不会厚此薄彼。但是,丑话我得先说在前面。常言说得好,帮有帮规,国有国法,我们江湖会绝不是一群乌合之众,也不是占山为王的山大王,更不是打家劫舍的土匪……"

众人竖起耳朵在听。

"我现在宣布江湖会的规矩……"

杨洪胜把江湖会在生活上的"十戒"和行动上的"十要"一一宣布完毕。

众人拍手赞同。

尚彦臣在一旁却皱起了眉头。

杨洪胜看在眼里,并没计较。他接着说:"我们都是穷人出身,我知道,我们好多兄弟家里被官府和豪绅们逼得走投无路才拉帮结派出来杀富济贫的,我们是被逼上梁山的……现在,清朝政府腐败无能,外国列强趁机而入,杀我同胞,掠我钱财……我的恩师就是被洋人和官府割舌、断手、剜眼而死,官府不把我们老百姓当人看。这些国仇家恨,大家说,怎么办?"

众人异口同声地说:"我们与清朝政府势不两立,与官府斗到底!"

"好! 我们江湖会虽然讲江湖义气,但也必须要守规矩。有谁受不了约束,请马上提出来,退出江湖会,我杨洪胜绝不难为你们。只要不与江湖会为敌,在道上,我们还是兄弟。有没有人要退出的?"

场内鸦雀无声。

杨洪胜转身对尚彦臣说:"这些弟兄任由你带,不过,一切行动得听江湖会统一指挥。"

"是!"尚彦臣躬身答道。

杨洪胜当场宣布:"现在我宣布,你们被编为江湖会第二营,营长尚彦臣。以下头目出我和尚营长商量后再宣布。"

众人鼓掌。

杨洪胜将海凤山拉过来,跟众人说:"我现在给大家介绍一个兄弟认识,他就是江湖会一营营长海凤山。"

"海营长……好身手!"众人悄悄议论着。

"我们以后就要在一起并肩战斗了,今后,凤山如有得罪众兄弟的地方,还望各位兄弟们谅解!"海凤山向众人抱拳施礼。

"还有件事,得跟你商量一下。"杨洪胜把尚彦臣拉到一边说:"我想把来大个子带走,另有重用。你看……"

"听你的。"尚彦臣说:"大个子可是个重情重义之人,打起仗来是把好手,说实话,他要走了我还真有点舍不得。"

"拉倒吧!我是怕有朝一日,你那脾气一发又把他给杀了,我可少一个得力干将,所以才把他要走的。你若舍不得,我就把他留给你。"杨洪胜开玩笑地说。

"别笑话我了,我哪里舍得杀他,包括你们两个。我原本是想吓唬吓唬你们,然后要你们归顺于我,没想到……"尚彦臣有点不好意思。

"没想到,我却把你和兄弟们给收编了,是吗?"

"哈哈……"

两人开怀大笑起来。

杨洪胜送海凤山出门,两人沿着河堤向渡口走去。

天上乌云翻滚,眼看着要下雨了。天气却很燥热。

杨洪胜一边走一边对海凤山说:"虽然你现在对县城很熟了,但石花是个非常重要的区域,哥这次派你回石花也是万不得已,因为没有谁比你更适合。县城这边有我在,我准备让林甲别来牵头组织。你回石花后先不要轻举妄动,要秘密发展会众,等待时机。我也交代了仙人渡的车广庆,我们现在主要是尽可能地多发展一些人到江湖会来。来大个子是盛康人,我准备安排他近期回到盛康去,把盛康的江湖会成立起来。"

"大哥放心,我不会让你失望。"

"我相信!"

两人依依不舍地就此话别。

海凤山朝前走了几步,又折转回来。

"凤山,还有事吗?"杨洪胜问。

"我想早点喝你跟秀梅的喜酒……"海凤山朝杨洪胜扮了个鬼脸,扭头走了。身后传来杨洪胜的声音:"比武招亲那天你可一定要来呀……"

第十八章　解圈套比武结良缘

一

胡金魁正在河神帮香堂里给管家交代事情,突然从门外闯进一个人来。

胡金魁一惊,等看清是胡继朋时,方才定下心来。接着骂了一句:"染上疯狗病了? 慌神慌脑的!"

"爹……"

"有什么事?"

胡继朋犹豫了一下。

管家知趣地说:"老爷,没事我先走了?"

管家出去了。

胡金魁问胡继朋:"什么事呀,吞吞吐吐的?"

"比武招亲的日子定了?"胡继朋问。

"定了。八月十五!"胡金魁说着,手仍然不停地用鸡毛掸子掸着"十三祖"雕像上的灰尘。

突然,胡金魁好像想起了什么,转过身,问胡继朋:"净空那把宝刀还没弄到手?"

"没有。"

"有希望没?"

"那把宝刀时刻不离其身,除了睡觉和在禅房诵佛经,刀放在禅房里外,其余时间,他都随身带着。不好下手……"胡继朋为难地说。

"就不能想点别的办法?"

"想了。去年,我专门设计让一个兄弟打入承恩寺去,净空也收他为徒了,可就在宝刀即将到手的时候,却出了点纰漏。要不是那兄弟机灵,差点连命都丢了。"

"这事我早就知道了。没想点其他办法?"胡金魁不满意地看着胡继朋。

"哦,对了。据那位被撵出寺门的兄弟禀报,说杨洪胜已经离开了承恩寺……"

"这有什么稀奇?"

"他离开承恩寺倒是没什么稀奇,可稀奇的是他还背着一把刀。"

"刀……什么刀?"

"那还有什么刀,就是净空的那把宝刀呀。"

"是真的吗?"

"我那位兄弟亲眼所见。"

"真是人算不如天算啊!这么多年,我处心积虑地想尽了一切办法想得到的宝物竟无所得,却被一个无名小卒轻而易举地得到了。唉……"胡金魁仰天长叹。

"杨洪胜得到此刀,那我们比武招亲……"胡继朋心里有些发憷。

"别怕,我就不信天地能倒转!我胡家想得到的东西还从来没失过手,包括人。"胡金魁狡诈地转动着一对鲤鱼眼睛。

"明的不行,我们就给他来暗的,使阴的……"

胡继朋不愧是胡金魁的儿子,一点就通,一听就会,而且比胡

277

金魁有过之而无不及。

"我要让他水里捞月——空喜一场!"胡金魁从心里发出一阵奸笑。

光绪十九年(1893 年)的八月十五,天还没亮,胡金魁带着胡继朋和两个保镖骑着马抄早路往县城奔去。他们这是要去戈家营子游贡爷的武场比武招亲。

胡金魁领着一行人刚走,六姨太的厢房大门"吱"的一声从外面推开了。一个黑影迅速闪进屋里,一股女人的脂粉味夹杂着烟臭味迎面扑来。黑影捂着嘴,干咳了一声。

"小馋猫,主人刚走,就要来偷食。"六姨太从床上坐起,拨亮了屋里的灯,灯光照着一张年轻英俊的脸。他是胡金魁专门从樊城请来打理码头的管事。

六姨太嗲声嗲气地说:"你就不怕那老东西把你沉到河里去?"身上裹着的被单随之从上身滑落下来,白嫩的酥胸暴露无遗。

管事用手扒拉着她还没下垂的乳头:"他拉不下那张老脸。"说着,嘴就伸了过去。

六姨太轻轻地拍着他的脸:"谁有你这么脸厚?"用手将快要衔住乳头的嘴推了过去。

管事泄气地看着她:"老爷待我,是给我面前放一个甜果果,却永远吃不着。你也一样,每次都让我馋得不行,却每次都让我吃不着。"

"这样才好! 你没听说吗? 不怕贼偷,就怕贼惦记。你如果偷到了,不就不惦记我了吗? 我要你永远惦记着。"六姨太用纤细的手指戳了一下他的额头,抿着嘴笑。

真是只花狐狸! 管事在心里恨恨地骂了一句。他忽然一惊:莫非是老爷让她来钳制我的? 人说胡老爷精明过人,他绝不会让

278

自己的女人这么轻易地让人给叼了,再说,我跟她的这几次幽会,他能不知道吗?

他越想越害怕,不知不觉,额头上的汗已经冒了出来。

"真没出息! 吃不到,就急成这样?"六姨太将带着一股脂粉味的手绢抚在他的额头上,轻轻地帮他擦汗。

管家只顾想着自己的心思,面无表情地仍由着她在脸上来回地擦拭着。

"今天让你吃,行了吧?"六姨太捧着他的脸,在额头上动情地吻了一下。

管家木然地坐到床上,好像没听见她的话似的,一点也没有激动的表情。

"咋啦! 不信?"六姨太摇着他的头说:"不过,你得帮我做件事。"

管家这才回过神来,问:"你要我帮你做事?"

"是的。"

"我?"

"现在只有你能帮我。"

"你不是在诓我吧?"

"你只说帮不帮!"

管家担心的是老爷有意安排她来试探自己,可他转念一想,假若她真需要我的帮助,不就能各取所需了吗? 再说,如果她真是在试探自己,那就干脆在老爷回来之前不辞而别,一走了之。

想到这里,他心一横:"帮! 你说吧!"

"你还记得那次少爷到格垒嘴黄贡爷家打劫的事吗?"六姨太将身子朝他挪了挪。

"那还能忘? 那是你们胡家第一次在家门口翻船。我的一个兄弟那一次差点把命都丢到格垒嘴了。"管家盯着她下面羞于见人的地方,心不在焉地说。

"你让那位兄弟马上赶到格垒嘴,找到黄贡爷……"

"这……"

"怎么,怕啦?"

看六姨太说话的样子像是真心的,不会有诈。管家的心稍稍安定下来。他一把搂住她:"好,我吃饱了就去办!"说着,不顾一切地将她放倒在床上……

二

天已大亮,湛蓝的天空飘浮着朵朵棉花一样的白云。风,时刮时停,白云在空中时聚时散,最后消失得无影无踪。

游贡爷家的习武场上,聚集了很多人。有看热闹的,也有来比武的,还有一些不知道要干什么的人在周围转悠着。

辰时已过,看热闹的人期待着精彩的比武开始,可司仪却迟迟没有上场。

游贡爷家里,戈秀梅在屋里着急得像热锅上的蚂蚁,不停地走来走去。

"你别再走了,时间不还没到吗? 益三他一定会来的……"游姥姥安慰着戈秀梅。

"都啥时候了,他早就应该来了! 昨天就跟他说好了,早点来我们跟姥爷在一起商量一下如何对付那个无赖。可他倒好,答应好好的,马上就'贼上墙、火上房'了,还不见人影……"戈秀梅嘀咕着。

"游贡爷,这时间马上就要到了,是不是……"司仪拿着议程单子来请示游贡爷。

游贡爷似乎预感到了什么,自言自语地说:"不应该呀,这孩子一向是很守时的,今天到底怎么啦?"他全然没听到司仪刚才的话,突然转身向门外走去:"不行,我得到杨家去一趟,怎么就没个信儿来呢?"

"游贡爷,您不能离开呀,您没见外面都吵嚷开了,您要是再走了,这局面可怎么稳得住哇⋯⋯"

司仪连忙拦住游贡爷,不让他出门。

游姥姥也上前劝阻道:"司爷说的对,现在大家都看着你在,你要是不在场,这比武怎么进行? 再说了,只要你在场,比赛推迟个把时辰,还不是由你来说吗。这样,你在家里坐镇,我到杨家去⋯⋯我就不信! 我偏要去看看,他杨家葫芦里到底卖的是啥药!"

"秀梅姐,不好了⋯⋯"

忽然,外面传来杨洪梅紧张而急促的叫声。紧接着,杨洪梅上气不接下气地闯了进来。

"游姥爷⋯⋯游姥姥! 我哥他⋯⋯"

屋里的人都愣住了。

"你哥怎么啦? 慢慢说,别急!"游姥姥一把拉住杨洪梅的手,说。

"我哥被县衙的人抓走了⋯⋯"杨洪梅喘了一口气说。

"啊⋯⋯"戈秀梅只觉得头一晕,向一边倒去。司仪一把将她扶住,才没有倒下。接着把她扶到椅子上坐下。游姥姥走了过去,给秀梅揉胸舒气。

游贡爷瞟了一眼秀梅,也顾不上理会她,急促地问杨洪梅:"什么时候?"

"就是刚才! 我哥正要出门到这里来,县衙的几个衙役就堵在门上了,把我哥给带走了。"杨洪梅抹了一把脸上的汗。

"他们以什么理由带走你哥的?"游贡爷又问。

"说涉嫌谋反,要带到县衙去问罪。"

"你爷爷在家吗?"

"爷爷已经到县衙里去了,他要我赶紧来报信。"

游贡爷在心里琢磨:莫非是益三组织江湖会的事泄露了?不可能呀,此事只有江湖会几个重要骨干知道,下面的人都是由各个骨干去发展的,即使泄露了,暴露的是个别骨干。除非是骨干们供出了他……不会!这些骨干都是他的生死兄弟,只会誓死保他而不会出卖他。到底是怎么回事呢?

游贡爷不得其解。

正在这时,一个弟子进来禀报:"师父,黄贡爷来了。"

"真是越忙越遇事,他这时候来干什么,不是添乱吗?"游贡爷悄声嘀咕着。

"话可不能这么说,黄贡爷既然来,一定有他来的道理。快请黄贡爷进来……"游姥姥说。

黄贡爷急急忙忙从外面进来,脚刚跨进门槛,就迫不及待地说:"有人要陷害益三……"

"谁?"

屋里的人又是一愣。

"茨河的胡金魁父子俩!"黄贡爷见屋里的人都看着他,着急地说:"请你们务必相信,赶快想办法吧,要不就来不及了!"

"已经来不及了。"游贡爷的心反倒平静下来。

"怎么啦?"黄贡爷吃惊地问。

"益三刚刚已经被县衙的人抓走了。"

"那可怎么办呀,游贡爷!益三可是个好人啊……怎么着也不能就这样让胡家两个龟孙子给坑了呀……"

"到底什么情况还不知道,您也别着急,改天我们好好想想办法。"

游贡爷心里一团乱麻,只想好好清静一下,不想跟黄贡爷多磨牙。可黄贡爷却没完没了地说个不停。

"是不是因为上次替我拦截了他们抢劫,与他们结下了仇?"黄贡爷只顾一个劲地说。

"也不是,您别多心。"游贡爷应付着。

"不管怎么说,这事已经到了这一步。游贡爷,您的主意多,您出主意,我拿钱赎人。我非跟他姓胡的斗个你输我赢不可!"黄贡爷越说越来劲。

"黄贡爷,您先回去,等游贡爷想好了办法就告诉您。我们现在还有事要处理,您看外面,那么多人等着,游贡爷再不出去发话,恐怕这人就会挤破这间屋子了。"司仪终于忍不住了,替游贡爷下了逐客令。

"好,好……我走了!"黄贡爷刚走出门没两步,又回身转来。叮嘱道:"可要抓紧时间呀,官府也不是好东西……"

"知道了,您就走好吧!"游姥姥见没人搭腔,就回了一句。

黄贡爷啰嗦了一阵子,走了。

游贡爷这才走近戈秀梅,关切地问道:"怎么样,没事吧?"

"我没事!"

看戈秀梅确实没什么事了,游贡爷对司仪说:"比武照常进行,你先出去稳一稳大家的情绪,我跟秀梅交代个事,马上就来。"

"好,您放心,有什么事情您安排好,外面的事就交给我来应付吧。"

司仪出去后,游贡爷说:"事情已经很清楚了,这是胡金魁在捣鬼,目的只有一个,就是阻止益三参加比武。这下有些麻烦了……"

"唉……要是凤山来了就好了!"

游姥姥突然说了一句倒提醒了戈秀梅,她听杨洪胜说,他跟海凤山有个约定,比武这天,海凤山一定来助阵,怎么也不见海凤山来呢? 这就有些怪了……

想到这里,戈秀梅赶紧对游贡爷说:"姥爷,凤山一定会来的!"

"你怎么知道?"游贡爷迟疑地问道。

"益三哥说的!"戈秀梅低下头,说。

"那他怎么到现在还没露面呢?"游贡爷感到纳闷。

"我也不晓得。"戈秀梅也拿不准,但她还是替海凤山圆场说:"那他一定是遇到什么非常要紧的事,才没赶过来的。他要是知道益三哥遇到这样的麻烦,就是遇到天大的事,他也会毫不犹豫地赶过来的……"

"他是不是又在玩什么花招?"游贡爷似乎很了解这位得意门生。

"不管玩什么样的花招,他也是在帮我们。"游姥姥插了一句。

游贡爷白了她一眼,说:"那当然,我的弟子还有吃里爬外的不成?"

接着,游贡爷对戈秀梅说:"现在唯一的办法就靠你了!"

"靠我?"戈秀梅惊讶地看着游贡爷。

"对!鉴于目前的情况,益三肯定参加不了今天的比武了。既然这样,规则也要临时改变。最终将由你与这次的胜利者比武,你如果打败了对方,就不存在招亲了,至于跟谁结亲,可以由你自己选择。但是,你记好了,一旦你被对方打败,就要当场与对方定亲。"

戈秀梅咬咬牙:"明白,我绝不会让他们的阴谋得逞!"

比武场上,人声鼎沸。

司仪在台上大声叫道:"诸位,请静一静,比武马上就要开始了……"

台下稍静下来片刻,又开始闹哄哄的。

司仪不得不在嘈杂声中宣布:"游贡爷举办的中秋比武招亲大会——现在开始!"

游贡爷往比武的台子上一站,台下立刻鸦雀无声,静静地听着他发话。

"各位乡亲、各位武界朋友……"

游贡爷往台下瞥了一眼,蓦然发现一个人,那人悄悄地跟在胡金魁和胡继朋二人身后,那样子好像是他们的保镖,却又像是在暗中监视着他们。由于人多,胡家父子根本没在意身后那个人的存在。

——海凤山!

游贡爷的大脑"嗡"了一下,仔细瞧了瞧——没错,是海凤山!

海凤山本来已经提前就到了武场,可当他刚一进武场大门,发现一老一少两个人鬼鬼祟祟,形迹十分可疑。于是,他就放弃了进屋拜见师父的打算,在外面装着看热闹的闲人,悄悄地监视着这两个人。

不一会儿,只见杨洪梅慌慌张张地来了,他怕暴露了自己,就没敢跟洪梅打照面,一直躲在背地里观察胡家父子的举动。

游贡爷的心里顿时有了主意。他大声地说道:"我先告诉大家一个不幸的消息……"

台下又开始嚷嚷起来。

游贡爷见海凤山正注视着他,就接着说:"我们这次参加比武的一位高手杨益三,就在半个时辰之前被人陷害抓进了县衙,他已经无法参加比武了……"

海凤山一听,悄悄离开了会场。

游贡爷继续说:"由于临时出现了变故……"他指着台上坐着的几个比武裁判说:"我跟这几位武贡爷商定了一个临时比较合理的比赛规则——我们今天就以打擂的方式,各位后生互相比武,产生一个擂主。我的外孙女戈秀梅最后与擂主比武,如果擂主胜,我就选擂主做我的外孙女婿。如果擂主败,那今天的'比武招亲'就只能叫做武术擂台赛了。招亲之事一笔勾销……"

"不行! 你怎么能出尔反尔?"胡继朋在台下大叫起来。

"这位后生,此话从何说起?"游贡爷站在台上故意拉长了声调问他。

"你以前只是说在后生比武中招亲,并没说与戈姑娘比武,现在怎么突然提出最终要与戈姑娘比武定胜负呢?"胡继朋不服气地嚷道。

"这位后生,如果连一个姑娘都不敢比,那就请你死了这条心,趁早回去吧!"游贡爷大声对台下的人说:"大家说,是我当着大众宣布的规则算数,还是私底下闲说的话算数?"

"当然是当众宣布的算数!"

"这样好,公平合理。"

台下,众人一片赞同声。

"现在……比武开始!"司仪话音刚落,一个年轻的后生"嗖"的一声跳上了擂台。

"各位武林朋友,后生是刚从此路过的武当派弟子,法名慧曾!想在此凑凑热闹,望各位赐教……"

"武当派弟子……"胡金魁一听,恨得牙痒痒。他的河神帮在汉水流域每次失手都是因为有武当派人插手,这次比武招亲怎么又来了个武当弟子插一杠子?新仇旧恨让胡金魁心气难平。

慧曾还没说完,台下又飞身上来一后生,一抱拳说:"贫僧乃玉林寺恒毅,我今天不是为了招亲来的,而是为了结识天下英雄,切磋武艺。愿意奉陪!"

说完,二人各显神功,恒毅的拳脚虽有些瑕疵,却也是招招击中要害。

经过一阵较量后,恒毅就败下阵来。

慧曾到底是武当派弟子,武功高强,四五个后生都败在他的手下。

胡继朋几次要上去,都被胡金魁拦住了:"要想当擂主就要学会沉住气。"

眼看着再没人是慧曾的对手了。胡继朋准备跳上去，又被胡金魁拦住了。

胡金魁向他努了努嘴。胡继朋顺着他暗示的方向一瞄，猛一激灵：净空！他们怎么来了？难道和尚也想还俗，来比武招亲？

不可能！净空一心向佛，绝无尘缘杂念。可他到底想做什么？不仅是他，他还带了几个弟子，看他们在人群中来回走动那样子，又好像在寻什么人。不管怎么说，他们的出现绝不是好兆……

胡继朋想着，忽然觉得有人碰了他一下，他一愣怔。

胡金魁提醒他："别有杂念，沉住气，找准火候，置此人于死地……上吧！"

胡继朋得到指令，腾空而起，轻盈地飞身上了擂台。

台下一阵惊呼："好功夫……"

胡继朋傲慢地报着自己的大号："我乃茨河街胡老爷的公子胡继朋，曾发誓要脚踢武当，拳打少林。今天，承蒙老天恩赐，将你们武当派弟子送上门来。若不把你踢出人间，天地难容！"

慧曾见此人满脸杀气，言语中带着明显的挑衅，知道来者不善，马上警觉起来。他不想惹事，一拱手："看兄弟这气色不像习武之人，还是另找陪练吧，慧曾失陪了！"说着就要离开。

胡继朋一把将他拽住："既是武林中人，就得讲武林的规矩！你现在是擂主，我不跟你打跟谁打？"

他话到手到，话刚出口，招已出手。

慧曾只好接招。

胡继朋出招凶狠，招招充满着杀气，置人于死地。

游贡爷看出了蹊跷，连忙叫停。

胡继朋哪里肯罢手，他瞅着机会连连搏杀，根本不给慧曾留有摆手的空隙。

慧曾本来还是在按武林比赛的套路走，可越走越走不下去了，渐渐地，他只能一味地招架，躲闪……却失去了还手的能力。

净空一看情况不妙，对身边的两个弟子悄声说："做好准备，胡继朋心狠手辣，不能让他伤了慧曾。"

"弟子明白！"

两个弟子答了一声，闪身离开。

胡继朋将慧曾逼到了台角，他阴险地使出了杀人绝招，两臂稍稍弯曲，似饿鹰扑食般向慧曾猛扑过去，右手已经捏成鹰爪状，直锁慧曾喉部……

鹰爪拳？当心！

游贡爷知道，胡继朋的鹰爪功出神入化，只要他使出来，那可是要人命的。他已经来不及制止了，本能地惊叫了一声。

胡继朋的"鹰爪"已经到了慧曾的喉部……

忽然，嗖——

一阵风吹过，黑影一闪，胡继朋的"鹰爪"被轻轻抓起，只听见一个浑厚的声音："这位壮士取胜，成为本次擂主！"

这时，人们才惊讶地看清，那黑影原来是个和尚。但没人认识他。

胡继朋正要锁喉时，却被人从后面轻轻拍了一下，竟然不偏不倚正好拍在他的气门穴上，使他瞬间失去了攻击能力。眼看着要置人于死地，却不想对手在他眼底下逃脱了。

任何武功高超的人都有自己的一个致命弱点，那就是气门穴，也有人称之为"死穴"。因为一旦对手攻击了这个穴位，就会瞬间失去攻击能力，对手如果想置你于死地，就会轻易索命，所以叫"死穴"。胡继朋也不例外，他也有自己的"死穴"，大凡习武的人，对自己的"死穴"看得如同性命，只有自己知道它的位置，外人是不会知道的。可这人怎么知道自己的"死穴"就在后脑勺呢？如果他想要自己的命，这条命就会旦夕归天，可这人竟没这么做，那又是为什么呢？

胡继朋感到纳闷，他扭头去看拍他后脑勺的人，不禁大惊失色:"你……"

"没想到吧,少爷。"

本来,净空和尚的出现已经让他吃了一惊,突然间点了自己的气门穴就更让他胆战心惊。

"你怎么……"

胡继朋正要说下去,净空却没容他说,抢先说道:"少爷,您赢了!干吗要把事情做绝,置人于死地呢?我这是帮你积德!"

胡金魁在台下恨得牙咬,气得七窍生烟。

司仪宣布:"下面由戈姑娘秀梅与擂主胡继朋比武……"

戈秀梅着一身洁白的练功服,系着腰带,手握一支丈余长枪,纤细的身材却展示出飒爽英姿,往擂台上一站,更是光采照人。

胡继朋怀抱一把大刀,装出一副绅士风度,很礼貌地向戈秀梅深深地鞠了一躬:"戈姑娘,请!"

戈秀梅用眼角扫了他一眼,并没答理他,拖枪在台上转了一圈。

胡继朋眼睛紧盯着她拖枪的动作,生怕一不留神,那枪尖不知什么时候会突然飞刺过来……

嗨——

戈秀梅突然大叫一声,手里的枪左冲右突,像雨点一样直往胡继朋身上落下。

胡继朋手里的大刀左横右挡,枪枪都被挡了回去,戈秀梅无法刺中。

几个回合下来,胜负难测。

戈秀梅眼里喷射出仇恨的光。仇恨的火焰能够毁灭敌人,同样也能毁掉自己!这个习武之人最起码的常识却让仇恨满腔的戈秀梅给忘却了。她的智慧和技巧都到哪里去了?今天的比赛怎么使她变得如此急躁和失控?这样下去必败无疑。

坐在台上的游贡爷心急如焚,可又没办法。

三

胡继朋已经看出,因为仇恨已经让她急火攻心,使她丧失理智而急于求胜。于是,心中暗喜。他只守不攻,等待最佳进攻时机。

戈秀梅一味进攻,却忽视了防守。就在她步步紧逼胡继朋的时候,胡继朋却在暗暗寻找她的防守空当。

戈秀梅瞅准胡继朋的左肩猛刺过去,她的下半部分却在对方面前暴露无余。胡继朋突然一个下蹲,横刀一扫,正中戈秀梅的小腿……

戈秀梅痛苦地蹲在地上,眼泪止不住哗哗地往下流淌。她捶胸顿足地悔恨不已,在心里说:"益三哥,我对不起你,我太没有用了,竟然败在这个恶棍的手里,我心不甘啊……你放心,我不会嫁给他的,我们今生不能成为夫妻,来生一定嫁给你。"

胡金魁得意地在台下喊道:"擂主胜!"

擂台上,司仪按规定宣布:"下面进行胡少爷和戈姑娘的定亲仪式……"

游贡爷扶起已经哭成泪人的戈秀梅,在安慰她。

胡金魁走上擂台,用那双鲤鱼眼睛朝台上台下扫了一遍,得意忘形地说:"我胡家喜得一佳媳,等与亲家爷商定好日子后,请大家喝酒,我胡某在茨河街上大摆流水席,热闹三天……"

"慢——"

一个炸雷般的声音,把所有人都镇住了。

大家寻声望去,净空正疾步向擂台走来,他的身后却跟着杨洪胜。

戈秀梅惊喜地刚叫出一声:"益三哥……"心里一激动,话就哽咽了。

胡金魁和胡继朋傻呆呆地看着杨洪胜,他们怎么也想不到杨洪胜会在这个节骨眼上从县衙里出来,而且还毫发无损地赶来了。

杨洪胜朝前面一站,双手抱拳,向台上的武裁判和台下的父老乡亲说:"益三来晚了,请大家谅解,如果按规矩我还能参加比武的话,益三一定不负众望。"

几个武裁判连声说:"能,能……"

台下的人你一言我一语地嚷开了:"这有什么不能的?比武因特殊情况来晚了是正常,只要还没散场。我们大家还等着哪!"

杨洪胜和胡继朋开始比武了。

戈秀梅激动地朝杨洪胜点了点头,给他鼓劲。杨洪胜同样向戈秀梅投去坚定的一笑。两个人的力量似乎一下子合在了一块儿。

杨洪胜活动了一下手腕,心情异常平静。虽然憎恨对手,却心安不躁。

胡继朋却显得有些浮躁,心绪不宁。

第一回,双方比刀法,二人打了个平手。

戈秀梅赶紧从身上掏出手绢给杨洪胜擦着头上的汗水,用温柔来抚慰他因她而给他带来的不幸遭遇。杨洪胜紧紧地攥住戈秀梅的手,在心里说:"等着吧,秀梅!我要用一生一世来保护你,让你不再受任何伤害……"

戈秀梅似乎明白了他的心声,再次冲他点了点头。

第二回开始了。

这一回是拳击比赛。

胡继朋开始出招。

杨洪胜连躲几招,反守为攻,明显占据上风。台下台上观摩的人不时发出阵阵掌声和欢呼声。

忽然,困意阵阵袭来。杨洪胜只觉得头脑昏昏沉沉,身体软弱无力。出击的重拳却击不中目标。

胡继朋奵生奇怪。明明杨洪胜出击的重拳是击中穴位的,而且让他无法躲避,可偏偏在要击中的一刹那,却莫名其妙地将拳收了回去。他这是在戏弄我?还是故意跟我玩猫捉老鼠的游戏?

一个闪念,胡继朋马上否定了,因为他看到杨洪胜的身体出现了明显不适。他趁机突然出击,一拳击中杨洪胜的左前胛。

杨洪胜来不及躲闪,一个踉跄,跌倒在地……

人们一下子愣住了。

"怎么会是这样?"戈秀梅哭着奔了过去,她扶起倒在地上的杨洪胜,声嘶力竭地喊道:"怎么会这样?天啦……"

胡继朋还傻傻地站在台上,胡金魁上去捅了他一下:"傻小子,你赢了,还愣着干啥?"

"啊——"胡继朋如梦初醒。他简直不敢相信这次能赢杨洪胜,而且还赢得轻而易举。

他一阵狂喜,接着便手舞足蹈地狂呼:"我赢了——我赢了杨益三了!"

胡金魁瞥了一眼戈秀梅和杨洪胜两人,来到游贡爷面前,说:"游爷,您就在这儿给定个日期吧,也算对大家伙有个交代。不然……我怕夜长梦多……"

"你是信不过我呀?"游贡爷鄙视着胡金魁。

"您可别多心……您是大丈夫,可小姐她……"胡金魁说话闪闪烁烁,阴阳怪气。

游贡爷讨厌地回敬道:"我是人中丈夫,我外孙女是女中豪杰,怕日后跟你们胡家那是水火不容啊。"

"看您说的。那就……"胡金魁表面是唯唯诺诺,实则是步步紧逼,硬逼着游贡爷当场宣布订婚。

游贡爷咬了咬牙,一扭头,说:"一个月以后,让他们正式成亲吧!"

此言一出,犹如晴天霹雳。戈秀梅丢下杨洪胜,叫了一声:"不……"绝望地向场外跑去。

"慢——"

随着一个洪钟般的声音传来,戈秀梅一看是海凤山,既惊又喜。

"事情还没结束,你往哪儿去? 快随我回来!"海凤山拉着戈秀梅疾步向台上走去。

游贡爷和杨洪胜同时惊讶地叫了一声:凤山——

胡金魁瞅了瞅海凤山,这人怎么有点面熟? 好像在哪儿隐隐约约地见过,却又想不起来。他苦思冥想了片刻,也没想出个结果来。

海凤山和师父、杨洪胜打过招呼后,站在台子上,向大家说:"各位乡亲,刚才这二人的比武不能算数。"

众人哗然。

"你是什么人? 凭什么在这儿说出这等混账话来!"胡金魁首先发难,要将海凤山轰下台去。

海凤山抖了抖汗透了的衣服,清了清嗓子。然后,指着胡金魁说:"这位老爷,他在从中捣鬼……"

啊——

场子上发出一片惊讶声。

"你凭什么说我在捣鬼? 今天你要不把这话给我掰清了,我轻饶不了你。"胡金魁歇斯底里地大声号叫着。

"好,那我就让你心服口服。"海凤山向台下招了一下手:"上来吧!"

"哎……"随着应声,一个矮瘦的青年低着头快步走上赛台。

胡金魁一惊,在心里叫了一声:"坏了!"可他仍然装着若无其事的样子。

杨洪胜惊讶地叫了一声:"丁谦?!"

丁谦跪在杨洪胜面前,痛哭流涕:"爷,小的不知道是您,做了一件对不起您的事,小的有罪呀!"

杨洪胜一怔，被弄糊涂了。

"还是让他跟大家来说吧！"海凤山提醒道。

丁谦来到台前，深表歉意地给众人深深地鞠了一躬。

胡金魁却强装不知地露出惊诧的神情，指着丁谦："这……是怎么回事？"

"回老爷，您忘啦！不是您让我交给那位姓孙的狱头一包东西吗？"丁谦毫不畏惧地说。

"你……你在诬陷本老爷！"胡金魁咆哮着。

"诬陷？只有老爷您有这个本事，小的还没那个胆量。"丁谦早已豁出去了，自从他爷爷病死以后，他就无牵无挂了。

"你小子一定是被人收买了，非教训教训你这个吃里爬外的东西不可！"胡继朋说着，那双"鹰爪"就扑了过去，想借此杀人灭口。

净空早就在提防胡继朋，见他一亮"鹰爪"，便来了个"蜻蜓点水"，伸手点了一下他的后脑勺，他立即瘫软下来。

丁谦根本没防备身边的威胁，自顾着尽快向大家讲明真相——

四

昨天黄昏，胡金魁把丁谦叫到香堂里，假惺惺地对他说："你爷爷死了，现在就你一个人，以后就跟在我身边吧！"

丁谦躬身说了声："多谢老爷！"

"乡里乡亲，谁没个三灾八难的？互相照应着也是应该的。"他说着，拿出几两银子往桌子上一放，说："安葬爷爷大概借了些钱吧？这点银子你先拿着，不够的话……只要你好好跟我干，听我的话，少不了你的银子花。"

丁谦却没敢要银子，他知道，胡金魁的银子可不是那么好花的,要么是买你的命,要么是替他消灾。现在,他拿出这么多银子给我,是要我的命呢,还是要我帮他消灾? 这两种情况,无论是哪一种,对他丁谦来说都不是好事。

见丁谦还在犹豫,胡金魁哈哈一笑,说:"咋啦? 怕银子扎手啊!"

"不是,老爷。您对我这么好,我又没办法报答您……实在不好意思。"丁谦推辞着。

"只要你今后好好干,想报答我的机会多得是,你就拿着吧!"胡金魁硬把银子塞到丁谦的手上。

丁谦忽然意识到,这银子是非拿不可的了。如果坚持不拿,胡金魁是不会就此罢休的,说不定还有性命之忧。因为,那样就表明我不领他的情,也就意味着我对他怀有不满。如果接受这几两银子,接下来,他会让我去干什么呢? 多半是伤天害理的坏事。丁谦感到左右为难。当他抬起头时,蓦然发现,胡金魁正用异样的目光看着自己,那眼神里充满着恶毒和阴险。

丁谦心里一"咯噔",马上表现出受宠若惊的样子:"不好意思,让老爷您破费了。"说着,像个贪财奴似的赶紧将银子揣进怀里。

看到丁谦那副德行,胡金魁反倒十分赞赏。

"以后我就跟定老爷您了,我生是老爷的人,死是老爷的鬼。"说着,就要退出去。

"慢……"

"老爷还有啥吩咐?"丁谦嘴上说着,心里却在打鼓。

"老爷刚才忽然想起来一件事,还真的需要你帮忙去办一下。"

丁谦在心里嘀咕着,我就知道这银子烫手,哪有白给银子的,看他那德行,临死都不会发个善心。他勉强自己笑脸相迎:"老爷,什么事您就尽管吩咐,丁谦我就是您家里养的一条狗,您说让我咬谁我就咬谁！嘿嘿……"

"看你说的，怎么能把自己比着狗呢？"胡金魁有些不高兴。

丁谦赶紧转换了口气："小的没文化，不会说话。小的意思是……您经常不是当着我们夸您的狗通人性，比有些人对您还要忠诚可靠吗？所以，我的意思就是要跟狗一样对您忠诚。只是话没说好，让您……"

"好！我就知道丁谦是个知恩图报的人，老爷信得过你才让你去办这趟差事的。"

胡金魁说着，从袖筒子里掏出一个小纸包，对丁谦说："你明天一早赶到县衙去找那位姓孙的狱头，把这东西交给他。告诉他，如果明天上午有什么人要从狱中保人出来，就想办法将这东西让被保的人喝下去。剩下的就没你事了。"

丁谦瞪大眼睛看着那个纸包，心想，这一定是包夺命散，听说人要是喝了这种毒药，不到半个时辰，就会七窍流血而亡。他心里一阵阵发慄。

见丁谦胆战心惊的样子，胡金魁哈哈一笑："你放心，我不是要你去用什么毒药杀人。这是一包安眠药，喝了药只是让人浑身发软想睡觉，睡上一觉就什么事也没有了。"

"真的？"只要说不是去杀人，丁谦的心里又宽慰了一些。

第二天一早，丁谦就坐上河神帮的船上路了。下了船，他来到县衙，找到了姓孙的狱头。孙狱头告诉他说，有个人刚被关进狱所，就有人已经到知县那里为他说情去了。

丁谦好奇地问孙狱头："这是个什么人啊，还要我家老爷费这么大劲来整治他？"

"你还不知道？他是要跟你家少爷争一个姑娘……"孙狱头不以为然地说。

"啊……他胆子也忒大了，敢跟我家少爷争女人？"丁谦愤愤然。

两人正说着,忽然有几个人往这边走来。孙狱头悄声说:"看,八成是来保释的。"

"那咋办?"丁谦着急地问。

"别急,你快把那只缸子给我拿过来。"

丁谦把缸子递给孙狱头。

孙狱头将药丸碾碎,放入缸子里,然后倒入开水,搅动了几下。

"我先让他把这水喝了,不保释就算了,如果保释,等他出去后不久就会睡觉,什么也做不成。只要过了中午就木已成舟了。哈哈哈哈……"

孙狱头端着半缸子水进去,不一会儿就提着空缸子出来了,对他说:"好了,你可以回去交差了,他已经喝下了我放了药的水。今天上午万事大吉了。"

丁谦刚要离开,一行人已经到了跟前。

一个和尚瞅了丁谦一眼,丁谦一看是净空大师,连忙避开他的视线,不敢正面看他。另一个后生,连看都没看他一眼,从他身边擦肩而过。

"你们面子可真大呀,刚才一个老头来找知县大人要求保释,知县大人都没同意。你们这是……"孙狱头看了看知县的手谕,唠叨着。

"少废话,赶快打开牢门。"和尚好像有点不耐烦。

丁谦趁他们说话的当口,悄悄地溜了出去。

他离开狱所后,就按事先约好的到戈家营子去找老爷复命。还没出城,就发现有人在跟踪。他一紧张,便加快脚步在县城里兜圈子,没想到那人也加快了脚步。

跟踪他的不是别人,正是刚才与他擦肩而过的后生海凤山。丁谦刚转身溜走,净空就对海凤山说:"他好像是胡金魁手下的人,盯住他……"

海凤山迅速追了出去。

丁谦在县城兜了两圈子也没把海凤山甩掉,结果却被海凤山给逮了个正着。

海凤山单刀直入地说:"胡金魁派你来干什么?今天你要是不说实话,你就休想见到胡金魁。"

"我不知道哪个胡金魁,我也没干什么。"丁谦一口咬定自己什么都不知道。

"那你刚才在狱所门口跟孙狱头嘀咕些什么?是不是想加害杨益三?"

"你说谁?"丁谦不敢相信地又追问了一句。

"怎么,胡金魁没告诉你里面关押的是谁?"

"没有,真的没有。"丁谦害怕地摇了摇头,接着又问道:"你说是杨益三?是戈家营子一身好武功的杨益三?"

"能有几个杨洪胜?废话!"

"我的妈呀,坏了坏了,我这是在恩将仇报啊……"丁谦蹲在地上,使劲地揪着自己的头。

"怎么了?"海凤山一惊:"到底是怎么回事,快告诉我!今天是戈秀梅与杨益三比武定亲的日子,如果晚了可要坏大事的……"

丁谦把事情的经过一说,海凤山赶忙领着他往游家武场奔来。

胡金魁见情势不妙,灰溜溜地下去了。

"大家说,我们崇尚武德,以武会友,这种神圣的场所,能任由这种无耻之徒玷污吗?"海凤山情绪激动,声音有些颤抖。

"不行,这种比武赢了也不能算数!"下面的人义愤填膺。

"但是,任何事情最终都要有个结果,不然,大家兴致勃勃地来观摩,却没有一个满意的说法,这也不妥。大家说是不是?"海凤山又说。

"这话有道理,不管什么结果也得给大家一个明白话。"台下有人附和道。

"那好,我们现在就请司爷宣布最后的结果吧!"

司仪为难地看看游贡爷,又看看海凤山。

海凤山忙给他使了个眼色,指了指杨洪胜和戈秀梅。

司仪会意。当场宣布:鉴于胡家采取不正当手段,陷害好人,有悖武德,根据武裁判商议决定,取消胡继朋的参赛资格,其与戈秀梅的订亲一事同时作废。按规矩,取第二名的杨洪胜为本届擂主。宣布,杨洪胜与戈秀梅二人即日订亲。

随后,场内响起了爆竹声。

第十九章　驱鞑虏呼应兴中会

一

胡金魁没想到,自己精心设计的一个圈套,竟然猝不及防地被手下人将自己装了进去。真是丢人……窝囊!在他这一生的风风雨雨中,像这种作茧自缚的事情还从来没发生过。几十年了,他在刀光剑影、龙潭虎穴中驰骋,什么风浪没遇到过,什么危险没经历过?激流险滩都闯过来了,却在一个小阴沟里翻了船,让他怎么能咽下这口气!

他突然想起一件事,一拍桌子,一只棕红色的陶茶壶盖响了一下,茶水差点儿从壶里溅了出来。他霍地从太师椅上站起,厉声问小心翼翼站在他旁边的阎管家:"丁谦呢?"

阎管家心里一怔,说:"回老爷,丁谦……一天都没见他人影呀。"

"这个吃里爬外的败家子,也害怕我的家法?"胡金魁从心里痛骂了一句,恨不能一下子把丁谦五花大绑,沉到河里去喂鱼。

凡跟随他的人都知道,胡老爷有个"沉河喂鱼"的家法。河神帮内如果出了叛徒,干了吃里爬外的事,都要受到这种惩罚:将人的衣服剥光,手和脚捆起来,在眼睛、耳朵、鼻子、生殖器……这些

300

部位涂满汉江鱼喜欢吃的鱼饵,从船上慢慢放入河中。数天以后,沉下去的人就只剩下一副骨架子了。如果当事人逃脱,就拿其亲属顶罪。

胡金魁眼珠子一转,说了声:“那就把他老不死的爷爷抓起来!”

阎管家又是一怔,凑近胡金魁说:“老爷忘啦?丁谦爷爷一个月前就归天了。”

“哎呀,是我糊涂哇……”胡金魁悔恨交加,突然拍着自己的脑门,叫苦不迭:“我这是聪明一世,糊涂一时啊!这丁谦心计深着呢!”

胡金魁悔不该当初让丁谦去办这趟差事,他一个无牵无挂的单身汉子,没有了后顾之忧,怎么可能宁死也不背叛他呢。

“老爷,我听说……丁谦是您让他出去办事了,您不会忘了吧!”阎管家试探着问。

“办事,办事……办个屌屁事。他不是在给我办事,是在坏我大事!”胡金魁气不打一处来,暴跳如雷。

“老爷息怒!”阎管家不敢再问下去,呆立在一旁,任凭胡金魁歇斯底里地发泄着心中的愤怒,自己没再吭声。

“你说,江湖上会怎么看我?”胡金魁端起桌子上的陶瓷小茶壶,对着壶嘴抿了一口又浓又酽的绿茶。

阎管家早在心里憋着却没敢说出口的问题,倒是老爷主动提起来了。他蹙紧眉梢道:“老爷,恕我直言!我们这次可是栽大啦……河神帮的人丢不起呀!”

阎管家的话,如同拉动的风箱。胡金魁心里本来还压着的那股火,经他一鼓风,再也压制不住了,火苗从心里直蹿脑门。

“不行,我不能就这么算了。”胡金魁猛地将茶壶摔在地上。

阎管家浑身一颤,连忙俯下身去捡地上的碎片。

“老爷,您用不着动这么大肝火,何必伤自己。”阎管家捡起没摔碎的壶嘴拿在手上,仰望着胡金魁,惋惜地说:"您看,跟了您几十年的壶,一下子成了这样,这是在跟自己过不去呀!"

胡金魁根本没听阎管家在说些什么,焦躁地在屋里来回地走着,大脑里在想着一件事情:我胡金魁一生的荣耀不能就这么毁了,我一定要洗刷耻辱……

<h1 style="text-align:center">二</h1>

夜幕下的戈家营,略显寂静,偶尔从营子西头传来几声狗吠。

煤油灯的捻子被戈秀梅拨动了两下,屋子里的光线顿时亮了许多。

杨洪胜坐在凳子上,气愤地说:"我以前只想跟官府作对,以报父仇。没想到河神帮也在明里暗里跟我作对,这口气我怎么咽得下去?"

杨爷习惯地蹲在地上,手里抱着那支旱烟袋,吧嗒吧嗒地抽着旱烟。

坐在对面的刘湘说:"大哥,河神帮的仇和杀父之仇,这些仇是应该报,可现在有比这更大的仇呢!"

杨洪胜猛地站了起来,问:"二弟,什么仇? 你说,大哥一定替你报!"

刘湘压低着声音,但却很有力量:"这是我的仇,也是大哥的仇——自去年丰岛海战以来,中日海战在黄海展开,北洋水师惨败。"

"这些年,大清水师训练差,不少水兵吸食,军官贪污成风,军队素质低下,而日本海军却加紧训练。他们不断地向购置新舰,学习经验。在海战开始前,北洋水师舰炮使用实心炮弹,射速慢,威力不足,而日本海军训练有素,装备了大批的新式战舰,使用大口径火炮,并装备了速射炮,在海战上有了极大的优势。现大清国已经与日本签订了丧权辱国的《马关条约》——政府腐败,军队何以取胜!"

"二弟,大哥明白了! 我们就是因为有共同的目标才结拜为兄弟的,你见多识广,你说,我们该怎么干?"杨洪胜用期待的目光看着刘湘。

刘湘扫了一眼众人,说:"有个叫孙文的中国人,在美国檀香山创建了一个反清的革命组织,叫'兴中会',他提出了'驱逐鞑虏,恢复中国,创立合众政府'的口号,以'振兴中华'为目标。国内已经有很多人响应,我们要设法跟他们取得联系,加入到这个组织中来。"

"——驱逐鞑虏,恢复中国,创立合众政府! 这个思想太伟大了。我坚决响应!"

咳,咳……杨爷握着烟袋,干咳了两声:"这事不能凭一时冲动,要从长计议!"

"爷爷说的对,我是这样计划的……"

刘湘悄声说出了自己的想法。

"爷爷,您回去吧,我跟益三一定会把货安全地交给单叔叔的。"

杨爷却蹲在地上,顺手从腰间摸出旱烟袋,往已经破了半边的烟锅里装了一点烟丝,"吧嗒吧嗒"地抽了两口,仍然没有离开的意思。

戈秀梅看着杨爷的那只破烟锅,心里一阵酸楚:爷爷一生辛辛苦苦、勤扒苦做,这么大岁数了,连一只囫囵烟袋锅都没有。

杨洪胜将船用力一推,小船缓缓离岸。戈秀梅站在船头,向岸上的杨爷挥着手。

杨爷一直目送着他们消失在晨曦中。

小船从南河驶入了汉江,东方的天边已经现出了红色的霞光。

船舱的夹层里装满了刚刚打好的兵器。他们要把这批货送到襄阳城外的牛首铺，单大宏派哥老会的人在那里接应。

这是他们婚后小两口第一次一起出门执行重要任务，戈秀梅格外谨慎。

小船顺水而下。杨洪胜把着舵，戈秀梅手里的双桨闲着无用，就把桨放进舱里，坐在舱里观赏着汉江西岸的峻岭风光。

辰时刚过不久，小船已经过了南川与汉江的交汇口，前面就是白虎山了。

白虎山上有个白虎洞，那里经常出没强盗，路过的船只常常遭劫。戈秀梅站了起来，紧张地注视着西岸那座神秘而又让人恐惧的白虎山。

"月黑杀人夜，风高放火天！这时辰正是强盗出窝打劫的时候，说不准啥时候突然冒出一伙强盗来。"杨洪胜把着舵，见戈秀梅如临大敌的样子，突然吓唬她。

"你别臭嘴老鸦好不好，你就不能说点吉利的？"戈秀梅嗔怪地白了他一眼。

"怕啥？再厉害的强盗，一听到你'戈一枪'的大名，还不吓得尿裤子！"

其实，杨洪胜是在分散戈秀梅的注意力，想让她放松放松。他知道，秀梅对这次运送兵器非常慎重，因为这是她真正参加反清斗争做的第一件大事。她不是怕强盗来抢劫，是怕耽误时间误了事。

"你就别抬举我了，谁不知道你'杨双刀'的厉害？"

夫妻俩互相吹捧着，气氛顿时活跃起来，情绪也放松了许多。

他们正说笑间，忽然，河边一个岔口的树丛中闪出几条船来，径直向他们靠了过来。显然，这船是冲着他们来的。

"不好！"戈秀梅在心里叫了一声，随即做好了战斗准备。

杨洪胜轻声对她说："别慌，见我眼色行事。"

杨洪胜看清了，一共有四条船，每条船上有四五个汉子。四条船划到河心,已经摆开了包围的架势。

杨洪胜在心里盘算着:这几个人倒不难对付,怕就怕到时候他们狗急跳墙,凿船逃命,这些人都是亡命之徒,到时候什么事都干得出来。如果那样,问题就严重了,最好还是不要把他们逼到那一步。

杨洪胜盯着来势汹汹的强盗,悄声对戈秀梅说:"保护好船,想法脱身,干净利落,不要恋战。"

话刚说完,对方开始朝他们喊话:"老大,船留下,放你等一条生路。"

弃船? 笑话,我杨洪胜宁可弃人也绝不弃船。杨洪胜给戈秀梅使了个准备战斗的眼色。

戈秀梅会意,点头。

对方见他们没动静,好像还在犹豫。又喊道:"要船要人,你们快快决断! 我数六十下……"

杨洪胜和戈秀梅在瞅他们布阵的空当,准备随时杀出一条血路来。

对方开始数数了:"柳(哥老会黑话:一)……月(哥老会黑话:二)……汪(哥老会黑话:三)……"

杨洪胜一听,这不是哥老会常常使用的暗语吗? 他立马放松了身体,冲着喊话的汉子叫道:"兄弟,干'红线'(哥老会黑话:即白天抢劫)也不看看主?"

戈秀梅一愣:"益三,你……"

"别担心,不会有事了。"杨洪胜安慰着戈秀梅,悄声告诉她:"他们是哥老会的人,看样子他们今天是白忙活一场了。"

"你咋知道?"戈秀梅紧张地问道。

"没听见我刚才用的黑话吗?"杨洪胜道。

"兄弟是……"对方的态度陡转。

"谷城戈家营'骚码子'(哥老会暗语:姓杨的)洪胜便是!"杨

洪胜也用哥老会的隐语向他们介绍戈秀梅说："她是我'底板子'（哥老会隐语：媳妇）。"

刚才喊话的人一听，连忙拱手道："兄弟有眼不识泰山，久仰久仰！"

杨洪胜一怔：这"久仰"一词像是官场上的俗套话，怎么哥老会也开始使用了？他转念又一想，现在江湖上为了应付各种复杂情况，也许哥老会的人为了掩护身份，偶尔学几句官话也属正常。他虽然这样想着，可心里不禁打了个结。

"兄弟是哪个山堂的？尊姓大名?"杨洪胜问。

"噢……四川宜宾'合叙同'的堂下，顺汉江在谷城开辟码头。兄弟响码子（哥老会隐语：姓罗）。"答话的人一边说着，眼睛不停地扫视着船帮，看样子船体吃水的深度引起了他的注意。

杨洪胜听说过宜宾的"合叙同"。

光绪年间宜宾有两个哥老会帮派组织，一个是"叙荣乐"，其成员以府仓丁为主；另一个就是"合叙同"了，成员以县仓丁为主。这两个堂口几十年来一直纷争不已。

"难怪他们还沿用一些官场俗套话。"杨洪胜一想，心里的结也就自然解开了。他见说话人一直盯着船帮看，知道他的心思，就笑呵呵地说："哦，都是自己人，兄弟我是谷城江湖会的……"

杨洪胜还没说完，"响码子"热情地说："江湖会是哥老会的分支，这么说，我们可是一家人啦！"

"那是当然。"杨洪胜迎合着。

"兄弟认识襄阳的刘湘吗?""响码子"突然问道。

杨洪胜一听：他们认识刘湘，那肯定不是外人了。于是，心里的距离立马拉近了。

"是啊，是啊。"没等杨洪胜回话，戈秀梅在一旁抢着插话。她想尽快离开他们，早点完成送兵器的任务。

"您这船上……""响码子"似乎不知眼色，仍然指着船帮上的吃水线继续问。

杨洪胜明白对方的意思,心想,既然不是外人,就不妨实话相告,也好向他们说明情况,早点动身。就拍了拍船体说:"不瞒兄弟,我这船上是硬货,送往襄阳哥老会的兵器。"

"是兵器呀?我说吃水咋这么深呢!""响码子"手一扬,对手下人说:"既然船上是送给哥老会的兵器,兄弟们就不能'不依教'(哥老会黑话:不按规矩办事),这趟'打歪子'(哥老会黑话:在江中劫船)就算黄啦。"

"响码子"带着人和船很快消失在拐弯的丛林中。

三

兵器很顺利地送到了牛首铺码头。交接完毕,小两口感到一身轻松。

戈秀梅瞄了瞄已经偏西但仍然火辣辣的太阳:"落山的日头还发威,晒死人了!"

"要不,我们找个地方歇个脚,等日头快下山了再走?"杨洪胜说。

"行呀,这前不着村后不着店的,光秃秃的码头,到哪儿去歇脚?"戈秀梅朝周围看了看。

"那……"杨洪胜一时也没了主意。

"我想到樊城逛逛,好几年没到樊城了。"戈秀梅说。

"好哇!"杨洪胜高兴地挽起她的胳膊,就要往岸上跑。

"你干吗?"戈秀梅不解地望着他。

"下樊城呀。"

"那你往岸上跑干吗?"戈秀梅向河里一瞥眼:"我们不是有船吗!"

"噢,我　高兴就忘了。"杨洪胜不好意思地挠着头。

二人上了船,朝襄阳城划去。

夏日的襄阳城内,天气热,集市却冷冷清清,赶集的人寥寥无几。

戈秀梅走在赶集的人群中,一切都感到新鲜。

她一边走一边向杨洪胜询问她听到的和见到的不懂的东西。他就像是她的导游,随时回答着她提出的问题。她觉得他什么都懂,从心眼里更加佩服他。

她突然面对着他,仰视了一会儿,问道:"哎,你怎么连哥老会的黑话也懂呀?"

"这还得感谢你呀!"杨洪胜也深情地注视着她。

"感谢我?"

"对呀。"

"感谢我啥?"

"不是你让我到承恩寺拜师的吗?"

"那又怎样,难道净空师父是哥老会的人?"戈秀梅眨巴着眼睛看着他。

"不是净空师父! 有几个师兄是哥老会和青洪帮的人,所以我跟他们学了些哥老会和青洪帮的黑话。知道了吗?"杨洪胜爱怜地看着她。

倏地,一个小店门上挂着的那一排东西,让戈秀梅眼睛一亮,她立马停住了脚步,不由自主地向店铺走去。

"你走错了地方,那儿不卖女人的东西……"杨洪胜见她进了店铺,在后面喊着。

杨洪胜追进店铺一看,愣住了。

戈秀梅手里正拿着一支玉石嘴儿旱烟袋,在仔细地瞅着。

"你看这玩意儿干吗? 真好奇。"

"我想买。"

"你买它干吗,想学抽烟呀?"杨洪胜疑惑不解地看着她,而后严肃地说:"我可不允啊!"

"你管不着。"戈秀梅头一昂,故意气他。

杨洪胜忽然明白了,她这是给爷爷买的。看到爷爷常用那只破烟锅抽烟,她早就说想给爷爷换一个。

"老板,多少钱?"戈秀梅问。

"五串。"

戈秀梅数了数手里的铜板,就递了过去。然后拿着烟袋,兴致勃勃地出了店铺。

夜色朦胧,周围一片寂静。

杨洪胜和戈秀梅夫妻俩下了船,一身轻松地向家里走去。

戈秀梅学着杨爷的样子,手里拿着旱烟袋,将玉石烟袋嘴儿衔在嘴里,"吧嗒"起来。

刚到门口,戈秀梅就迫不及待地喊着:"爷爷——"

家里没人应声。

正感到奇怪,忽然,从屋里传出一阵呜呜的哭声。

二人一惊,连忙跑进屋里。

杨母坐在屋里,不知哭了多长时间,眼泪已经哭干了。

"妈,出什么事了?"戈秀梅扶起杨母,紧张地问道。

"你爷爷,他……"杨母哽咽着。

"爷爷怎么啦! 到底出啥事了?"杨洪胜迫不及待地追问。

"你爷爷被官府抓去了。"

"为啥?"杨洪胜吃了一惊。

"说他给哥老会打制兵器,是谋反之罪。"杨母哭着说。

"啊……"戈秀梅手里的烟袋一下子掉在了地上。

"爷爷打制兵器的事,他们怎么会知道?"杨洪胜不敢相信,打制兵器的事只有几个自己人知道,这么隐蔽的事,官府怎么知道的

309

呢。

"有人告的。"杨母说。

"秀梅,你在家照顾妈,我进城去。"杨洪胜一听,担心爷爷受罪,他要连夜赶进城里去,替爷爷承担祸殃。

"你在家,我去!"戈秀梅争着要去。

"你们都别去,他们还说要抓你们俩,你们赶快出门躲一躲。"杨母止住了哭,突然醒悟过来。

"那我更得要去。"杨洪胜不容分说,就向门外冲了出去。

"回来——"

杨母发出声嘶力竭的呼唤。

四

大堂上,杨爷和杨洪胜爷孙俩一口咬定,他们是被冤枉的,从来没替哥老会打制过什么兵器,更不用说偷运了,那更是无稽之谈。并要知县大人替他们做主,为他们讨回公道。

知县钟桐山拍案喝道:"带证人!"

证人被带了进来。

杨洪胜扭过头来一看,吃了一惊:怎么是他?

"骚码子!我们又见面了。""响码子"阴阳怪气地朝着杨洪胜撇了下嘴:"没想到吧!"

"你……"

杨洪胜好生纳闷:他到底是什么人,为什么要装扮成哥老会的人来骗我?难道仅仅只是为了报官吗?如果他是官府的人,完全可以当场将我抓获,根本用不着绕这么大的圈子。难道他们是在跟踪我,想将哥老会一网打尽?那他们为什么要提前抓爷爷呢,这样做不是在打草惊蛇吗?

杨洪胜飞快地转动着脑子,想从中找出答案,可想来想去却越

310

想越糊涂。

"我猜得出,这时候你最想知道的,就是我到底是谁,为什么要装扮成哥老会的人,半路来抢劫你。""响码子"得意地看着杨洪胜,说:"反正你已经是死到临头了,我就让你死个明白吧!实话告诉你,我根本就不是什么四川宜宾哥老会'合叙同'的堂下,我是堂堂'河神帮'帮主胡金魁胡老爷的弟子。我们胡老爷为了雪一年前的'比武招亲'之耻,已经暗中监视你们好久了,我家老爷早就怀疑你们有通哥老会的嫌疑,相信迟早会露出马脚,没想到还真给逮住了……怎么样,快招了吧!"

"呸……龌龊小人!"杨洪胜狠狠地啐了他一口。

钟桐山一拍惊堂木,喝道:"大胆刁民,快快从实招来,免受皮肉之苦。"

杨洪胜轻蔑地瞥了钟桐山一眼,从鼻子里"哼"了一声。

钟桐山见状,心想,久闻此人武功高强,若不施刑恐怕很难让他开口,于是,向衙役们喊了一声。

"来人!"

"在。"衙役应声而出。

"大刑伺候。"

"是!"

"慢——"杨爷喊道。

钟桐山虽然生性凶悍,但却是个要面子的人,在众人面前从来都是言而有信,绝不食言。在他眼里,信誉重于生命。这一点,杨爷还算佩服他。

根据钟桐山的这一特点,杨爷不慌不忙地说:"此事跟他无关,他什么都不知道,所有的事情全是我一人所为。"

"爷爷,您……"

杨洪胜本来想替爷爷顶缸,没想到爷爷却把所有的事情一应揽了下来,这下可咋办?

只见杨爷一副凛然正气,冲着钟桐山说:"一人做事一人当!哥老会的情况我全知道。你们把益三放了,立下字据,保证不牵连我的家人,我就带你们去破获哥老会组织。"

"你想跟我做交易?你觉得你还有跟我做交易的筹码吗!"钟桐山挖苦杨爷。

"这个交易如果做不成,那你们就休想从我嘴里掏出半句哥老会的情况。甚至,你们将会遭受灭顶之灾。到那时,恐怕你连命都保不住了,还谈什么筹码?"

杨爷的话,听起来好像耸人听闻,但钟桐山却听之一怔。他不敢全信,但也不敢不信,万一哥老会真的有什么惊天之举,他钟桐山纵然是九头之身也逃不脱。观杨爷说出这番话时的神态,那可是言之凿凿,毫无怯色。

钟桐山态度陡转,却表面不屑地说:"这话倒像一个弱者临死前的哀鸣。我这人一向同情弱者,既然你已是我的阶下囚,就索性成全你吧。"然后向身边的主簿说:"立据吧!"

字据很快拟好了。主簿当面念了一遍,杨爷无话可说,只好答应做这笔交易。

杨洪胜拿着字据,被衙役们推出门外。

杨洪胜扭头看了一眼杨爷,叫了声:"爷爷——"

"快回家吧,别让你妈惦记。放心吧,爷爷绝不会食言的……"杨爷眼看着杨洪胜离开了衙门,在心里笑了。

放走了杨洪胜,钟桐山心里陡生不安,急忙下堂,走到杨爷身边,催促道:"杨大刀,我看你在谷城街上,做起事来诚实守信,说起话来一言九鼎,也算是个真爷们儿,我才跟你做这笔交易。既然我守信,你也应该守诺了吧。"

杨爷苦笑了一声,说:"钟大人抬爱,草民也是看你是条真汉子,言而有信,才跟你做交易的。可惜呀……"

"怎么?"钟桐山一激灵,走近杨爷,像陌生人一样看着他。

"大凡守信之人都懂得一个道理,可你却不懂。"杨爷说。

"什么道理?"钟桐山问。

"说一不二!"杨爷说。

"是啊,我就是个说一不二的人。"钟桐山很得意。

"我也是。"杨爷笑着说。

"那就践诺吧!"钟桐山有点迫不及待了。

"好……"杨爷说着,忽然向大堂里的一根柱子撞去……

钟桐山一惊,急忙伸手去拦,却没有拦住。随着"嘭"的一声闷响,杨爷头部鲜血四溅。他回过头,含笑看着钟桐山,声音孱弱:"我答应哥老会在先……说一不能说二……杨某要信守诺言……"说完,倒地而亡。

众人大惊。

主簿马上回过神来,对衙役说:"快……快去把杨洪胜追回来!"

钟桐山摇摇手,制止了。

主簿大惑不解。

钟桐山自言自语地感叹着:"说一不二! 这是我向来做人处世的原则。无论对谁,也无论何人都不能改变我的原则。杨大刀已经摸透了我的脾气,才敢跟我赌这一把。他这一手厉害呀! 无论我怎么做选择,他都是赢家……"

主簿这才品出其中的奥妙来。他恨恨地说:"那就把杨大刀的尸体挂在城门上示众!"

钟桐山又摇了摇手,说:"通知家人来收尸吧!"

第二十章 反洋教逃避秋后账

一

光绪庚子年(1900年)夏日的午后,门外突然传来了擂鼓声。

谷城新任知县任彤光整了整官袍,疾步来到大堂,往太师椅上一坐,两只手将袖筒向上一提,扯起嗓子叫道:"升堂——"

"威武……"

衙役们喝声未落,一个洋人趾高气扬地大步走了进来。

任彤光从骨子里非常仇视外国侵略者,一见洋人那派头,他故意低着头,眼睛盯着案几上的一沓卷宗。

洋人在大堂里目中无人地环视了一下四周,便踱起了小步。

任彤光装作没看来人,便喝道:"大胆刁民,还不快把状子呈上来,磨蹭什么?"

"鄙人是被告!原告正在外面候着。"洋人立刻停步,向着任彤光取下礼帽,朝胸前一扣,行了个洋礼。然后,将礼帽又戴在头上。

"哦……"任彤光这才抬起头,瞥了一眼洋人,说:"是个洋人?我说这衙门里怎么突然乱了规矩,原来是来了个没规矩的人。"

"鄙人刘方济格,是沈家垭茶园沟天主教堂的司铎。"刘方济

314

格并没在乎任彤光的揶揄,只管自我介绍着,眼里却露出不可一世的神情。

　　刘方济格是法国传教士,其祖父老刘方济格(中国名叫刘克来)在沈家垭木盘山任天主教的首领。他们披着传教士的外衣却干着窃取情报的间谍勾当,这祖孙两代方济格都在法国军界担任着要职,当地百姓反洋教运动都是因他们这些假传教士违背教规引发的。嘉庆二十四年(1819年)四月,谷城知县周以焯奉谕禁教,带人前往沈家垭拆毁了当时已成为鄂西北天主教总堂的茶园沟天主教堂和其分堂木盘山教堂,逮捕了教首老刘方济格,并判处其绞刑。中法战争后,刘方济格重掌了茶园沟天主教堂,当上了主持教务的司铎。他带着仇恨,在茶园沟天主教堂以司铎的身份诱奸民女、教唆犯罪,收罗一些流氓地痞加入教会,唆使他们欺压百姓,扰乱社会治安。一些不良教民因触犯了大清律法,却在他那里受到庇护。由于教会的西方神职人员受治外法权的保护,无论他们在中国的土地上犯了什么罪,清政府都动不了他一根毫毛。

　　任彤光早就对这些披着神教外衣的假传教士恨之入骨,可又无可奈何。于是,便阴阳怪气地说:"这倒有点怪了,告状的没来,被告的却理直气壮地恶人先告状。"

　　"鄙人不是来告状的,是想提醒知县大人,《中法天津条约》第十三款规定,天主教原以劝人行善为本,凡奉教之人,皆全获保佑身家,其会同礼拜诵经等事概听其便,凡按第八款备有盖印执照安然入内地传教之人,地方官务必厚待保护。凡中国人愿信崇天主教而循规蹈矩者,毫无查禁,皆免惩治……"刘方济格像在教堂诵读圣经一样,口若悬河,滔滔不绝。

　　"《中法天津条约》……你倒背得滚瓜烂熟啊!"任彤光鄙夷地看了他一眼,然后冲门子叫了一声:"来人!"

　　"大人,请吩咐!"门子立于堂下,应声道。

　　"把外面告状之人给我叫进来!"

"是,大人。"门子立马出了衙门。

须臾,门子从外面进来,神色异常。

"怎么啦?"任彤光看到门子那副神情,问道。

"禀大人,原告他……"

"原告怎么啦?"

"原告……"

任彤光急忙下堂奔出衙门。

县衙门口,一位衣衫褴褛,六十开外的老头躺在一副用稻草攀制成的简易担架上,大喘粗气,口吐白沫。

任彤光略懂一点中医,一看老人的样子,赶紧蹲下身,掐住老人的人中,朝门子叫道:"端一碗清凉明目茶来!"

清凉明目茶端拿来了。老人喝了点茶水,口中的白沫没有了,气息也均匀了。

任彤光问站在一旁的两个年轻人:"是你们把老人抬来的?"

"是,大人。"两人躬身回答道。

"你们是老人的家属?"

"……"两人摇了摇头。

"那你们咋把老人抬到这儿来?"

这时,刘方济格从衙门里姗姗走出。

两人用手一指刘方济格:"是他雇我们抬来的。"

任彤光望了一眼刘方济格,没吱声。他躬下身子,大声问老人:"您是来衙门告状的吗?"

"啊……啊……"

老人一个劲儿地"啊",却说不出话来。

"您怎么啦?"任彤光问。

老人用右手使劲揪了一下自己的脖子,然后,指着刘方济格,嘴里"啊啊"叫着。

任彤光突然一怔:难道是刘方济格施的什么魔法,把老人弄哑的?

刘方济格不慌不忙地走了过来,用一种挑衅的口气对任彤光说:"任大人,回衙吧,审案呀!"

任彤光缓缓地站了起来,恨不得一把将他给掐死。可他不能这样做,他是朝廷命官,一举一动都会引起国际外交争端。他压住怒气,对刘方济格说:"我说司铎先生,原告说不了话,这案子我咋审啊。"

"还有鄙人。"刘方济格阴笑着。

"你?"

"对,我作为当事人,是可以陈述案情的。"

"你以为凭你单方证词,我就会信?"

"我们法国人从来都是言而有信的,不会说谎。"

"你说这话,连脸都不红一下,看来你还真是个厚脸皮啊。"

刘方济格没听懂任彤光的意思,两手在胸前一摊,做了个不知所云的动作。

"好吧,我倒要看看你们法国人是怎样混淆黑白的。你就进来陈述案情吧。"任彤光招呼门子把老人抬进去,自己转身先进了衙门。

县衙大堂中央,老人在一条有靠背的椅子上坐着,陈方济格立于老人旁边。

"知县大人,我是得到贵国允许来传递福音的,我的教会现在人多房少,教友来做礼拜,没有地方。他的家……"陈方济格指了一下老人,接着说:"就在教堂旁边,我们按照神的旨意,占了他家一点地扩建教堂,他竟然不肯。还殴打了我们的神职人员,到我们教堂闹事……我们不得不对其采取警告行动。"

"强盗行为!"任彤光在心里骂了一句,一拍惊堂木:"说直白

317

点,你们的警告行动是不是打了他们的人,或是损坏了他家的财物?"

"我们是打了他们的人……"

"我说司铎先生,你们天主教不是信奉一种最高境界吗?就是有人打了你的左脸,你把右脸也伸过去让他打!你们神职人员的悟性应该达到这个境界了吧,他打了你们,你们干吗还手呀,前面打毕了转过身子让他打后面,左边打毕了再侧一下身让他打右边,他打够了不就得了。啊!哈哈……"任彤光嘲弄着刘方济格。

"哈哈……"一阵哄堂大笑。

"可他嗓子哑了却硬说是我们给害的……所以,他要到县衙来告状。"刘方济格似乎不屑人们对他的取笑,继续说。

"这个涉外案子看来还比较复杂,我这个知县一时半会儿还审不了。"任彤光像是故意在推脱。

刘方济格见任彤光在推辞,连忙说:"那你也得审呀,你县衙得给我个说法,不然,我大法国神职人员今后就没有安宁。"刘方济格耸了耸肩,双手在胸前一摊。

"安宁,你们把周围百姓搅得鸡犬不宁,自己倒想安宁!"任彤光愤愤地说。

"对他们教化是神的旨意,我们是按照天主……"

"你别跟我扯你那些神呀主的。你以为我真的不审此案了吗?告诉你,等我查证落实后,我会公开审理的。"任彤光双目直视着刘方济格。

"啊?"

刘方济格没想到任彤光会追查到底,而且还要进行公开审理。凭他以往的经验,那些县衙、府衙的老爷们,哪个不是惧于教会的治外法权,不敢与洋人作对而未能持公断案?这个任彤光……

刘方济格偷瞟了任彤光一眼,心想:纵然你查出个什么来,还能把我怎么样?我是受治外法权保护的西方神职人员,清廷无权处置,大不了拉几个中国教徒垫垫背而已……哼,看谁狠得过谁!

想到这里,刘方济格于是又神气十足了。

"那是自然,不过这规矩嘛……"刘方济格用眼睛再次瞟了瞟任彤光。

却见任彤光并没在意他的提醒,照样不开窍地说:"这大清朝的规矩还需要你来提醒?"

"鄙人没有那个意思。"刘方济格躬了躬身,装出诚服的样子。

"那就等着择日审判吧!"

"大人真要公开审理吗?"门子用手碰了一下任彤光的胳膊,悄声问。

"不用担心!我不会引火烧身的。到时候你就看好戏吧……"任彤光低声对门子说。突然提高嗓门喝了一声:退堂——

"威武……"

一个礼拜以后,茶园沟教案在县衙的大堂里公开审理。

大堂里外挤满了人。

任彤光端坐在坐在太师椅上,双手放在案桌上,目视着堂下的百姓。

师爷站在任彤光的右侧,宣布审理结果:"据查:茶园沟天主教堂司铎刘方济格勾结土豪霸占陈老汉的田产,陈老汉到教堂找人评理,却被教堂神职人员殴打驱逐门外。陈老汉心怀怨气,纠集当地百姓十数人围攻教堂,教民闻讯赶来,双方发生械斗。陈老汉被教民打伤,在附近教堂医院里就医数日后,突然失声,口不能言……鉴于大清国与法国有约在先——大法国人在通商各口地方,如有不协争执事件,均归大法国官办理,遇有大法国人与外国人有争执情事,中国官不必过问。所以,茶园沟天主教堂的神职人员交由法国领事馆照法国律处置。围攻教堂的刁民,按我大清律问罪

······"

师爷还没宣布完毕,陈老汉一气之下,瘫倒在堂前。

听审的百姓带着愤怒和失望,纷纷离开了衙门。

"洋毛子明目张胆地欺负中国人,狗县官又如此惧怕偏袒洋人,哪还有老百姓的命活?难道我们就等死不成······"

从衙门外传进来人们愤懑的声音。

县衙内,任彤光与师爷谈兴正浓。

门子急急忙忙从外面闯了进来。

"老爷,不好了!"门子慌慌张张地大声叫着。

"出什么事啦?"任彤光慢腾腾地问道。

"外面······外面有人闹事。"

"不就是为茶园沟教案的事嘛。"任彤光不慌不忙地说。

门子一怔:"老爷知道?"

任彤光像没事似的一边跟师爷谈笑着,一边毫不在意地说:"除了这事,还能有啥事能闹出这么大的动静?"

"老爷既然知道,就赶快拿个主意吧!"门子着急地说。

"慌什么! 火上房啦? 贼过墙啦?"任彤光仍然坐在太师椅上,漫不经心地端起茶杯。

"暴民翻墙进来啦,要放火烧县衙······"

"啊······"任彤光刚啜了一口茶,嘴还没离开茶杯。猛然一惊,没来得及咽下去的茶水又从嘴角回流到杯子里,嘟哝了一句:"还真是火要上房、贼要上墙!"

任彤光将茶杯往案桌上一放,急招师爷:"快······你出去跟他们说······"他在师爷的耳边交代了几句。

"您放心,我一定让他们去找那些洋人算账去。"师爷说完,转身出去了。

任彤光眯缝着眼睛冷笑了一声。

二

暴雨刚住,一道彩虹在西边的云层上面划过一条七色的弧线。彩虹稍逝,落日的霞光遮挡在滚滚升起的乌云背后……

民间有句谚语:乌云结的高,不下雨就闹罩;乌云结的低,就看明儿早起。看来明天的天气仍然不好。"罩"是当地话,即大雾。

杨洪胜在盛康白水河西岸的古银杏树下召集江湖会众。

盛康白水河里,河水卷着泥沙向南河滔滔流去。在离南河入口不远的拐弯处,地势较为平坦。西岸有一棵百年银杏树,树干十余丈,树冠的面积有不到一分地。当地人奉它为"神树"。

这棵树在地面以上就分成两株,高矮相差无几,到了两人高以上,中间又生出一株,人们说,后来生出的一株,是两株老树生的崽子。

当地传说,很久以前,一天夜里,白水河走过一次蛟龙。有人看见,那天,大雨如注,河水暴涨,有两大一小三条龙从上游下来,准备游回东海。流经这里时,由于地势平坦,河床宽阔,河水变浅,蛟龙游到此处搁浅。天亮时,蛟龙无法脱身,就在西岸变成了三株同体的参天大树。

这棵树就成了当地百姓拜天、祭祀、求神的神树。

杨洪胜站在树下,背对着树干,心情沉重。

六十多个江湖会兄弟站在杨洪胜的对面。来大个子上前一步,跪下:"以神树作证,盛康全体江湖会众,愿听大当家调遣,誓死驱逐洋毛子!"

江湖会众兄弟一起跪下,发誓:"愿听大当家调遣,誓死驱逐洋毛子……"

"兄弟们!"

杨洪胜用低沉的声音说:"这次茶园沟天主教堂发生的教案,

明摆着,是官府惧怕洋人的势力,偏袒洋人。现在,洋人已经骑在我们头上屙屎屙尿了,官府,已经没指望了,我们只有自己起来反抗,向洋人讨还血债,以牙还牙!"

"讨还血债,以牙还牙……"盛康江湖会的众兄弟群情激愤。

"襄阳刘湘带话过来,他已经联络了襄阳的哥老会准备于六月十二日,也就是明天,捣毁法国人建的襄阳天主教堂和黄龙垱天主教堂,光化、南漳、均州的江湖会、哥老会兄弟也会同时行动。襄阳哥老会已经得到了襄阳知县李祖荫的支持,我们想争取谷城官府的支持已经不可能了,大家说,我们怎么办?"

杨洪胜用眼睛扫了一遍众人。

众人齐声说:"捣毁茶园沟天主教堂,杀尽洋毛子!"

刚走到杨洪胜家门口,一个四五岁的小男孩穿着蓝色粗布短衣短裤从屋里出来,一见陌生的刘湘,先打量了一番,然后问道:"你找谁?"

"我找你呀!"刘湘忍不住笑了一声,故意逗他说。

"找我? 可我不认识你呀!"男孩很认真地说。

刘湘蹲下身,瞅着他说:"可我认识你呀,你叫杨金山!"

"你怎么认识我的?"叫杨金山的男孩睁着一双大眼睛,好奇地看着刘湘。金山是杨洪胜和戈秀梅结婚第二年出生的。

他们正说着,戈秀梅提着空茶篓回来了。

刘湘站起身,叫了声:"嫂子!"

戈秀梅愣了一下,探身向屋里喊道:"益三,仲文二弟来了。"接着对儿子说:"山儿,这就是妈经常给你提起的二爹。"

杨金山反而腼腆起来,扯着衣角,不好意思地叫了一声:"二爹!"

刘湘喜爱地摸了一下杨金山的头。

"哦……仲文,什么时间到的? 咋不提前说一声,我跟你嫂子

322

也好到码头去接你一下。"杨洪胜听到喊声,却从屋侧的竹林里跑了出来。

"搞个突然袭击,给你跟嫂子一个惊喜,这不是很好吗?"

他们哥俩说着朝屋里去。

"看你说的,我们可早就盼着你哪。"戈秀梅拉着杨金山紧跟在后面。

二人落座后,戈秀梅倒了两碗凉茶,给刘湘的一碗放在他的手边,然后又给杨洪胜也端了一碗:"你们聊着,我去做午饭。"说着,拉起杨金山到厨房去了。

看着戈秀梅母子的背影,杨洪胜叹了口气:"自从有了金山以后,秀梅出去活动就受到了限制。上周的七月十八日,谷城西山陈立国、陈立义兄弟率领的义和拳攻打木盘山教堂。我派人跟他们联络,准备联合行动,本来想让秀梅去,可金山硬缠着秀梅,秀梅没去成。后来他们拒绝联合。结果,遭到洋人和官兵的联合围攻,失败了。现在想起来就后悔。"

"嗯。"刘湘喝了口凉茶,用手抹了一下嘴,悄声说:"事情可能会有转机。"

"怎么说?"杨洪胜问。

"据可靠消息,义和拳现在已经被朝廷招抚,改为'义和团'了,成为清政府承认的合法官团,他们打的是'助清灭洋'的旗号。义和团目前已经进入北京城⋯⋯"刘湘突然收住话头,凝视着杨洪胜。

杨洪胜手端茶碗,呈思考状。

未几,杨洪胜突然将茶碗往桌子上一丢,说:"我们也打着义和团的旗号,公开活动,这样,我们使用兵器、聚众举事不就合法化了吗?"

"这样,官府也可以置之不管了。"刘湘接着说:"你尽快运送一批兵器到襄阳,武装那里的江湖会和哥老会。借助灭洋来发展我们的力量,伺机扯起反清的旗号。"

二人一拍即合。

三

"益三哥……益三哥……"

一大早,海凤山就在门外急促地轻唤着杨洪胜。

杨洪胜打开门,海凤山迅速闪进屋里,急切地说:"不好了,要出事!"

"啥事?"杨洪胜赶忙把他让进屋里。

"昨天,我下樊城,见到处张贴着布告,觉得情形不妙,就到了刘府,见到刘湘。"

"刘湘怎么说?"杨洪胜问。

"刘湘说,政府委托安襄郧荆兵备道与鄂西北代牧区签订了《湖北襄阳议结天主教案合同》,明示要保护教民、教士和教堂,缉拿民变人员。朝廷对去年义和团的排外行动在进行秋后算账……襄阳知县李祖荫已经以'串匪纵差,违旨藐约'的罪名被撤职了。看来,朝廷已经向洋人乞和了,樊城的形势很糟。他父亲逼他到日本去留学,暂避风头。他要我告诉你,官府可能很快会对谷城、光化、南漳、均州的几个州县的反洋教组织下手,要你暂时避一下,最好先离开谷城再说。"海凤山望着杨洪胜,见他没有反应,就说:"我觉得刘湘说的对,你必须离开一段时间……"

杨洪胜仍在犹豫,尚彦臣急急忙忙赶来了。他上气不接下气地连声说:"大当家的,你快躲躲吧,官府马上要来抓你了。"

"这么快?"海凤山一惊,催促道:"你快走吧,留得青山在,不愁没柴烧!"

"我们一块走吧!"杨洪胜终于答应离开了。

"我们没事!我看到城外的布告上只通缉了你一个人,凤山

324

和我榜上还没有。"尚彦臣安慰他说:"官府不会来抓我们的,你就放心吧,再说,我们也会小心的。"

"我们要留下帮助嫂子重整江湖会,江湖会不能散。"海凤山说。

"既然这样,万一官府找你们的茬儿,就往我身上推,反正我走了。"杨洪胜还是不放心地说:"来大个子可能也有危险,彦臣,你还是把他带到你身边去吧!"

"没问题,这些你都放心好了,兄弟们的后路我会安排好。"

"哦,对了!刘湘还让我告诉你,张之洞的武昌新军正在招募兵员,要你到武昌去应招,以图日后举大事。"海凤山突然想起来,对杨洪胜说。

"好,就到武昌!"

杨洪胜回屋,跟戈秀梅简单交代了几句,背起宝刀,依依不舍地走出房屋。刚走了几步,又折转回去。

"咋啦,忘了什么啦?"戈秀梅问。

"忘了件事。"杨洪胜心情沉重地说。

"什么事?"戈秀梅问后又说"再想想,看还有什么事忘了。别等走远了再想起来,那可就麻烦了。"

杨洪胜把戴在颈项的淡黄色玉坠取下来,挂在戈秀梅的脖子上。

"你一个人出门在外,可以保你平安的。还是你戴着它吧!"戈秀梅把玉坠从脖子上取下来,准备再给杨洪胜戴上。

杨洪胜推开了她的手:"我们家有两个传家宝,一个玉坠,一个宝刀,我们各执其一。我们都要等着,宝聚人聚!"

戈秀梅听到这话,忽然一阵心酸,泪水止不住溢了出来。她扯起袖头在脸上抹了抹,勉强从眼角里挤出一丝笑容,点了点头。

"谷城江湖会就交给你了,一定要把这支队伍发展下去!"杨洪胜的心顿感一阵凄凉。

第二十一章　办学堂张彪委教练

一

杨洪胜在绿营从军数年之后,光绪丙午年(1906 年)正月的一天,当年在文昌门码头跟随张彪的那个小头目突然来找他,大呼小叫地把他喊了出去。

杨洪胜不敢说话也不敢问,稀里糊涂地跟着他不知走了多久,来到武昌右旗以东的一个偏僻之地。

在一个大门前,杨洪胜抬头看见大门上方有几个黑色大字,写着"湖北陆军特别小学堂"。门口还有一副对联:

> 执干戈以卫社稷
> 说礼乐而敦诗书

突然,他感到这书法很是面熟,一时想不起来在哪里见到过。

看他对着这副对联发愣,小头目不屑地催促他:"看什么看! 这是张香帅的手书,你看得懂吗? 张彪大人正在学堂等你,还磨蹭什么?"

听他这么一说,杨洪胜突然想起张之洞为杨大刀铁匠铺提写的匾额。他收回眼神,跟着小头目向学堂里面走去。

陆军特别小学堂内,总办张彪坐在检阅台上,他的两侧坐着会办黎元洪和刘邦骥。

数百名从各标营正兵中挑选出来的仁字斋学兵,正在操场上列队步行通过检阅台。

检阅完毕,张彪把杨洪胜叫到跟前,对众学兵说:"从现在起,杨洪胜就是你们的武术教师。你们在本营操练时,一切都要听从他的指挥。"

直到这时,杨洪胜才明白小头目把他叫来的用意。

教练场上,杨洪胜正在为学兵一批接着一批地纠正着武术要领动作。

突然,正在一旁散练的两个学兵扭打起来。

一个年龄较小,看上去刚刚二十岁出头的学兵,一边厮打,一边去夺那个年龄较大的看上去快四十岁的老兵手里的一本薄薄的像书一样的东西。

杨洪胜走上去,喊了一声:"立正——"

两个扭打的学兵"啪"的一个立正,停止了扭打。

"怎么回事?"杨洪胜一脸严肃地盯着两个刚才还跟斗红了眼的公鸡似的学兵。

"报告教师,蔡国桢私藏违禁刊物。"年长学兵向杨洪胜报告。

杨洪胜用目光打量着蔡国桢。

蔡国桢是湖北黄陂人,生于清光绪十二年(1886年)腊月二十八日,他幼承庭训,诗文有根底,常常接触进步书刊,十几岁时就怀革命大志。湖北常备军扩充,他投入左协第一旗当兵。湖北陆军特别小学堂选优秀识字士兵入堂学习,他成为仁字斋学兵。参加革命时取名蔡济民。

此时蔡国桢低头不语。

"什么样的违禁书刊?"杨洪胜好奇地伸手向年长学兵:"给我!"

"这是孙中山在日本鼓吹革命、企图推翻当今朝廷的反动刊物。"年长学兵说着,把手里卷着的一本杂志递到杨洪胜手里。

杨洪胜听后,心中立刻警觉起来,可表面上仍然不动声色地说:"这事就交给我来处理吧,你们马上归队,完成今天的科目。"

二人相互瞪了一眼,转身离去。

看到他们的眼神,杨洪胜猛然间意识到了什么。

"回来!"二人刚走出几步,杨洪胜又把他们叫了回来。

杨洪胜看着他们,关切中却带着明显地嗔怪:"张总办常念袍泽之谊,最恨的就是同室操戈、自相残杀。你们的行为完全有违总办大人的训示……"

只见二人同时一怔。杨洪胜接着板起面孔:"如果我把这事说给张总办,你们谁能有个好? 糊涂!"

杨洪胜知道,尽管自己被张彪委以武术教师,但那是个没有实权的官。要想镇住眼前这两个人,尤其是那个年长的学兵,他必须拉大旗做虎皮,只要能稳住年长学兵,不让他把此事捅出去就行。

年长的学兵想了想,似乎在心里揣摩着杨洪胜此话的意思。愣怔片刻,忽地如小鸡啄米似的连连点头:"教师说得极是,我等谨记……谨记不忘!"

蔡国桢没有言语,只是狐疑地看了杨洪胜一眼,跟着年长学兵后面一起向自己同棚的兄弟们那边走去。

二人走远后,杨洪胜将杂志揣进怀里,若无其事地走进了空荡荡的学兵宿舍。

杨洪胜翻开杂志一看:《民报》第一号!

他曾听张彪在巡防营跟队官说过,眼下《民报》在军营中呈漫延之势,务必加强防范,绝不要让革命党在巡防营里滋事。当时,他并没在意。因为直到现在他还不知道革命党到底是什么,更不晓得《民报》是何刊物了。

此时杨洪胜打开杂志,见首页上登载着《民报?发刊词》,作者是一个叫孙文的人。他好奇地读着这篇《发刊词》,越读心情越激昂,越读心里越向往:民族主义、民权主义、民生主义……

他的心怦怦直跳。

三

夜幕刚刚降临,宿舍内蔡国桢半躺在下层的床铺上,几个年轻的学兵正围在蔡国桢的铺前悄声细语。

微弱的灯光黯然地照在学兵宿舍里,显得灰暗、迷茫。

忽然,门外传来轻微的脚步声。围在一起的学兵"嗖"地一下,箭一般快速回到各自的铺上,佯装睡觉,屋里顿时鼾声四起。

脚步声停了,并没人推门。几个装睡的学兵警觉起来。

"蔡国桢——"门外传来轻轻的叫喊声。

宿舍里的人一听松了一口气,"鼾声"戛然而止。接着,一个个又开始紧张起来。

见宿舍里突然没了动静,杨洪胜在外面又喊了一声:"蔡国桢出来一下!"

蔡国桢掀开被子,一面穿着鞋子,一面应了一声:"哎……"心里却在想:莫非是要追查我偷看《民报》的事?他心里盘算着,如果杨洪胜追问将如何应对。

杨洪胜和蔡国桢在夜幕下踏着积雪一前一后在校场上无语地走着,军营里一片寂静,只有他们的脚踩在积雪上,发出"咯吱咯吱"的响声。

两人默默地走了一会儿,杨洪胜突然止步,面对蔡国桢,伸出右手:"还有吗?"

蔡国桢一愣:"什么?"

"《民报》!"

蔡国桢眼睛一转,回道:"杨教师,我真不知道那《民报》是违禁书刊,我是在外面捡的,就那一本。那里面到底是什么内容,我连看都还没看过呢,您若不信,我同铺的兄弟们可以作证。我真是冤……"

还没说完,杨洪胜就打断了他的话:"你还不知道里面的内容呀?我看了,我告诉你吧。"

"您看啦!"蔡国桢一惊,立刻问道:"内容怎么样?"

"很得劲,也很振奋。我很喜欢,很想再看几本。"

"真的?"蔡国桢兴奋地说:"您要真喜欢,我可以领你到……"

"嘘……"杨洪胜警惕地看了一下四周,然后把他拉到校场的一个角落处。

"你听说过'日知会'吗?"蔡国桢悄声问他。

杨洪胜摇了摇头,没出声。

蔡国桢环视了一下周围,压低着声音,凑近杨洪胜的耳根:"日知会有个阅览室,里面有好多的进步书籍,那里每月还举行一次演讲会,去听演讲的人多着呢!新军中,像吴禄贞、蓝天蔚这些军队长官也常到那里阅读书籍,就连黎元洪手下的亲信刘大雄也是阅览室里的常客。"

"哦!"

杨洪胜十分惊喜,自从到武昌从军进入巡防营后,每天就跟被关在一个密不透风的活棺材里一样,时时感到供氧不足。今天,他第一次听到这么振奋人心的消息,像吸了一口新鲜的空气,浑身上下都感到清爽、舒畅,格外精神。

他紧紧地握住蔡国桢的手,半响,说了一句:"以后要格外小心,千万别让人知道你参加了日知会。"

"我会注意的,为了尽量避免暴露,我参加日知会已经改名叫蔡济民了。"

第二十二章 · 丙午案急救蔡济民

一

丙午年(1907 年)十一月,湖南萍(乡)醴(陵)起义惨遭失败。

这几天,武昌城里寒风阵阵,冬气肃杀。城里的大街小巷,到处都是张之洞悬赏通缉起义首领刘家运、黄廑午(黄兴)、朱子龙等的揭帖。

二十三日(公历 1 月 7 日)这天,巡防营有些异常。

湖北巡警道冯启钧请调了一部分巡防营清兵展开了联合大行动。

下午,身为正目的杨洪胜正在营中值勤,巡警道冯启钧押着一名三十岁左右的男子回来了,刚进营房大门,就拖着矮墩墩的身子高声大叫起来:"快快升堂……"

巡防营审讯室内,审讯正在进行。

杨洪胜从门口望去,只见室内气氛异常紧张。冯启钧铁青着脸,怒目而视堂下被绑着的男子,他的旁边唯唯诺诺地躬立着一个陌生人,讨好地望着他。看样子审讯并不顺利。

杨洪胜悄悄站在门外偷听,只听冯启钧恶狠狠地说:"朱元成,你身为留学生,不思报效朝廷,为什么要犯上作乱? 现在你只有供出日知会的同党下落,方能免于一死。"

杨洪胜心里一惊:此人是日知会的人?那一定是个革命党。他不动声色地继续在门外偷听。

接着,朱元成高亢的声音从室内传出——

"我为革命而生,死不足惜。……"

冯启钧咆哮的声音——

"你若再不招供,就推出去斩首!"

朱元成慷慨激昂——

"革命党遍布天下,杀之难,杀之尽更难……不杀革命党,革命党就不多……革命党不多,革命就不容易成功。革命党的血,就是灌溉所有向往自由人的肥料。杀,是我求之不得的!"

杨洪胜心里猛然一紧,连忙探头向室内望去。只见朱元成昂着头大叫:"杀,杀,杀!"一副大义凛然、视死如归的样子。

杨洪胜见状,内心感叹:"革命党人是真豪杰呀!"

"你就是不说,我照样能抓住刘家运和黄廑午他们。"冯启钧气急败坏,对躬立身边的那个陌生人说:"郭尧阶,你不是要领赏还债吗?"

郭尧阶心领神会,连连点头:"承蒙大人体恤,小人一定肝脑涂地。凡日知会的成员,我统统将他们诱捕归案!"

朱元成怒骂道:"郭尧阶,你个狗日的。革命党人是不会饶恕你的……"

一大早,湖北黄冈。长江边上,一溜儿用石块垒起的平房,高矮不齐,错落有致。

江边上吴家的堂屋里,吴崑坐在椅子上理发。无意中,他从对面的镜子里瞥见门口有几个形迹可疑的人在晃动,心里正在纳闷,忽然,在那些人的后面看到一个熟悉的影子,他大吃一惊:镜子里的人正是郭尧阶!他已获知,萍醴起义失败后,日知会遭到破坏,罪魁祸首就是郭尧阶。

“不好！”吴崑在心里说了一声，正要站起来脱身，却见那些人已经进了屋。这时，郭尧阶躲在外面没有露面，他想在暗中从进出的人中辨认吴崑。

吴崑坐在理发椅上，从容地对来人说：“你们是找吴崑吗？他刚出去，不会走远。”

刚进门的几个人一听，不敢怠慢，急忙转身出去追赶。

几个人走后，吴崑赶忙打开后门，来到江边。江边泊着一只轮船，是省里来的，他琢磨着，这一定是专门来捕自己的船，我一旦露出破绽，就等于自投罗网。怎么办？

他细细观察了一下，发现距轮船不远处有一只小渔船。他疾步登上渔船，对渔人说：“大叔，你靠近那只轮船划过去，然后把我送到江对面。我重谢！”

渔船朝轮船划过去，轮船上的人见渔船向他们划来，喊道：“打鱼的，有新鲜的鳊鱼吗？”

吴崑不慌不忙地回答道：“刚出来，还没下网呢。等捕到了给您送过来！”

轮船上的人说了声：“好嘞！”就钻进舱里避风去了。

吴崑随渔船过了江，傍晚在蔡甸的一家旅馆住了下来。他刚在阁楼上安顿好，却听楼下有人问：“还有客房吗？”

吴崑往下一瞧，吃了一惊：天门的日知会员白逾桓被几个人押着进来了。他接着听见店主向来人说：“不够了，阁楼上有一间，刚才已经有人住下了。”

“刚住进的？”来人警惕地问：“是不是从黄冈来的？上去看看！”

吴崑暗暗叫道：“坏了！”想越窗逃走，却发现窗门被封死了。他索性从容不迫地朝楼下走去。

"干什么去？"刚要上楼的人见到吴崑从楼上下来，上下打量着。

吴崑用眼睛瞟了一下白逾桓，白逾桓猛一激灵，马上镇定下来，装着不认识。吴崑这才不慌不忙地回答道："出去透透风，待在房间太闷。"

"听口音，你是黄冈人吧！从哪儿来，到哪里去？"

"从外地来，回黄冈去。"

"不，你是从黄冈来，逃往外地去！"

"官人说笑话了！我一个本分的生意人，一不逃税，二不躲债，何谈一个'逃'字？"

"把郭尧阶叫进来！"一个当官模样的人冲着门外说了一声。

吴崑这下已经意识到难逃魔掌。白逾桓用眼神示意他快逃，自己却慢慢向那位当官的人身边靠去，看得出，他这是在为帮助吴崑逃跑做准备。

吴崑暗示他不要盲动。

郭尧阶进来了，一眼就认出了吴崑，忙向那位官长讨好道："冯巡道，您可真是如来佛在世，孙悟空再狡猾还是没逃过您的手掌心。"他一指吴崑说："他就是早上从黄冈逃走的吴崑！"

"带走！"冯启钧如获至宝，得意至极。

郭尧阶密报称，吴崑和白逾桓、时功玖、田桐并称同盟会"湖北四杰"，抓住了二杰，他就有了邀大功的资本。

冯启钧带人出了旅馆，将吴白二人交由手下连夜押解回汉，自己却到妓馆逍遥去了。

解差押着二人来到火车站，一日本妓女拦住了他们。吴崑曾东渡日本，会一口流利的日语，他见机会难得，就怂恿解差："官爷，你们都走了一天了，也累了，反正武汉离这儿也不远了，不如就让这日本娘们陪你们喝喝酒，一来可以解解困乏，二来也好开开洋荤。"

吴崑的一番话,说得几个解差心里有点痒痒的,也馋馋的。

见解差有些心动,白逾桓又加了一把火:"我们被绑着,有酒不能喝,有肉不能吃,洋妞也不能玩。我们还是赶路吧。"

解差头目瞪了他一眼,心一横:"走,进妓馆去。咱也开开洋荤。冯巡道自己进妓馆让咱们弟兄支差,就不兴咱们弟兄开开荤?"

"说的倒是,真是……"其他解差一齐跟着起哄。

他们来到妓馆,解差头对妓女说:"来两个包厢,要相邻的。"

吴崑和白逾桓二人关在一个包厢,解差在另一个包厢由日本妓女陪着喝酒、戏耍。

一日妓端着酒菜经过二人包厢,吴崑用日语轻声喊道:"姑娘,请过来一下!"

日妓一听,本能地走近他们:"您是日本人?"

吴崑答道:"我是日本大阪人,姑娘是哪里人?"

日妓忙凑近说:"我也是大阪人,您怎么被他们抓起来了?"

吴崑说:"我是个商人,逃避了中国的巨额关税,他们捉拿我,回到武汉恐怕就要杀头。"

"需要我怎么帮你?"日妓问。

"你设法将隔壁包厢那几个人用酒灌醉,其他事情就不劳烦你了。"

日妓会意地点了点头,出去了。

过了一会儿,隔壁包厢里就传出酒杯摔碎的声音,接着是打骂声,再接着就风平浪静了。

吴崑笑着对白逾桓说:"看来差不多了。"

"……"白逾桓点了点头。

日妓进来了,迅速解开了他们的绳索:"门口还有两个他们的人守着,我把后门打开了,你们赶紧从后门逃走。"

"谢谢姑娘搭救!"

吴白二人在日妓引导下,出了后门,很快就消失在夜幕里。

二

当杨洪胜听到郭尧阶说出"蔡济民"的名字时,心中一惊,他知道,蔡济民就是蔡国桢。他立马出了巡防营,抄近路,迅速向二十九标标营方向跑去。他边跑边在心里告诫自己:一定要抢在冯启钧的前头,把消息报给蔡国桢,要他赶快躲避。

另一条官道上,冯启钧骑着马带人也向二十九标标营汹汹而来……

左协第二十九标标营。

排长蔡国桢向前来巡察的第二十九标统带张景良报告:"启禀统带大人,二营三队一排列队完毕,请训示……排长蔡国桢。"

张景良看了看精神抖擞训练有素的士兵,心里一阵高兴。他带着欣赏的眼神瞧着蔡国桢,慢慢伸出手,把他因训练而显得有些褶皱的军装领子整了整。

张景良的这个动作不是对谁都能这么做的。自打蔡国桢作为优秀识字士兵被选入湖北陆军特别小学堂后,张景良就喜欢上了这个操课优秀的年轻人。蔡国桢肄业后,不到一年就被提升为司务长,不久就升任排长。他带的一个排曾在会操比赛中获全镇第一名,现在,再次看到这个让他引以为豪的"猛虎排",张景良心里爽快,情不自禁地拍着蔡国桢的肩膀:"你做得很好!想当年,我也是像你这样带兵的。兵熊熊一个,将熊熊一窝!不管是标统,还是队官,也不管是一个排,还是一个棚,队伍的优劣,完全取决于官长……"

"标统大人!"

话还没说完，就听到身后有人在叫他。张景良转过身，只见冯启钧带着巡警饿狼似的睁大了眼睛盯着他："我们奉命来贵标捉拿革命党人蔡济民！"

蔡国桢心里猛一"咯噔"，但马上又镇静下来。他发现对方并不知道他就是蔡济民，于是，便顺势说："大人有要事，在下就带队伍先去操练了！"他想尽快离开，到了万不得已时也好脱身。

杨洪胜的两条腿终究还是没跑过冯启钧的"四条腿"，等他刚赶到二十九标标营门口时，却一眼瞧见冯启钧正在与张景良交涉。他的心紧张得"扑扑"直跳：这下完了……蔡国桢在劫难逃了！

"革命党人！蔡济民？"张景良惊疑地看着冯启钧，接着说了一句："我二十九标从来没有革命党，也没有叫蔡济民的人，要说姓蔡的我倒可以给你叫上几个来。"

张景良说着，朝蔡国桢远去的背影喊了一声："蔡国桢！"

蔡国桢一怔，却没停步，他装着没听见，继续带着他的队伍加快了脚步。

标营门口的杨洪胜见蔡国桢离开了冯启钧，心里刚刚舒了口气，突然听到张景良喊了蔡国桢一声，他的心一下子又提到了嗓子眼。看来这次是要豁出去了，不管想什么办法都必须要让蔡国桢脱险。

杨洪胜主意已定，他向营中走去。

张景良见蔡国桢没听见，就提高了嗓门儿："蔡国桢——你过来让这位道台大人见识见识，看我们这里谁是蔡济民！我倒要看看，是谁想跟我二十九标的兄弟过不去，竟然对本标动起了歪脑筋。"

杨洪胜一听，马上停止了脚步。他已听出了张景良对冯启钧的不满，既然如此，蔡国桢暂时还不会有多大危险。

这番话蔡国桢也听得真真切切，他立马回转身，跑步来到张景良面前，"啪"地一个立正："回大人，蔡国桢不知道谁是蔡济民，也没听说过弟兄们中有蔡济民这个人……"

"听到了没,道台大人?"张景良对冯启钧揶揄道:"要不是你情报有误,就是你摸错了门子,还是请你摸对了门子再烧香吧!"

张景良一向讨厌冯启钧,看不惯他依仗着巡警道的特权大肆搜捕革命党人,把军中闹得鸡犬不宁、人心惶惶。每次见面,张景良不是挖苦他,就是戏弄他。这冯启钧在外人看来倒是个肚里能撑船的人,无论张景良如何嘲讽,他表面上都不计较,只顾尽力办自己的差。其实,他心胸并不开阔,而且好大喜功。他受到张景良这番奚落,心中愤然:"哼,走着瞧吧!"

三

这是一个难熬的下午。

杨洪胜忽然听到候审室里传出一阵打骂声,他连忙跑过去一看,一位三十多岁的男子正揪住一个人,挥拳便打。好多人去拉,都被他打得近不了身。看样子,这男子是会武功的。被打的人连连求饶,可男子却越打越来劲,一边打,嘴里还不停地骂道:"你这个猪狗不如的东西,我今天要替兄弟们灭了你这条疯狗。"

直到这时,杨洪胜才看清,被打的人正是前几天会审朱元成时,立在冯启钧身旁的郭尧阶。

从那以后,杨洪胜很鄙视郭尧阶,看到郭被打,杨洪胜在心里说了声:打得好!这种人就该打,打死了活该……

他正暗自高兴时,却见一个警卒抡起手里的汉阳步枪,正要朝那男子背部砸去。

他一惊,连忙一跃而起,冲过去,一把将打人的男子拽开,喝道:"不许放肆!"男子被拉开后,郭尧阶感激地朝杨洪胜看了一眼,忽然"哇"地一声,一口污血从嘴里喷了出来。

冯启钧指着郭尧阶:"把他抬下去!"

在审讯过程中,杨洪胜才知道这个殴打郭尧阶的男子叫张难先。

张难先,号义痴,湖北沔阳人,比杨洪胜大一岁,是出了名的"怪人"、"疯子"。他四岁读书,十八岁那年,奉父命应州试,因看不惯科举的恶习,在考场上留下一副对联:"欲乘长风破万里浪,懒与俗士论八股文",携白卷拂袖而去。在沔阳老家,他习练武功,总爱替穷人打抱不平,知州俞成庆恨之入骨,污他是革命党。没想到,他却在大堂上大呼小叫:"我是革命党,俞成庆是我的同党!"把俞成庆吓出了一身冷汗,生怕受到牵连,骂他是疯子,只好把他赶出去了事。

中日甲午战争和戊戌变法失败、庚子联军入侵,张难先才意识到非推翻清朝政府不可。于甲辰年赴武昌与朱子龙(从军后更名朱元成)、胡瑛投工程营当兵,设立科学补习所,后补习所成为革命机关。科学补习所被破坏后,与刘静庵(从军后更名刘大雄,原任黎元洪手下书记)、朱子龙、胡瑛等人成立日知会。丙午萍(乡)醴(陵)起义失败后,他从仙桃镇来到武昌,方知日知会被围抄,在返回仙桃途中,被叛徒郭尧阶引来的清军警逮捕。

为防张难先打伤看守人员越狱逃走,冯启钧安排杨洪胜和几个习武的军警负责在监狱专门轮流看守他。

张难先被关进单人牢房。他在牢房里,一会儿大呼小叫,一会儿仰天大笑,根本不把门外的这些看守当回事。

夜静更深。牢房中间的走廊上,几盏暗灯照着两边牢房的黑漆铁栅栏,阴森可怖。

杨洪胜来到张难先的牢门前,本想乘夜深无人时跟他聊聊,一则从他那里了解更多关于革命的情况,二则看他有什么需要帮助的,尽力帮助他。抑或瞅准时机将他救出去。

还没容他开口,张难先冲着门外一阵狂笑,边笑边喊叫:"快来人啦,叫你们张之洞给老子端酒肉来,等老子吃饱喝足了好招供……"

这一喊不打紧,牢房里的看守都寻声跑来了。

杨洪胜连忙退到一边观察动静。牢头看他那样子,半信半疑地问:"你真要招供?"

张难先朝他啐了一口:"呸……老子招与不招得跟张之洞说,跟你啰嗦有何用?"

牢头从没受到过犯人如此的侮辱,可此时见他直呼总督大人的姓名,又不敢发作。牢头恨恨地瞅了他一眼,却见张难先目光正盯着自己,那样子就像要吃掉他似的。

牢头打了个寒噤,不敢怠慢,连忙去报告冯启钧。

大约过了一个时辰,冯启钧来了,手里提着一瓶酒。他身后跟着勤务兵,两大盘肥肉在勤务兵手上端着的托盘里正冒着热气。

牢门被打开,牢头端来一个小方凳,放在张难先的身边。

冯启钧顺手把酒瓶往方凳上一放,亲手将瓶盖打开。这时,勤务兵已经把两盘肥肉放在方凳上。

冯启钧正要说话,张难先朝前挪了挪身子:"好了,把纸笔放这儿,你们先出去,到外面候着。老子写东西一向不喜欢有人打搅……"

冯启钧只好将杨洪胜留下来守着,自己带着其余人离开了牢房。

张难先瞥了一眼杨洪胜,对他白天出手搭救郭尧阶之举,稍稍表示了些许愤恨。接着,便狂饮大嚼起来。他喝一口酒,大笑一阵,笑完了,提笔在纸上写几个字,接着又喝、又吃、又笑、又写……

喝完了、吃完了、笑完了、写完了,张难先把纸笔往方凳上一放:"端出去吧! 老子这供词只有张之洞能看懂,你们交给他,他自能领会其意。"

杨洪胜拿起供词一看,顿时怔住了。

四

总督府衙内,灯火通明。

冯启钧跟在张彪身后,沿着走廊疾步向书房走去。

湖广总督张之洞在书房里挥毫泼墨,书毕,他提起刚写好的"和平养性方,万事书嘉祥"几个字,心情倍感舒畅。正欣赏着,张彪在门外叫了一声:"香帅,下官求见!"

"进来吧!"张之洞把写好的条幅收起,放在一边,走到案前的椅子上,坐了下来。

张彪拿着一张纸,面无表情地站在张之洞面前。冯启钧战战兢兢地立于其后。

张之洞见二人的表情,心里已经明白了,但他还是问了一句:"他没写供词?"

"写了。"张彪双手将纸递了过去:"只是……"

张之洞将纸展开,仔细地看着。

张、冯二人紧张地垂着头,等待着张之洞的责罚。

张之洞看了一遍,大悦。忍不住又看了一遍,他细细地品味着"供词"里的每一句话:

现我国大势,政治腐败,民不聊生,外人虎视眈眈,时有鲸吞之欲,非革命无以救中国……请宫保从速赐我死刑,我谨延颈以待!

这哪里是供词,分明是檄文嘛! 张之洞突然叫道:"好文,好文啦!"

张、冯二人一惊,猛地抬起头,莫名其妙地看着张之洞。

张之洞激动地在屋里踱着方步,连声说:"张难先是国家的一流人才呀,简直就是文天祥再世、史可法重生……"

张彪这才上前一步,大着胆子问:"香帅打算如何处置张难先?"

张之洞深思了片刻,问:"他招了些什么?"

冯启钧躬身上前,垂首答道:"张难先承认自己是革命党人,但他却不认识胡瑛。他还一再否认我们抓到的刘静庵是萍醴起义首犯刘家运。从这一点看,他并不知道刘静庵就是刘家运的内情,说明他只是革命党的盲从者。"

"哦!"张之洞又在屋里踱了两步,问:"可否有人出面具保?"

张彪会意:"香帅之意,是要找人保释张难先?"

"快快中华,人才难得。这样的人才需要多少年才能培养出来,我本思才如渴,岂忍囚之?况且,他也只是个从犯。"张之洞在室内一边踱着步子一边说:"只要他日后不再跟朝廷作对,他即使不为我所用,能为百姓所用,也不失为一件好事。但对其他革命党人,还是要严加审讯,绝不允许祸国殃民的事情漫延。"

张之洞突然止步,转身面对着二人:"那个刘静庵招了没招?他如果真是刘家运,你们可为皇上立了大功。"

张彪看着冯启钧没有回答。

冯启钧眼珠滴溜溜一转,上前一步,回道:"下官请大人静候佳音。"

巡防营审讯室。一场秘密审讯正在悄悄进行。

这一次,杨洪胜被指派在门口当安全保卫,说是防止革命党乘机滋事。实际上,此时的革命党人因日知会遭到破坏早已藏匿起来了。至于劫狱,那就更无从说起。所以,保卫这个差事实际上只是做个样子。

杨洪胜的心思也并没放在保卫这个职责上,他时刻都在关注着室内的审讯情况。

会审席上,虽然坐着十二个陪审官,可那都是些摆设。主审官仍然是冯启钧。

审讯室里的气氛随着从内室走出的两排行刑打手而恐怖起

来。那些手执各种刑具的打手们，一个个威武凶猛、穷神恶煞。

冯启钧满脸堆着得意的奸笑，奸笑中露出一种凶相，凶巴巴地逼视着对面受审者："刘静庵！你的同党朱元成、梁钟汉、胡瑛、季雨霖等等，已经被我缉拿，你们的日知会也被我破坏。你应该清楚，我手里有你们的郭尧阶，现在是想抓谁就抓谁，一个也别想逃脱。现在我只要你一句话，你只要承认自己是刘家运，我就可以让你免受皮肉之苦。如若不然，我将让你生不如死……"

刘静庵并不吃冯启钧的那一套，他正色道："你爱怎么着，我管不了，可你要诬陷我是刘家运，却办不到！我堂堂男儿，敢作敢当。我从事革命，推翻清朝，非一年半载，虽不愿改名换姓，却也不敢冒名顶替。你们若要我冒充刘家运，今生休想……"

无奈，冯启钧命打手对刘静庵用藤条鞭笞。

一次次昏死过去，又一次次用冷水浇醒。刘静庵浑身的皮肉绽开，血肉模糊。

冯启钧气急败坏地用小刀拨开刘静庵被打烂的皮肉，敲击着白生生的骨头："我就不信你这骨头有多硬。再给我打！"

打手们轮流对他用刑，一共鞭笞了一千四百下。刘静庵咬着牙，再次昏死过去。

就在刘静庵处于极度昏迷状态时，冯启钧让师爷拿出一张事先准备好的"供词"，将刘的手指在上面摁上了指印。

冯启钧将"供词"象征性地让十多位陪审人员传阅后，就让师爷宣读：

一、接办日知新会，专为联络军学两界中人，以为革命之预备地位。

二、由吴崑引见法国洋人是我请至日知会学说法国皇帝路易十四残虐，国民群起而攻之。

三、友人由东京带回《民报》二三千份由我销售出去。

343

四、《训兵谈》一书由熊芷香带至黄冈秘密印刷所请殷某刻印，是我所作。

五、朱元成告诉我已会见孙文他回湖北运动军界中人。

六、郭尧阶见我谓筹银一万两，可以运动下等社会，以准备革命。

七、熊芷香逢人说我是会首。

"供词"宣读完毕，冯启钧当场作出"判死刑上报"的决定。

杨洪胜瞪大了眼睛。他只知道小小县衙里经常出现冤案，那是小地方，天高皇帝远。没想到在这堂堂督府衙内，皇帝触手可及的地方竟与昏庸的县衙有过之而无不及，真是天下乌鸦一般黑，难怪革命党人为了推翻清朝政府能够坚贞不屈、前赴后继。

杨洪胜愤然离去。

第二十三章 破连环劫狱生外枝

一

入夜,天地间像罩上了一层黑纱,伸手不见五指,只有几处军营里还闪着丝丝亮光。武昌街头,早已没了行人。

杨洪胜独自一个人在街上行走,他要到"模范监狱"去。最近,监狱里一些犯人总是莫名其妙地死去,他担心日知会那几个革命党会遭受不测,尤其是刘静庵。冯启钧为了邀功请赏,硬是想方设法认定他就是萍醴起义领袖刘家运,虽然他至死不从,但冯却编造假供词上报了总督直至朝廷。对于冯启钧来说,刘静庵活着就是他的大患。正想着,一阵寒风吹来,杨洪胜打了个寒噤……

"沙……沙沙……"

随着身后一阵轻微的脚步声,杨洪胜警惕地停住脚步,闪身背靠在一堵断墙上。

"沙沙"声消失了,周围又恢复了寂静。

借着不远处军营闪烁的微弱的亮光,杨洪胜隐隐约约看见一个人影忽闪了一下就不见了。他看了看周围,这里是"模范监狱"的外墙。这时候有人到这里来干什么? 是跟踪我? 难道是冯启钧派来监视我的?

杨洪胜寻思了一下,迅速将外套脱下,挂在断墙的一根柱子上。从远处看,就像一个人站在那里。杨洪胜满意地笑了笑,然后迅速绕到刚才人影消失的地方……

"你是谁! 为什么要跟踪我?"杨洪胜一把揪住蹲在地上还在窥视他外套的人,低声喝问。

那人一听,连忙站起身,惊喜地看着他:"杨教师!"

"蔡排长……怎么是你?"杨洪胜惊疑地看着蔡国桢。

"真是巧了。今晚我们几个兄弟合计着去找你,没找到,却在这里碰到了。"蔡国桢正说着,一伙人从黑暗处围拢过来。

蔡国桢对他说:"这都是我们排的兄弟。"

"那你们跑到这儿来干什么?"杨洪胜更加吃惊。

蔡国桢急切地说:"我们要去救刘静庵!"

"救刘静庵?"杨洪胜看了他们几个一眼,悄声说:"你们这样冒冒失失的,怎么去救刘静庵?"

"不就是说要去找你嘛! 你武功好,办事稳妥,又能出点子。可是没找到你,所以只能我们几个干了。"蔡国桢说。

"为什么要今晚上急于动手?"杨洪胜问。

"今晚有我们一个兄弟做内应,已经说好了的。"另一个士兵插话说。

"做内应?"杨洪胜又问道:"他是干什么的?"

"哦……他是监狱里的看守。"蔡国桢说。

"看守? 可靠吗?"杨洪胜再问。

"可……靠吧。"一个士兵回答着。

听着士兵含糊的回答,杨洪胜有些警觉起来。因为他知道,冯启钧有一个"引蛇出洞"计划:就是利用被关押的日知会领导人为诱饵,内紧外松,引诱日知会成员去劫狱,然后实施抓捕。冯得意地称此为"连环套"。

此次蔡国桢他们贸然劫狱,会不会中了冯启钧的"连环套"?

想到此杨洪胜立即告诉蔡国桢:"今晚行动取消!"

"为什么?"士兵们大惑不解。

"敌人有可能已经张好了口袋,正等着你们往里面钻,你们却还蒙在鼓里。"杨洪胜严肃地说。

一个瘦高个士兵气冲冲地说:"不行,哪怕真的是敌人布下了天罗地网,今晚我们也要拼死一搏。"

"对,今晚就拼他个你死我活。"几个士兵的情绪激昂起来。

"住口! 是听你们的还是听杨教师的?"在一旁一直没吭声的蔡国桢仔细地思考着杨洪胜的话。为了形成统一的行动指挥,他说:"我们早已说好,这件事得听杨教师的意见,现在杨教师把意见说出来了,大家却突然反把了呢? 不听杨教师的是吧? 那好,你们爱怎么干就怎么干,我听杨教师的。"

"可我们今晚已经事先约好了的,今天是过小年,看守们大都到附近馆子里喝酒去了,正好我那兄弟当班,这是多好的机会呀! 如果今晚再不动手,也许永远就没有这么好的机会了。我那当看守的兄弟据说明天就要调走了,我们……""瘦高个"显得有些着急。

"这就巧了……"杨洪胜略一思索:"也就是说,今晚非行动不可,若不行动,将永远没有机会了?"

"是这样的!""瘦高个"回答说。

"这是逼你们必须按照他们的计划,在今晚采取行动!"杨洪胜咬着牙,一字一顿地说。

"你在说什么呀! 谁逼我们?"几个士兵被杨洪胜的这番话浇得一头雾水,不解地问。

"冯启钧!"杨洪胜脱口说出这个名字后,几个士兵惊得"啊"了一声,半天说不出话来。

杨洪胜接着说:"你们仔细想想没有,这个机会不是太有诱惑力了吗?"

"是啊! 要不怎么说这机会难得呢。"士兵们说。

"正因为对我们来说是一次非常重要的机会,敌人才会利用这一点来做文章。"杨洪胜问道:"监狱里这个兄弟是你们谁接触的?"

"我!""瘦高个"有些生气:"你是怀疑我那兄弟出卖了我们?"

"这个我还不能肯定。不过……人心隔肚皮,虎心隔毛眼!大家不要忘了郭尧阶的教训!"

经杨洪胜一提醒,蔡国桢也感到问题严重,就问:"杨教师有什么好的办法?"

杨洪胜说:"实话跟你们说了吧,其实,我也在考虑刘静庵、胡瑛他们的安全问题。监狱这些天隔三差五地就有人死在里面。前几天,朱元成的尸体也被抬出去了。

蔡国桢感慨地说:"朱元成早期在日本可是孙中山先生同盟会的元老,这次是专门受孙先生委派和胡瑛、梁钟汉一起回湖北召集革命党人响应萍醴起义,没想到却身遭不测!"

杨洪胜用手抹了一下眼角快要溢出来的泪水,说:"我怀疑是有人在幕后操纵。我现在正要到监狱去看看,恰巧遇到了你们。"

"这样吧。"杨洪胜望了一眼天空,说:"现在时间不早了,你们赶快回营房去,监狱我现在也不能去了,以免引起他们的怀疑,我得赶紧回去,明天上午我到监狱里去看看,顺便看一下你们那位兄弟。"

"哦,对了!"杨洪胜转身问瘦高个士兵:"你那位兄弟叫什么名字?"

"名字我不知道,只知道他叫胖墩,因为他长得矮矮胖胖,你去一看就知道了。"瘦高个洋洋得意地补充道:"他是我新近发展的会员。"

杨洪胜更加警觉起来:"我前些日子在监狱当值时怎么没见过这个人?"他接着脸一沉说:"连名字都不知道,就发展人家为会员,你咋这么不成熟?"他问瘦高个:"你还介绍其他兄弟认识过胖墩吗?"

"这个还没来得及。"

"那就好。你回去后马上做好离队的准备,听我明天的消息。如果在没得到我的消息之前……"杨洪胜突然觉得不妥,又转过身对蔡国桢说:"国桢,这样不行。这位兄弟肯定是暴露了,今晚他不能回营,明天如果有人来找他,你就说他昨天出去办事一直没回。以后的事情只有走一步看一步了。"

"好,你放心,这事我会办妥的。"蔡国桢拉起瘦高个:"走,你先到我大姨家暂住一时。"

"没这么玄乎吧!"瘦高个还在犹豫地看着杨洪胜。

蔡国桢硬生生地把他拉走了。

二

上午辰时,太阳从窗户里斜射进来,给原本寒寂死气的武昌"模范监狱"带进了难得的一丝生命的气息。

杨洪胜来到模范监狱,刚一进门,就见一个人拿着一张纸洋洋得意地从牢房的走廊里往外走,那样子,就像得到一本天书。

杨洪胜一怔:那人是个胖子!他是不是胖墩?杨洪胜在心里揣摩了一下,马上灵机一动,在门口大喊了一声:"胖墩……"

胖子愣了一下,朝杨洪胜仔细瞅了瞅。杨洪胜心里有底了,他径直朝胖子走去。

"这么急急忙忙,要上哪儿去?"杨洪胜用身子挡住胖看守。

胖看守刚才发现刘静庵在牢房里把写满字的纸条往袖筒里塞,就一把夺了过来。因昨晚的事没法见冯大人,现他拿着字条正想上冯大人那邀功请赏。

"哟……是杨正月呀!我看过您秋操时的武术表演,您的武

349

功……那可是百里挑一……不，不……简直是万里挑一……嘿嘿！"胖墩嘴里一边说着，一边将身子从杨洪胜身边往外挤。杨洪胜抬起一只脚把他拦住。

"昨晚干什么去了？"杨洪胜突然问道。

"昨晚？"胖墩心里一惊，心想，他一大早来问昨晚的事，一定是冯启钧派他来兴师问罪的。这个冯矮子，都说他狠毒，果然如此，竟派一个武功这么高的人来对付我！胖墩在心里骂了一句，随即向杨洪胜解释说："昨晚的事，真不怪我。谁知道他们临时变卦。我敢保证，我是严格按冯大人的意思去做的，我也一直在那等他们……"

杨洪胜暗吃一惊：果然不出所料，幸亏及时制止了他们，不然……想到这里，杨洪胜进一步试探："道台冯大人的脾气，你我可都是知道的。"

"知道，知道！"胖墩连连点头。

"既然知道，那你打算怎么办？"

杨洪胜知道他已经把胖墩唬住了，想顺藤摸瓜从他嘴里得到他们下一步的行动计划。

胖墩连忙从袖筒里掏出那张字条，讨好地说："我刚从革匪刘静庵那里得到了重要情报，我不识字，请您帮忙看看……我们到道台大人那里去请赏，也算你一份。"

杨洪胜又是一惊：重要情报？他立马装出喜出望外的样子："好哇，我帮你看看这情报到底能值多少钱，免得你到时候吃亏。"

杨洪胜接过字条一看，字条上写着一首诗：

> 向前已是惨凄极，
> 那信惨凄更有深；
> 六月雪霜河海冻，
> 半天云雾日星昏。

中原有士兆民病，

上帝无言百鬼狞；

敢是达才须磨炼，

故教洪炉泣精金。

…………

　　杨洪胜看罢诗，对刘静庵在狱中受到的折磨和痛苦深感同情，被他对革命胜利的期待和反清的坚定信念所感染。他知道，这诗虽不是什么重要情报，但一交到冯启钧手里，他一定会大做文章，并置刘静庵于死地。

　　他稍稍顿了一下，突然哈哈大笑起来。

　　胖墩睁着一双疑惑的眼睛，莫名其妙地看着杨洪胜。

　　"胖墩呀，胖墩！你真是……"杨洪胜一边笑，一边指着胖墩说："你呀，你……"

　　胖墩被杨洪胜这一笑一指搞得稀里糊涂，张着嘴巴半天吐不出一个字。

　　笑了一阵子后，杨洪胜才慢慢地把字条往胖墩手里一塞："还是你自己去吧，这个赏我不领也罢！"

　　"怎么啦，杨正目?"胖墩一脸的狐疑。

　　"这是一首打油诗，一点利用的价值都没有。"杨洪胜毫无兴致地说。

　　"真的?"胖墩的心一下子凉了半截。

　　"我会骗你吗?"杨洪胜说。

　　"那是，那是!"

　　"不过，这首打油诗还是很有文采的，我比较喜欢这种风格。"杨洪胜故意说。

　　"既然这是诗又没价值，把它交给道台大人说不定又要挨骂。杨正目喜欢的话，就送给您吧，我们也交个朋友。"胖墩边说边将

351

字条放到杨洪胜的手上。

杨洪胜故作推辞："这怎么可以！这本是你的收获,还是你留着吧。"

"杨正目笑话我了,我斗大的字识不了一箩筐,要这种东西有啥用？还能当饭吃不成！"胖墩将杨洪胜捏着字条伸过来的手又推了回去。

"哦,那好——"

杨洪胜将刘静庵的这篇《移新监作》揣进袖筒,迅速离开了"模范监狱"。

三

杂乱无章的雪花飘散在牢房外的地面上,偶尔有几朵弱小的雪花被微风从窗子里吹进来,洒落在牢房的一摊干草上。顷刻之间,雪花在干草上化作了点点水珠,像悲愤的泪。

借着夜色,杨洪胜很顺利地进入到监狱内,神不知鬼不觉。他熟练地打开了通往牢房的那扇铁门,向关押刘静庵等人的牢房摸去……

刘静庵正对众狱友说:我持耶稣之心,求救中国之苦,身在缧绁,心在天堂……接着,俯身说了声:阿门！然后用右手在胸着画了一个"十"字。

看到眼前的这一切,杨洪胜悚然一惊,仇恨地脱口说了声:"基督教徒！"

没想到,自己冒险前来营救的日知会领导人原来却是个崇洋媚外的基督徒！刚才还热血沸腾的杨洪胜,心一下子凉了半截。

他迟疑着,心里很矛盾。突然,脑海里闪现出恩师潘十郎惨遭沈家垭天主教堂神父杀害的情景。

杨洪胜厌恶地看了一眼刘静庵,悄然离开了牢房。

第二十四章　抵洋货重返江湖会

一

"老爷……不好了!"

一大早,襄阳刘府的跑街就慌慌张张地从街上跑回刘府。一进门,便急忙大叫起来。

听到急叫声,刘夫人赶忙从屋里奔出来,见跑街惊慌失措的样子,大吃一惊:"老爷怎么啦?"

跑街一怔,马上意识到自己的失口,转而喘着粗气对夫人笑了笑说:"老爷没事,是我有事……"

"你怎么啦?"

刘夫人是有名的贤惠善良之人,无论对家人还是伙计都关心备至。当她听到跑街说"是我有事"时,还没等他把话说完,就焦急起来。

"不是我有事,是……"跑街一急,却不知道怎样才能把话说明白,哼哧了半天也没说清楚,刘夫人越发着急起来。

正着急时,刘子敬出现了。

"你当了这么长时间差,怎么越来越不会说话了? 我在后花园就听到你在大声瞎嚷嚷!"刘子敬有些生气,冲着跑街没好气地

353

说。

"老爷……"跑街从口袋里掏出一包"三炮台"香烟呈给刘子敬,口里仍然喘着粗气。

刘子敬把香烟掂在手里仔细地打量着。只见烟盒上印制着一幅《三国演义》中"三英战吕布"的精彩画面,栩栩如生。画面两边竖写着"刘关张古之英雄,三炮台今之名烟"的宣传广告。

"此烟从何而来?"刘子敬的脸色一下子阴沉下来。

"昨天晚上,从汉口来了一伙人,他们住在樊城前街的陈老巷。今天一大早,这伙人扛着广告牌,敲锣打鼓到各商店免费散发卷烟,大造声势。免费散发的卷烟,除了'三炮台',还有'哈德门'、'红锡包'……他们销售的卷烟包装精美、价格便宜,而且销售灵活,有50支装的,有10支装的,还可以1支1支地出售。我们经销的'大爱国'、'大长城'香烟现在已经卖不动了。"跑街的急切地看着刘子敬,哭丧着脸说:"老爷,您得赶快拿个主意呀,再不想办法就来不及了!"

"都怪我大意呀!"刘子敬搧了一下自己的脑袋,忽然想起去年邓县烟叶生产商给他提供的一个情况。

邓县烟叶生产商向他报告说,有人在许昌建立烟厂,号召农民广种烟叶,并提供良种、烤烟设备、预付定金和贷款,与烟农签订收购合同,企图垄断优质烟叶的来源。当时,他并没多想,只是觉得他为汉口南洋烟草公司生产并销售香烟,凭均州和邓县两大烟叶生产基地已经完全可以满足市场了,别人既是想垄断也奈何不了他刘子敬。难道,这一次真的是大祸降临吗?

刘子敬看到跑街紧张的样子,表面上却强装平静地随口说道:"没出息!多大的事呀,就把你急成这样?去,当好你的差去!"

跑街惊讶地看着刘子敬,不解地摇了摇头,走了。

从武昌赶到襄阳时,太阳已经升得老高了。杨洪胜沿着熟悉的青石条铺成的街道径直往前走,不知不觉来到刘府门前。

自从到武昌从军以后,杨洪胜已经好几年没到刘府来过了。他在清军队伍里,几经改编,现在已经是新军第八镇第十五协第三十标的正目了。刘府的人如果见到他这个清军正目是好感还是恶意?杨洪胜心里倒是有几分忐忑。不过,刘府的大门楼看上去还是那么雄伟、霸气,一点没变……

杨洪胜琢磨着,脚已经不由自主地迈进了刘府的大门槛。

"这时候想进我刘府?没门儿……"刘子敬一个人坐在府第的大堂上,脖子上青筋直暴。

杨洪胜猛然驻足,心中有些疑惑地朝刘府里面望去,只见大堂的门虚掩着。他知道刘子敬一定在大堂里,这是刘子敬多年养成的习惯,他在大堂里时,门总是虚掩着,他不在大堂时,门总是敞开着,大堂的门从来没关过。

杨洪胜心中虽有疑惑,他还是硬着头皮一步跨进了刘府大门。

刘子敬又大吼一声:"狗杂种,你还敢到我刘府里来?胆敢再跨进我这大门,不打断你的腿也让你脱层皮……"

杨洪胜一怔,刘叔看见我啦?那生这么大气?是不是嫌我当了兵,故意给我来个下马威?尽管他对朝廷颇有微词,可以往做生意他都跟官府打得火热呀。可今天怎么对我这个士兵如此大动肝火?

他寻思了一会儿,见里面没了动静,便蹑手蹑脚地顺着墙边悄悄朝大堂运动过去。

"谁在那儿?"刘夫人正从西厢房出来,突然发现有人在墙边鬼鬼祟祟地,吓了她一跳,随即叫了一声。

杨洪胜猛一抬头,不好意思地:"婶婶,是我!"

"益三!"刘夫人惊疑地看着他:"你啥时来的,怎么……"

在大堂里生着闷气的刘子敬听到杨洪胜的声音,从大堂里出来,见他那副窘态,先是一愣,接着似乎突然明白过来:"你到我这儿来是不是也不怀好意?"

刘子敬硬邦邦的这句话把杨洪胜噎得半天张不开嘴,他申辩说:"刘叔误会了!"

"误会!你的行为还不能证明一切吗?"刘子敬已经气红了眼,见了谁都好像在跟自己作对似的,更何况杨洪胜此时并不是光明正大地从大门进入大堂,而是顺墙角绕开大堂而入。这能不让他起疑心吗?

"您真的误会我了!我还没进大门您就在大堂里赶我,我怎么还敢进您的大堂?只好溜墙角了。"杨洪胜委屈地替自己辩解着。

"我怎么会开赶你呢?"刘子敬不相信地看着杨洪胜。

"难道您不是在骂我?"杨洪胜疑惑地说:"刚才大堂里并没别人呀!"

"哦……"刘子敬恍然大悟:"误会,还真是一场误会!"

刘子敬把杨洪胜让进大堂,一五一十地把英美烟草公司如何抢占樊城烟草市场的事说给杨洪胜。

杨洪胜听后,愤愤地说:"由于洋人列强商品的倾销,洋商几乎完全控制了国内商贸,使我中华民族经济处于仰人鼻息的窘境。从 1894 年起,湖北、湖南两省茶商颇多亏损。英商抑勒茶价,压磅、退盘、割价,多方刁难。单是红茶,除洋商之外,别无销路。逼得茶帮们纷纷减价求售;仅汉口的茶帮就亏本近两百万两白银,洋行大获其利……"

杨洪胜顿了顿,说:"我们要吸取汉口茶帮们的教训,再不能像以往那样各自为政、一盘散沙了……"

"这么说,益三有主意了?"刘子敬期待地看着杨洪胜。

见刘子敬用期待的目光看着自己,杨洪胜索性开门见山:"不瞒刘叔,我此次回襄就是要组织力量一起来抵制洋货,保护我民族工商业产品。"

"胡闹!"刘子敬突然脸色一变,反问道:"你以为凭几个江湖骗子就能把洋货抵制住?"

杨洪胜一怔,环顾四周,然后悄声说:"我重返江湖会是受了组织的派遣,可不是像您说的是'江湖骗子'、散兵游勇……"

没等刘子敬接话,杨洪胜继续说:"刘叔大概已有耳闻吧! 由于洋人工业品的倾销,造成武汉三镇'市价步落',商民们用经济绝交的手段抵制洋货。1904 年,汉口各商宣布与德国礼和、瑞记两洋行断绝贸易。第二年,汉口钱业界公议禁用英国麦加利银行票据。同年,上海等地发起抵制美货运动,汉口商会、沙市和长沙绅商遥相呼应。不久,汉口商会在华景街集议抵制美货办法,各码头小工亦相约不运美货。前不久,武汉商民发起抵制日货运动,武昌街巷遍贴'不用日货'的标语。工人罢工,摊贩罢市,已经形成了与朝廷军警直接对抗的局势……您知道这些运动都是哪些人发起的吗?"

刘子敬习惯地用手去捋刚刮了胡须的下巴,很不自在地说:"听说是一些江湖浪人所为。"

杨洪胜继续说道:"这些运动都是活动于长江流域的哥老会、江湖会、洪江会、三点会、红灯会等会党组织发起的,他们的能量非同小可。远的不说,就在前年,光华县老河口的江湖会首柯了凡、孙老幺举事,您可是见识过了,他们干的事,哪一点像江湖骗子?他们可都实实在在为老百姓做事……"

刘子敬似乎很固执,对杨洪胜的话充耳不闻,却摆出一副长者的关心姿态:"你还是不要掺和这些事,早点回去老老实实当个好兵吧! 襄阳这地方可不是谁都能玩得转的!"

二人不欢而散。

襄阳城里,一个商业闹市区内,赶早集的人们熙熙攘攘、川流不息。

突然，无数的小包轻盈地从天而降，像雨点一样砸在人们的头上、背上、脚上和怀里，没见过这阵势的人一时愣住了，不知所措。当他们弄清楚是怎么回事时，一哄而抢。刹那间，闹市区里乱糟糟一片。

杨洪胜心事重重地在闹市区里溜达着，倏地，一包香烟擦着他的耳根落到脚前。他正要弯腰去捡拾，一个小孩"嗖"地从他身后蹿出，敏捷地将掉在地上的那包烟捡起，飞也似的跑走了。他望着小孩远去的背影，笑着摇了摇头。

他接着往前走。一个年轻人端着各种包装的香烟来到他跟前："先生，请买英美烟草公司生产的'哈德门'香烟，只需花70文铜钱就可买一包，还可以免费到武昌会馆看一场电影……电影可比戏好看多了，先生……"

杨洪胜心里有事，根本不想听他这些乱七八糟的事情，可年轻人却跟在他的后面像追逐"猎物"一样紧追不放。后来年轻人硬塞给杨洪胜一包"哈德门"并说了句："先生不买烟，不妨看场电影，这烟白送了……"年轻人在递给杨洪胜香烟时，熟练地在烟盒上盖上一个日戳："先生晚上拿着这包烟直接去武昌会馆看电影，祝您开心！"他那拿着烟的手在杨洪胜手心里使劲摁了一下，然后调皮地行了个礼，转身走了。

看电影？杨洪胜从鼻孔里哼了一声："哼，说什么也不能去看那些洋玩意儿？他这次回襄阳的任务就是要跟江湖会的人接头，联合打击洋商，如果去观看那些洋电影，不是助纣为虐吗？

杨洪胜心里这样想着，恨恨地要将手里的洋烟揉碎。倏地，他看到烟盒的背面有几个后来写上去的字：看电影见面！

杨洪胜恍然大悟。他从武昌走的时候，送他的人跟他说：到了襄阳城自有人跟你联系。原来，刚才卖洋烟的年轻人就是跟自己联系的人！他紧紧捏着这包让他曾经憎恨的"哈德门"，抬眼去寻找刚才卖烟的人，那人却早已消失在人海里了。

二

襄阳城北,武昌会馆门前,霓虹灯下,人来人往,熙熙攘攘。

会馆内,一个三间通房的大厅里,坐满了人,正等待着电影放映。

杨洪胜在自己的座位上坐下来,才发现,自己座位的右边却是空的。不一会儿,电影开始放映了,他右边的座位仍然空着,左边座位上坐着一个七八岁的孩子,正专注地注视着电影银幕,全然没顾旁边的杨洪胜,显然,这不是跟自己接头的人。右边这个空位应该就是接头人的座位吧!杨洪胜这样想着,眼睛不时向旁边的空位上瞥去。

从没看过这种洋玩意儿的杨洪胜,不知不觉就被银幕上的画面吸引住了。

不知什么时候,好像被人轻轻撞了一下,他一激灵,赶紧瞟了一眼左边的座位——座位仍然空空荡荡!

他似乎想起来了,有人在撞他的时候向他座位上塞了一个东西。他下意识地用手朝座位上一摸,是个小纸团!

杨洪胜展开纸团,借着银幕上反射的微弱光线一看,出现了一行与烟盒上同一字体的字:电影院门口见!

杨洪胜将纸团攥在手里,悄悄出了放映厅。

杨洪胜用眼神向电影院门口周围巡视了一周。门口,除了几个卖烟和水果、瓜子的小女孩,只有两个人力车夫懒洋洋地斜靠在车上打盹儿,却没有跟他接头人的踪影。他只好一边向外张望一边朝门前的马路走去。

这时,马路对面快速朝他走过来两个人。这两个人步履矫健,行动敏捷, 看便知道是军人出身。

二人轻手轻脚,疾步来到杨洪胜身后,还没等杨洪胜弄清是咋回事,一只黑色布袋从头上将他罩了个严严实实,他的双手也被人很麻利地绑在了腰间。只听一人说了声:"我们是江湖会的,快跟我们走……"一只短枪的枪口已经顶住了杨洪胜的后背。

这下,他却不知如何是好。依他的功夫,就凭这只黑色布袋和两个人是不可能将他怎么样的,只要他稍一用功,就可以制服对方。可对方却说他们是江湖会的,而且手里还有枪。可既是江湖会的,怎么会用这种方式来对待他呢?杨洪胜吃不准到底是怎么回事。他想,不管他们是什么人,也不管把他弄到什么地方,在襄阳这个地盘上,没有他杨洪胜脱不了身的。于是,他就任由着二人把他架着,深一脚浅一脚地向前走着。

刚走出几步,后面一阵嘚嘚的马蹄声传来,杨洪胜被提上了马背。

这下杨洪胜估摸着,自己是被绑架了!可这些人绑架自己有什么用呢?杨洪胜正想着,马又突然停了下来。

有个人问:"顺利吗?"

"没说的!"

问话人的声音怎么听起来这么耳熟呢?杨洪胜一时却想不起来此人是谁,但他能肯定,只要见了面,他一定会认识。难道他们真是江湖会的人?

"快放下来,小心点,别摔着!"说话的人一边说,一边朝马跟前走来。

杨洪胜被放下马来,却立在原处没动。

"怎么,还想待在布袋里呀!"说话的人一把将罩住杨洪胜半个身子的布袋扯了下来,两人同时一怔。

"益三?"那人连忙为杨洪胜解掉绑在身上的绳索。

"国威!你怎么在这儿?"杨洪胜感到意外。

"怎么,没想到吧!一个被军队开除的人还会留在军营,而且手下还有一帮兄弟。"对方嘲讽地补了一句："这就是我们的朝廷，中国的大清朝！"

杨洪胜习惯地环顾了一下四周，才知道自己进了一座军营。

二人亲热地拥抱在一起。

须臾，杨洪胜撒开手，仔细地瞧着对方："让我好好看看，这些年你变成什么样了！"

"我现在除了名字改成了张国荃，其他什么都没变，老样子！"张国荃笑呵呵地说。

这个张国荃，原名东柄，天门人，后移居汉川。当初以张国威名投第四十一标当兵，队官说他行为不检，被开除。后改名张国荃复投马八标第三营右队当兵，并加入江湖会，人称张大哥。

杨洪胜摇了摇头："不对，你变了。"

"我哪儿变了？"张国荃一边请杨洪胜进屋，一边问。

"变得会捉弄人了！"杨洪胜有些生气。

"你以为还是以前，我俩在一起时你老捉弄我？今天也该我捉弄你一回了吧！"张国荃仍然笑呵呵地看着杨洪胜，见他气呼呼不做声，就逗他："怎么啦？从前你捉弄我那么多回，我都没往心里去，今天我捉弄你一次，你倒来了气，也太没肚量了吧！"

"你知道不？差点闹出人命来。"杨洪胜一脸的严肃。

"真这么严重？"张国荃故作惊讶地问。

"你不是不知道我的功夫，这样绑架我还能不出人命？"杨洪胜狠狠地瞪了张国荃一眼。

"这不是没办法吗！"张国荃做了个请的手势，让杨洪胜坐在他对面的椅子上，向他解释："现在的襄阳城可不比以往。自从武汉商民发起抵制日货运动以后，这里的洋人就跟官府勾结的更紧了，一些地痞流氓们也被洋人买通了，到处都有洋人的耳目，洋人的鼻子比狗还灵。最近，不知是哪儿走漏了风声，他们明察暗访要抓从武昌来的联络人。你刚到襄阳，他们就要对你下手。你说我不采取这种方式行不?"

杨洪胜有些不明白:"你这样做,如果巡捕房发现了有人遭绑架,还不把我们都给抓起来。不是自找麻烦吗?"

"巡捕房!"张国荃不屑地说:"就是因为巡捕房,我才想出这等拙招。"

杨洪胜糊涂了:"什么意思?"

"巡捕房现在跟地痞流氓们是同流合污、暗送秋波。见有人打家劫舍、杀人越货、绑架肉票,就知道是不好惹的地痞,他们会视而不见,唯恐躲之不及。你说,我绑架你,他们还会来自找麻烦吗?所以呀……"张国荃得意地说:"我到电影院跟你接头时,发现门口那两个人力车夫是巡捕房的暗探,进到电影院里边后又发现有人在盯梢,就没敢贸然跟你接头,后来想到把你诓出来'绑架'你的损招。虽然这样做对你这个省城来的大人物不体面,但却安全得很嘞!"

"……"杨洪胜没再吭声。

"话又说回来,这上面也是瞎折腾人,就说你杨洪胜来不就得了,硬是不让我知道来人是谁,还说来后自然知道,这不是废话吗?他们要告诉了我是你来,我就让你直接到我这里来,省得费这么多周折。"张国荃心里愤愤然。

"这也是不得已,最近军队里面也经常出问题,为安全起见,上面才这么规定的,无论是谁,都不得事先知道接头人的姓名,怕出现意外。我也是刚才知道这边接头人是你老弟。"杨洪胜哈哈一笑。

二人正说着,忽然外面传来一阵嚷嚷声。

听到声音,杨洪胜心里猛一咯噔……

三

刘子敬慌里慌张地闯进了营房,见杨洪胜坐在张国荃对面,一怔。赶紧掩饰住自己那尴尬的表情，没头没脑地说了句："益三，也在呀？"

杨洪胜连忙站起来，大感意外，机械地回道："刚来！刘叔这是……"

"你们俩认识？"张国荃本想给两个人互相介绍，却没想到他们早已认识，索性就免了这份客套。

"认识。"

"早就认识！"

两个人各怀心态地应付着。

刘子敬心里有事，见杨洪胜在场，不便直说，瞥了一眼张国荃，支支吾吾地说："我是……哦，没事……来国荃这里串串门……只是串串门……"

张国荃见刘子敬把杨洪胜当成了外人，便直截了当地说："刘掌柜，这里都不是外人，有什么事你就说吧。益三可是来领导我们襄阳抵制洋货的。"

刘子敬一听，似乎醒悟过来，却又感到不悦，对杨洪胜说："贤侄出外几年，好歹长了些见识，倒会愚弄起老夫来了！"

张国荃糊涂了，他惊疑地看着杨洪胜又扭头瞄着刘子敬："刘掌柜，何出此言？"

"误会，完全是一场误会！"杨洪胜已经明白过来，把与刘子敬的那场误会当面说开了。

张国荃哈哈一笑："原来，刘掌柜还不知道，我们都是江湖会的，发起这场抵制洋货运动就是江湖会会党领导的。你还以为是官府和清军替这些商人们撑腰？实话给您说吧，抵制洋货运动是我和手下的众兄弟们私自秘密参与的，驻守襄阳的马八标三营右队队官还不知道呢。这事要是让他知道了，必定要阻止。"

刘子敬这才如梦方醒，长长地"哦"了一声，急忙说："现在有个紧急情况……"

"啥情况!"

杨洪胜从刘子敬的神态上看出了问题的严重,但他表面上却显得非常冷静,从容不迫。

"英美烟草公司暗中派人在各地的销售网点大量收购我们汉口南洋烟草公司生产的'大爱国'牌香烟,放在潮湿的地方让这些烟霉烂变质,然后又雇佣小贩沿街叫卖这些变质的国产烟,现在,市场上销售的'大爱国',全部是霉烂变质的。老百姓不知内情,都转向抽哈德门烟了,'大爱国'已经无人问津了……狗日的,这招也太损了!"刘子敬气得脸色发青。

杨洪胜稍稍沉默了片刻,问张国荃:"你手下有多少兄弟?"

"带我一共十二个。"张国荃说。

"刚好一个棚。"杨洪胜想了想,说:"这样吧,我回谷城找一下你嫂子和海凤山,让他们把谷城江湖会的弟兄们拉过来,咱们就来个……这样如何?"

"不错,行。"

"好主意!"

第二十五章　救汉茹邂逅熊秉坤

一

杨洪胜这次重返江湖会，打出"中国人要吸中国烟"的口号，各地的爱国人士如火山爆发般一触即发起来。南从广州，北到沈阳、哈尔滨，各地的烟商都纷纷要求代销"大爱国"、"大长城"卷烟，就连泰国、新加坡的一些海外华侨也提出了"非南洋烟厂的香烟不吸"的口号。那阵势，真是太过瘾了……

在文昌门码头下船后，杨洪胜沿堤匆匆往南疾行。快到中和门时，忽然发现，中和门外面围了很多人。一个十八九岁的女学生站在台子上，正滔滔不绝地讲演着，洁白的连衣短裙在阳光下显得耀眼夺目。

杨洪胜凑过去，只见女学生用她那清纯的、却充满着仇恨声音在鼓动民众起来反洋人、反官府。他正想仔细听听时，人群里的另一个人让杨洪胜感到紧张和不安。这个人就是——果青阿！

果青阿是宪兵营管带，在武汉三镇臭名昭著。

杨洪胜隐隐地感到，灾难随时都可能发生在这个女学生身上。他想不管女学生是什么人，他无论如何要保护她。他乘人不备，一头钻进人群里,猛地大叫一声:"有人耍流氓了,快抓住他——"

"抓住他!"

"在哪儿?"

人群骚乱起来!

杨洪胜乘乱冲上台子,一把将女学生拉下来,低声说:"有宪兵,快跟我走!"

没容女学生明白过来,杨洪胜已经拽着她冲出人群沿着巷子向中和门内跑去……

"流氓抢人啦!"见有人把演讲的女学生拽走了,人们稀里糊涂地一边喊叫着一边跟着追了过去。

果青阿怕丢失了跟踪的目标,带着一帮手下在后面紧追不放。

"你是谁,干吗要这样?"女学生喘着气,边跑边问杨洪胜。

"别说话!"

见杨洪胜的语调亲切、急促,女学生没再多问。任他拽着径直向前狂奔。

后面追赶的人越来越近。杨洪胜一扭头,发现果青阿已经越过众人冲到前面来了。

杨洪胜拉着女学生拼命地跑着,来到一个十字路口。不能再往前跑了,再往前就是左旗,那里驻扎的可全是八旗军队。往右是二十九标防地,如果到二十九标防地,蔡济民一定会掩护他们,他们就能脱险。但那会给蔡济民带来不必要的麻烦;向左是工程八营驻地,那里是没人接应的,弄不好也是死路一条。

杨洪胜迟疑了一下,还是毅然往左跑去。

巷子不宽,只能容两个人并行。果青阿急于要超挡在他前面的一个年轻人,却没想被什么绊了一下,一个跟斗栽倒在地……

待后面上来的手下赶紧把果青阿扶起来时,果青阿的额头上已鼓起来一个大包,气急败坏地果青阿朝手下恶狠狠地骂了一句:"你们这帮废物,还不快追,等死呀!"

等他们往前追时,杨洪胜和女学生已经拐进了另一个胡同,消失在他们的视野里。

杨洪胜拉着女学生正跑过工程八营门口,突然,一个人从门里闪了出来,一把将杨洪胜拉住。杨洪胜本能地一甩手,却没有挣脱,他扭头一看——是个军人! 不禁大吃一惊。军人却赶紧把他俩拽进了营房。

果青阿追到工程八营门口,见大门紧闭,感到蹊跷。他眼珠滴溜溜一转:"明明是往这个方向跑的,怎么会突然不见了呢……"接着吩咐手下:"你们给我守住大门,我看他们能跑到哪儿去。"

"感谢壮士的搭救之恩!"

军人将杨洪胜和女学生领到一间闲置的空室里,刚喘了口气,见杨洪胜如此说,便哈哈大笑起来。

"壮士为何发笑?"杨洪胜莫名其妙地看着军人。

"大哥真的不记得我了?"军人说。

"你是……"杨洪胜仔细地想了想,仍然没有想起对方是谁。

"我在门口拉住大哥时,就认出来了,只是情况紧急,来不及细说。"军人显得十分兴奋。

"我们见过面?"杨洪胜怀疑地看着军人。

"大哥是否还记得,那年冬天在文昌门码头,你从洋人棍棒下救过的那个年轻的搬运工?"军人慢条斯理地说。

"哎呀,是你……"杨洪胜仔细地上下打量了眼前这位军人一番,那魁梧的身材和豹头环眼的特征,让他突然想起来了,可当时双方都没留下姓名。他现在也跟着兴奋起来。

军人哈哈一笑,说:"我叫熊秉坤,还不知道大哥尊姓大名呢!"

熊秉坤,字戴乾,原名祥元,又名忠炳,湖北江夏人。清光绪十一年乙酉八月二十二日生。祖上为木材商，因父亲早故，家道中落，读书不成，他当过商店学徒、搬运工。湖广总督张之洞盛倡兴学练兵，他遂弃商入伍，在工程第八营由正兵升为正目。操课之外，热衷于社会活动，因结识孙武加入共进会，为共进会工程第八营营代表。

杨洪胜谦恭地说："鄙人叫杨洪胜，杨益三……"

"你是杨大哥？"没等杨洪胜说完，女学生突然瞪大了眼睛，惊叫起来。

杨洪胜一愣，女学生已兴奋地自报家门："我是汉茹，单汉文的妹妹！杨大哥，你还抱过我呢……"

"汉茹？"杨洪胜激动得手足无措。今天经历了太多太突然的事，杨洪胜简直不敢相信这是真的。

一晃十多年了，杨洪胜没想到会在这里见到单汉茹。当时第一次去她家时她还是一个调皮的小丫头，还在他怀里撒过娇，可如今已经是亭亭玉立、端庄秀美、知书达理、充满革命理想的学生了。

"益三大哥，真没想到会是你。你拽着我跑的时候，我心里还在嘀咕，到底是相信你还是不信你。"单汉茹灿烂地笑着，脸上像绽放出一朵桃花，绯红绯红的。

"我怎么也没想到会是你，这几年一直没有你的音讯，就连你哥哥汉文，我也好几年没见到他了。今天见到你，我真是太高兴了……"杨洪胜自顾高兴着。

熊秉坤走近单汉茹，惊疑地问道："你就是单汉文的妹妹？"

单汉茹激动地点着头。

"早听说汉文有个聪明漂亮的妹妹，没想到今日一见，果不其然！"熊秉坤欣赏地看着单汉茹。

单汉茹不好意思地垂着头，一双手不停地摆弄着衣角。

杨洪胜见熊秉坤那双环眼紧盯着单汉茹，怕他失态，赶紧用胳膊撞了撞他，问："你也认识汉文？"

"岂止认识！我跟汉文可跟亲兄弟一般。"

"哦——"杨洪胜暗暗地沉思。

熊秉坤瞥了杨洪胜一眼，心里揣测着。片刻，转过头来问杨洪胜："大哥和汉茹今天为何遭人追赶？"

"有人……"

单汉茹见杨洪胜在沉思，就接过话来，话刚说出口，就被杨洪胜挡了回去："是这样的！我刚要进中和门，见几个行为不端的人尾随着汉茹，我见她一个女孩子，怕遇到流氓，就冲了过去拉起她就跑，结果，后面几个人就追上来了，一直追到你这里……"

单汉茹感到莫名其妙，不知道杨大哥为什么要撒谎。

"现在的武昌，到处都是流氓地痞，女孩子出门确实要当心。"熊秉坤应和着，接着旁敲侧击地说："最近，外面对吴一狗事件多有不满，中和门附近经常有学生聚众散布反洋反清言论，宪兵营已经出动了很多便衣，对这些学生进行盯梢、暗捕。他们是想通过这些毫无戒备的学生找到幕后的革命党。你们是不是遇到了这样的便衣宪兵？"

"宪兵？他们要真是宪兵那误会可就大了！"杨洪胜故作惊讶地说。

熊秉坤瞧着杨洪胜的表情，心里多少有了点数，坦然一笑："大哥不必多虑，在中和门这一带保准您没事。我这旁边是步队二十九标，那里有我一个兄弟，如果你们在他防区里有什么事，只要说我熊秉坤，一切事情都能解决。"

"二十九标也有你兄弟？"杨洪胜这下开始好奇了。

"好几个呢。"熊秉坤很得意。

"那到时候有事了，我去找哪一个呢？"杨洪胜问。

"有个叫蔡济民的，到时候找他就行。"

"蔡济民？"杨洪胜不禁脱口而出。

其实，熊秉坤是故意想抛出蔡济民来试探杨洪胜，因为蔡济民原是日知会成员,后分别加入了共进会、同盟会和文学社,凡这些革命组织里的人都认识他,他是这些组织中响当当的人物。当一提起蔡济民,杨洪胜就很敏感,熊秉坤不禁追问了一句:"大哥认识蔡济民?"

"哦……不!"杨洪胜闪烁其词。

尽管杨洪胜矢口否认认识蔡济民,但熊秉坤感觉到杨洪胜是认识蔡济民的,只是出于同样的原因不敢露底而已。

为了掩饰自己说谎而露出的破绽,杨洪胜扭头问单汉茹:"汉茹,你哥现在哪里?"

"……"单汉茹摇着头说:"不知道。"

"他还是那德行,一忙起来连亲妹妹都不管了。"杨洪胜自言自语说着,转身问熊秉坤:"你最近跟汉文有联系吗?"

"没有……好久没有他的消息了!"

"噢——"杨洪胜心里突然不安起来。

二

骄阳西沉,天色渐晚。

杨洪胜必须要在天亮前赶回驻地,这是他归队的最后期限。单汉茹也得尽快赶回学校,不然没法向校方交代。熊秉坤临走时一再交代,在他没回来之前千万不要出门,可他已经出去很长时间了,却迟迟未回,这让他们二人心里十分着急。

杨洪胜在屋子里踱来踱去。单汉茹见杨洪胜着急的样子,想缓解一下他的急躁心情,便岔开话题问道:"益三大哥,这些年你都在哪儿? 我好几次都梦见了你。"

单汉茹还像以前那样撒着娇,反倒让杨洪胜不好意思起来:"这几年我在武昌,倒也还安定。也很好!"

她天真地说:"可我老是梦见你,不是被人打了就是被人追着。有一次,我梦见你被好多好多清军追着,你一边拼杀一边往前跑,清军被你杀得一片片倒下,可追赶的清军却越来越多,你前面是一个山崖,下面就是万丈深渊。我大声喊你,要你往我这边跑,你却听不见,仍然往前跑,我急得哭了起来……我被吓醒了。才发现,我的枕头已经哭湿了一大片。"

二人正说着,熊秉坤从外面回来了。他手里托着一个东西,上面用一块花布罩着,兴高采烈。

"你这是……"杨洪胜惊奇地看着他手里的东西,心里纳闷。

"揭开便知。"熊秉坤兴致颇高。

杨洪胜信手揭开,却是一瓶白酒。他愣了一下,在心里说:"酒鬼! 到什么时候了,还有心思喝酒?"接着,强装笑容,婉拒道:"酒以后有机会再喝吧。我和汉茹现在都得乘夜赶回去! 你回来了,我们也该走了。"

熊秉坤好像没听见杨洪胜的话,仍然不慌不忙地掀开被子,将酒瓶放在床板上,把一纸包花生米摊开,招呼单汉茹:"来,来来……快吃点东西!"然后把酒杯摆好,向着杨洪胜:"杨大哥,兄弟今天得好好敬你一杯……"

"……"杨洪胜没吱声。

熊秉坤也不管他心里想着什么,仍然兴致勃勃地将酒杯斟满,硬把杨洪胜按坐在床上:"大哥急个么子? 先喝完酒再说!"

杨洪胜实在忍不住了,霍地站起来,拉起单汉茹:"汉茹,我们走。"

熊秉坤一把拽住杨洪胜,只好坦言相告:"大哥这样是走不出去的。"

杨洪胜一愣:"怎么?"

"我刚才出去,借买酒的由头为大哥探了路。"熊秉坤说。

"为我探路?"杨洪胜又是一愣。

"我已经预料到了,果然如此,现在大门口已经被果青阿的宪兵把守着,你们是出不去的。不瞒大哥,我出去找了一个人,已经证实了大哥的身份。"熊秉坤神秘地点了点头。

"谁!证实我什么身份?"杨洪胜显出一副轻松无事的神态。单汉茹不知熊秉坤的底细,却在一旁替他捏着一把汗。

熊秉坤很轻松地说出一个人的名字:"蔡济民!"

"蔡济民?!"杨洪胜将信将疑地问道:"他证实我的什么身份?"

熊秉坤见杨洪胜仍然不敢相信自己,也不便过多说明详情,就含混地说:"到时候大哥自然会明白。我跟幼香(蔡济民字幼香)商量了一个护送你们离开的办法,晚上七点开始实施。"

工程营大门紧闭。大门口,昏暗的门灯下,几个便衣像幽灵一样忽隐忽现。

晚上七点刚过,大门"吱呀"一声从里面打开了。一个少女扶着一个醉汉从门里出来,醉汉步履不稳、跟跟跄跄。

几个便衣宪兵立马围了上来。

"干什么的……"最前面的宪兵刚问了一句话,杨洪胜抬手就是一巴掌,"啪"的一声打在宪兵的脸上。被打的宪兵气急败坏,恼怒地挥拳去还击醉汉,不料,醉汉却敏捷地躲过去了,醉汉身边的少女紧紧拽住被打宪兵的衣服,大声呼叫:"救命啊,有流氓……"

东边不远处,忽然冲过来一支队伍,为首的正是蔡济民。

蔡济民瞥了一眼杨洪胜,看他装的那副模样,心里直发笑。转身命令士兵:"统统给我抓起来,带回去!"

领头的宪兵一看这阵势,连忙向蔡济民解释说:"别误会,我们是宪兵营的。"

蔡济民哈哈大笑道:"现如今什么都敢冒充。你是宪兵营的,老子还是果青阿呢!认识老子不?"

"军哥,求你放了我们吧！我们家就在前面。"少女恳求道。

蔡济民装出凶巴巴的样子问:"他们刚才要欺负你?"

"我哥喝醉了,我扶他回去,刚路过这里,这几个人突然从黑暗处闪出来拦住了我们,还打了我哥,他们正要非礼我,幸亏军哥你们赶来了,不然……呜呜……"少女捂着脸号啕起来。

蔡济民心知肚明,向他们说了几句安慰的话,对少女说:"现在外面多乱！深更半夜,一个姑娘家在外面跑不害怕? 以后可不许这样了。"

少女答应着,突然在蔡济民面前跪了下来,带着哭腔:"军哥是好人,救人救到底吧！前面人烟稀少,我怕路上再遇到坏人,求军哥送我们一程吧……"

蔡济民装出为难的样子,想了想,应了下来。他转身对士兵说:"你们先把这几个流氓带回去,等我回来后再收拾他们,看他们还敢不敢冒充宪兵。"

士兵们押着宪兵走了。

蔡济民一把握住醉汉的手,叫了声:"杨大哥——"转身向立在旁边的少女夸道:"没想到汉茹妹妹的戏也演得这么好!"

哈哈。

哈哈!

哈哈……

笑声伴着三个人的身影,一起融入夜幕里。

1909 年的冬天比以往来得更早一些,秋天刚过不久,北风就裹着雪花在天地间翩翩而舞。

一间简陋的居室里,杨洪胜、单汉文、蔡济民、熊秉坤四人盘坐在床上,中间放了一个小方凳,方凳上放着一盘花生米和半瓶酒。

熊秉坤起身,向自己面前的小杯里倒了点酒,呷了一口。说:"汉文,这些年你怎么突然不见了,找都找不到你,跟蒸发了似的。"

"哈哈……"单汉文笑着说:"忠炳说得极是,我蒸发后化作一朵浮云,漂洋过海去了日本……"

"你去日本了?"杨洪胜惊讶地看着单汉文。

"我和刘公一起加入了孙文先生领导的同盟会,负责宣传工作。你们以前看过的《民报》,那可都是由我印发的呢。"单汉文说话总是直来直去,从不拐弯抹角。

"刘公回来了吗?"蔡济民问。

"刘公今年夏天就回来了,他患了肺病,在家乡疗养。"单汉文有点伤感。

蔡济民一听,着急起来:"他可是我们湖北革命的领袖,千万不能有什么闪失啊!"

单汉文忧心地点了点头。

刘公是谁!杨洪胜并不知道,但从单汉文和蔡济民对此人的关切上可以判断出,此人非同一般。

他们正说着,单汉茹破门而入。看到她慌张的样子,四双眼睛一齐警惕地扫了过去。

"哥,有人来了!"单汉茹喘着气对单汉文说。

"看清了没,是什么人?"单汉文急切地问。

"没看清,是个男人,好像到这儿来的。"单汉茹用袖子抹了一把额头上的汗,回答着。

"如果真是到这儿来的,那就不是外人……"单汉文寻思着,接着补了一句:"知道我住处的没几个人。"

话刚落音,一阵敲门声就传了进来。

门开了,一个戴着眼镜的男子款款而入。

单汉文忙起身,向屋里的人介绍说:"这位是我的同乡,《湖北日报》创办人郑江灏同志!"

郑江灏向屋里的人一一拱手施礼。礼毕,从衣服口袋里掏出一沓稿纸,递给单汉文:"这是本报访事向炳焜画的两副漫画和题诗,画和配诗都很好,但我拿不准,不知道能发不能发。"

单汉文接过稿纸一看,忍俊不禁。

众人好奇地围拢过来。只见上面画了一条石龙,这是当时传言宜昌出现的石龙。旁边加注了一行题词——

这石龙,真无用,低头伏处南山洞;镇日高拱不动,徒劳地方香烟奉。虽有王爷撑腰也是空,勿怪事事由人弄。

"这说的不是湖广总督陈夔龙吗?"不知是谁突然冒了一句,大家都随即附和道:"画的好,写得更好! 陈夔龙仗着庆亲王奕劻是他的后台,飞扬跋扈,讽刺讽刺倒好。"

单汉文翻开第二张稿纸,图文更是可笑。纸上画了一只猫,作虎状,题词也很辛辣——

似虎非虎,似猫非猫;因牝而食,与獐同槽,不伦不类,怪物一条。

"明眼人一看便知,这猫说的就是湖北第八镇统制张彪。"单汉文说。

"就是因为影射了当今湖北两大权臣,非同小可,所以我才来当面向你请示。"郑江灏用征询的目光期待着单汉文的答复。

单汉文没有正面回答,而是用同样征询的口气问郑江灏:"你有什么想法?"

"我想刊发。"郑江灏很干脆。

"我赞成!"单汉文同样干脆。

第二十六章　急报信巧遇彭楚藩

一

张彪官邸,灯光通明。

张彪气愤地从官椅上站了起来,将一张新出版的《湖北日报》扔在面前的案几上,版面上赫然显现着两幅漫画。

汉口巡警道冯启钧垂首站立着,听凭张彪训示:

"总督陈大人有令,查封《湖北日报》报馆,逮捕办报人郑江灏和漫画作者向炳焜!"

"喏!"冯启钧应声刚要退下,又被张彪叫住。

"据说这个郑江灏少年习武,一向仰慕古代侠客,有一手好功夫,你让果青阿调几个会武功的宪兵跟你去,天亮前办完此事,绝不能让他跑掉。"

冯启钧领命出去后,张彪颓然坐在椅子上。

夜尚未深,大街上偶尔有几个行人,形迹匆匆。

杨洪胜在一个不算宽敞也不算狭窄的街道上,疾步向前走着,拐过一条胡同,见没什么行人,撒腿就跑,边跑嘴里边不停地重复着:"快,快! 快……"

说来也巧！晚上，好久没见面的一位汉口巡警道弟子请他在汉口喝酒，说要向他学几招功夫。酒刚喝到一半，弟子突然接到命令，要他们巡警道和宪兵营联合行动，连夜查封《湖北日报》报馆，逮捕郑江灏。弟子走后，他不敢怠慢，立即赶往报馆报信。

　　他急慌慌地穿过一条十字街。不巧，迎面来了几个宪兵，他躲闪不及，碰了个正着。

　　为首的是宪兵营正目彭楚藩。杨洪胜心想，他们一定是去报馆逮人的！必须抢在他们前头。他心里一急，"嗖"地一下从侧面冲了过去。

　　彭楚藩一惊：好敏捷的身手！夜半三更的，有谁会这么躲躲闪闪地……莫不是冯启钧调来前去捉拿郑江灏的武士？他一激灵，连忙命令手下："截住前面那人，千万不要让他跑掉！"

　　几个宪兵"呼啦"一下飞快地追了上去。

　　彭楚藩路熟，抄近路截住了杨洪胜。虽然二人曾有过一面之交，但在这个节骨眼上，谁也不给对方一点情面，各怀心态，拼命想制服对方。

　　想不到，彭楚藩的功夫也了得，杨洪胜怎么也脱不了身。须臾，宪兵蜂拥而上，把杨洪胜团团围在中心。

　　杨洪胜越急越脱不了身，双方打得不可开交。

　　约莫打了半个时辰，彭楚藩突然明白过来，对身边的一个宪兵说："你腿脚快，不要在这里纠缠，赶快到报馆告诉郑江灏，要他马上离开，不然就来不及了……"

　　杨洪胜一听，立即停止了打斗，惊诧地看着彭楚藩："原来你们也是……"

　　彭楚藩一愣，也随即停了下来，惊疑地凝视着杨洪胜："你是……"

　　"听说巡警道和宪兵营要去查封报馆，我就是去给郑江灏他们报信的……唉！"杨洪胜面带悔色。

彭楚藩说了声:"糟了!"连忙带着人马朝报馆赶去,杨洪胜急忙跟在后面……

　　杨洪胜和彭楚藩一行匆匆赶到报馆。

　　报馆大门已经贴上了封条,门旁那盆古松盆景倒在地上,花盆已经破成两半,黑色的营养土从盆里露了出来。

　　"我们来晚了呀!"杨洪胜后悔地跺着脚。

　　彭楚藩也有些沮丧说:"事已至此,无法挽回了!"

　　杨洪胜没有灰心,想了想说:"我们得想办法营救他们。"

　　"营救?"彭楚藩怀疑地看着杨洪胜:"就凭你我?"

　　杨洪胜经过刚才这事已经对彭楚藩有了些了解,但他也感觉到彭楚藩对他也有戒心。为了彻底让彭楚藩相信自己,杨洪胜想亮出单汉文这张牌,但他又一想,如果彭不认识单怎么办? 他一时没有更好的办法,犹豫了一下,还是问彭道:"你认识一个叫单汉文的人吗?"

　　彭楚藩犹豫了一下,反问道:"你认识单汉文?"

　　杨洪胜脱口而出:"单汉文是我的结拜兄弟。"

　　"你真是单汉文的结拜兄弟?"

　　彭楚藩不敢相信地上下打量着杨洪胜。世上哪有这么巧的事? 他昨天还听单汉文说过,他两个结拜哥哥,二哥是大名鼎鼎的刘公,大哥是武功超群的益三。刘公他认识,可这益三是个什么样,他却无从知晓。难道眼前这个人真的就是单汉文说的那个益三吗? 于是,他说:"我跟单汉文是生死兄弟。今晚我们同心协力,还不知道您尊姓大名呢。"

　　杨洪胜回答说:"我叫杨洪胜,你……我可是知道的,彭楚藩——彭正目!"

　　"你叫杨洪胜? 不是……"彭楚藩狐疑地看着杨洪胜。

　　杨洪胜被问得莫名其妙,转而笑着说:"怎么,有假吗?"

378

"不,不……"彭楚藩只好照直说:"我听汉文说他有个结拜大哥叫益三,武功超群。看你这武功,我还以为你就是那位大哥呢!"

"哈哈——"杨洪胜大笑道:"言过其实,言过其实啊!据我所知,汉文结拜大哥叫益三不假,可武功超群一说,未免耸人听闻。"

彭楚藩一愣:"你认识益三?"

"他呀……"杨洪胜故意顿了顿说:"一听说巡警道要查封报馆,逮捕报人,立马就赶去救人了。这会儿……"他左顾右盼着。

彭楚藩马上明白过来,惊喜地指着他:"你—就—是—益—三! 名不虚传,名不虚传啊。"

杨洪胜说:"益三是我的字,在老家时,大家都叫我益三。到武昌从军后,知道我叫益三的人不多,只知道我叫杨洪胜。以后,你也叫我杨大哥好了。"

"好,杨大哥!"彭楚藩兴奋地说:"今此以后,我俩就是生死兄弟。"

杨洪胜"嗯"了一声,突然急迫起来:"我们得赶快想办法,现在当务之急要营救郑江灏他们。"

"是呀是呀,差点把正事给耽误了。"彭楚藩提议说:"我们去找汉文吧,跟他商量一下,兴许他有更好的办法。"

好!

二

认真地听了杨洪胜和彭楚藩营救郑江灏的计划后,单汉文坚决地说:"我们不能去营救,要保存革命的力量,我们的同志在这个时候千万不能暴露。"

"那怎么办? 难道眼睁睁地看着自己的同志受苦受难吗?"彭楚藩不解地说。

杨洪胜却没吱声,他在细细揣摩单汉文的话。

单汉文沉思了一会儿,突然,兴奋地叫了声:"有了!"

"有办法了?"彭楚藩跟着兴奋地问道。

"嗯。"单汉文把二人拉到跟前:"你们说,什么身份的人适合公开出面营救郑江灏?"

"报业界!"杨洪胜说。

"对,由报业界人士出面营救最为合适。"彭楚藩恍然明白。

"我马上去找詹大悲,让他出面联络报业界的知名人士,站出来公开声援郑江灏和向炳焜,迫使官衙放人。"单汉文因激愤声音有些颤动。

几天后,武昌模范监狱的铁门缓缓打开,郑江灏和向炳焜互搀着,二人踉跄地走出大门。郑江灏望了望天空,深深地吐了几口气,那样子仿佛要把几天来吸进肺部的肮脏空气全都吐出来似的。

詹大悲从远处疾步向他们走去。郑江灏强打着精神迎了上去,激动地握住詹的手:"你来啦……"后面的话被哽在喉咙里。

詹大悲安慰着二位:"你们都到我那里去吧,《大江报》可需要像你们这样富有革命精神的报人。"

郑江灏摇了摇头:"我不能去,他们现在已经盯上我了。你可以把炎生(向炳焜)带去,他可以助你一臂之力。"

詹大悲想了想:"也好,你暂时避下风头,等风声过去了,到我这里来,我们一起继续战斗。"

三人挽起手,肩并肩向前走去。监狱在他们身后一点点缩小,渐渐变得模糊起来……

傍晚,白天的酷热还没完全散去,余热仍笼罩着军营。

第十五协第三十标标营里,三三两两的士兵敞胸露怀地在操场上闲转悠,整个营区一片懒散。

380

杨洪胜独自一人在操场里来回地走着,他在思索单汉茹给他带来革命党的指示。

"你提出请长假离营为革命多做贡献的想法,革命党领导人非常欣赏!现在革命发展迅速,急需一位有勇有谋的人在外做联络工作。考虑到你既是共进会员又是文学社员,从军年久,各标营都有熟知的人,加之你忠勇可靠,缓急可恃,大家一致赞同由你来做联络工作是最佳人选。这是革命的需要,也是革命党人对你的信任,你要找个合适的理由退出军营,在外面找个合法的职业做掩护,做革命党的联络员。这个工作艰苦、危险,但非常重要,希望你认真考虑!一周后我再来找你,到时候你最好能给我一个结果。"

为了避免暴露,单汉文与杨洪胜之间的联系都由单汉茹来完成,有意无意中,单汉茹已经成了单汉文和他之间的交通员。单汉茹刚把话说完,他就毫不犹豫地说:"凡党人有所嘱托,益三无不欣然应命!此事无需考虑,等我想好理由向长官告假后便可付诸实施。"

怎么向长官告假呢?这个假可不是一天两天、十天半月,那就意味着离队,可是个永久的长假呀!杨洪胜一连几天都没想出个办法来,心里十分着急。

忽然,操场一角几个士兵打闹起来。

一个士兵骂另一个士兵:"你眼睛有毛病?没看见这里有人吗?"

被骂的士兵也不示弱:"你眼睛才有毛病呢,没看见是我先坐在这儿吗?"

另外一个士兵赶忙调解:"好了好了,快别这么说,要是长官知道你们眼睛有毛病,就别想当兵吃粮了,非被赶出军营不可……"

杨洪胜一怔,心里豁然开朗起来。

第二天,轮到杨洪胜在标司令部值岗。忽然,标统未带护兵从外面进来。杨洪胜装着没看见,眼睛直愣愣地望着前方,像根木桩似的站在那里却未举枪敬礼。

标统停住步,奇怪地看着杨洪胜:"为何不给官长敬礼?"

杨洪胜猛然一惊:"部下不知道是官长回来,失敬,失敬!"

标统骂道:"你没长眼睛?"

杨洪胜大声回答道:"部下长着眼睛。"

标统怒视着杨洪胜:"你既然长着眼睛却目无官长,该当何罪?"

杨洪胜表现出战战兢兢的样子:"请官长恕罪!部下近日两眼昏花,视物不清,绝没有目无官长之意。"

"给我跪下!"标统大怒:"你写个报告吧!从今天开始你就休息,我会报请管带大人批准,准备离队吧。"

杨洪胜跪在地上,故作哀求道:"标统大人息怒,请容我慢慢医治吧,我以后会睁大一双眼睛去看官长,下次保证不会再认错人的。"

杨洪胜深知标统的秉性,一向欺软怕硬。杨洪胜故意一再乞求,标统很不耐烦:"这事没有下次了!"说着,愤愤地向司令部走去。

三

一周后,单汉茹如期到三十标来找杨洪胜。

杨洪胜对她说:"没有足够理由,离队无法批准!"

"那怎么办?"单汉茹替他着急起来。

杨洪胜哈哈一笑道:"这回,恐怕不要我们着急,标统大人自然会替我们办好此事的。"

"什么!"单汉茹不解地睁大了眼睛,"标统会帮我们这个忙?"

382

"不是他帮我忙,是他自己要争这个面子。"杨洪胜得意地说。

单汉茹一阵茫然。

杨洪胜把激怒标统的事说给单汉茹听了,单汉茹笑得前仰后合。

…………

正说着,传令兵忽然来报:"杨洪胜听令——经管带批准,第三十标正目杨洪胜因眼疾久治不愈,已不适继续从军,从即日起,离队治疗……"

杨洪胜跪地作揖:"标统大人的恩典,洪胜不胜感激。"

传令兵疑惑地看着杨洪胜:"传闻,标统前日误罚了杨正目,为了争得自己的面子把你驱逐出营,标统大人故意在管带大人面前极力诽谤你,才有了今天离队治疗的命令。杨正目不仅不痛恨标统,怎么反而还说要感谢他的恩典呢?"

杨洪胜笑而不语。

单汉茹忙替他圆场:"我哥是个天命论者,凡事都是命!看似好事,往往却是坏事的开始;而看似坏事,却正好是好事的开始。标统大人对我哥做的是件坏事,说不定正是这件坏事,却给我哥带来好运。所以,我哥才感激他。"

传令兵似懂非懂地"哦"了一声,然后摇着头回司令部复命去了。

这些天,杨洪胜暂时住在单汉文那里,白天他非常紧张地在外面到处奔波,托关系找职业。职业找的倒不少,可他没一个满意的,不是嫌时间不能自己支配,就是嫌地点离军营太远,总之,他所找的职业不是为了自己挣钱多少,全然是为了方便革命。

晚上,他疲惫地回到单汉文那里。

用手推门,屋里却传来一个女人柔细的声音:"哥,回来了?"杨洪胜一怔,刚要退出,女人走了出来。

"杨大哥,是你呀!怎么不进来?"

杨洪胜知道说话的女人是单汉茹,他站在门口问道:"你哥还没回来?"

"我也在等他呢。"单汉茹说着,大方地去拉杨洪胜:"快进来吧,刚烧的开水,我给你泡茶去。"

看到单汉茹忙碌的身影,杨洪胜怦然心动,他想起了秀梅。在家时,秀梅也常常这样,他一回到家里,就忙着给他泡茶。家乡出产的汉家刘茶可是名扬四海的好茶,喝上一口会甜润整个肺腑……他的眼睛直愣愣地看着单汉茹发呆。

单汉茹很快就把泡好的茶端了上来:"杨大哥……"

杨洪胜猛然缓过神来,眼神还没来得及收回,却与单汉茹的双目相遇,他感到一阵尴尬,不好意思地傻笑着。

单汉茹的脸立刻泛出一片绯红,她低着头把水递给杨洪胜:"杨大哥,你喝茶!饿了吧,我去给你弄饭去。"说着,转身要进厨房。

"不慌,等你哥回来一块吃。"杨洪胜把茶放在旁边的桌子上,关切地说:"坐下歇会儿吧,别累着!"

两人就这样默默地对坐着,陷入了沉默。她瞄了一眼杨洪胜,期望他先开口。可他显得更不自在,像个害羞的大男孩……

"杨大哥,有合适的职业了吗?"终于,还是单汉茹打破了这难堪的沉寂。

"没呢!"杨洪胜很机械地回答道:"职业不少,我不想做。"

"为什么?"

"我想找个能自己支配时间,而且离新军军营近的事去做,可是没有。"

两人的沉默一旦打破,话就多了起来。

单汉茹兴奋起来,说话的声音也提高了许多:"我这几天也在特别留意,我倒有个想法,可能会满足你的要求。"

384

"什么想法?"杨洪胜一听来了劲,迫不及待地说:"快说与我听听。"

单汉茹说:"我在右旗营房附近的千家街打听到一间出租的门面房,可以开个小杂货店,如果把它租下来开个杂货店不仅可以自己支配时间,而且离新军的二十九标、三十标、三十一标、四十一标,还有工程八营都很近,同时还可以多挣点钱,以备革命所需……"

"汉茹,好样的! 你真帮了哥的大忙了。明天你就带我去看房吧!"

杨洪胜正说着,门突然开了。

"怎么,这里住不下你? 干吗急着出去租房!"单汉文说着走了进来,看上去有点不大高兴的样子。

"哥,你回来啦?"单汉茹站起身,慌忙问了一句。

"你帮哥把那件短衣拿来。"单汉文边说边脱去了身上的长袍。

"汉文,大哥是想……"杨洪胜一时说不清楚,顿了顿。

单汉文将单汉茹递过来的短衫拿在手上抖了抖,抖伸展了,刚要穿,又被她拿了回去:"衣服破了这么多洞,我给你补补再穿。"

"不用了。"单汉文把短衫又夺了过来:"在家里穿,不碍事的。"

"笑破不笑补,你这样穿着破洞的衣服不怕人笑话?"单汉茹说着瞥了一眼杨洪胜。

杨洪胜也替单汉茹打圆场,埋怨道:"是呀,让汉茹给你补一补,穿着也利索些。看你这样滴溜夺链的样子! 都长这么大了,还不知道自己照顾自己?"

"不是那回事。"单汉文不好意思地说:"我现在连一块补衣服的布片都没有,怎么补呀。"

"哦!"杨洪胜明白了,难怪他出门穿着长袍,回家马上就换上短衫,出门办事要顾面子,在家里就无所谓了。

"大哥,你刚才说什么来着! 你有什么想法?"单汉文坐在单汉茹刚才坐过的椅子上,皱起眉头:"难道大哥在这里住着不舒服吗?"

"哪里的话,我在这里住比住军营舒畅多了。"杨洪胜笑着说。

"那就是大哥你见外了! 在你没找到合适的职业之前你哪儿也不要去,就住在我这儿,这都是为了革命,没有你我之分。再说了,节约一点钱也是为了革命嘛。"单汉文很认真很真诚。

杨洪胜理解单汉文,知道他误会了,就把单汉茹的想法向他和盘托出。

单汉文并没表现出十分兴奋的样子,却紧锁着双眉:"这主意好倒是好,可开杂货店的铺底资金,还有房子的租金到哪里去弄呢? 目前,革命经费相当紧张。你知道,文学社成员大都是士兵,每月从四两二钱饷银中捐出十分之一,每人也就是那四钱二分。共进会虽然不在士兵中收月捐,靠军队以外会员各就所业收入提供经费,那也是入不敷出。我们到处筹集经费,难度很大。"

"明天我和汉茹找房主谈一谈,我再想想别的办法。如果租过来后能赚钱,又便于革命活动,我看想办法筹点钱把房租过来还是值得的。"杨洪胜颇有信心地说。

"我还可以从父亲每月给我的生活费中节省一点,要不行,我还可以把母亲留给我的那副首饰当了,如果能凑一个月的租金就租一个月,先把房子租过来再说,以后再慢慢想办法。"单汉茹全力支持杨洪胜。

"好,只要你们有信心,办法总会有的。"单汉文心里一阵高兴,但马上又告诫杨洪胜:"有一件事情我得告诉你,以后筹集革命经费千万不要通过银行汇兑,现在银行也查得紧。"

"那我们可以从通过外国人开的银行汇兑呀。"单汉茹想了想说。

"那也不行。"单汉文态度很坚决。

386

"为什么?"单汉茹不解。

"前不久,著名茶商刘峻周从俄国回来,给我们赞助了五千两银子,为了避免事情暴露,特意通过法国立兴洋行汇入,没想到,洋行欺负我们不敢大胆公开提款而只给我们兑换了两千两,我们只好忍气吞声。"单汉文气愤地说。

茶商——刘峻周!

"是不是汉口刘氏茶坊的?"杨洪胜问。

"正是。"单汉文惊疑地看着他问:"你认识这位刘老板?"

"不认识!"杨洪胜摇了摇头,接着说:"不过,我们祖上跟他们还有些渊源。"

"哦……他爷爷辈的掌门人刘运兴是谷城人。"单汉文想起来了:"这个刘运兴很了不起,十九岁随父创业,在汉口、襄阳开设茶坊五十多家,还开设茶马互市三个,是汉家刘氏茶坊第三十七代传人。他很会寻求商机。台湾巡抚刘铭传痛恨海外茶商唯利是图、坑害百姓,极为重视台湾茶业的发展。刘运兴经多方了解,发现自己竟跟刘铭传是同宗近支。刘铭传的祖父是江西南昌府进贤县紫溪村人,叫刘天赐。而刘运兴的家族也是南昌府进贤县紫溪村,祖父叫刘天德。他们一个是洪武二年迁安徽肥西,一个是洪武二年迁湖北赤壁,然后转迁谷城。刘天德、刘天赐都是汉高祖五十三世孙。有了这层族亲关系,刘运兴就亲自到台湾拜访了刘铭传。接着,他就把我们这边的茶移植到了台湾,后来发展到近三万公顷,台湾人称之为'刘氏茶'。"

单汉文的一番话,给杨洪胜提供了一个筹款的信息。虽然他与汉家刘氏茶坊的老板刘峻周不熟,可他的爷爷刘运兴曾给爷爷留下过话,有事可打发人直接到刘氏茶坊找他!他虽然已经去世多年,既然刘峻周资助过革命,不妨去拜访拜访这位刘老板,兴许能帮助自己开办这个杂货店。

杨洪胜决定找刘峻周试试。

第二十七章　杂货店患难假夫妻

一

大清早,路过这里的人们却突然发现,这条原本冷清的千家街上竟然冒出了一家杨记杂货店。这个杂货店的诞生,给只有数得清的几家居民多少带来了一些方便,尤其是附近的几处军营,那些当兵的购置日用杂物就用不着撅屁股甩腿跑老远了。

"杨掌柜,好生意呀!"

单汉文一大早就过来了,他一来为了给杨洪胜捧捧场,店铺开张了,总得要聚聚人气,二来也是为了看看周围的环境。这里毕竟是用做联络站,今后来往的革命党人会络绎不绝,党人的安全问题首当其冲。

"承蒙关照,托福,托福!"杨洪胜一边用商人的客套话应酬着,一边将单汉文让进屋里:"客官,屋里歇会儿。"

单汉文正和杨洪胜客套着,忽然,从军营那边传来嘈杂声。杨洪胜寻声望去,只见数十人的队伍向这边拥来。这些人是二十九标、三十标、三十一标、工程八营这些附近军营里的士兵。

"我买个水杯。"

"给我拿条毛巾。"

"我也来条毛巾,再来个脸盆!"

…………

"好的,大家不要挤! 一个个来……"杨洪胜手忙脚乱地应酬着,一会儿就累得满头大汗。

单汉文在隔壁的房主胡仕荣屋里跟他闲聊。

胡仕荣瞄了一眼杨洪胜的杂货店,对单汉文说:"我看,这个杨掌柜不像是做生意的。"

单汉文听了心里一惊:"何以见得?"

"单就一点便可以断定。"胡仕荣说。

"哪一点?"单汉文装出好奇地问道。

"你说,做这种小生意的,哪个不是带着家眷一起在外面做,好歹也是个帮手。哪像这个杨掌柜,一个人只身在外忙得不亦乐乎!"胡仕荣又瞄了一眼杂货店,说:"前两天来租房时,有个女的跟他一起,我以为他们是夫妻呢,可后来那女的再也没来了。要是他单身租我房子,我说什么也不会租给他。"

"那是为啥?"单汉文问。

"带家眷的一般都是正经人儿,不会有乱七八糟的事情。单身? 哼,难说呀……"胡仕荣马上又补了一句:"现在的世道不太平啊!"

单汉文心里猛一咯噔:当初怎么没想到这些呢? 都怪自己考虑不周,差点酿成大错。于是,他装着若无其事地说:"也许是刚开业,还没顾上把家眷带过来吧!"

"嗯……"胡仕荣将信将疑地加了一句:"但愿如此啊!"

掌灯时分,杨洪胜把"杨记杂货店"的招牌取了下来,关上了店门。

单汉文、蔡济民、熊秉坤、彭楚藩拥挤在摆满杂货的室内。

杨洪胜在忙碌地捡拾摆放凌乱的杂货。

"杨大哥,今天感觉怎么样?"蔡济民瞅了瞅屋里堆放的杂货,问杨洪胜。

"没想到生意这么好,照这样下去,不出仨月就能把全年的房租挣回来。"杨洪胜高兴地说。

"要不要给你找个帮手?"彭楚藩随意说道。

"不要不要,我又不是什么老板,还请雇工? 这活,我一个人就够了。"杨洪胜摆放完杂货,拍了拍手,过来,笑呵呵地说:"这回呀,多亏了汉家刘氏茶坊的刘老板,要不是他慷慨相助,这杂货店是断然开不了的。"

"说得也是,刘峻周可为我们革命做了大贡献了。"熊秉坤插了一句。

"我看必须要给大哥找个助手,不然,你这个店就很难生存了。"单汉文突然来了一句,把一屋子人都说愣了。

"三弟,你这是什么意思,不相信大哥?"杨洪胜瞪大眼睛看着单汉文。

"不是我不相信,而是外面的人不相信。"单汉文很认真地说。

大家见单汉文说话的神态不像是开玩笑,都围拢过来,紧张地问道:"听到什么风声了?"

单汉文把上午跟胡仕荣的一番谈话说给大家一听,大家都捏了一把汗。

"那还不好办? 把嫂子从家里接过来不就得了。"熊秉坤大大咧咧地说。

"不行! 你嫂子在家乡还领导着一支重要的武装力量,到时候还要派上大用场。再说,她一个农村女人,到城市来做事也不适应。"杨洪胜首先提出了反对意见。

"大哥说得有道理! 谷城那支反清力量是大哥和嫂子一手创建起来的。现在大哥离开了谷城,如果嫂子再离开谷城的话,这支

390

力量很可能会四分五裂,这个问题不能不考虑。"单汉文说到这里,顿了一下,没有再往下说。

"那怎么办? 既然这里是联络站就必须万无一失,在外人眼里绝不能留下任何破绽。哪怕找个假妻子,也要把这事给掩盖过去。"熊秉坤是个"炮筒子",说话直来直去。

"假夫妻? 这也是个办法呀!"蔡济民随声附和着。

"不行不行,这事儿万万不可!"杨洪胜一双手摇得像拨浪鼓儿,脸也涨得通红。

"那有什么不行的! 为了革命死都不怕,还怕找个假妻子?"熊秉坤把杨洪胜的话给挡了回去。

"如果嫂子不能来,这个办法好倒是好……"彭楚藩皱了皱眉:"可这个假妻子到哪儿找呢? 首先要人家愿意,其次,还必须至少是拥护革命,不怕危险,能掩护杨大哥的工作。从这个意义上讲,还必须是个智勇双全的女人。这样的女人难找哇!"

"你提出这么高的标准,倒使我想到了一个人。"熊秉坤瞥了一眼单汉文,说。

"谁?"蔡济民和彭楚藩异口同声地问道。

"我妹妹——汉茹!"不等熊秉坤说出来,一直缄口未言的单汉文一语惊人。

"啊……"蔡济民、彭楚藩不约而同地惊叫了一声。

"不行!"杨洪胜极力反对:"汉茹虽然智勇双全,可她还是个未婚的姑娘,怎么能扮演好假夫妻呢?"

单汉文正色道:"没让她装扮,怎么就断定她演不好呢?"

"是啊,杨大哥。现在也只有汉茹最适合扮演这个角色。"蔡济民、彭楚藩想了想,也觉得单汉茹是最佳人选。

"这样……"单汉文扫视了一遍屋子里的人,说:"我们几位都是文学社和共进会两个组织的成员,大哥是三十标代表,幼香(蔡济民)是二十九标代表,戴乾(熊秉坤)是工程八营代表,青云(彭

391

楚藩)是宪兵营代表,我们现在就召开个临时会议,形成决议。同意这个方案的请举手!"

单汉文、蔡济民、熊秉坤、彭楚藩举手同意,只有杨洪胜没有表态。

"现在,我们五人有四人同意,大哥可以保留你的意见……"

没等单汉文说完,蔡济民担心地问:"汉茹能同意吗？这事主要取决于她,她要是不愿意,这台戏就难演了。"

"这个工作我来做,汉茹这丫头,我了解!"单汉文似乎成竹在胸。

二

没有想到,单汉茹这个黄毛丫头竟把假夫妻扮演得如此逼真,杨洪胜不得不打心眼里佩服她的智慧。

"老板娘,有夜壶吗？"一位男顾客问。

"有!"单汉茹毫不羞涩,一边回答着,转身很熟练地提了一把夜壶放在顾客面前。

"好用吗？"男顾客眯着色眼,故意挑逗。

"对不起,这个你得问我家先生。"单汉茹把"我家先生"四个字吐得清晰响亮,生怕周围人听不见似的。杨洪胜听到后,脸一阵发烫。

男顾客拿着夜壶瞅了瞅,又看了看单汉茹:"老板娘长得这么苗条俊秀,可进的货咋这么蠢(大)呢？"

杨洪胜知道这个顾客不怀好意,他正要发作,却见单汉茹不紧不慢地笑着说:"夜越来越长了! 客官不会是今晚用了就扔掉,明天再到我这儿来买吧？"

"那样我可欢迎哟!"杨洪胜一听这话,来到柜台前,笑着打圆场。

"老板娘真会说笑话。好,这把夜壶我买了!"男顾客像被人揭穿了秘密,脸"刷"地一下红到脖子,赶紧付了钱,提着夜壶走了。

杨洪胜很佩服地看着单汉茹:"没想到,你还真有办法对付这种人! 我算得你会对他不客气的,可你……"

"我怎么会得罪他这样的顾客呢!"单汉茹神气地说:"我还指望他一天来买两把夜壶呢。"

杨洪胜不理解地问道:"什么意思?"

单汉茹反问道:"你知道他三天来买了几把夜壶吗?"

杨洪胜惊奇地问道:"几把?"

"三把!"

"啊? 真的一天一把呀!"杨洪胜很惊讶地看着单汉茹,调皮地说:"都是你这个'老板娘'的神奇啊! 哈哈……"

单汉茹嗔怪道:"没正经! 谁答应要做老板娘了?"

杨洪胜嬉皮笑脸地说:"咦,可不许反悔哟。"

"大哥,你真坏……"单汉茹嘴上说着,心里却感到甜滋滋地。她不好意思地低着头,然后转身去捡拾地上那堆刚从谷城老家买回来的木耳、香菌、茶叶和一些山货。

这些天来,杨洪胜和单汉茹配合十分默契,那种夫唱妇随的样子,就连他们自己也感到羡慕。无意中,二人已经完全消除了兄妹之间的那种距离和正统,一种无形的渴求在二人心中潜滋暗长着。

"掌柜的,你铺子的货不全啊!"一个穿着长衫的青年人来到柜台前,对杨洪胜说。

杨洪胜抬起头,惊讶地看着对方,说:"客官需要什么货?"

"军山茶!"

"军山茶是分季节的,新茶还没上市。陈茶要吗?"

"我就买军山的陈茶。"

"陈茶都放在里面,请您进屋里来吧!"

杨洪胜给单汉茹递了个眼色,亲切地把客人迎进了里屋。

单汉茹会意地守在柜台前,警惕地注视着周围。

来到里屋,客人自我介绍说:"我叫刘复基,暂住在小朝街八十五号张廷辅处。"

刘复基,字尧徵,湖南常德人,清光绪九年生。光绪甲辰年肄业武陵县立高等小学堂。长沙起事失败,赴日本入同盟会,光绪丙午回国,在长沙暗中运销《民报》。回常德设一秘密机关,事泄,到汉口《商务报》任职。《商务报》勒令停刊后,投四十一标三营左队当兵。后离营专门负责文学社机关事务。

"久仰大名,早听说文学社有个'小诸葛'刘复基,今日得见,幸会!"杨洪胜客套了几句,突然想起了什么,问:"汉文怎么了?"

按照事先的约定,与杨洪胜直接联络的是单汉文,其他军队的党人不得擅自到杂货店来。如果遇特殊情况单汉文不能直接联络就委派他人,他人联络必须使用联络暗语。刚才,刘复基前来用暗语联络,这就意味着单汉文不方便来联络,这使杨洪胜心里有些不安,不免为单汉文担起心来。

刘复基似乎也看出了杨洪胜的担心,就照直对他说:"哦,是这样的。刘公因患肺病从日本回国疗养,在老家治疗期间继续领导豫南和鄂北的革命活动。现在,武汉的革命运动发展迅猛,党人准备在武昌起义,切盼一位资历深的人来领导。刘公早在日本东京就是共进会会长,回到湖北更是当然的领袖。汉文去看望刘公去了,并请刘公到武昌来领导湖北的这次起义,可能得耽误几天。他临走时交代我跟你联系,并请你马上联络京山的刘英,到时候让他在外围响应。你经常出城进货,这样不会引起怀疑。"

杨洪胜这才放下心来,对刘复基说:"放心吧,刘英我比较熟悉,跟他打过几次交道。再说,我这儿还有汉茹,她会为我料理好家里的一切。"

临走时,刘复基很歉疚地对单汉茹说:"有劳嫂子了!"

"哦……"单汉茹怔了一下,用眼瞟了一眼杨洪胜,忙应付道:"应该的……应该的!"

送走了刘复基,杨洪胜对单汉茹说:"我明天要出趟远门,可能快则一周,慢则半月。如果有人找我或问起我来,就说我出远门进货去了。"

"嗯!我按你说的去做,等你回来。"单汉茹心里却有些依依不舍。

太阳刚刚偏西,单汉茹一个人守在柜台上,无聊地不时向街道两旁瞟着。

平时有杨大哥在倒还不觉得,杨大哥才离开了两天,就感到孤独和无聊,加上这几天军营里也少有士兵来买东西了。每月从这时候起至少有半个月没有士兵来买东西,这期间士兵的月饷还没发,手里没有钱。

她正愁着没人光顾杂货店,倏地发现一个十五六岁的少年瞅了瞅她店门前的招牌,似乎异常兴奋地径直朝店里走来。

少年来到店前,却疑惑地上下打量着她,弄得单汉茹很不好意思。她连忙问:"你要买什么东西?"

少年没正面回答她,问道:"杨益三——杨洪胜是在这儿吗?"

单汉茹一怔,按照杨洪胜事先交代的话说道:"你找杨洪胜?他出门进货了。"

"那你是……"少年又问。

"哦,我是他妻子。"单汉茹回答得很干脆。

"你是杨洪胜的妻子?"少年不敢相信地追问了一句。

"怎么!"单汉茹有些生气地说:"我说客官,你到底是来买东西的还是来查户籍的?"

少年似乎也生气了,愤愤地说:"我既不买东西也不查户籍。"

"你想干什么？"单汉茹也忿忿然。

"我来找忘恩负义的杨洪胜！"少年的火气更大了。

单汉茹一听，心里已经明白了七八分，可她无论如何不能泄露秘密，于是，满脸堆笑地把少年迎进屋里，让他坐下，悄声问道："你是金山吧？"

少年一愣："你怎么知道我的名字？"

"我听你父亲说的，他常在我面前夸你，说你懂事、孝顺、聪明，你父亲非常喜爱你……"

"哼……"杨金山脖子一别，气愤地说："我没有他这样的父亲，我只有一个娘。"

杨金山说着，突然捂着脸呜呜地哭了起来："娘啊！都怪儿子没用，没能找回爹，让您失望了……"

"孩子……"单汉茹脱口叫了一声，然后柔声说道："你听我说！你是个懂事的孩子，要理解你父亲，他并不是个忘恩负义的人，他这样做也是万不得已啊！"

"我理解他，那谁能理解我母亲？谁能理解我的感受？你吗？"杨金山连珠炮似的质问单汉茹。

"我能理解，我非常理解！"单汉茹极力控制住自己的情绪，含着泪说。

"哼，妖精！猫哭老鼠——假慈悲。"杨金山愤然而起，一甩手朝店外冲去。

"金山——你等等！"

杨金山头也不回地向远处跑去……

三

湖北京山的夜晚，繁星撒落在永漋河上，如串串珍珠，闪烁着缤纷的银光。文人雅客们常常在这里对河吟诗作词。

坐落在永漋河畔的全盛美商店里，杨洪胜、吴崑、刘英、刘子通、李四光、熊十力六位年轻人聚在一张圆桌旁喝酒。

刘英给六只酒杯斟满酒，站了起来。

刘英，字丹书，湖北京山人。清光绪十二年丙戌生，家庭地主兼商业资本家。幼从县中宿儒读书，应过县学考试。清光绪乙巳年，偕同胞弟刘铁、堂弟刘杰赴日游学，入明治大学学习政治经济。经吴崑、宋开先介绍，兄弟三人同时入同盟会。共进会成立，又加入为会员。回国后在武汉设立机关多处。后回京山，在汉水流域广事联络会党，因其有一定社会基础和经济力量，所以拥有大量群众。治水流域大都归他节制指挥。

刘英端起酒杯说："益三兄从省城来，黄冈四杰不期而遇，使我这全盛美商店蓬荜生辉，我敬各位一杯！"说完一饮而尽。

杨洪胜喝完一杯后，也站了起来："论年龄我最长，论资历我最短。除了丹书（刘英）兄弟，寿田（吴崑）、子通、福生（李四光）、定中（熊十力）你们四位都在丙午案中受到'日知会之狱'的牵连，尤其是寿田，竟能从虎口脱险，益三甚为钦佩。我借丹书的酒敬你们四位一杯……"

敬酒刚喝完，刘子通颇有兴致地问吴崑："听说寿田是在一位日本妓女的帮助下才得以脱险，寿田是个风流才子不假，可我怎么也想不通，你咋跟日本娘儿们勾搭上了呢？"

"什么叫勾搭，人家那叫相好！"李四光别了一眼刘子通说。

人们一阵嬉笑。

"我要是跟那娘儿们有染，那天断然脱不了身。不过，她还真把我当成她日本大阪的同乡了。哈哈……"吴崑笑着说："我等胸有大志，何以被一两个日本娘儿们绊住脚跟？"

"说到志向，我倒有个想法，你们四位黄冈同乡可否以言明志，以测日后的人生定位如何？"杨洪胜想知道他们的革命意志，故有意借此来了解。

"拿纸来!"吴崑来了兴致,从口袋里抽出了钢笔。

刘英拿来了一张白纸,递给吴崑:"写好喽,我要留作纪念的。"

吴崑提笔写道:

> 问余何事栖碧山,
> 笑而不答心自闲;
> 桃花流水杳然去,
> 别有天地非人间。

书毕,递给刘子通。刘子通扶了扶近视眼镜,舒展了一下瘦削的身体,也奋笔疾书:

> 恃而不有,为而不恃,功成而不居,若有心若无心,飘飘然飞过数十寒暑。

熊十力接过笔,狂放地写道:

> 天上地下,唯我独尊。

最后轮到李四光,他不假思索,一挥而就:

> 雄视三楚!

"好,四杰就是四杰,非常人所能及也!"刘英看罢,一拍大腿,发出感慨。

杨洪胜看到四位黄冈才杰书写的人生志向,心中为之一振。

京山之行，不仅联络上了刘英，摸清了他的真实想法，还无意中结识了黄冈四杰。杨洪胜一高兴，肩上的货担挑子也轻了许多，他哼着小曲，一路快步回到了杂货店。

单汉茹一见，兴奋地迎了出来："咋这么快就回来啦！事情办得怎么样？"

"嗯！"杨洪胜一身轻松地将挑子撂到屋里，转身却见单汉茹脸色不对，忙问："我走这几天累坏了吧？"

"不累！"单汉茹脸上的兴奋没有了。

"遇到啥事啦？"杨洪胜已经觉察到单汉茹脸色的变化，又追问道。

"没……没有！"

见单汉茹闪烁其词，杨洪胜越发感到情况不对，就着急起来："汉茹，有什么事可不能搁在心里，说出来我们共同解决。三个臭皮匠，赛过诸葛亮，我们两个人的智慧合在一起，什么难事不能解决？"

"这件难事……还真解决不了。"单汉茹终于忍不住，说出了心里本不打算说出来的话。

"什么事？"杨洪胜心里着实一惊。在杨洪胜心目中，单汉茹是个要强不怕任何困难和危险的奇女子，从她口中说出是解决不了的难事，那一定是非常棘手的事情。可到底是什么事情呢？杨洪胜急于知道内情。

"金山来过。"单汉茹说。

"谁？"杨洪胜不相信地追问道："你说谁来过？"

"你的儿子杨金山到店里来找过你。"单汉茹加重着语气说。

"他现在在哪儿？"杨洪胜迫不及待地问道。

"已经走了。"单汉茹自责地说："我没能拦住他……"

杨洪胜半天没说话，呆呆地站在屋里犯傻。

看到杨洪胜那样子，单汉茹心如刀绞。她端来一把椅子，扶他坐下,蹲在他面前,难过地说:"这事都怪我没给他解释清楚,才让他产生了误会。"

杨洪胜捧起她的脸,几滴泪珠从她眼眶里滚了出来,落在他的手上。他一激灵,安慰她道:"你做得很好!我没有看错你,你的哥哥没有看错你,你已经做到了应该做的。要干革命,一点小小的误会算得了什么?"

望着眼前这个善解人意的大哥哥,单汉茹的心开始稍稍平静下来。

四

夏日,天刚微亮。

武昌,分水岭七号的一间简陋的租房里,孙武从床上探出脑袋,向灶房里喊道:"云卿,衣服烤干了吗?"

孙武,字尧钦,清光绪六年生,湖北夏口人。自幼好武,因以武为名,十五岁移居武昌,十八岁入武备学堂。毕业后任湖南新军教练,调武威营队官。先后参加科学补习班、日知会的活动。后入日本大森军事学校,学制炸弹,被推任共进会军事部长。宣统己酉年代刘公回鄂活动革命。

灶房里传出妻子李云卿疲惫的声音:"快了,再等会儿。"

"快点烤,炳三(邓玉麟)等着要穿,他今天要跟益三出去办事。"孙武掀开被单,光着上身催促道。

"不是你穿?"李云卿问。

"炳三的事急,等他先穿,他回来后焦达峰还等着出去呢,轮到我恐怕要下午了。"孙武说。

"唉……"灶房里传出妻子一阵叹气声。

"别唉声叹气的,这种困难是暂时的,等革命成功了,衣服有得是。"孙武给妻子鼓劲。

"当前的难关可怎么过呀?"李云卿一边在灶旁烤衣服一边唠叨着:"张振武已经把他罗田和竹山的祖产都卖光了。刘贤构把他贩卖的夏布也捐出来了,害得人家没法向老板交差,有家难回。杨洪胜把杂货店的收入几乎全拿出来了,货都进不回来。你和炳三、焦达峰把衣服全都当出去了,每次出门三个人换着穿这一件长衫。到头来,经费还是困难! 接下来还能卖什么呀……"

　　"是啊,现在起义的许多准备工作都需要钱,购置枪支弹药需要钱,制造炸弹也需要钱,就连派人到上海迎黄兴、宋教仁也需要钱。真是一文钱难倒英雄汉啊! 不过,活人不会被尿憋死的,等炳三和益三他们来了,我们再合计合计……"

　　孙武的话还没落音,邓玉麟来不及敲门就直接撞了进来。他边推门而入边兴奋地叫道:"好消息! 好消息……"

　　孙武一骨碌从床上跳下来:"有什么好事?"

　　听到声音,李云卿连忙出来,把烤干的长衫给邓玉麟穿上。

　　邓玉麟穿好衣服,喘了口气,说:"居正说,广济有个达城庙,庙里有一尊很重的金菩萨,我们把这尊菩萨请来,咱这经费不就有着落了?"

　　正说着,杨洪胜来了。一见邓玉麟眉飞色舞的样子,就问:"遇到什么好事? 看把你给乐的!"

　　"托菩萨的福,我们的经费有望了。"孙武说。

　　"是吗? 那可是天大的好事! 怪不得炳三笑得跟弥勒佛似的。"杨洪胜也一阵惊喜。

　　"今天下午我随居正和焦达峰前往广济查看,探明情况后即刻动手。"邓玉麟瞧了一眼身上的长衫,说:"这衣服我就不脱下来了。"

　　杨洪胜知道他们三人合穿一件长衫,就把身上的长衫脱下来,递给邓玉麟:"把我的长衫带给达峰,别只顾自己呀。"

　　"是啊,我差点忘了。达峰还等着我给他借衣服呢!"

　　邓玉麟拿着衣服走了。

三天后，邓玉麟拿着洗好的长衫垂头丧气地来到"杨记杂货店"。杨洪胜见状，知道情况不妙，就缄口不问，只是埋怨道："干嘛这么客气，拿过来我自己洗洗就行了，还麻烦你洗这么干净给我送来。"

　　邓玉麟不好意思地说："这次失手了。"

　　见他主动提及此事，杨洪胜才关切地问道："咋回事？"

　　"那天晚上，我们实地查看后，发现金菩萨太重，人少了搬不动。我们就折转回来，第二天，我和孙武就去找工具，焦达峰和周海文在附近找了几个人，晚上乘黑去搬。没想到，周海文迷了路，耽误了时间，等把菩萨运下山时天就快亮了。不料，途中遇上了蕲州的捕快，盗佛之事暴露，只好将金菩萨扔进田里，人才走脱。"

　　"人没事就好。"杨洪胜安慰着。

　　单汉茹把晚饭端到杨洪胜面前："吃点吧，看你愁成这样，不吃点饭咋行？"

　　"吃不下。"杨洪胜把碗推到一边，闷声闷气地说："现在，活动经费问题无法解决，你哥到现在还没回来，你说我能不愁吗？"

　　"愁有什么用？再愁也愁不出钱来。"单汉茹再次把饭挪到他面前，说："当前最要紧的是先吃饭，等大脑增加营养后好好动脑子想办法！"

　　单汉茹见杨洪胜仍然无动于衷，就撅着嘴，往他身边一坐："好，我也不吃了，陪你坐着发愁，等愁出钱了我们再吃。"

　　"说得也是呀……"

　　没想到，单汉茹的一句话竟把杨洪胜逗乐了，他立马端起碗："我咋这么傻，发愁怎么能愁出钱来呢！"

　　单汉茹也笑着端起了饭碗。

　　忽然，有人敲门，杨洪胜起身开门。

　　"永成？"杨洪胜惊喜地叫了一声，连忙把他迎进屋里，然后看了看外面,见无异样,随手关上大门。

杨洪胜给单汉茹介绍说:"这是湖南的同志邹永成!"

"辛苦了!"单汉茹起身施完礼,说:"还没吃饭吧?我去盛饭!"

"一块儿将就吃点。"杨洪胜说着,给邹永成挪了把椅子让他坐下。

饭端上来了。

杨洪胜看着能照人影的粥,颇感歉疚地说:"没办法,只能吃这了。"

邹永成毫不介意,一边喝着粥,一边说:"你们在武汉确实受苦了,听说,为了筹措革命经费,武汉的同志可是煞费苦心了。"

"不瞒你说,一些见不得人的办法都用上了。"杨洪胜接着给他谈了孙武和居正、邓玉麟等夜盗金菩萨的事。

邹永成一听,很受感动。饭毕,他说:"我婶母住在武昌八卦井,家里藏了许多金银首饰,如果能想办法取些来,可充革命之用。"

杨洪胜听后,精神一振:"若能如此,甚好!"

"不过……"邹永成为难地说:"婶母是个守财奴,抠门得很。如果是赞助革命,她断然不会同意。得想办法强取!"

"怎么个强取法?"杨洪胜问。

邹永成凑近杨洪胜的耳边,说出了他的强取办法。杨洪胜一听,脸色骤变:"不可,不可……这样不行!"

"不用担心,等着听消息吧!"邹永成说完,就向杨洪胜和单汉茹告辞,去找邓玉麟去了。

五

襄阳城,刘府。

刘子敬坐在太师椅上，双眼微闭，呈思考状。

　　对面站着刘公、单汉文和陶德琨（刘公的姑表兄，刚从美国留学回来）。

　　陶德琨一板一眼地说："要发大财必先做大官，做了大官，不难发大财，美国就是典型的例子。表弟仲文（刘公，原名刘湘）为日本留学生，正好捐一道台。仲文要是做了道台，姑父您还愁发大财吗？"

　　刘子敬一听，双眼猛然睁大，身子朝前倾了倾，盯着对面的陶德琨："这事能行？"

　　"能行！"陶德琨说。

　　见刘公不吭声，刘子敬又将身子朝后挪了挪："那还得问他自己愿不愿意。别到时候我花了银子，却打了水漂。"

　　陶德琨装着激将刘公的样子，说："这等好事，他不做我替他做！"

　　刘公马上说："我愿意！在日本这些年我也看透了，不当大官就干不成大事。"

　　"嗳！"刘子敬复又将身子朝前倾了倾，疼爱地骂道："你狗杂种……算睡醒了。"他又问陶德琨："德琨，现在捐一个道台得花多少银子？你见多识广，可别让人家把咱们给坑了。"

　　陶德琨笑了笑，说："姑父真不愧是个商人，凡事都当买卖来做！放心，坑不了你。我已经打听好了，一个道台两万两白银！"

　　刘子敬掰着指头一算，说："好，我马上让柜上给你们开两万两的银票。"

　　刘公、单汉文、陶德琨急匆匆地出了刘府。三个人忍不住哈哈大笑起来。

　　陶德琨瞄着手里的大额银票，赞赏地说："汉文表弟这一计真灵。"

刘公接着说:"从小就是他最捣蛋,父亲也最喜欢他,他算把我父亲的脾气摸透了。一说一个准!"

"这叫三个臭皮匠,赛过诸葛亮,姨父就是诸葛亮也算不过我们三兄弟呀!"单汉文说完,三人又忍不住哈哈大笑起来。

天刚泛白,杨洪胜就从地上卷起铺盖起来了,他要去孙武处找邹永成共同商量到他婶母那儿取金银首饰的事。他怕惊动了睡在床上的单汉茹,铺盖就没敢往床上搁。

单汉茹还是醒了:"这么早呀?"

"你睡吧,还早呢。"杨洪胜说着就要去生火做早饭。

"你到床上睡会吧,我来做。"单汉茹已经从床上坐了起来。

"不睡了。要不我到外面活动活动去,昨晚想的事多,没睡好,今天头有点胀。"

"去吧! 到外面呼吸下新鲜空气就好了。"

"好,我一会儿就回来。"杨洪胜说着就去开门。

门刚刚打开。

忽然,"咕咚"一声,一个笨重的东西从门口倒了进来。

杨洪胜吓了一跳,仔细一看,是个人。这时,摔进屋里的人已经醒了。他揉了揉眼睛,一瞧面前的杨洪胜,爬起来就往外跑。

杨洪胜一把将他拽住,随即把门关上,防止他再次逃跑。

"我看你还往哪儿跑!"杨洪胜将那人拧了起来。可慢慢地,他的手松开了,愣愣地盯着那人:"你……"

"谁呀?"单汉茹从屋里出来了。她一看到站在杨洪胜面前的少年,惊讶地叫了声:"金山!"忙把他拉进了里屋。

"快洗洗脸,多英俊的脸,弄这么脏。"单汉茹倒了半盆水,把手巾放在盆里,动手要给杨金山洗脸。

杨金山一扭头,恨恨地说:"我不要你洗!"

单汉茹把手缩了回来,赔着笑脸:"好,好! 金山已经长大了,不要别人洗脸了。"

杨金山洗完脸,把毛巾狠狠地朝盆子里一扔,洗脸水溅了单汉茹一身。

单汉茹默默地拍打掉身上的脏水,把盆子里的毛巾拧起来,挂在洗脸架上,却毫无怨艾。

看到眼前的一切,杨洪胜心里非常难过。他无动于衷地站在柜台后面,不知道是该安慰单汉茹还是该呵斥杨金山。他知道,两人一个是不明就里,一个是有苦难言,本该呵斥的不能呵斥,本该安慰的不需要安慰,他还能做什么呢? 真让他左右为难。

这时,单汉茹喊了一声:"杨大哥,你陪金山说会话,我要做饭了。"

"哦——"杨洪胜这才回过神来。

杨金山一怔:她怎么管父亲叫杨大哥呢? 难道他们还没结婚? 他转念一想,母亲平时也叫父亲为益三哥。看来,这二人还是挺亲密的啊。想到这里,杨金山对父亲的怨恨更深了。

"金山,你还好吗?"杨洪胜没话找话地说。

杨金山不理。

"你妈呢,她还好吗?"杨洪胜一时找不出合适的沟通语言,生硬地问道。

"你说她还好吗? 她能好吗? 摊上你这样的男人,她好得了吗?"杨金山被问急了,噼里啪啦地给了杨洪胜一连串质问。

"孩子,你还小,有些事情你还不懂,你误会我,我不怨你。"杨洪胜想极力把话说清,可只能点到为止,他希望他能悟出点什么。可杨金山就死认一个理:父亲是个忘恩负义、见异思迁的陈世美。

"我不跟你说,陈世美!"杨金山提高了嗓门。

"吃饭! 金山不走了,以后你们父子有的是时间聊。"单汉茹端着两碗饭若无其事地走了过来,把饭放在二人面前。

杨金山看到热腾腾的面条,不顾一切地大口大口吃起来。他把筷子往碗底里一搅,碰到一个硬硬的东西,抄起来一看,是个荷包蛋。他瞟了一眼父亲,低着头将荷包蛋一口吃了下去。

看到儿子狼吞虎咽的吃相,杨洪胜心里一酸,不由自主地也用筷子在自己碗里抄了一下,他想把自己碗里那只鸡蛋也夹给他吃,可什么也没抄出来。儿子很快就把那碗面吃完了,他无声无息地将自己那碗往前面一推。

杨金山连看都不看,把那碗面端过去就吃。

杨金山吃完饭,杨洪胜把两双碗筷收拾了拿到厨房。

单汉茹端着一大碗剩稀粥,给杨洪胜倒了一大半:"吃吧!吃了快点去,别晚了。"

杨洪胜看了她一眼,"嗯"了一声,呼噜呼噜地喝了起来。

六

武昌,八卦井。

邹永成提着一瓶酒在前面走,后面跟着孙武、邓玉麟。三人一前两后,他们在安家大院门口停了下来。

邹永成从口袋里掏出了一个纸包,孙武和邓玉麟围在两边,用身体把邹永成挡在里面。邹永成将纸包里的粉状物全部倒进酒里,摇了摇,复将酒瓶盖好,恢复原状。

邓玉麟从大门口向里面望了望,见两个小孩正在院子里玩耍。他示意邹永成可以进去。

孙武和邓玉麟候在门外,邹永成提着酒,走了进去。

"你这孩子,来就来吧,还自己带酒来。怕我管不起你酒喝呀?"婶母见邹永成提着一瓶酒,嗔怪道。

"我马上要到上海去,一年半载回不来,临走前来跟婶母道个别。"邹永成说着,把酒打开给婶母满了一杯:"您尝尝这酒,可否合口味?"

婶母酒量过人,人称酒仙,一生就是喜好喝酒,即使无菜,也能喝上七杯八杯的。听他这么一说,婶母仰着脖子,一口把杯子里的酒喝了个精光。邹永成又把杯子满上,说:"婶母的酒量果真了得!"

听他这么一夸,婶母的酒性也来了。她笑着说:"这一杯酒算得了啥?"接着,头一仰,第二杯又下肚了。

邹永成心想,两杯酒一下肚,应该差不多了。他问婶母:"怎么样?酒还合口吗?"眼睛却盯着婶母,心里在说:快快迷糊吧……倒呀,倒呀!

婶母见他表情有异,就问:"怎么,我喝酒把你给吓倒了?看你那傻乎乎的样子,看着我干吗?"

邹永成只好一边往杯子里倒酒,一边说:"我看婶母喝酒怎么脸都不红一下,侄儿真是长了见识!"

不一会儿,一瓶酒被婶母喝了个干干净净,却一点事也没有。

酒毕,邹永成告辞出来。

"怎么样?"邓玉麟问。

"药不灵!"邹永成咂了咂嘴说:"可惜了我那瓶好酒。"

"不会呀……"邓玉麟说:"我专门托三十一标军医江正兰配的迷药,怎么没效呢?"

三人快快地离开了安家大院。

在雄楚楼十号,贴有"候补道刘寓"红条子的大门被"砰"的一声撞开。

彭楚藩、李作栋破门而入。

刘公正在客厅阅报,见二人气冲冲进来,先是一怔,接着一阵惊喜:"你二位怎么知道我在这儿?"

"哼,要得人不知,除非己莫为!你以为躲在这个地方做见不得人的事,就没人知道了吗?"彭楚藩气愤地说。

刘公一愣,问:"我做了何等见不得人的事,让青云贤弟如此恼怒?"

"我问你,你门口贴的是什么?"彭楚藩说。

"候补道刘寓——怎么啦!"刘公说。

"你还装迷!身为共进会领导,大家一直盼你来领导革命,现在革命急需经费,同志们甚至不惜盗金菩萨、骗金首饰、出售祖产……好多同志连衣服都典卖出去了。你可好,拿着银子去捐官!你对得起自己的良心吗?对得起同志们对你的期望吗?对得起革命吗……"彭楚藩越说越气,声音越说越大,最后气得连话都说不出来了。

刘公没吱声,想让他把话说完,把气撒完。

李作栋见刘公不吭声,就在一旁打圆场:"刘大哥不是那样的人,早在日本时,就出巨金资助孙文先生出版《民报》,这次,刘大哥也一定会出钱为革命的。"

彭楚藩仍在生气。

"原来你们俩是为了这呀?"刘公这才哈哈一笑,说:"我捐官是骗家人的,我门口的红条子是蒙外人的,没想到却把你们二位给蒙骗了。这样也好!既然春萱(李作栋)来了,你身为共进会的理财,我这捐官的钱就交给你了。"

李作栋一听,惊喜交集。

刘公起身进屋。须臾,从屋里拿出一张银票,交给李作栋:"你是理财,这些钱可得精打细算啊!"

李作栋接过银票一看,惊叫了一声:"妈呀,这么多?"

刘公笑着说:"这一万两只是一半,剩下的一万两在我表兄那儿,以后若急需,便可取来以备急用。"

彭楚藩却傻了,他后悔自己的鲁莽,竟对领导产生这么大的误会。他不好意思地向刘公道歉:"仲文大哥,青云错怪你了。"

"都是为了革命嘛!"刘公将二人的手一拉,说:"钱交给了春萱,我也算了了一桩心事。来,坐下!喝一杯,庆祝庆祝。"

三人举杯,开怀饮下。

第二十八章　骨肉情夫妻生死别

一

一连几天,单汉茹给杨金山讲了很多关于杨洪胜的故事和一些处世的道理,但他们假夫妻的真相,她却一直瞒着他。她不是不相信他,因为他还是个孩子,万一在外人面前表露出点什么,那就麻烦了。

杨金山的思想开始有了一些微妙的变化。让单汉茹欣慰的是,他已经答应留下来,不再流浪了。

中午,单汉茹在厨房做饭,杨金山在站柜台。房主胡仕荣在门外大喊了一声:"老板娘……给我拿包烟过来! 家里来客了。"

单汉茹应了一声,就让杨金山拿了一包"大爱国"牌香烟给他送了过去。

杨金山把烟递给了胡仕荣,却不见他有付钱的意思,头也不抬地站在原地迟疑了一下。

胡仕荣瞥了一眼杨金山,不耐烦地说:"难道你不知道我的烟钱都是记在房租上的吗?"

"找不到……那我就回去了。"杨金山说着,不高兴地转身就走。"找不到"是谷城方言,意为不知道。

坐在胡仕荣旁边的那位客人一惊,双眼紧盯着杨金山的背影。待杨金山走出门后,问胡仕荣:"他不是本地人吧?"

胡仕荣"嗯"了一声。

这位客人就是谷城茨河下街的胡继朋,与杨金山的父母有不共戴天之仇。他是房主胡仕荣的堂叔。

胡继朋问胡仕荣:"这孩子叫什么名字?"

胡仕荣想了想,说:"好像叫……对,叫金山!"

胡继朋一惊:"那他姓什么,知道不?"

"没问过,也没听他们叫过。"

"我告诉你,这个孩子姓杨,叫杨金山,他的父亲叫杨益三杨洪胜,是几年前官府通缉的罪犯……"

"哦,这个杂货店的掌柜是姓杨,但叫什么名字我不知道,因为是别人担保的,我只认担保人。难道这孩子真是杨掌柜的儿子?"胡仕荣有些纳闷:"可这孩子说,他是掌柜雇来的伙计呀!"

"这个杨掌柜长得什么样?"胡继朋问。

"中等个子,但很精干,看上去文质彬彬,身上却爆发出一种力量,一种说不清的力量……"胡仕荣回忆着。

"这是习武人的典型气质,这个杨掌柜看来定是杨洪胜无疑。"胡金朋凑近胡仕荣:"这样……"

胡仕荣立刻兴奋起来。

这一天,杨洪胜一早就挑着货郎到二十九标、三十一标、四十一标等标营叫卖去了。这是他和熊秉坤、蔡济民事先约定的,由他到各标营提篮叫卖,在士兵中混个脸熟,日后深入标营可减少一些阻拦。

单汉茹出门买菜,交代杨金山看好店铺,她一会儿就回来。

单汉茹走不多时,单汉文陪着刘公到杂货店来了。

杨金山只顾着埋头清点货物,在心里熟记价钱,没有抬头。

刘公听单汉文介绍过,知道是杨金山,就不动声色地走近柜台,问道:"掌柜的,有扫帚吗?"

听到叫声,杨金山猛一抬头。愣住了!

刘公和单汉文看着他笑,不吱声。

杨金山大叫了一声:"二爹——三爹……"猛地扑到刘公怀里,呜呜地哭了起来。

刘公抚摸着他的头,问:"怎么啦!谁欺负你了?"

"两个爹爹可要为我娘做主呀!"杨金山哭着说。

"好,告诉爹爹,需要我们替你娘做什么主!"刘公事先已经知道了,今天来的目的之一就是伺机告诉杨金山真相。

杨金山一听,哭得更伤心了。

"怎么,今天就你一个人在家?"刘公俯下身,给杨金山擦着眼泪问道。

"他们都出去了。"杨金山止住了哭。

"走!到屋里去。"刘公说着,拉起杨金山进了里屋。

单汉文留在柜台前招呼生意。

里屋,杨金山站在刘公的对面,一双哭红的眼睛紧盯着他。

"金山今年快十五岁了吧?"刘公把杨金山拉到面前,不慌不忙地问。

"十五岁差四个月!"杨金山回答道。

"是啊,快成人了。有些事情也该让你知道了……"刘公深情地说。

"啥事情?"杨金山好奇地问。

"你不是要我和你三爹替你娘做主吗?关于你爹呀!"刘公说。

"我不想提他。"杨金山脸一别,不做声了。

"不提他,怎么能替你娘做主呀?"刘公顿了顿,眼睛直视着他:"你爹之所以没敢告诉你一些事情,就是担心你感情用事,无意之中被人利用,上人的当。那样既害了亲人,又害了革命。"

"革命?"杨金山瞪大了眼睛看着刘公。他虽然不明白革命是干啥的,可他耳闻了许多关于革命的事情,只晓得革命就是为老百姓撑腰做好事。在他心目中,干革命的都是好样的。他惊疑地看着刘公,因激动,说话有些打结:"二爹说我爹……他……他在干革命?"

"事到如今,总瞒着你也不是办法。所以,我想,这事还是我来告诉你要好些。"刘公说。

"我爹为什么要瞒着我? 他信不过我!"杨金山撅着嘴。

"你爹信得过你,可这事情没有组织上的允许,他是不能告诉你的,这也是我来告诉你真相的原因。"刘公说。

"干革命都得要抛弃自己的妻子吗?"杨金山不理解。

"谁说干革命就要抛弃妻子! 你爹他也没抛弃你娘呀。"刘公坦诚地说。

"他在这里又结了个媳妇,还不算抛弃我娘吗?"杨金山不服气地说。

刘公哈哈一笑,说:"你误会了,他们是装扮的假夫妻,专门蒙骗坏人的。这个阿姨也是干革命的。"

"啊……"杨金山吃了一惊。

"阿姨对你好吗?"刘公问。

"嗯!"杨金山点了点头。

"你知道她是谁吗?"

"找不到。"

"她就是你三爹的亲妹妹!"

"啊——"杨金山惊叫了一声,接着,自言自语地说:"难怪她对我这么好嘞,我怎么气她都不生气。"

"好了,傻小子,知道了就在心里,不要表露出来,更不能跟人去说,知道吗?"刘公叮嘱道。

"请二爹放心,金山坚决不说。"

"好孩子。我们都相信你!"

"嗯。"杨金山眨巴着眼睛,望着刘公:"二爹,我也要革命!"

"好哇,你已经是革命后代了,革命就是要前赴后继嘛。"刘公对他约法三章:"那你一定得听你爹和单阿姨的话,服从他们的领导,不许任性,不许耍脾气,不能说的宁死也不说,不该知道的不要打听,不能问的憋死也不问,不怕危险和牺牲……这些你做得到吗?"

"金山保证做到!"杨金山高兴地说道。

"好。"刘公吩咐道:"从现在起,你要改变一下自己的身份,跟你爹和单阿姨一样,演出戏给外人看……"

"行。"没等刘公吩咐完毕,杨金山就迫不及待地应承下来。

"看来,你的积极性很高哇!还没等我说完你就答应了。"刘公笑着继续吩咐:"你以后叫你爹为掌柜的,叫单阿姨为老板娘,你呢……就是他们雇用的小伙计。在外人面前,你还要时不时地发些牢骚,比如嫌活干多了呀,待遇低了呀等等。明白吗?"

杨金山眼珠转了两下,突然点头哈腰地说了声:"明白——客官!"

刘公先是一愣,接着哈哈大笑起来。

单汉茹提着菜篮匆匆忙忙往回赶,刚走到门口,杨金山躬身叫了一声:"老板娘回来啦?"就在单汉茹惊愕的片刻,疾步跨过去将菜篮接了过来。

"你这是……"

杨金山的这一反常举动让单汉茹始料不及,她惶惶地看着他,感到陌生和费解。

414

杨金山一手提篮,一手挽着她的胳膊,将她拉进屋去。

　　进到里屋,杨金山高兴地无法掩饰,劈头就说:"我二爹和三爹来了。"

　　"谁?"单汉茹一时不明白过来。

　　"就是刘湘啊,你连我二爹都不知道,真是!"杨金山有点没劲了。

　　"刘湘?"单汉茹惊喜地自言自语:"他们回来啦!"

　　正在这时,杨洪胜回来了,就问:"谁回来啦?"

　　杨金山赶忙叫了一声:"掌柜回来啦?"

　　杨洪胜吃惊地看着笑嘻嘻的杨金山,一阵纳闷。

　　单汉茹从屋里出来,奇怪地说:"今天这孩子咋啦?"

　　杨金山跑进屋里,从被子底下摸出一封信,递到杨洪胜面前,悄声说:"我二爹来了,这是他留给你的信。我怕放在外面不安全,就放在被子下面。"

　　"仲文?"

　　杨洪胜连忙拆开信看起来,他看着看着,脸色大变。

　　单汉茹忙问:"怎么啦?信里说了些什么?"

　　杨金山在一旁故作严肃地突然说道:"不该知道的不要打听,不能问的憋死也不问。你连这都不懂!"

　　"这是谁教你的?"单汉茹且惊且喜地捧住杨金山的脸问。

　　杨金山一指杨洪胜手里那封信,说:"他……"

　　杨洪胜完全沉浸在书信的内容里,他兴奋地对单汉茹说:"孙武和邓玉麟要制造炸弹! 啊……原来,刘公就是仲文呀。"

　　看到父亲兴奋的样子,杨金山悄声对他说:"爹,我也是干革命的了。"接着,他给杨洪胜和单汉茹讲述了刘公来后的经过。

　　杨洪胜听罢,一拍杨金山的屁股:"好小子,终于出息了。"他转身对单汉茹说:"我们现在又多了一员虎将!"

　　"爹,阿姨……我错了! 我对不起你们。"

"金山——"

三个人亲密地拥抱在一起。

二

冯启钧斜靠在巡警道衙署的太师椅上,跷着二郎腿,乜斜着一对绿豆眼,从鼻孔里哼出一句含混不清的话。

躬立在他对面的那人立刻打了个寒噤,"咚"的一声,双膝跪地,连声说:"秉大人,卑职率手下对大街小巷都查验过了,凡租住的房屋都一一察看了一遍,没发现可疑人员。"

"现在风声越来越紧。周边湖南发生的'萍醴闹事'平息不久,湖北又有人借'铁路国有'掀起了铁路风潮。最近,党人又开始蠢蠢欲动。制台瑞大人最头疼的就是湖北的新军,这支军队是张香帅一手培植起来的,思想非常活跃,党人也看中了这一点,他们搞了个什么'抬营主义',已经有了闹事的迹象。我给了你这么长时间,你手下的暗帮也有大几十号人,就是嗅也该嗅出一点味道来了,可到现在却仍然一无所获。我大把大把的钱就这样白扔给你了? 你白吃白拿……"冯启钧"霍"地一下站起来,厉声道:"告诉你,我不会养一个白痴!"

"喏! 大人息怒! 我最近有了新的发现,只是……"那人眼睛眨巴了两下,不吭声了。

"又要跟我讨价还价?"冯启钧坐回太师椅,点上一支烟,抽了一口,说:"有了线索就得牢牢抓住,我会根据你的功劳大小论功行赏。说吧,什么线索?"

"我有个房客,夫妻俩开了个杂货店,我观察了一段时间,发现经常有些新面孔来找他们,我悄悄地偷听到他们的几次谈话,还真听出了点名堂。我想……"那人讨好地凑近冯启钧耳边,唧唧咕咕了一阵。

416

"好，这事不要告诉任何人，有什么事情直接向我报告，不可擅自行动。"冯启钧打开抽屉，从里面掏出一根金条，往面前的桌子上一扔："拿去吧！"

"多谢大人！小的这就回去。"

那人捡起桌子上的金条，生怕被人抢走似的，迅速揣进了衣兜，转身出门。

原来，那人就是房主胡仕荣！

夜深了，杨洪胜从床上拿起一床被子在地下铺床，突然停了下来，想了想，还是把在外屋熟睡的杨金山叫了进来。里屋地方窄，杨金山只好脱掉鞋子，光脚站在杨洪胜睡觉的地铺上。单汉茹坐在床沿上。

杨洪胜轻声跟杨金山说："金山，你二爹在信中说了，要我跟单阿姨一起以收山货的为名回谷城一趟。一是借助你母亲的江湖会运动周围的武装，准备响应武昌的新军起义。再一个就是买些火药回来制造炸弹，为起义做准备。事关重大，非常危险。如果我们有什么不测，你赶紧离开这里，到胭脂巷十一号找你三爹，如果找不到，你再到楚雄楼十号找你二爹，如果都找不到……"

杨洪胜想了想说："你就到工程八营找你熊秉坤叔叔，他在南湖炮队有很多把兄弟，让他们把你安排到南湖炮队做点事，离这里远一点，会安全些……这三个地方你要牢记在心里，千万别忘了！至于我们走后别人问起来你怎么回答，就由你自己随机应变了。"

杨金山听着听着，心里一酸，深情地叫了声"爹……"扑在杨洪胜怀里，抽泣起来。

单汉茹缓缓地走了过来，默默地爱抚着杨金山的头，安慰着："金山，别哭。你已经是个男子汉了，要好好照顾自己，等我们回来！我们不会有事的，你放心好了。"

"嗯。"杨金山这才止住抽泣，擦了擦脸上已经淌下来的泪水。

依依地看了一眼杨洪胜和单汉茹,出了里屋。

汉江上,一艘小货轮已经驶过襄阳古城,正向谷城方向加速行进。

杨洪胜背着祖传的那把宝刀站在甲板上,望着南岸的崇山峻岭,情不自禁地说:"我回来了!"

立于身边的单汉茹突然大叫道:"快看,高家垭子!"

随着单汉茹的一声叫喊,高家垭渡口已经清晰可见。杨洪胜感慨道:"龙眼井……冬青树……结义处!早已物是人非了。"

单汉茹大惑不解:"你说什么?什么结义处,物是人非?"

"你知道吗?我跟仲文还有你哥第一次相识就在那里,转眼就快十年了。"杨洪胜怀旧不已。

"哦。"

"真是不打不相识,不打不成交。我跟仲文因误会动起了武,是汉文解的活儿。我们三人就在那棵古老的冬青树下结拜成了兄弟。"杨洪胜兴奋起来。

"你们三个人都是我敬重的英雄,心目中的偶像!"单汉茹深情地望着杨洪胜。

说话间,货轮已经来到茨河下街码头。

单汉茹像孩子似的跳了起来:"那是什么树,好高大啊!"

"那是白果树!谷城有好多这样的树。"

"哎!那开花的是啥树?"单汉茹不知为什么却对这些树产生了极大兴趣。

"梨树!"

杨洪胜不厌其烦地回答着单汉茹对树种的一个个提问。

"你看,那满山绿茵茵的是啥树?"

自从与杨洪胜扮成假夫妻后,单汉茹跟杨洪胜说话总是省略了"杨大哥",不由自主地简捷成"哎"和"你"了。杨洪胜也从心里习惯了。

谷城中码头到了。

船还没停稳,单汉茹就急着下船,杨洪胜只好提起箱子跟在她后面。

忽然,船体一震,单汉茹身子摇晃了两下,差点摔倒。

"太太,您慢点! 等船靠稳了再下。"船老板正要去扶单汉茹,杨洪胜却稳稳地扶住了她。

"这位客官是常坐船的吧? 看得出,识水性!"船老板看了看杨洪胜说。

杨洪胜没吱声,只顾扶单汉茹下船。

"快到家喽……快十年啦,我回来啦! 这么多年,我那些兄弟们不知怎么样? 见面恐怕快认不得了……"杨洪胜抑制不住激动的心情,在心里默默地念叨着。

"嫂子要是知道你回来,不知道要高兴成什么样。"单汉茹突然冒出一句。

"…………"

见杨洪胜没做声,单汉茹就用胳膊拐了他一下,撒娇似的追问道:"说嘛! 嫂子会不会高兴得……"

杨洪胜猛一回神,随口说道:"找不到。"

"想象一下! 会是什么样?"单汉茹不依不饶地继续问。

"你想象一下不就知道了,还用得着问我?"杨洪胜故意逗她。

"我想象不出来。"

"那我就更想象不出来啦! 你们女人的心思,男人怎么猜得透?"

杨洪胜和单汉茹两人兴高采烈地说笑着,不一会儿就到了家门口。

门半掩着,外面没一个人。

"嫂子——"

单汉茹在外面大叫了几声,屋里却没有反应。

两人正纳闷时,从屋里走出一个女人。单汉茹正要迎上去,杨洪胜定睛一看,却叫了声:"洪梅——"

单汉茹顿时愣住了。

"哥……"杨洪梅也认出了杨洪胜。

兄妹俩都向对方奔了过去,然后紧紧地拥抱在一起。

倏地,杨洪梅猛地松开了双手,急切地说:"哥,快去救嫂子呀!"

杨洪胜一怔:"你嫂子怎么啦?"

"她被官兵包围在老军山上,已经三天三夜了……"

"啊——"

杨洪胜从背上取下宝刀,拔腿就往对面的老军山上跑。

单汉茹和杨洪梅在后面紧紧追赶……

三

老军山,峰多树密,阴森可怖。

杨洪胜提着刀,钻出一片树林,来到一个空旷地带,仍然不见秀梅他们的踪影。仔细听听,也没有任何动静。这就奇了怪了,他们到底在哪里呢?既然是围剿,绝没有这样平静!杨洪胜的脑子里倏地闪现出一种不祥之兆,莫非……他不敢懈怠,继续往纵深找。

单汉茹幸亏在学校练过长跑,一会儿就跟了上来。

"哥,快来呀!"

突然,从另一个方向传来杨洪梅的惊叫声。

杨洪胜心里猛然一紧,拽起单汉茹就往喊声跑去。

在一个山坳里,横七竖八躺着一片尸体,有官兵也有江湖会的人。从没见过这种血腥场面的单汉茹却一点也没感觉害怕,她只是从心底迸发出一股愤恨。

杨洪胜伸手在尸体上一摸,血已经凝固了。"看来,这里经历过一场恶战,从尸体上的血迹看,大概在昨天半夜。难怪现在这么平静!"杨洪胜用大刀翻了几具尸体,察看了一下,吩咐杨洪梅:"仔细看看,有没有认识的人。"

三个人找了半天,却没发现一具女尸。杨洪胜稍稍有了些安慰,突然,心里猛一咯噔。他对杨洪梅说:"肯定还有别的战场,我了解你嫂子,她很会打仗,绝不会这么简单。我们现在马上去找!"

在往西的一路上,他们走了约半个时辰,突然发现地上有零零星星几具尸体。看尸体倒下的姿势,杨洪胜初步确定有一股人马是沿着他们要去的方向突围的。杨洪胜有种预感,这也许就是秀梅的那股人马。换做他,他也会朝这个方向突围。因为这个方向是通往大蘋山腹地的,最容易摆脱官兵的追击。可让他奇怪的是,这里的尸体是官兵的多,江湖会的人少,而且不是大片大片的尸体,却呈线状的……看样子好像在掩护某个人突围。

杨洪胜隐隐约约有种预感,他凭着感觉,继续往西。前面却是一个山崖,没了去路,他们又折转回来。西南方向是一片森林,穿过这片森林,越过一个大山包,前面就是个小开阔地。虽然绕点路,也可以进入大蘋山腹地。这里的地形,杨洪胜再熟悉不过了。

他们穿过了那片森林,没发现任何尸体。他们又越过了大山包,就在进入开阔地时,忽然发现,山包背后的开阔地上,躺了一大片尸体。

这个地方,不熟悉的人是找不到的,这一定是秀梅他们! 杨洪胜心里这样想着,便招呼单汉茹和杨洪梅分头查验尸体。

三十多具尸体查验完了,也没见到戈秀梅。从尸体的血迹来看,时间要比那片尸体晚个把时辰。

杨洪胜正望着那片查验后的尸体发愣,单汉茹忽然惊叫了一声:"嫂子……"

杨洪胜扭头一看,单汉茹不知什么时候已经钻进开阔地西边的乱石岗里去了,他和杨洪梅急忙奔过去。

单汉茹正蹲在地上,把秀梅的头扶了起来,对杨洪胜说:"脉搏还在跳动!"

"嫂子,嫂子!"杨洪梅蹲下身子大声喊着。

"秀梅,秀梅……"杨洪胜将大刀放在地上,拉住她的手喊道:"我是益三呀,我回来了,你睁开眼睛看看吧……"

戈秀梅的手动了一下,眼睛慢慢睁开了一条缝。

单汉茹见状,喊道:"嫂子,你醒了?"

戈秀梅动了一下眼睛,陌生地看着她。

杨洪胜对她说:"这是汉茹,三弟汉文的妹妹!"

戈秀梅朝单汉茹面前扭了一下头,胸前露出一只玉坠。

杨洪胜突然想起来了,他把大刀拿过来,往她手心里一放,对她说:"你看这宝刀,我们今天终于'宝聚人聚'了……"

戈秀梅突然睁大了眼睛,手使劲要向上扬起。

杨洪胜明白了,赶忙把玉坠摘了下来,放在她手里。

戈秀梅眼睛盯着单汉茹,手慢慢向单汉茹面前移去。单汉茹连忙拿过她的手,问:"嫂子,你想做什么? 我来,你别动!"

戈秀梅屏住气,断断续续地说:"你能……答应我……一件事……吗?"

单汉茹含着眼泪说:"嫂子有什么话尽管说,汉茹一定答应!"

戈秀梅喘了一口气,说:"我……把玉……玉坠……送给你。"

单汉茹似乎意识到了什么,稍稍迟疑了一下,接着便点了点头。

戈秀梅的另一只手捏住杨洪胜的手,对单汉茹说:"汉文……给我说……过你们……的事。你替我……照顾好……益三……

哥,我……走了……也……放……心!"说完,还没等单汉茹回答,头一扭,停止了呼吸。

谷城城南,在高顶山上的高宁庙里聚集了十来号人。海凤山、车广庆、周大生、周甲山、林甲别、来大个子……十几位谷城江湖会的大小头目都心情沉重地垂首站在那里,屋子里静得出奇。

杨洪胜和单汉茹站在祭坛前面,他一个个瞅了瞅,却没见到尚彦臣。问:"尚彦臣通知到了没?"

来大个子说:"是我亲自通知他的。"

"那他干什么去了?"

"这……"

见来大个子支支吾吾,有人说了一句:"在女人被窝里,起不来了。"

杨洪胜有些恨铁不成钢,狠狠地说了一句:"江山易改,本性难移!"然后扫视了众人一眼,强压住悲痛,提高嗓门说:

"你们都给我振作起来!这样子哪像个爷们儿?秀梅虽然离开了我们,但她跟大家一起创下的基业还在,官府奈何不了我们!虽然我们这次蒙受了巨大损失,但我们反清的力量还在,朝廷奈何不了我们!"

杨洪胜的几句话把大家的精神鼓舞起来了,一个个垂着的头昂了起来。

海凤山把脸上的泪水一擦,走到杨洪胜面前,双手抱拳,单膝跪拜道:"大当家的,秀梅嫂子是为掩护我们牺牲的。你回来了,我们又有了主心骨,我凤山一切听你指挥。誓死反清灭清,为秀梅嫂子报仇!"

"我们一切听从大当家指挥,为秀梅大当家的报仇!"

整个屋子里群情激昂。

"大家安静一下,我要告诉你们一个好消息……刘湘,现在已经是湖北革命的领导人,我这次就是奉他的命令回来办完两件事就走,我不能长住。"杨洪胜顿了顿,接着说:"在操办这两件事之前,今天我还要办一件事。那就是大家一起来推选一个大当家。"

话音刚落,人们七嘴八舌,有的推选海凤山,有的推选尚彦臣,意见不一。

来大个子性急,见这样推选达不到目的,就向杨洪胜拱手道:"大当家的,谷城江湖会是你一手创建的,我们这些人的能力和人品你都了如指掌。你就拿个意见吧!"

"请大当家拿意见,我们一切听大当家安排。"众人一齐附和。

"好,既然大家抬举我,我就先说个想法,有不同意见的,你们再提出来!"杨洪胜稍作停顿,看了看众人,说:

"海凤山,从我开始创建江湖会起就一直跟随我,后来又帮助秀梅大当家重整江湖会,资历长,有胆有识,为人正派,他任大当家比较合适。尚彦臣,最早就组建了一支青帮队伍专门打富济贫,是官府的死对头,收编加入江湖会后,一直坚持反清抗清,是历任大当家的得力助手,任二当家。其余,车广庆为三当家、周大生为四当家、周甲山为五当家。大家有没有意见?"

"大当家英明,我等从命!"众人齐声赞同。

第二十九章　遇危急设计除奸贼

一

瑞澂在自己的官邸里坐卧不安，来回地在屋子里走着。

"制台大人！"提督张彪从门外敲门进来了。

"来啦？"瑞澂继续在屋里走着，没有看他。

"制台一个诏令，卑职立马就赶来了。"张彪立于一旁，举目看着瑞澂。

瑞澂止住步，这才转身看了一眼张彪，慢腾腾地说："四川又闹起了保路运动，朝廷命端方为铁路大臣，赴四川平息叛乱。端方想请我鄂军护从，我想调拨两个标随他早点入川，免得让他久驻湖北惹是生非。张军门意下如何？"

张彪说："张彪按制台大人的吩咐，为了严防党人寻衅滋事，已经草拟了一个新军换防调动的军事部署计划，刚好预留了一个半标，原准备作机动队使用的。既然制台有这个意思，那就把我八镇的三十一标和三十二标部分交端大人带领入川吧！"

"你把最新军事布防计划说我听听。"他拉开墙上挂着的帷幔，露出一张鄂军事地图，用放大镜在上面移动着，听张彪禀报。

张彪从上衣口袋里掏出一张纸，展开。不紧不慢地说："第八

425

镇所属第二十九标第三营出防郧阳;第三十标第二营移防汉口,以一队驻钟祥;第三十二标第二营驻宜昌;第三营驻恩施待命。第八镇与八标第一营左右两队自南湖移驻城内督署附近;第二营以两个队出防枣阳,第三营开襄阳、双沟一带换防。第二十一混成协所属第四十一标第一营出防宜昌;第二营两个队驻沔阳;一队驻岳州。第四十二标驻汉口、汉阳以迄京汉铁路线黄河南岸为止。第三十一标全标由第十六协统领邓承拔、标统曾广大率领开往四川;第三十二标第一营作为端方卫队随行。"

"好,这就叫分而治之。我看他党人如何再运动我新军,我要让他们的'抬营主义'彻底破产!哈哈哈哈……"

"哈哈哈哈——"

屋子里回响着二人得意的笑声。

楚雄楼十号,刘宅。

门外,彭楚藩身着宪兵服正在站岗。

室内,在武汉的二十余位文学社、共进会的两派重要人物围坐在一起,正在召开一次紧急会议。

刘公作为主席,郑重说道:"瑞澂害怕革命起义,对新军进行了紧急换防,这让我们始料不及。但是,我们绝不能坐以待毙,要想办法应对形势的突然变化。"

蔡大辅坐在刘公下首,正在做记录。坐在他旁边的一位同志倏地站了起来:"与其让当局分散力量,不如提前起事……"

话没说完,杨洪胜站起来说:"事情还没发展到那一步。目前,我们的准备尚不成熟,一旦仓促发动,必遭失败。"

两种意见争持不下。

刘公权衡再三后,发表意见:"目前的形势不宜盲动,我们要静观其变。一旦武昌起义,入川部队马上回鄂响应。为了应对新军突然换防这种局势,我们也要做必要的部署。为防机密泄露,除

426

一般书信联络之外,必须使用电报暗号。"

言毕,无人反对,会议进入暂时的缓和阶段。

孙武开始作主题报告:

"湖北革命已有十余年历史,最近两三年间,由于文学社、共进会的和衷共济,业已获得相当成绩,根据形势发展,军队同志屡促发动,吾人以湖北地为要冲,是生路也是死路,必须计策万全,不能轻易一掷。目前,准备工作大致完成,尤其仲文同志慷慨捐输多金,必须经费得到解决,一旦起事,自当能力合作。今日之会,为革命紧急关头,希望大家切实讨论……"

刘复基接着说:"过去,为消极合作,现应积极合作,际此生死关头,所有文学社、共进会名义,应当暂时搁置,一律以革命党人身份,与清王朝拼死活。"

刘公立即表态:"本人不仅赞成化除团体名誉,即个人原有名义也要作废,本人曾被推为湖北大都督,刘英为副都督,刘英意向如何,不得而知。本人的大都督名义,甘愿当众放弃。自揆才识,更难担任起义领袖。"

在座的王宪章随声附和。

身为军务筹备员的杨洪胜却提出了疑问:"取消原有头衔,固可体现合作的诚意,但是也会陷入群龙无首,亦非事之所宜。"

蔡济民插话道:"杨大哥说得极是!本人建议选一主帅,便于起义时指挥一切。"

众人赞同,却迟迟提不出具体的人选。

居正发话说:"我建议,向上海中部同盟会发函,请黄克强(黄兴)、宋遯初(宋教仁)或谭人凤来主持大计,名义如何以后再定。"

孙武一听,说:"我赞同觉生(居正)的意见!"

刘公说:"一纸文书非能奏效,就派代表前往促驾。杨玉如和

427

居正,你们二人近日就起程赴沪。另外,再拨给你们一千元资金,抵沪后购置一批手枪,作为起义时使用。"

众人一致赞同。

最后,刘公从身上掏出一张纸,摊在桌子上,对众人说:"这是张彪新制定的军事布防图。根据这个布防,我和伯夔(蒋翊武)、尧钦(孙武)、汉文商定了一个调整计划,现在公布一下:驻扎郧阳的第二十九标第三营由革命代表樊精纯联系同志,注意就地响应;第三十一标进入四川后,注意密切联络,在一定时机就地起事;第三十二标入川的一营,与第三十一标取得联络;驻宜(昌)恩(施)两营分别与第四十一标和地方志士合作;蒋翊武未回省以前,其职务由王宪章和刘复基共同负担;马八标第三营由黄维汉、刘斌一负责,届时响应武昌;向炳焜速速赶回施南,加强军队与会党之间的联系……为防机密泄露,联络时使用电报暗号:'母亲故'表示起义成功;'母病危'表示成功有把握;'母病愈'表示起义失败……各位同志务必把这些尽快传达下去,加紧做好起义的准备工作!"

会散了,刘公看了看表:"天快亮了!"

杨洪胜一语双关地说:"我们这个会是在迎接黎明啊!"

众人说说笑笑,精神抖擞地正要走出屋子,彭楚藩突然闯了进来。

屋子里的空气倏地紧张起来。

彭楚藩走近刘公,悄声说:"冯启钧已经盯上我们了。"

刘公一怔。见众人在窃窃私语、心神不定,就对彭楚藩说:"把情况摊开说了吧,也好让大家心里有数。"

彭楚藩提高了嗓门:"刚才,冯启钧来过,他已经开始怀疑我们了。"

"在这个紧要关头,万万不能出现闪失。"蔡济民说。

"看来得想办法除掉这个奸贼。"孙武咬牙切齿地说。

刘公招呼大家坐下来,说道:"冯启钧是清廷豢养的一条忠实

428

的恶狗,日知会就是被他破坏的,我们许多革命同志都牺牲在他的手里。这条恶狗不除,我们的革命以后还将会蒙受更大的损失……但是,除掉他得想一个办法,我们不能动手。"

"为什么?"熊秉坤不解地问。

"因为他已经怀疑我们了,不排除他已经向上面报告的可能,如果我们动手把他除掉,那就证实了他的猜测,瑞澂就会对我们下手。这叫不打自招!"刘公说。

"我们不动手,谁还能除掉他?"蔡济民说。

彭楚藩主动请缨:"我来想办法吧,我利用宪兵的身份下手可以嫁祸于宪兵。"

"这办法不行,你的身份特殊,不能暴露。"刘公一口回绝。

"我们自己不能动手,青云又不能暴露,那怎么办?"熊秉坤急了。

"我们想办法利用官府之间的矛盾,让他们自相残杀将他除掉,这样做是最好的结局。"被称做"小诸葛"的刘复基说出了自己的想法。

"这个想法好,我赞成!"刘公很赞同刘复基的想法。

一直跟单汉文在交头接耳的杨洪胜突然说:"我跟汉文设计了一个方案,能借瑞澂的手公开杀掉冯启钧。"

噢——

所有的人都惊疑地看着他。

二

晚上,单汉茹坐在屋里,一边织围巾一边等着杨洪胜。

"阿姨,我回来了!"杨金山从外面进来了。

"山儿回来了! 我给你弄饭去。"单汉茹说着,把正织着的围巾往旁边一放,就要站起来。

"我已经在南湖炮队吃过了。"他见单汉茹手里正织着的男式围巾,知道是给父亲织的,就调皮地说:"阿姨真好,还没到冬天就在给我织围巾!让我看看。"

"这不是给你织的。"单汉茹说。

杨金山似乎感到很失望,他故意撅着嘴说:"平时阿姨对山儿最好,可织围巾时却把山儿忘记了。"

"山儿吃醋了?"

单汉茹很喜欢杨金山在她面前所表现出来的那种童真,也很喜欢逗他玩,平时,三个人在一起时总是充满着欢乐。她又开始逗他。

"我才不吃醋呢!"他咧了咧嘴,神秘地对她说:"我们俩合伙让爹吃一回醋行不?"

"让你爹吃醋?"单汉茹看到他认真的样子,很想知道他到底想捣什么蛋,就试探地说:"你还有本事让你爹吃醋?"

"不信?"

"不信!"

"请往这里瞧……"杨金山说着,像变戏法似的突然从口袋里掏出一样东西,举到单汉茹面前。

"发簪!"单汉茹看到他手里那支漂亮的凤凰簪子,深感意外,她想不到这孩子这么细心,怎么会想到给她买这东西呢?他一定是把这一个月的饷银都用完了。于是问道:"这得花很多钱吧!"

"不多。我刚领了钱到店里去,看到老板娘盘着的头发上戴着一个发簪,发型和发簪都很好看。我想,我阿姨比那老板娘可漂亮多了,戴上一定更好看,买回去阿姨肯定喜欢。于是,我就买回来了。"杨金山得意地说。

"喜欢,阿姨非常喜欢!"单汉茹把话一转:"可是……山儿,你知道吗?你父亲和你二爹、三爹他们为了筹集革命经费,克服了多少困难。你这一下就把一个月的饷钱全花出去了,多可惜呀。你爹还说,等你领到月饷后,我们再挤点钱,准备再购买一些炸药的。这下可就……"

单汉茹没说完,杨金山又从另一个口袋里掏出两大锭官银,递给单汉茹:"阿姨,这是我的月饷。"

单汉茹一看:"这个月咋这么多?"

她正纳闷时,杨金山却说:"我给阿姨买发簪的钱是我的额外奖励。"

"你的额外奖励?"单汉茹更纳闷了。

"上月,我们南湖炮队从洋人那里买了二十五门洋炮,这洋鬼子就是坑人,这二十五门洋炮就有五门的撞针歪了,用不了。队官向上面反映,上面说,不能用有什么办法?就当摆设呗。我们的炮本来就不满额,结果又买回来几门废炮,队官很伤脑筋,让几个老兵修了半个月也没修好。于是就说,谁要把这几门炮弄好了,我把两个月的饷银奖给他。我瞅了瞅,嘿,这不跟我小时候父亲教我打铁钉一个道理吗?我只用了五天时间就把五门废炮给修好了。"杨金山十分得意地说。

"队官真把两个月饷银奖给你了?"单汉茹惊讶地问。

"我没要他那么多,还给他留了点吃饭的钱。可我也不能不要哇!您刚才不是说了吗?革命正需要经费,我也正好为革命出点力呀!"杨金山说得摇头晃脑。

"山儿,你真是个懂事的好孩子……"单汉茹激动地一把将他揽在怀里。

单汉茹发现,杨金山在母亲牺牲之后,仿佛一夜之间成熟了。

咚咚……

两响敲门声过后,杨洪胜在外面喊了一声:"汉茹,我回来了,开门!"

"哎,来啦!"

单汉茹应了一声,示意杨金山去开门,自己却慌忙进屋对着镜子梳头盘发髻。

杨洪胜进屋见是杨金山,先是一惊,接着问道:"山儿,你今天怎么回来了! 单阿姨呢?"

杨金山一努嘴:"你自己进去看吧。"

杨洪胜见金山那样的表情,不知发生了什么事,就径直朝屋里走去。刚进屋,单汉茹将头往里面一扭,漂亮的发髻和发簪一下子呈到他的面前。杨洪胜一怔:"这是……"

单汉茹转过头来,妩媚地一笑:"漂亮吗?"

"漂亮,太漂亮了。"杨洪胜冲动地迎了上去,用手抚摸着她的秀发。

单汉茹喃喃地说:"这是山儿给我买的。"

"山儿?"

"嗯。"

"他哪里有钱?"

"他发月饷了。"

"这个败家子,有了钱就不是他了。"杨洪胜生气地朝屋外喊道:"山儿——"

"啥事? 爹!"杨金山应声从外屋进来。

"你这个月的饷钱呢?"

"给阿姨了。"

"我问的是钱,不是用钱买来的东西。"

"我是说钱,没说东西。"

杨洪胜一愣:"你们俩在搞什么名堂?"

"你看!"单汉茹把金山给她的银子掏出来,托在手掌上。

"咋这么多?"杨洪胜不敢相信。

"山儿出息了!"单汉茹接着向他讲述了杨金山受奖的事。

"真的?"杨洪胜高兴地一把将杨金山拉到身边,仔细地看着他。

　　单汉茹从箱子底下拿出一个包袱,打开,从包袱里取出一个线织的背心,走过去,递给杨金山:"阿姨早给你织好了,放在箱子里。原准备天冷后再拿出来给你。你在炮队整天在外训练,武昌的河风大,背心能护前后心,今天你给我买了这么好的发簪,阿姨一高兴,就忍不住提前给你。"

　　"你怎么想到要给阿姨买一支发簪呢?"杨洪胜问。

　　杨金山眨巴眨巴眼睛,有点不好意思。

　　"说吧,你心里怎么想就怎么说。"单汉茹在一旁说。

　　"以前,我娘头发盘起来很好看,可她却用竹签当簪子。从那以后我就发誓,等我挣到钱后一定给娘买个最好看的发簪……"杨金山的眼眶已经噙满了泪水,他顿了一下,说:"现在我娘不在了,阿姨就像亲娘一样待我,我就想在阿姨身上实现这个愿望。"

　　"山儿……"单汉茹将杨金山揽到怀里。

　　"阿姨……"杨金山的眼泪在往外流。

　　"哎!"单汉茹也泪流满面。

　　"我想……我想叫你一声娘,你愿意吗?"杨金山终于说出了积压在心底一直不说出口的话。

　　"我愿意……"单汉茹犹豫了一下,终于下定了决心,朝杨金山点了点头。

　　"娘——"杨金山一头扎到单汉茹怀里。

　　"哎……我的山儿,我一定会给你当个好娘的。"单汉茹的手不由自主地抚摸了一下脖子上的玉坠。

　　杨金山在单汉茹的怀里,痛快淋漓地大哭起来。

　　数日后的一天早上,汉口歆生路上的荣昌照相馆还没有顾客,李白贞正在忙着换胶卷。杨洪胜、单汉茹从外面走了进来,他们身后是挑着货筐的杨金山。

"杨大哥,快里面请!"李白贞惊喜地问:"货弄到手了?"

杨洪胜朝屋里扫了一眼,说:"弄到了,纯硫黄还有一些火药!"

"真是雪中送炭,昨天刚把硫黄用完。我和尧钦(孙武)正在发愁呢。"李白贞说着,就把他们引到楼上的一间密室里。

密室还算宽敞,地上却摆满了坛坛罐罐,罐子上都贴着标签,一看就知道是制造炸弹用的原料。

杨洪胜感慨道:"白贞不愧是药房经理出身。"

"杨大哥见笑了。"李白贞谦虚地说着。

杨洪胜一抬头,看到墙上的一副对联:

共和难,难不怕;革命苦,苦中乐!

问道:"谁题的? 很有革命精神哪!"

"湖南的潘祖义赠予的。为了勉励自己,我就把它挂到这里了。尧钦也非常喜欢这副对联,所以我就一直挂着,反正这屋子外人是进不来的。"李白贞说。

杨金山正熟练地将筐子里的原料分别倒进了不同的罐子里。一股异味扑鼻而来。李白贞连忙说:"屋子里味道不好,我们还是下去吧。"

来到楼下的照相室,杨金山说:"爹,到李叔叔这儿照张相吧!"

杨洪胜用征求的目光看着单汉茹。

单汉茹爽快地说:"我也正想照个相呢,山儿一说,正合我意。我们就照一张吧!"

"来张全家福?"李白贞问。

"结婚照!"杨金山抢着说。

"结婚照?"李白贞不解地问:"给谁照结婚照?"

"我和益三!"单汉茹红着脸,却大大方方地说。

434

"你和杨大哥……你们以前还没结婚?"李白贞很惊讶。

"那是假的!"杨洪胜说

"假的?"李白贞不解地说。

杨洪胜钦佩地看了单汉茹一眼,说:"看来汉茹扮演的还真到位,原本是想蒙外人的,没想到自己的同志也被蒙住了。"

"怎么样,现在不会再担心我扮演不好假夫妻了吧?"单汉茹嗔怪地瞪了他一眼,说:"我要告诉你,不要小看女同志,我不仅能当好一个假妻子,从今以后,我还能当好一个真妻子。"

三

武昌,广里堤第八镇司令部内,武汉三镇文官知县以上、武官队官以上的文武官员正在召开紧急会议。

军事参议官铁忠铁青着脸,坐在主席的位置上。

下面有人在窃窃私语:"知道吗? 三镇都传遍了,说八月十五杀鞑子。是不是党人要乘过中秋暴动呀?"

铁忠干吭了两声,清了清嗓子,开始讲话:

"为了防止乱党在中秋节这天暴乱,所有的军队提前过中秋节,节日不放假,所有的子弹一律收缴存入楚望台军械库,加派官长监视……"

铁忠刚讲完,果青阿急忙不知轻重地插话道:"应该把防守军械库的工程营调开……"

没等他说完,新军混成协协统黎元洪马上站起来反对:"不可! 如果把工程营调离楚望台,势必将激起事变。"

铁忠想了想说:"黎协统说得有道理,工程营可以暂且不动。不过,从现在起要进入临战状态。街上要加派双岗,各城门要注意盘查每一个过往的行人,尤其晚上,要增加巡逻的士兵。宪兵警察要时刻到各旅社客栈检查客人,严防可疑人进住旅栈。机关职员,

435

非必要不准请假……"

单汉茹躺在床上,一阵疼痛袭来,她咬紧牙关,汗水竟不知不觉地从毛孔里沁了出来。杨洪梅见状,过来问道:"嫂子,是不是有反应了?"

"不应该呀,才七个月呢,咋感觉快要生似的。"单汉茹说着,汗珠却从额头上滚了下来。

"我们老家有个说法——七生八不生!看你这样,说不准要生了。"杨洪梅赶紧用干毛巾给她擦了擦汗,说:"你忍着点,我给你请大夫去。"

杨洪梅出去了。

房主胡仕荣贼头贼脑地从外面溜了进来。他在柜台后面的一堆杂货里瞅了瞅,接着又进入厨房,却没发现他要找的东西。他又轻手轻脚地穿过走廊,轻轻地推开了贮藏室,里面黑咕隆咚。他打开手电筒在四周一照,突然发现在不很起眼的地方有一个牛皮纸包,仔细一瞧,像是刚放上去不久。他如获至宝地连忙将纸包往口袋里装,慌乱之中,手电筒"叭"的一声掉在地上……

"洪梅——这么快就回来啦?"单汉茹听到响动,以为是杨洪梅回来了。

"…………"

见半天没人回音,单汉茹立即警觉起来,大声问了一声:"谁?"

仍然没有回声。

过了一会儿,从外屋传来脚步声,接着是一个男人的声音:"杨老板在家吗?"

单汉茹听出是房主胡仕荣的声音,就在里屋说:"他到城外进货去了,过两天就回。您有事吗……我病了,不方便。"

胡仕荣忙说:"没事,我是刚打门口过,顺便来问问房租的事。

那我就不打搅老板娘了,改日再来。"

"房租不是已经跟您结了吗?"单汉茹有气无力地说。屋外却没了声音。

武昌小朝街八十五号楼上,军事总指挥部里,杨洪胜和四五个联络员正在抄录联络任务。杨洪胜照着原件一边抄,一边念:

（1）举义之时,宜乘胜,不宜乘衰。

（2）举义之时,宜乘暗,不宜乘明。

（3）队伍宜小不宜大。

（4）队伍宜散不宜整。

（5）队伍宜四出,不宜单独进攻或一、二路进攻,使贼不知我军主力之所在。

（6）队伍宜出没无常,使贼莫知其数。

（7）各队宜放空炮,以振士气。

（8）各城门除中和、草湖两门外,宜闭不宜开,免奸人通信于贼,免贼逃出。

…………

起义时间暂定 10 月 6 日(农历八月十五)。

抄毕。杨洪胜提着杂货篮下楼,出门往左从水闸向楚望台和工程营的方向一路叫卖着。

四

夜,已经很深了。

杨洪胜疲惫不堪地回到了杂货店。

刚到门口,突然从屋里传出一阵婴儿的啼哭声。他一愣:家里怎么会有婴儿？莫非又来了客人。

杨洪胜在外面喊门："洪梅——哥回来了,开门!"

好一会儿,门开了。

杨洪梅站在门口,笑盈盈地叫了一声："哥——恭喜呀!"

"恭喜!恭喜我什么?"杨洪胜有点纳闷。

"我嫂子给我生了个侄女。"杨洪梅说完,杨洪胜将手里的杂货篮往地上一扔,疾步奔向里屋。

单汉茹躺在床上,显得很疲惫。

杨洪胜关切地问她："感觉怎么样,还好吗?"

单汉茹嗔怪道："你只知道关心我,就不知道关心一下你的宝贝女儿?她可是早产啊。"

"我对不起你们母女俩,这两天实在太忙了。现在形势紧迫,总指挥部把起义时间定在八月十五,没多少时间了。"杨洪胜凑近单汉茹的耳边悄声说。

"对了,有件事情我觉得很反常,正要等你回来告诉你。"单汉茹声音有些微弱。

"什么事?"杨洪胜马上警觉起来。

她把昨天上午胡仕荣到家里来的事情一说,杨洪胜赶忙起身直奔贮藏室。

不一会儿,他就从贮藏室出来了。

单汉茹急忙问："出什么事了?"

"我放在贮藏室里的牛皮纸包不见了。"杨洪胜提高了嗓门说："这下,可坏了大事了!"

单汉茹大吃一惊。

杨洪胜赶紧凑近她耳边说："那是我故意放在那儿,好让他替我们送给官府的。"

单汉茹松了一口气："吓死我了,怎么事先也不告诉我一声?"

"告诉了你,还能装出那种效果吗?"杨洪胜悄悄对她说："其实,山儿在我们回谷城那次就发现了胡仕荣有问题,他来找山儿聊天,想从山儿那里了解些事情,没想到山儿警惕性很高,就将计就计,有意在他面前大发牢骚。结果,胡仕荣露出了马脚,他告诉山儿,他早就注意上我们了,肯定我们这里是个秘密联络点……"

"啊……那怎么办?"单汉茹一阵紧张。

"别担心,听我说。"杨洪胜声音压得更低:"他们现在还不会动我们,是因为想通过我们这个渠道找到更多他们想要得到的东西。胡仕荣用银子收买山儿,山儿故意给他透露了一点秘密,说冯启钧跟革命党暗中勾结。为了将冯启钧这条朝廷的走狗除掉,我和汉文就伪造了一封冯启钧写给黄克强的亲笔信,这封信一旦到了瑞澂手里,定要将冯启钧碎尸万段。"

"好计!"单汉茹又担心地问:"要是瑞澂不相信这封信怎么办?"

杨洪胜自信地说:"瑞澂一定会深信不疑。纵然他知道这信是假的,他也会当成真信来处理的。"

"为什么?"单汉茹不解。

"你想想,湖北著名侦探徐升是谁杀的?"杨洪胜问。

"瑞澂。"单汉茹答道。

"瑞澂为什么要杀徐升?"

"因私怨。"

"冯启钧跟徐升是啥关系?"

"对呀!你们想得真周到。"单汉茹恍然大悟。

杨洪胜这才解开了谜底:"瑞澂很想除掉冯启钧,可没有足够的证据,冯不像徐,他是清廷的命官,要杀他还得公审,还必须走这个过场。我们正好给他送去了证据,现在,瑞澂是瞌睡来了遇枕头,他岂有不信之理?"

巡警道衙门院子里,湖北巡警道王履康正在给武汉三镇的巡警道训话：

"——要注意对各旅馆、学社的调查。如有形迹可疑之人，准其即行拿获，以凭讯办而保治安……"

胡仕荣刚跨进巡警道衙门，探头一看，见冯启钧站在王履康面前，背对着衙门口。他连忙缩回身子，出来，从旁边绕到了衙门后门。

训话完毕，王履康折回到办公室。刚进门，胡仕荣就探头探脑地跟了进来。

"王大人，卑职有重要情报禀报！"胡仕荣立在门口，身子却躬成了九十度。

王履康扭头一看，说了声："抬起头来。"

胡仕荣连忙抬起头。

王履康一看胡仕荣，觉得面生，就问："叫什么名字？在哪儿当差？"

胡仕荣说："小的叫胡仕荣，是汉口巡警道冯大人的线人。"

"哦！"王履康不屑地说："既是冯启钧的线人，为何不直接向他报告？"

胡仕荣从怀里掏出牛皮纸包，向前挪了两步，伸出双手，捧着纸包，说："大人一看这里面的东西就知道了。"

王履康接过牛皮纸包，打开一看，吃了一惊："你是从哪儿得到这个东西的？"

"回大人，小人是从房客的贮藏室里偷来的。"胡仕荣得意地说。

"你知道送假情报是什么下场吗？"王履康厉声说。

胡仕荣吓了一跳，连忙说："小的知道，与乱党同罪！"

"明知故犯。知道还敢做？"王履康一时拿不准这情报的来源是否可靠，就先吓唬吓唬他，摸摸他的底。

没想到胡仕荣并不怕吓唬，反而来了劲："回大人，这个东西

440

绝对不假,这家房客租的是我的房屋,我早就盯上他们了,他们一点都不知道。这封信是我亲眼看见一个人昨天才送过来的,今天我乘他们不在家,就把它偷了出来。原准备报告冯大人,可我一看这信……只好向大人您报告了。"

"好,你这样做很对。"王履康转身从抽屉里抽出两根金条,在手里掂量着,对他说:"从现在起,你就直接听命于我,有什么事直接向我报告。这封信等我交给制台大人后,再做定夺。你先回去死死地给我盯牢这家房客,不要打草惊蛇。明白吗?"说完将两根金条往胡仕荣面前一抛,胡仕荣连忙扑了过去,把它接在手里。

第三十章　首义夜父女同遇难

一

辛亥八月十八（公元 1911 年 10 月 9 日），一大早。

单汉文沿着紫阳湖堤，扮成散步的游客，边走边跟旁边的杨洪胜说："瑞澂还真按我们的计划在执行！冯启钧已经被革了职，拔掉了我们的一颗眼中钉。不过，巡警道现在搜查的还很疯狂，我们的起义领导机关只得分散设置。"

"形势是很严峻，听说二弟最近肺病又犯了，现在怎么样？"杨洪胜问。

"病得不轻啊！不过，他现在还硬撑着，但不知道这样能撑多久。现在起义时间推迟了，我真担心啊，他这个湖北大都督，万一起义时突然倒下了，谁能稳住这个局面。"单汉文长长地叹了口气。

"觉生（居正）和玉如（杨玉如）到上海迎接克强（黄兴）他们，情况怎么样？"杨洪胜问。

"他们二人在《民立报》馆会晤了遯初（宋教仁）。克强在香港，中部同盟会已派吕志尹赴香港催促克强来沪。购置手枪之事由陈士英代办。遯初和谭人凤正准备赴鄂时，胡瑛派岑楼抵沪，说

442

湖北之事尚不乐观,幸勿轻莅险地。结果,遯初犹豫了。杨玉如已经赶回汉口,觉正还在上海等待。"单汉文心情复杂地边走边说。

"雄楚楼会议和胭脂巷会议很有实际意义,不仅确定的起义的大体日期和起义后的军政领导机构,更重要的是制订了起义计划。我看,刘复基这个'小诸葛'名不虚传。"杨洪胜赞叹道。

"汉茹现在怎么样?"单汉文问。

"刚生完孩子不久,身子还有点虚弱。"杨洪胜说。

"汉茹现在落月(坐月子),金山目前又不能请假离营回来帮你,你的担子可不轻呀!"单汉文关心地说。

"我让洪梅来了,在家照顾汉茹,你就放心吧!"杨洪胜装出一副很轻松的样子说。

两人默默地沿湖边走了一会儿,单汉文突然担心地说:"胡仕荣已经盯上你们了,汉茹和洪梅两个女人在家,我总有点放心不下。要不,让她们搬到我那里去吧!"

"不妥。汉茹和洪梅在那儿住着,一来可以稳住胡仕荣,二来必须时还可以利用这个蠢才为我们传送消息。"

"可这样,她们姑嫂二人可就危险了。"单汉文更加担起心来。

"别担心,一切我都会安排好的。"杨洪胜安慰着单汉文。

二人说着话,已经来到小朝街八十五号。

杨洪胜朝四周望了望,见没什么异常情况,转身对单汉文说:"我们先上楼吧,蒋翊武说今早从岳州赶到武昌,也许他已经来了。"

二人来到楼上,只见军事指挥部里已经聚集了不少人。军事总指挥蒋翊武已经到了,他坐在一只小方凳上,他的旁边依次坐着刘复基、王宪章、彭楚藩、蔡大辅、陈磊等人。

杨洪胜和单汉文跟蒋翊武打了招呼,坐了下来。

过了一会儿,蒋翊武问:"尧钦(孙武)怎么还没到?"

刘复基说:"仲文(刘公)和尧钦、邓玉麟、李作栋他们现在汉口宝善里机关部赶制炸弹,来不了。我先给总指挥汇报半个月来武汉事态发展的情况。"

蒋翊武"嗯"了一声,算是应答。

刘复基将武汉这半个月来的事态发展仔细地谈了谈,然后说:"黄兴带信来说,各省准备工作尚未完成,起义日期宜于推迟……但针对武汉的情况,这一指示恐怕……"

刘复基还没说完,蒋翊武就接过来说:"我的意见也是暂缓起义,下午继续在这里召开各标营代表会议,商定这一计划。"

单汉文站起来说:"也好,总指挥是该听听军队的声音,不了解军队怎么指挥?"

杨洪胜瞥了一眼蒋翊武,对单汉文悄声说:"这个总指挥还是不太了解这里的情况啊!"

单汉文点了点头。

下午,小朝街八十五号军事指挥部。

蔡济民终于忍不住了,站起来激动地说:"湖北新军虽然经过换防、调动,看似分散,但各标营之间联系依旧紧密,一旦发难,各标营会一呼而应,如强弩之势,定能事半功倍。请总指挥早下决心!"

"现在军队有枪无弹,弹药问题如何解决?"蒋翊武态度仍然暧昧。

熊秉坤霍地站起来了:"现在,所幸的是守卫楚望台军械库的工程营并没有调开,一旦日久换防,不为我所掌控,问题更加严重。何况,尧钦他们已经制造出了不少炸弹,一旦举事,可以炸弹攻击,而后夺取军械库。"

蒋翊武初到武汉,不了解军队情况,尽管蔡、熊二人说的不无道理,可作为一个指挥千军万马举行起义的总指挥,他必须慎之又慎。这事关一千多革命党人的生命问题,心里没有底是断然不能轻易决定的。

他仍下不了决心。

杨洪胜急了,他站起来,情绪有些激动。单汉文怕他火上浇油,连忙制止。他一甩手,正要发话。

突然,门外闯进一个人来。

"不好了,汉口宝善里机关出事了⋯⋯"来人慌慌张张地说。

众人大惊:"到底怎么回事?"

来人说:"从汉口传来消息,宝善里机关浓烟四起,俄巡捕已经将现场戒严,人员无法接近,里面的具体情况无法探明⋯⋯"

杨洪胜一拳擂在墙上,大声嚷道:"宝善里机关出事,起义计划必定被官府得知,事不宜迟,乘现在各标营代表都在,应当立刻商议起事。"

蒋翊武似乎很冷静:"现在情况不明,各位都要保持足够的耐心和冷静,不要盲动。"

各标营代表都嚷了起来:"坐以待毙,只有死路一条!"

屋里吵吵闹闹,争执不下。

局势已经无法控制。

忽然,邓玉麟奔上楼来,手扶门框,喘着粗气。

众人忙把他扶进屋里。

蒋翊武急需得到具体情况,对邓玉麟说:"别着急,慢慢说,宝善里机关的具体情况到底怎么样?仔细地说一下。"

他喘了一口气,说:"我到外面买表回来,走到巷子口,见到机关里的浓烟正从窗户和屋顶冒出。俄巡捕已经将隐藏的旗帜、袖章、名册、文告搜了出来,那里已经戒严了。"

"有同志被捕没?"单汉文问。

"巡捕押走了刘同、李淑卿和刘燮卿。等我赶到长青里,遇到了刘公和李作栋。他们告诉我,孙武已经送进同仁医院,要见我。

我见到孙武,他对我说,宝善里失事,机密全泄,名册被抄,清吏必按名搜捕,只有马上动手,还可死里逃生……总指挥,快快起义吧!"邓玉麟喘着粗气望着蒋翊武。

蒋翊武犹犹豫豫:"起义准备尚不成熟,仓促起义,如何指挥?"

大家一听,愤愤地嚷了起来。

刘复基倏地从腰间拔出手枪,枪口指着蒋的脑袋,恶狠狠地说:"身为总指挥,现在形势如此紧急,你却优柔寡断,莫不是怕死?"

杨洪胜在一旁推波助澜:"刘同虽是个学生,可受刘公熏陶向往革命已久,他知道的情况不少,一旦经不起刑讯逼供,就会实情尽吐,我们这些人就只能束手就擒了。"

彭楚藩用手摸着蒋翊武的头,说:"若如杨大哥所说,你这头……还能保得住吗?"

蒋翊武受到羞辱,勃然大怒:"你们真以为我怕死吗? 大不了好好一个头颅,与敌人拼掉而已。"

蒋翊武站起身,说:"各标营代表马上赶回去稳住队伍,做好准备,今夜十二点起义! 具体通知,待会送达。"

标营代表走了,屋里只剩下了军事指挥部的几个人。

蒋翊武吩咐刘复基:"马上起草起义通知。"

杨洪胜、刘复基、单汉文三人伏在案几上,刘复基执笔,杨洪胜、单汉文配合补充。

由于时间紧急,不一会儿,起义通知就拟好了:

十八日夜十二点城内外同时起事,以城外炮声为号;

(二)起义部队左臂系白布为标志;

(三)炮队攻中和门,据楚望台及蛇山而击督署及藩署;

446

（四）工程营夺弹药库；

（五）第三十标专攻该标第一营；

（六）第二十九标以一营助攻第三十标第一营，以二营助攻督署及捕捉伪督；

（七）第四十一标及第三十一标留省各部，分攻藩署及官钱局。

蒋翊武审阅了一遍，满意地说："计划很周密！看来湖北的同志真的不简单啊，我当初确实忽视了你们……多抄几份，大家分头送到各标营去！"

杨洪胜和邓玉麟把通知送到工程营后，折转回来，直奔胭脂巷。

在胡祖舜家，单汉文已经将几筐炸弹分装在几只篮子里，伪装成杂货，问刚进门的杨洪胜："这样子像不？"

杨洪胜将篮子提起来看了看："上面再加几件杂货。"

杨洪胜和单汉文、邓玉麟三人各提一只竹篮，保持一定距离，沉着而又急切地向千家街"杨记杂货店"走去。

回到杨记杂货店，杨洪胜把炸弹藏进贮藏室后，对单汉茹说："宝善里机关出事了，起义时间定为今晚十二点，我马上要给工程营送炸弹，顾不了你们了。你们赶紧收拾收拾东西，天黑后，你跟洪梅带着孩子金凤暂时到外面避一避，等起义成功后，我们再到这里来会合。"

"去吧，不要管我们！"单汉茹话虽这样说了，可心里不免有点忐忑。

单汉文在一旁于心不忍，对杨洪胜说："我差人让金山赶回来照顾汉茹母女，她们这样，身边没一个男人咋行？"

杨洪胜稍稍犹豫了一下,说:"金山……就让他坚守自己的岗位吧。起义时,炮兵可是关键,多一个自己的同志就多一份革命成功的把握。洪梅和汉茹她们能行!"

　　杨洪梅也在一旁说:"哥,去吧,我会照顾好嫂子和侄女的,你们放心好了!"

　　临出门时,杨洪胜又折转回来。他把本准备晚上起义时用的宝刀拿出来,对单汉茹说:"这把祖传宝刀留在你身边!洪梅也会使刀,关键时候也许派得上用场。"

　　单汉茹正要去接刀时,杨洪胜又从刀鞘里取出一张名单,对她说:"这是蔡济民托我保管的二十九标、三十标和工程营的革命党人名单,你把它放在身上一起带走,千万不能丢失。"

　　单汉茹深情地望着他,点了点头。

　　下午五时,杨洪胜提着一只篮子,若无其事地来到工程营门口。

　　在门卫值勤的程正瀛见是杨洪胜,说了声:"是杨大哥呀,今天卖的有小菜吗?"

　　杨洪胜一看是熊秉坤那个棚的兄弟,就说:"这次没有,你要小菜? 我回去后就给你送来。"

　　"好!"

　　"你们熊正目在吗?"

　　"在棚里!"程正瀛答应着,故意在篮子里翻了翻,悄声对他说:"熊正目正等着这些东西呢,太及时了!"

　　检查完毕,杨洪胜提着篮子进去了。

　　在棚里,杨洪胜把篮子里的炸弹交给熊秉坤说:"我回去后,马上再给你送一批来。"

　　"大哥,现在外面形势紧张,你一定要注意安全啊! 晚上这里戒备森严,到时候我安排自己的同志到门口接应你。"熊秉坤深知杨洪胜这个任务艰巨而危险,心里不免有些放心不下。

"没事!大哥的武功你不是见识过吗?"杨洪胜表现出很轻松的样子,笑了笑,宽慰他。

杨洪胜说完,提起篮子就往外走。忽然,他又折转回来,叮嘱道:"炸弹的撞针卸了,使用时千万别忘了装上,否则是不会响的。"

为了安全起见,以防炸弹在搬动过程中触动撞针引爆,在运送过程中,炸弹的撞针全部卸下,等使用前再装上。

熊秉坤点着头,目送他出了营房。

杨洪胜在篮子里的炸弹上面放了一些小菜,正要出门,心里陡然生出一种莫名的想法。他放下篮子,赶紧提笔在一张纸上写了起来。

写毕,他把纸装进一个小纸袋,封好,拿到里屋交给单汉茹:"帮我收好,等我回来后再给我。"

刚出门,他又折回来特别交代了一句:"这是机密,不到万不得已,连你也不能打开看。"

下午六时,杨洪胜提着放有小菜的篮子出门了。

"洪梅,收拾好了吗?不重要的东西就别带了,等一会儿天就黑了!"

单汉茹在里屋催促杨洪梅。

"马上就好,嫂子别急!"杨洪梅一边收拾东西一边回答着。她猛一抬头,倏地一惊。

胡仕荣不知什么时候进来的,已经站在了杨洪梅面前。

"胡先生,有事呀?"杨洪梅一点也没表现出惊慌,提高嗓门问。她是在给里屋的单汉茹报信,让她做好应对准备。

"怎么,想溜哇?"胡仕荣阴险地盯着杨洪梅。

"胡先生说哪儿去了,怎么说溜呢? 孩子病得不轻,得赶紧上医院检查。不然,天都快黑了,谁还愿意出门呀?"杨洪梅在外面说。单汉茹在里屋故意把女儿的小屁股一揪,女儿顿时哇哇地哭了起来。

"哟,果真病得不轻啊,让我进去看看。"胡仕荣说着就要往里屋闯,被杨洪梅拦住。

"胡先生,产妇还没满月,男人是不能随便进去的!"杨洪梅用身体挡住了房门。

胡仕荣冷笑了一声:"嘿……里屋是不是有见不得人的秘密?"

杨洪梅一怔,马上意识到,再跟他纠缠下去很可能会惹来麻烦,索性撕破脸皮,毫不客气将他往外猛一推:"滚,你这个臭流氓!"

胡仕荣被激怒了,一把揪住杨洪梅的衣领,铁着脸说:"你们走不了了! 巡警道的人马上就要来了,到时候你求我都没门,看你还怎么骂我流氓。"

杨洪梅一下愣住了。

忽然,单汉茹在屋里叫她:"洪梅,就让胡先生进来吧! 也好让他放心。"

"哎!"杨洪梅答应着,随胡仕荣一起进了里屋。

"我说嘛,还是老板娘开明。其实,你们的事我早知道了。实话告诉你吧,茨河下街的胡继朋是我叔,是他告诉了我你们的真实身份,要不然,我怎么会知道呢? 巡警道的人早就在监视你们了。你们杨老板交给你的东西呢,快把它交给我,到时候我保证在道台王大人那儿给你们求情,放你们一条生路。"胡仕荣威胁道。

"哦,你是说那张纸条呀?"单汉茹给杨洪梅使了个眼色,然后指着床下面对胡仕荣说:"藏在下面,您拿去算了!"

胡仕荣愣了一下,看了看身边两个弱女子,就放心地撅着屁

450

股,伸着脑袋往床底下瞅。

杨洪梅从墙上取出宝刀,"嗖"地一下,胡仕荣的脑袋"咕咚"一声滚到了墙边。

"快,赶快离开这里!"单汉茹说着,就从床上爬起来,然后去抱女儿。

"老胡……老胡! 这个胡仕荣,说好了等我们来,他却跑得没影了。"

外面传来嘈杂的脚步声,看样子是巡警到了。

杨洪梅将刀交给单汉茹:"嫂子,你先别出声,等我把巡警调开后,你再出去。"

"洪梅……"单汉茹低声叫了一声,杨洪梅已经关上房门出去了。

"你是这家的主人吗?"看到杨洪梅从屋里出来,巡警头目问道。

"我是用人。"

"屋里有人吗?"

"没有。"

里屋的单汉茹心里一阵紧张,她看着那个名册,不知藏到哪里是好。正着急时,女儿醒了。在这个时候只要女儿出一点声音,巡警就会破门而入,那个名册,包括丈夫临走时留下的那个机密纸包都将会落入敌手。正在这时,女儿张开了嘴巴,这是她啼哭的前奏。单汉茹一把将女儿的小嘴巴捂住,在心里说:"千万别哭啊,我的小姑奶奶!"

"给我进屋搜。"头目话音刚停,几个巡警就要往里进。

杨洪梅伸开双臂将他们拦住,很镇静地问头目:"官爷要搜什么? 是人还是物?"

"你家主人呢?"头目问。

"哦,您是来找我家主人呀? 他们刚被房主胡仕荣几个人叫

451

走了。"杨洪梅不慌不忙地说。

"什么时候走的?"

"就在官爷来之前不到一根烟工夫。"杨洪梅见头目半信半疑,就添油加醋地说道:"哦,对了。我还听房主跟另外几个人说——快点!别让巡警来抢了我们的功。"

"这个胡仕荣,跟老子玩这一手!妈的,敢耍老子。"头目一挥手:"撤,快给老子追!"

巡警走了。杨洪梅突然后怕起来,她急忙来到里屋,一看,单汉茹正搂着女儿金凤,金凤的脸像纸一样煞白,头软绵绵地耷拉着……

杨洪梅心里一惊,连忙奔过去,喊道:"金凤……金凤怎么啦?"

单汉茹抽泣着:"我把女儿捂死了……"

杨洪梅悲痛地抱着窒息而死的侄女金凤,搀着嫂子,顺手将门上贴的门神撕了下来。然后,艰难地出了门,漫无目的地向大街上走去。

下午七点,杨洪胜提着篮子来到工程营门口。

"干什么的?"门卫大声问道。

杨洪胜朝门卫一看,暗吃一惊:门卫换人了?他不慌不忙地说:"程正瀛兄弟让我给送点小菜来。"杨洪胜说着故意把篮子朝前扬了扬。

"程正瀛换岗了,明天再来吧!"陌生门卫说。

"他嘱咐我晚上一定送来,我们做小买卖的失信了多不好啊。麻烦您给叫一声好吗?"杨洪胜央求道。

"今天特别规定,夜晚不准任何人进出。就是把他叫来了也出不去,你赶快走吧!"陌生门卫不耐烦地说。

杨洪胜感到问题越来越严重了。他只好提着篮子往回走,回去后再另想办法。

巡警头目带领手下一阵急追，已经追出了两里多地，却没发现胡仕荣的踪迹。

头目纳闷：这胡仕荣是长了翅膀还是坐上了风火轮？他带着人怎么也走不了这么快……

他忽然叫了一声："糟糕！"

追上来的胖巡警累得上气不接下气，直愣愣地看着他问道："怎么啦，我们走错路了吗？"

"我们上当啦！"头目歇斯底里地大喝道："赶快回去，把那杂货店给我包围起来！"

杨洪胜提着装有炸弹的篮子，心事重重地往回走。

他拐过二十九标驻地，从丁字路口出来，刚走到杂货店门口，扭头一瞄，却发现门神已经被撕掉。他知道店里出事了，便马上装着路过的行人，疾步向前走去。

刚走出两步，屋里冲出几个巡警，喊了一声："站住！"

杨洪胜装着没听见，继续往前走。

"把那人给我拦住！"身后有人大喊了一声。杨洪胜感到情况危急，撒腿就跑。

后面的巡警一窝蜂追了上来。

突然，路边又蹿出几个巡警，拦住了杨洪胜的去路。他慌忙从篮子里掏出一枚炸弹扔了出去。

巡警卧倒在地。炸弹却没有爆炸。杨洪胜才想起没给炸弹装撞针。

这时，身后已经响起了枪声。他已经意识到，一旦响枪，周围的巡警和清兵就会马上赶来支援，到那时就无法脱身了。

他乘巡警卧倒的间隙，闪身躲在一块石碑后面，抓紧时间给篮子里的炸弹装撞针。

忽然,几个巡警冲了上来,已经到了他跟前。

杨洪胜毫不犹豫地将一枚炸弹向已经来到跟前的巡警扔去。

"轰"的一声,杨洪胜感到大腿一阵疼痛,低头一看,腿上血肉模糊。

后面的巡警一拥而上……

杨洪胜被押进了督署的一间临时监狱。

"杨洪胜——过堂"!

一个嘶哑的声音从门外传来。

一个狱卒打开了杨洪胜的牢门。他看了看阴森森的房屋,问:"现在几点了?"

"凌晨四点!"

杨洪胜一惊:怎么没听见炮声? 是不是通知没有传达到? 如果误了时间,明天可就来不及了。

杨洪胜低着头随狱卒朝前走,心里一阵焦急。

"你叫杨洪胜吗?"

杨洪胜抬头一看,才发现自己已经到了审他的大堂。他不屑地用眼往堂上一扫,中间坐着督练公所总办铁忠,两边坐着的陪审员是武昌知府双寿和督署文案陈树屏。堂下却站满了围观的百姓。

杨洪胜头一昂,冲着刚才问话的铁忠说:"知道了还啰唆什么?"

铁忠耐着性子又说:"听说你的武功不错,一个行武之人干吗要跟那些酸秀才们搅在一起,到头来你身陷囹圄,他们却躲到一边去了。你说你,干吗要受那些读书人的骗? 只要你说出指使你的人,我马上就放了你。凭你一身武功,我可以保举你做个武官……"

铁忠还没说完,杨洪胜怒斥道:"现在清廷昏庸、朝野腐败,华夏儿女无不痛心疾首。革命反清是我的信仰,并不受任何人指使。我宁可为革命献出头颅,也绝不会做清廷的鹰犬!"

台下的围观群众发出一阵赞叹声。

双寿瞪着一双血红的眼睛,问:"难道你就不怕杀头?"

杨洪胜正色道:"头颅是父母给的,信仰是心中生的。想要我头,自管拿去好了。生命是短暂的,但信仰却是永恒!"

铁忠见这样审下去不仅没有收获,而且还会引起那些围观群众的同情。他开始埋怨起瑞澂来,制台大人不知是吃错了药还是怎么回事,怎么突然想到公审呢? 于是,他提起笔,在判决书上写道:"斩首示众,以儆效尤!"

10 月 10 日凌晨。

督署,东辕门外。天,淅淅沥沥地下起了小雨。

杨洪胜被反绑着,押到广场。

一排木桩直挺挺地立在那里,两根木桩下已经躺着两具身首分离的尸体。周围除了戒备森严的巡警和旗兵外,还有数百人的围观百姓。

监斩官王履康指着地上的两具尸体,吓唬杨洪胜说:"看到了吗? 你现在如果肯招供还来得及,这是你最后的机会,要不然……"他停了一下,见杨洪胜没有反应,便恶狠狠地说:"彭楚藩、刘复基就是你的下场!"

杨洪胜浑身一凉:小朝街军事指挥机关出事了? 难怪事先约定的起义炮声没有打响!

灯光把法场照得通明。倏地,一个女人正拨开人群拼命往前面挤,他注意到了,是单汉茹! 他的心猛然一颤,接着放下心来。他知道,这是汉茹在给他报信,证明她保存的名单没有丢失。

杨洪胜毫无畏惧地一步步向木桩走去。

突然,他转身高呼:

　　——父老兄弟们,我杨洪胜死不足惜,我愿以我的死来让
大家明白,腐朽的清王朝很快就要完蛋了!革命者永远不会
被屠杀所吓倒,革命的烈火将越烧越旺,把几千年的封建帝制
化成灰烬……你们不要为我难过,要拿起武器去参加反抗清
廷的战斗吧!

王履康惊恐地叫道:"开斩!"
顷刻间,大雨骤至,泪雨倾盆。

　　彭楚藩于凌晨一点被杀,两小时后刘复基被斩,又过了两个小
时,到了凌晨五点,杨洪胜遇难。三人先后被处决的消息传出后,
新军各营党人在一阵悲痛之后,再也坐不住了:与其坐以待毙,不
如破釜沉舟,冒险发难!
　　可是群龙无首,刘公因宝善里失事避而未出,孙武因伤住院,
蒋翊武外逃未返……情况危急,千钧一发。
　　10月10日晚,工程八营忽然一声枪响,接着,各营枪声大作,
枪炮声、爆炸声响成一片,冲天的火光划破了黑暗而沉闷的夜空
……
　　武昌起义爆发。

　　10月19日,就在武昌起义后的第九天,单汉茹和杨洪梅终于
在国民革命军指挥部找到了单汉文。
　　单汉茹含泪把名册交给单汉文后,又将那封杨洪胜最后留下
的机密纸包递到单汉文手里。
　　单汉文拿着纸包,疑惑地问道:"这是什么东西呀?"
　　单汉茹摇了摇头:"我也不知道。他临走时交代过,说这是机

456

密,不到万不得已不要打开。我寻思着,这一定是很重要的秘密文件,所以没敢看。"

单汉文拆开一看,赶紧包好,递给单汉茹:"这是你们的秘密,还是由你保存吧!"

单汉茹打开一看,只见上面写道:

　　生离死别一寸心,若真断头成别诀,他乡含笑慰孤魂,不图人生名与利,只求沙场战鞑虏,马革裹尸故乡归,仰卧天坑听佳音,汉江波涛传捷报,实现大同慰我魂……

单汉茹看罢,不禁泪流满面。她了解自己的丈夫,丈夫是抱着必死的信念在从事革命工作,难怪他面对斩首而面不改色。丈夫信中提到的"天坑"就是家乡军山上的那个他少年时挖掘的供高宁庙老和尚饮用的水池。

"他是要我在他死后葬在家乡军山的天坑旁啊……"

泪水从单汉茹的眼眶里不停地滚落下来,滴在手中的信纸上。渐渐地,信被泪水浸湿。

尾　声

1911 年 11 月 11 日,谷城,中码头。

夜幕已经降临,河滩上,寒气袭人。

海凤山威风凛凛地站在河滩上,他的面前是四五百臂戴白色袖箍、手持长枪和大刀长矛的原江湖会兄弟。他兴奋地说:"自从杨大哥——大当家的创建谷城江湖会开始,我们转战谷城方圆百里,经历了无数次官军的围剿,在夹缝中,我们苦苦坚持了十余年,等待了十余年,是杨洪胜把我们这支队伍引向了革命。现在,我们已经不是以前的江湖会了,我们是国民革命的队伍。今天,我们终于等来了革命胜利的消息,光化的江湖会员张国荃、李秀昂已经把光化光复。我们这里是革命先烈的故乡,大家说,我们该怎么办?"

队伍里立刻响起一阵呼喊声:"光复谷城! 推翻清朝县衙! 为益三哥报仇!"

"好,"海凤山掏出手枪,开始调兵遣将:"一营攻打中码头、大街门岗,夺取商联会、三神殿。二营攻打西门。三营攻打东门。四营从南街攻打南门。听我鸣枪为号……出发!"

尚彦臣不服气地嘟哝道:"哼,瞎指挥! 我才不替你去送死呢。"他把亲率的一营悄悄留了下来,准备脱离战场。

海凤山指挥队伍刚要过河,周大生赶上来,对他说:"大当家的,我看尚彦臣不大对劲,好像一营没上来。"

海凤山一听,马上折转回去,周大生连忙跟在后面。

"彦臣!你怎么还在这儿,一营为何不动?"海凤山质问尚彦臣。

尚彦臣见只有他和周大生二人,不在乎地说:"你的作战部署有问题,我有权拒绝服从。"

"你想抗命?"海凤山直逼尚彦臣。

"抗命又怎么样?"尚彦臣霍地从腰间抽出两把盒子炮,狂妄地说:"老子从来都没服过你。"

话刚出口,海凤山飞起一脚,尚彦臣手里的两把盒子炮不翼而飞。

尚彦臣一愣,还没反应过来,海凤山手一扬,"嗖"的一声,一把钢镖飞了过去。

尚彦臣应声倒地。一营已经炸了营。

海凤山大喝一声:"兄弟们!"

营地顿时静了下来。

海凤山瞥了一眼尚彦臣的尸体,说:"尚彦臣战前抗命,临阵脱逃,为整肃军纪,不得不杀之。他的问题与大家无关,大家不要害怕。听我的命令,赶到战斗位置。"

说毕,亲率一营迅速赶到了指定位置。

不一会儿,队伍全部到达了指定位置。海凤山看了一下表,正是凌晨一点。他拔出手枪,对空连放三枪。

瞬间,队伍以排山倒海之势,迅速攻占了谷城县城。

县令张肇芳战战兢兢地从衙门走了出来,手里捧着一方县大印,呈到海凤山面前:"海司令,鄙人愿交出印鉴,接受改制。"

海凤山欣然接过大印,当众宣布:"张肇芳已经弃暗投明,自愿接受改制,继续为国民效劳。从现在起,由他暂时代理谷城县县长,等国民政府成立后,再行定夺。"

张肇芳谢恩退下。

后　记

　　长篇历史小说《杨洪胜》终于脱稿了!

　　2009 年底,襄阳市政协和民革襄阳市(当时叫襄樊市)委的领导把创作辛亥首义三烈士之一杨洪胜的长篇历史小说任务交给了我。受此重托,我深感责任重大,便背负行囊循着烈士足迹,匆匆踏上了寻访国民革命那段历史的艰难之旅。

　　6 个多月,我遍访了湖北、广东、湖南、四川等国民革命的发祥之地,搜集到很多鲜为人知的第一手史料。在收集史料期间,谷城县委书记李传寨先生、樊城区人大副主任李太平先生、老河口市副市长黄久强先生、保康县副县长余宝军先生、南漳县委副书记郑玉清先生、枣阳市文化局副局长杨开勇先生等杨洪胜进行早期革命活动的地方领导和知名企业家刘国本、曹远亮、刘家国等先生给予了极大的帮助。一直在搜集整理杨洪胜史料的离休干部熊子勋先生,听说我要创作杨洪胜的长篇历史小说,十分慷慨地将自己花了几十年心血搜集整理的杨洪胜史料交给了我,这些翔实的珍贵资料使我的创作素材更加丰富、更加贴近历史。《杨洪胜》一书还得到湖北省政协、省文联、省作协和襄阳市委宣传部、市文联、市作协领导的高度重视和支持,他们对该书给予了很高的评价,给了我很多鼓励,使我在艰难的创作中能够战胜一切困难,最终完成了这部几十万言的长篇之作,在此,我要向支持帮助我创作的上述领导和朋友们表达深深的谢意!

对于《杨洪胜》的创作,我始终坚持自己的原则:尊重历史但不是历史的翻版,尊重人物但不是人物的复制,尊重事件但不是事件的串联。力求使《杨洪胜》这部长篇历史小说具有史学和文学的双重价值。

写历史小说重在学习历史、总结历史、评判历史,读历史小说旨在回味历史、反思历史、借鉴历史。这也是长篇历史小说《杨洪胜》值得一写、值得一读的原因所在!

张天儒

2011 年 5 月 1 日于北京恒富花园